dtv

Tom Hartmann, unfreiwilliger Hauptakteur im Geiseldrama an der Wiener Staatsoper, muss, nach Oslo zurückgekehrt, feststellen, dass sein Opernmagazin mittlerweile konkurs gegangen ist. Da kommt das Jobangebot seines alten Freundes Eddie Jones wie gerufen, zumal es mit einem Aufenthalt am Cap Ferrat in der Welt der Reichen und Schönen verbunden ist. Dabei gerät Tom mit seinem Talent, sich in ausweglose Situationen zu manövrieren, nicht nur in dubiose Kunstgeschäfte, sondern auch in einen Strudel aus Schuld, Erpressung und Rache. Derweil ermittelt seine Exfrau Cathrine in Oslo in bizarren Mordfällen. Die Leichen eines gefürchteten Kunstkritikers und eines bekannten norwegischen Künstlers wurden grausam verstümmelt und wie Kunstwerke arrangiert. Die Spuren reichen weit zurück in die Vergangenheit der beiden Männer …

Øystein Wiik, 1956 geboren, ist Operntenor, Schauspieler und Komponist. Er erhielt seine Ausbildung an der Staatlichen Theaterhochschule in Oslo sowie in Wien, Bologna und London. Als Sänger und Schauspieler trat er in zahlreichen Musiktheater-, Film- und Fernsehproduktionen auf. Neben seiner Autorentätigkeit schreibt er Libretti für Musicals. Øystein Wiik lebt mit seiner Familie in Oslo.

Øystein Wiik

Leiche in Acryl

Kriminalroman

Aus dem Norwegischen von
Günther Frauenlob und Maike Dörries

Deutscher Taschenbuch Verlag

Von Øystein Wiik ist im
Deutschen Taschenbuch Verlag erschienen:
Tödlicher Applaus (21278)

Ausführliche Informationen über
unsere Autoren und Bücher
finden Sie auf unserer Website
www.dtv.de

MIX
Papier aus verantwortungsvollen Quellen
FSC® C019821
FSC
www.fsc.org

Deutsche Erstausgabe 2013
Deutscher Taschenbuch Verlag GmbH & Co. KG,
München

Titel der norwegischen Originalausgabe:
›Slakteren‹

Umschlagkonzept: Balk & Brumshagen
Umschlaggestaltung: Wildes Blut, Atelier für Gestaltung,
Stephanie Weischer unter Verwendung eines Fotos von
plainpicture/Andrea Schoenrock
Satz: Greiner & Reichel, Köln
Gesetzt aus der Garamond 10/12,5˙
Druck und Bindung: Druckerei Beck, Nördlingen
Gedruckt auf säurefreiem, chlorfrei gebleichtem Papier
Printed in Germany · ISBN 978-3-423-21438-4

Zwischen Cap Ferrat, östlich von Nizza und Èze, westlich von Monaco, liegt der Golfe de St. Hospice, benannt nach einem Einsiedlermönch, der im Mittelalter in einem Turm im Osten des kleinen Fischerdorfes Saint Jean auf dem Cap Ferrat lebte. Man weiß nicht viel über St. Hospice, oder Santo Ospizio, wie er eigentlich hieß, aber für das Dorf Saint Jean ist er ein wichtiger Heiliger, der all jene beschützt, die in stürmischen Winternächten zur See fahren müssen.

Fischer erzählen, dass er sich in Form eines ganz besonderen Lichtes zeige, das über dem Land erscheint. Ein Licht, das Hoffnung weckt und all jenen Mut gibt, die in Seenot geraten sind. Es wird aber auch erzählt, er habe zu seinen Lebzeiten Magie und Alchemie ausgeübt und die dunklen Mächte verehrt.

Auf der Halbinsel Cap Ferrat gab es bis vor kurzem einen zoologischen Garten. Abends und in der Nacht war das Brüllen von Tigern und Affengekreische zu hören, heisere Schreie von exotischen Vögeln und Eulen mischten sich mit dem Rauschen der Wellen und dem intensiven Zirpen der Zikaden. Als der Zoo vor drei Jahren geschlossen wurde, verstummte der Lärm nicht. Noch immer ist die Nacht auf dem Cap von Geräuschen durchdrungen, die in ganz andere Gefilde gehören.

TEIL 1

Tea for two

Der Laptop verabschiedete sich exakt in dem Moment, in dem er die E-Mail abschickte. Carl Heiberg drückte immer wieder auf die Tastatur und hoffte inständig, die Maschine wieder zum Leben zu erwecken, aber der Akku war leer. Er klappte den Bildschirm nach unten, zog den Speicherstick aus dem USB-Anschluss und steckte ihn in seine Brusttasche. Dann sah er mit zusammengekniffenen Augen in Richtung der aus dem Osten heranrollenden dunklen Wolken. Der Kontrast zu den langen weißen Sandstränden, die seine Existenz bis vor kurzem so bezaubernd eingerahmt hatten, war ebenso bedrückend wie der Schnee, der sich am Homborsund türmte. Lieber hätte er die letzten Wochen seines Lebens unter Palmen verbracht, die Füße in smaragdgrünem Wasser, statt hier an der zugefrorenen Sørlandküste. Die Blütenexplosion in der Karibik ließ an Wiedergeburt denken, die jetzt verschneite Sommerinsel eher an eine Beerdigung. Seine Beerdigung. Die Lichtstrahlen, die hinter den Wolken hervorlugten, hingen wie gelbe Eiszapfen über dem winterschläfrigen Schärengarten.

Die Sehnsucht nach einem letzten Frühling hier draußen hatte ihn nach Norden getrieben, aber die Kälte aus dem Osten wollte einfach nicht lockerlassen. Wie viele Nachmittage würden ihm noch bleiben, an denen er seinen Blick über den Horizont schweifen lassen konnte? An denen er hier in seinem Sessel vor dem nach Westen gewandten Fenster sitzen und den Übergang von Hell nach Dunkel beobachten durfte?

Heiberg drehte sich zum Spiegel und musterte das Gesicht, das ihm entgegenschaute. Der Verfall überraschte ihn immer aufs Neue. Mit nahezu morbider Faszination verfolgte er das Wüten des Krebses unter der Gesichtshaut. Das Gewebe wirkte, als würde ein Bildhauer immer schärfere, strengere Konturen hineinmeißeln. Er wollte an seinen letzten Tagen hier draußen keine Hilfe in Anspruch nehmen. Für Carl Heiberg war der Tod eine Privatsache. Sogar seinen Kindern hatte er verboten, ihn zu besuchen. Es gab viele Gründe, warum er sie jetzt nicht ertragen hätte. Gründe, die ihn im Moment stärker belasteten als die eigentliche Krankheit. Wenn die Schmerzen zu stark wurden, würde er in das eiskalte Wasser gehen und für immer verschwinden.

Er öffnete die Tür und trat hinaus in die Kälte. Die Schicht Neuschnee auf dem vereisten Boden wuchs. Gekrümmt ging er hinüber zum Geräteschuppen. Das Vorhängeschloss war eingefroren, und er musste es mit den Händen wärmen, damit es sich öffnen ließ. Der Ofen stand direkt hinter der Tür, und ohne die Gasflasche würde er ihn tragen können. Zum Glück war er so vorausschauend gewesen, im Haus einen Vorrat an Gasflaschen zu lagern.

Heiberg blieb einen Moment stehen, dann drehte er sich um und ging, den Ofen vor sich her tragend, zurück zum Haus. Die großen Schneeflocken fielen dicht und schwer, und er sank bereits bis zum Knöchel ein.

Anfangs war es nur ein schwacher Schatten gewesen. Heiberg hielt ihn für ein Reh oder einen Fuchs, der sich auf das Eis zwischen Festland und Insel verirrt hatte. Doch dann war die Gestalt deutlicher zu erkennen: ein Mensch, der sich durch das Schneegestöber in Richtung Insel kämpfte. Erst als die Gestalt über den Damm aus aufgetürmten Eisschollen kletterte, der sich am Ufer auftürmte, erkannte Carl Heiberg, wer sich Zutritt zu seinem Revier verschafft hatte.

»Du wohnst nicht gerade zentral, Carl!« Die helle, harte Stimme, die rauen Züge und der stahlblaue Blick des Mannes passten in die karge Winterlandschaft.

»Was willst du?«, gab Heiberg zurück, stellte den Ofen ab und richtete sich auf.

»Ich habe von deiner Krankheit gehört.« Der Mann sah sich um und breitete die Arme aus. »Ein hübsches Plätzchen hast du hier. Aber sicher viel Arbeit.«

Heiberg antwortete nicht. Die gespielte gute Laune des Eindringlings beunruhigte ihn, und er überlegte, wie seine Chancen standen, wenn sein früherer Freund wegen der Sache gekommen war, die ihm solche Angst einjagte.

Der Mann war groß und kräftig, hatte breite Schultern und muskulöse Oberarme. Die Jacke und der alte Norwegerpulli ließen ihn bodenständig wirken. Er trank gerne und geriet leicht in Rage, was ihn schon einmal ins Gefängnis gebracht hatte. Dabei war der Mann ein Nervenbündel.

Heiberg wusste genau, warum es mit ihm so weit gekommen war. Auch er hätte in diese Falle tappen können, wäre er auf seinem Weg nicht Jesus begegnet und hätte ihn um Vergebung gebeten.

Er musterte seinen früheren Freund, der seinen Seelenfrieden gewiss nicht gefunden hatte. Im Gegenteil, seine Verzweiflung schien größer zu sein, als Heiberg angenommen hatte, sonst wäre er nicht über den Fjord zu ihm gekommen. Wollte er seine Drohungen wahrmachen? Der Speicherstick in Heibergs Brusttasche glühte heiß wie ein Stück Kohle.

»Willst du mich nicht auf eine Tasse Tee ins Haus bitten? Wir werden doch wohl in Ruhe über alles reden können.«

Heiberg zögerte, aber der Mann stapfte schon an ihm vorbei zum Haus, wo er sich am Türrahmen den Schnee von den Stiefeln schlug. Seine Körpersprache verriet nichts über seine

Stimmung. Aus Erfahrung aber wusste Heiberg, dass jederzeit ein heftiger Angriff drohen konnte.

Die Gasflasche stand im Wohnzimmer bereit und musste nur noch in den Ofenkasten gestellt und angeschlossen werden. Doch Heiberg setzte zuerst einmal Teewasser auf.

Der Mann nahm breitbeinig auf Heibergs abgewetztem Ohrensessel Platz und holte ein Päckchen Zigaretten hervor. »Ich sage es frei heraus: Deine moralischen Bedenken kommen bei allen, wirklich bei allen ziemlich schlecht an. Du hast das nicht bis zu Ende gedacht, Carl.«

»Ich werde bald sterben. Da habe ich ja wohl ein Recht darauf, mit meiner Vergangenheit abzuschließen.«

»Verdammt, Carl. Du hast dein ganzes Leben lang gelogen und betrogen und bist damit stinkreich geworden. Und jetzt willst du plötzlich ehrlich sein?«

»Das ist eine Sache zwischen Jesus und mir.«

»Kann ja sein, aber siehst du nicht, was für einen Schaden du anrichtest? Du ziehst Unschuldige mit in den Abgrund. Wir aber müssen weiterleben und unseren Frauen, Kindern und Enkeln, unseren Mitmenschen in die Augen schauen.«

»Sieh mich an. Mein kranker Körper verlangt nach Vergebung. All die Lügen, die sich in mir aufgestaut haben, drängen ans Licht. Meine Krankheit ist nichts anderes als das physische Abbild meiner, unserer Sünden. Auch dir würde es besser gehen, wenn du dich Jesus anvertrauen würdest, damit er dir die Last von den Schultern nimmt. Das gilt für euch alle. Macht reinen Tisch, bittet um Vergebung und sucht Zuflucht bei Gott. Du glaubst gar nicht, was für einen Unterschied das macht.«

»Die ganze Sache ist doch längst verjährt. Es ist niemandem damit gedient, die alten Geschichten wieder auszugraben. Und glaube mir, wir haben unsere Strafe längst bekommen.«

»Merkst du denn nicht, dass es gar nicht um uns geht?«

Der Wasserkessel pfiff. Heiberg stellte die Flamme kleiner, ließ das Wasser aber weiter kochen. Das Pfeifen wurde schwächer, bis nur noch ein leises Zischen zu hören war.

»Gib mir, was ich haben will, dann verschwinde ich wieder.«

»Ich will euch doch nur retten, verstehst du das denn nicht? Schweigt ihr weiter, wird alles nur noch schlimmer.«

»Es gibt noch einen einfacheren Ausweg.« Der andere ballte seine Hände zu Fäusten.

Heiberg schwieg. Seine Kiefermuskulatur spannte sich an, er kochte innerlich. »Willst du schwarzen Tee oder lieber Kräutertee?«, fragte er dann und lächelte freundlich.

»Kräutertee.«

»Sofort, gern, ich muss mich nur erst um diesen widerspenstigen Ofen kümmern!« Er nahm einen Schraubenzieher aus der Schublade und hantierte an der Rückseite des Ofens.

»Ich bring dich um, wenn du mich reinzulegen versuchst, Carl. Zwing mich nicht dazu.«

Heiberg zog vorsichtig an dem Schlauch, und das Klicken des Schalters übertönte das leise Zischen der Gasleitung, die aus der Halterung glitt. Er ließ den Schlauch langsam zu Boden sinken. Dann drehte er dem Mann den Rücken zu, nahm den Speicherstick aus seiner Brusttasche und steckte ihn sich in den Mund. Er goss etwas Wasser in eine Tasse und trank einen Schluck. Der Stick schnitt durch seine Speiseröhre, und Heiberg musste mit aller Macht gegen den Würgereiz ankämpfen. Schließlich rutschte der Stick hinab. Heiberg atmete tief durch. Sollte er jetzt gleich in die Luft fliegen, würde sein Körper den Stick schützen.

Heiberg drehte die Gasflamme wieder größer, nahm Teebeutel aus einer Blechdose und begann im Stillen zu zählen. Es konnte nicht mehr lange dauern. Er sah den Mann mit der rechten Hand ein Feuerzeug aus der Tasche holen, während er sich mit der linken die Zigarette in den Mund steckte. Mit etwas Glück jetzt, dachte Heiberg.

Das Feuerzeug wollte nicht zünden. Verärgert schleuderte der Mann es zu Boden.

Heiberg fluchte innerlich. Die Knöchel seiner mageren Hand, die den Wasserkessel hielt, wurden weiß. Der Mann beugte sich vor, um das Feuerzeug aufzuheben, erstarrte aber in der Bewegung. Er atmete tief durch die Nase ein, um sich zu vergewissern, dass er richtig vermutete. »Du verfluchter Teufel! Judas!«

In diesem Moment machte Heiberg einen Satz auf ihn zu und drückte ihm den heißen Kessel ins Gesicht. Der Angegriffene heulte vor Schmerz auf und schlug um sich. Heiberg goss ihm, ohne zu zögern, das kochende Wasser über die Hände. Dann ließ er den Kessel fallen und rannte zur Tür, schlitterte über den vereisten Pfad.

Im dichten Schneetreiben sah Heiberg kaum etwas. Ein wahnsinniger Schrei zerriss die Luft und verriet ihm, dass der Mann ihm folgte. Vor ihm lag das zugefrorene Meer.

Ein vager Plan formte sich in Heibergs Hirn. Die Eisbrecher waren tags zuvor durch den Sund gefahren. Das Eis war an manchen Stellen bestimmt so dünn, dass ein erwachsener Mann einbrechen würde. Im schlimmsten Fall würde Heibergs letztes Bad im Meer früher als vorgesehen stattfinden. Im besten Fall aber würde er seinen ehemaligen Freund für immer in einem der dunklen Löcher verschwinden sehen.

Jetzt hörte er den Mann hinter sich stöhnen und ächzen. Heiberg beschleunigte seine Schritte und kämpfte sich zu der ersten, nicht sehr breiten Rinne vor, nahm Anlauf und sprang. Seine Füße landeten auf der anderen Seite auf dem Eis, aber er rutschte aus und schlug mit dem Kopf auf. Er rang nach Luft.

»Heiberg, du entkommst mir nicht!«

Sein Verfolger stand auf der anderen Seite der Rinne und bereitete sich auf den Sprung vor. In dem Moment, als er Anlauf nahm, tat es einen fürchterlichen Knall. Heibergs Paradies flog in einer Feuersäule in den dunklen Himmel. Das Eis bebte und krachte wie in einem Echo der Explosion. Heiberg hatte sich instinktiv auf das Eis geworfen. Der andere wurde durch die Luft an Heiberg vorbeigewirbelt und krachte einige Meter von ihm entfernt auf das Eis.

Die Scholle, auf der Heiberg lag, hatte sich gelöst. Er wagte nicht, sich aufzurichten, drehte lediglich den Kopf, um einzuschätzen, ob er eine Chance hatte, wieder an Land zu kommen.

»Ich kriege dich, Heiberg, und wenn ich dir bis in die Hölle folgen muss!«, schrie der Mann, der sich aufgerichtet hatte und wie zu einer Salzsäule erstarrt dastand. Im Schneetreiben leuchtete sein verbranntes Gesicht hellrot.

Das eiskalte Wasser umspülte Heibergs abgemagerten Körper. Er ließ sich in das dunkle Wasser gleiten. Genau so hatte er seinen Abgang geplant. Nur dass der Augenblick des Abschieds früher gekommen war. Ein letztes Mal hob er den Kopf und hielt nach dem anderen Ausschau. Er konnte ihn nirgendwo mehr sehen.

Die Schmerzen verschwanden, und eine betäubende Gleichgültigkeit legte sich über Carl Heiberg, ehe die Erlösung kam und er aus der Zeit trat.

Gerhard Elming

Die nächtliche Dunkelheit hatte eine versöhnende Hand über Lykkja gelegt. Die Winterlandschaft sah aus wie frisch gebügelt und glitzerte mit dem Sternenhimmel um die Wette. Eisnebel hing über dem Moor. Die Kälte war extrem, und es sang unter seinen Sohlen, als Gerhard Elming mit einem Armvoll Birkenholz vom Holzschuppen zurück zur Hütte ging. Er blieb kurz stehen, um die kalte, klare Bergluft einzuatmen. Nach dem langen Arbeitstag am Laptop war das für sein Gehirn wie ein erfrischendes Bad.

In den benachbarten Hütten brannte kein Licht. Nur hinter dem Tisleifjord blinkte die Lichterkette der Guriset Fjellstation. Ansonsten lag die Landschaft vollkommen reglos da. Das Thermometer war auf dreiundzwanzig Grad minus gefallen.

Irgendwo jagte der Motor eines Lieferwagens hoch und zerschnitt die feierliche Stille. Wahrscheinlich war er weit weg, aber die Geräusche wurden auf der Hochebene unglaublich weit getragen.

Gerhard Elming atmete noch einmal tief ein, ehe er sich zurück ins Warme begab. Er freute sich auf einen Abend vor dem Kamin mit einem edlen Tropfen, wollte seinen Gedanken freien Lauf lassen, ohne Mobiltelefon und Internet, selbst ohne Fernseher. Er wollte sich einfach nur von der Arbeit an dem Artikel erholen, der ihm die letzten Tage im Nacken gesessen hatte.

Eine wohlige Wärme breitete sich in seinem Magen aus, als er den ersten Schluck Armagnac trank. Nach und nach wärmte das Getränk seinen ganzen Körper. Als er aufstand, um sich nachzuschenken, sah Elming einen Moment lang sein Spiegelbild in der Scheibe. Seit ein paar Jahren mied er den Blick in Schaufenster und Spiegel. Er war diesen alten, fetten Kerl, der ihm überallhin folgte, gehörig leid. Jetzt aber trat er ganz nah an die Scheibe heran und begutachtete sein Gesicht.

Wo zum Teufel war der junge Elming geblieben? Der Mann, der ihn immer so energisch angestrahlt hatte, sobald sein Blick eine spiegelnde Oberfläche traf?

Elming war fünfundfünfzig, sah aber um Jahre älter aus, wie

er sich mit einer gewissen Wehmut eingestehen musste. Die Tränensäcke unter den Augen erinnerten an Hängematten oder an Backpflaumen. Runzelig und füllig zugleich. Weiche Wangen ersetzten die einst markante Kinnpartie. Der Schädel war kahl bis auf einen Haarkranz, den er schulterlang hatte wachsen lassen und in einem stramm zurückgekämmten Pferdeschwanz trug. Mit seinem beeindruckenden Bauch erinnerte er an einen alternden Samurai, ohne jedoch dessen Kraft und Todesverachtung zu besitzen.

Elming lauschte. Der Motor war noch immer zu hören. In diesem Moment schoss ihm ein düsterer Gedanke durch den Kopf. Er hatte einen vernichtenden Artikel geschrieben und sich einzureden versucht, dass er sich darauf freute, ihn gedruckt zu sehen. In Wirklichkeit graute ihm davor. Denn auch dieser Artikel war eine Auftragsarbeit, ein Text, zu dem man ihn gezwungen hatte. Ein einziger Fehltritt vor langer Zeit war zu einem hartnäckig wiederkehrenden Albtraum geworden, zu einem Krebsgeschwür und hatte ihn zum Henker wider Willen gemacht.

Heute Abend aber wollte er eine Auszeit von seiner Scharfrichterrolle nehmen. Er wollte versuchen zu entspannen, seine Hände reinwaschen und den bitteren Judasgeschmack im Mund hinunterspülen.

Die Ohnmacht, die Gerhard Elming empfand, erschien ihm paradox, denn eigentlich war er es, der die Macht hatte. Er war eine bekannte Stimme im Kunstmilieu, seine spitze Feder hatte ihn über die Landesgrenzen hinaus bekannt gemacht. Niemand war ähnlich kunstbewandert wie Gerhard Elming. Zu seinem großen Leidwesen aber war er selbst kein Künstler. Nachdem er das erkannt hatte, entschied er sich, ihr kritischer Betrachter zu werden. Im Laufe vieler Jahre hatte er sich den Ruf als strenger Kunstkritiker erworben.

Seine Meinung hatte Gewicht. Investoren und Galeristen hielten nervös die Luft an, wenn Gerhard Elming sein Urteil abgab. Er konnte eine Ausstellung in den Himmel loben und damit Millionenverkäufe auslösen oder ein Projekt zum Tod verurteilen und den Künstler damit in die Wüste schicken.

Er war allein auf der Hochebene, auf seiner »Wolfskuppe«, wie er es nannte. Das Schicksal nicht weniger Künstler war hier oben besiegelt worden. Sein Stift war wie ein schneidendes Schwert, seine geschliffene Sprache flößte Respekt und zugleich Furcht ein. Mal machte er einen Künstler einen Kopf kürzer, mal schlug er einen zum Ritter. Elming genoss die Macht, die darin lag.

Ein lautes Geräusch riss ihn aus seiner Selbstbeschau. Wahrscheinlich arbeitete das Holz, versuchte er sich zu beruhigen. Aber hatte es nicht wie Metall geklungen? Ach was. Wahrscheinlich machte ihn nur die Einsamkeit ein wenig ängstlich. Auf jeden Fall war das ein guter Vorwand, sich noch einen ordentlichen Schluck zu genehmigen.

Dann knallte etwas gegen die Wand, zwei Mal. Elming wurde schlagartig nüchtern. Die Schläge kamen von der anderen Seite der Hütte. Erst jetzt fiel ihm auf, dass er die Gardinen nicht zugezogen hatte.

Er stand auf, ging von Fenster zu Fenster und schloss die Dunkelheit aus. Als er die letzte Gardine zugezogen hatte, hörte er wieder einen Schlag. Angst breitete sich in seinem Körper aus, machte ihn handlungsunfähig wie das Kaninchen vor der Schlange.

Und wieder schlug etwas hart gegen die Wand. Drei rhythmische, laute Schläge. Was war das? Keiner der Nachbarn war da, außerdem klopften sie immer dezent an der Tür. War es möglich, dass jemand den weiten Weg hierher gemacht hatte, um sich an ihm zu rächen? Kalter Schweiß brach ihm aus.

Das Schloss!, schoss es ihm durch den Kopf. Hatte er die Tür abgeschlossen? Natürlich nicht. Er verriegelte die Tür nie, nicht einmal nachts. Der Schlüssel steckte sogar außen. Wenn draußen tatsächlich jemand war, der es auf ihn abgesehen hatte, konnte er problemlos zu ihm hereinkommen.

Lautlos schlich Elming zur Eingangstür. Immer mit der Ruhe, dachte er, du warst zu lange alleine. Das Holz arbeitet. Du bildest dir das nur ein, hörst Geräusche, die es gar nicht gibt.

Leise öffnete er die Tür und tastete nach dem Schlüssel. Aber er war nicht da. Hatte er ihn mit zum Holzschuppen genommen und unterwegs verloren? Reiß dich zusammen, Gerhard!

Er stieß die Tür auf und blieb mit offenem Mund stehen. Vor ihm im Schnee stand eine Installation. Sie schimmerte matt. Metall. Dann hatte er also doch richtig gehört. An den Balken, die das Vordach trugen, waren drei Kettenzüge befestigt worden, ein vierter an der Tür zum Holzschuppen. Zusammen bildeten sie ein Quadrat.

Noch bevor er einordnen konnte, was er da sah, spürte er, wie sich etwas Hartes an seinen Hinterkopf drückte. Instinktiv hob er die Arme. Einige Stöße gegen seinen Schädel signalisierten ihm, aus der Hütte zu gehen. Gehorsam setzte er die Fellpantoffeln auf die eisige, glatte Steinplatte vor der Tür. Die Person hinter ihm musste durch die Terrassentür gekommen sein. Langsam drehte Elming den Kopf zur Seite und sah über die linke Schulter eine Gestalt mit Nikolausmaske. Eine Pistolenmündung zielte auf Elmings Wange. Außerstande, einen klaren Gedanken zu fassen oder zu handeln, stand er wie angewurzelt da.

»Was wollen Sie von mir?«, hörte Elming sich sagen.

Der Maskierte stieß ihn weiter zur Mitte des Vorplatzes. »Turn around.« Die Stimme klang mechanisch, rauschend, als säße ein Mikrofon in der Maske. »Undress.«

Elming versuchte, Ruhe zu bewahren. »What?«

Der Fremde legte den Finger auf den Abzug.

Gerhard Elming fasste sich an den Hemdkragen. Seine Finger schmerzten schon jetzt vor Kälte und zitterten, sodass er die Knöpfe nicht aufbekam. »Is there anything … Could we talk about this?« Seine Stimme klang dünn und jämmerlich.

»Tear it off!«

Elming packte das Hemd und riss die Knopfleiste mit einem Ruck auf. Die Kälte traf ihn mit doppelter Wucht, als er das Hemd in den Schnee fallen ließ. »Please, have mercy, forgive me, whatever it is you think I have done.«

»Trousers and shoes.«

Die verzerrte Stimme bohrte sich wie Nadeln in Elmings Herz, das Atmen fiel ihm schwer. Seine eisigen Finger klammerten sich an den Bund der grauen Jogginghose. Als er die Hose über die Pantoffeln ziehen wollte, geriet er aus dem Gleichgewicht und fiel in den Schnee. Er legte sich flach auf den Boden. »Please forgive me, please forgive me.«

Der Maskierte stand reglos da und wartete, während die Kälte sich in Elmings Körper bis zu den Eingeweiden fraß und sich dort mit dem Schrecken verbündete, der durch seine Nervenbahnen jagte. »Lay down and spread arms and legs.«

Elming legte sich auf den Rücken. Er spürte die Kälte jetzt nicht mehr. Die Gestalt mit der Nikolausmaske zeigte mit der Pistole auf eine Fußschelle. Elming setzte sich auf, legte den kalten Stahlring um die rechte Fessel und ließ ihn zuschnappen. Dann wiederholte er den Vorgang mit dem linken Fuß.

Die Nikolausmaske nickte zufrieden. »Good work.«

Ein winziger Funke Hoffnung regte sich in Elming. Vielleicht wollte der Fremde ihm ja nur Angst machen und ließ ihn am Ende gehen. Warum sonst sprach er mit verzerrter Stimme und verkleidete sich als Nikolaus? Beflissen legte Elming sich wieder auf den Rücken und ließ eine weitere Schelle um sein Handgelenk schnappen. Er sah den Fremden flehend an, als dieser sich über ihn stellte, um die letzte Handschelle anzulegen. Danach verschwand die Pistole in einer Tasche des blauen Thermoanzuges.

Der Maskierte strich mit seiner behandschuhten Hand über Elmings Wange und seinen Hals bis zum Bauch, wo er Elming mit einem energischen Ruck die Boxershorts vom Leib riss. »I am going to stretch you a little, to get you out of the snow«, sagte die mechanische Stimme.

Der Fremde ging von einem Kettenzug zum nächsten und spannte die Drahtseile mittels einer Ratsche, sodass Elmings Gliedmaßen in vier Richtungen gestreckt wurden. Unerträgliche Schmerzen schossen durch sein Skelett, es war, als würde ein Pressluftbohrer sein Knochenmark freilegen. Noch nie hatte er solche Qualen erlebt. Seine spröden Knochen knackten trocken, als der Körper langsam von der Unterlage abhob.

Schließlich schwebte Elming einen halben Meter über dem Boden. Er hatte das Gefühl, als würden sich die Lungenbläschen mit jedem weiteren Atemzug zu Ballons blähen, die jeden Augenblick zu platzen drohten. Die Tränen gefroren auf seinen Wangen, und die straff gespannten Drahtseile sirrten im Wind. Elming wollte schreien, bekam aber keinen Ton heraus. Der Fremde zog noch ein wenig an, bis es plötzlich seltsam krachte und Elmings Schulter aus dem Gelenk gerissen wurde.

Mit einem zufriedenen Nicken ging der Mann in die Hütte.

Gerhard Elming hing allein auf dem Vorplatz, während der Wind den Schnee aufwirbelte und durch die Luft peitschte. Eiskristalle legten sich wie frisch gemahlenes Salz auf seinen unterkühlten Körper. Sein Gesicht war in einer erstaunten Grimasse eingefroren, als wäre ihm im Augenblick des Todes aufgegangen, was mit ihm passierte. Weißer Puder legte sich auf sein Gesicht, gefror auf seiner Haut zu Eis. Am Ende lag der Schnee wie eine Totenmaske aus zerstoßenem weißem Marmor über dem Antlitz des Kunstkenners.

Eddie Jones

Eddie Jones drückte den Startknopf seines neuen Maserati, ein Traum von einem Sportwagen, nachtblau metallic, schlank und grazil wie eine Ballerina. Er rollte langsam aus dem exklusiven Autohaus in Monte Carlo, wo die Mechaniker ihn mit einer Verbeugung verabschiedeten. Die verbliebenen Wasserperlen auf dem geputzten Lack glitzerten wie Tautropfen in der schwachen Februarsonne. Das Mahagoniinterieur war frisch poliert, die Lederbezüge dufteten schwach nach Muskat. Sich in ein gepflegtes Auto zu setzen war für Eddie ein geradezu erotisches Erlebnis.

Er zog es vor, seinen Wagen in Monte Carlo waschen zu lassen. Die Tücher, die sie dort benutzten, waren weicher als an jedem anderen Ort entlang der Küste. Außerdem konnte er bei der Gelegenheit die Wasser- und Stromzähler in seiner exklusiven Zweizimmerwohnung überprüfen, ein Unterschlupf für vier Millionen Euro, den er in seiner Hochphase als Börsenspekulant vorrangig aus steuerlichen Gründen erstanden hatte. Er bezahlte jemanden dafür, in regelmäßigen Abständen das Licht einzuschalten, die Badewanne volllaufen zu lassen und die Zeitungen hereinzuholen, um dem Finanzamt vorzugaukeln, dass er tatsächlich in Monaco wohnte. So mancher Steuerflüchtige war aufgeflogen, nachdem das Finanzamt den Wasser- und Stromverbrauch gemeldeter Wohnungen im Fürstentum überprüft hatte. »Caretaking« war inzwischen ein beliebter Erwerbszweig in Monaco, trotzdem führte Eddie von Zeit zu Zeit gerne persönliche Kontrollen durch. Man konnte gar nicht vorsichtig genug sein.

Außerdem wollte er sichergehen, dass für sein kleines Vergnügen alles vorbereitet war.

Der Wind griff in Eddies graue Locken, als er auf der Straße nach Cap d'Ail beschleunigte. Eigentlich war es noch zu früh, um Cabriolet zu fahren, aber Eddie liebte den Wind in seinen Haaren. Er hatte sich nie von seiner Hippiefrisur verabschieden können. Sein jugendlich schlaksiger Körper mit den langen Beinen passte nicht so recht zu dem markanten Gesicht. Aber seinen sinnlichen Mund fanden viele Frauen umwerfend.

Eddie liebte die Frauen und war stolz auf seine notorische Untreue. Es erfordere ein gehöriges Maß an Intelligenz und Entschlossenheit, um dauerhaft und konsequent untreu zu sein, betonte er gerne und ohne jedes Schuldgefühl. Dieses hatte er gänzlich abgelegt, als Irene sich von ihm getrennt hatte. Nachdem sie ihn in flagranti mit einer Frau aus Litauen erwischt hatte, die ein Mal pro Woche zur Pediküre kam, hatte sie alle finanziellen Hähne abgedreht. Außerdem hatte sie verlangt, dass ihr gemeinsames Haus und Grundstück am Cap Ferrat auf ihren Namen überschrieben wurden. Das schmerzte, nicht nur im Geldbeutel, sondern auch tief in Eddies empfindsamer Seele. Denn er liebte das Haus. Den Zitronenhain und das Pieds-dans-l'eau-Bassin, in dem man das Gefühl hatte, direkt ins Mittelmeer hinauszuschwimmen.

Nein, Schuldgefühle waren etwas für Amateure. Außerdem hegte Eddie den Verdacht, dass Irene etwas mit ihrem Geschäftspartner, Kees van Delden, hatte. Das war für ihn aber absolut in Ordnung.

Die Stereoanlage mit den sechzehn Lautsprechern pumpte

Don Henleys »Boys of Summer« ins Wageninnere. Eddie fühlte sich schlagartig um mindestens zwanzig Jahre jünger. Er hatte große Pläne. Und diese Pläne sollte eben jener Kees van Delden finanzieren. Der wusste nur noch nichts von seinem Glück. Aber mit den Informationen, die Eddie über den Niederländer hatte, würde dieser sein Angebot nicht ablehnen können.

Die Basse Corniche, die Küstenstraße nach Nizza, lag wie ausgestorben vor ihm, und er nutzte die Gelegenheit, die Fahreigenschaften des Maserati zu testen. Der Wagen lag so sicher auf der Straße, dass man nicht einmal in den schärfsten Kurven den Fuß vom Gas nehmen musste. Ein Sportwagen ist wie eine schöne, launische Frau, dachte Eddie. Man muss sie zu nehmen wissen. Auf dem steilen Streckenabschnitt zwischen Cap d'Ail und Èze bord de Mer, wo die Bahnstrecke sich unschön zwischen die Straße und das Meer schob, durchbrach er fast die Schallgrenze.

Kurz darauf tauchte linker Hand der Jachthafen mit all den Daycruisern auf, Riesenpötte, mehr oder weniger fahrbare Häuser. Etliche davon waren gar nicht zum Fahren geeignet, sondern fungierten als Wohnsitze in Ufernähe mit raschem Zugang zu allen Annehmlichkeiten, die einem den Tag und die Nacht versüßten.

Auf der Höhe des Casinos drosselte Eddie das Tempo. Gepflegte Rentner in gebügeltem Leinen und gegerbten Lederjacken schlenderten die Palmenpromenade entlang. Wieder neigte sich ein Tag auf der Spielwiese der Reichsten unter den Reichen seinem Ende entgegen.

Eddie fuhr rechts ab auf die Hauptstraße und spürte sein Herz schneller schlagen, als er sich dem Gran Café näherte. Er wusste, dass sie um diese Zeit dort saß, auf dem Schoß das Pelzknäuel, eigentlich ein Hund, den sie überall mit hinschleppte. Sonnengebräunte Antilopenbeine, selbst zu dieser Jahreszeit, und mit dem sinnlichen Zauber, der nur reifen, erfahrenen Frauen eigen ist. Das in der Mitte gescheitelte, lange schwarze Haar fiel wie flüssiges Ebenholz über ihre Schultern, unterstrich die hübschen Linien ihres schmalen Gesichtes und verstärkte die sinnliche Glut ihrer Augen.

Ihr Name war Corrine, und sie war Kees van Deldens Frau. Eddie Jones sah darin kein Hindernis, im Gegenteil, für ihn war das eine unwiderstehliche Herausforderung. Er würde beide kriegen, die Frau und den Geldsack. Und all das dank eines deftigen Saufgelages mit einem geschwätzigen Kunstmaler.

Eddie fühlte, wie das Blut durch seine Adern pulsierte. Heute Nachmittag wollte er zur Sache kommen. Er rollte im Schritttempo an der langen Reihe der Maklerbüros und überteuerten Boutiquen vorbei und blieb vor dem Café stehen. Zwischen dem Maserati und Corrine lag nur ein Meter. Eddie setzte sein charmantestes Lächeln auf. Allerdings würde es nicht lange dauern, bis der erste heißblütige Franzose auf die Hupe drückte. Und genau so war es. Ein buntes Hupkonzert veranlasste Eddies Traumfrau, zu dem Maserati vor ihrer Nase aufzuschauen. Eddie nahm die Brille ab, zuckte entschuldigend mit den Schultern und zwinkerte ihr zu: »Siehst du, welche Begeisterungsstürme du entfachst?«

Sie erwiderte jungmädchenhaft und scheu sein Lächeln, und ihre schwarzen Augen glitten an der Autoreihe entlang, die sich inzwischen hinter Eddies Cabriolet gebildet hatte. »Wie meinst du das?«, fragte sie und neigte den Kopf.

»Siehst du nicht die Schlange an Verehrern hinter mir?«

»Du bist verrückt.«

»Ja, nach dir! Ich kann ohne dich nicht weiterfahren.«

»Ich bin verheiratet, wie du weißt«, entgegnete sie, wobei sie auf den fetten Diamanten an dem langen, schlanken Ringfinger ihrer rechten Hand zeigte.

»Dein Mann sollte dich nicht alleine ausgehen lassen.«

»Er ist heute in Paris.«

»Und ich bin hier.«

Ein hitziger kleiner Franzose baute sich neben dem Maserati auf. »Was fällt Ihnen ein? Fahren Sie weiter! Oder wollen Sie, dass ich die Gendarmen rufe?«

Eddie lächelte und legte vertraulich eine Hand auf den Unterarm des Franzosen. »Ma femme! L'amour. Qu'est qu'on peut faire?« Er nickte Corrine zu.

Der Franzose warf der schlanken, hübschen Frau einen Blick zu, zuckte mit den Schultern und trollte sich.

»Siehst du, was ich deinetwegen auf mich nehme?« Eddie öffnete die Tür zum Beifahrersitz.

Corrine erhob sich zögernd.

»Sie werden alle entsetzlich enttäuscht sein, wenn du nicht einsteigst.«

»Du bist verrückt. Aber ...« Ihre Wangen wurden von einer hektischen Röte überzogen. Sie sah sich rasch um, dann glitt sie katzengleich auf den Beifahrersitz.

Eddie drehte sich um und winkte den Wartenden hinter sich triumphierend zu.

»Sorg dafür, dass ich es nicht bereue«, sagte Corrine.

Eddie schnurrte Richtung Monaco davon.

Vernissage

»Merde!«, schimpfte Galerist Philippe Lugol. »Wenn das gut geht, schwöre ich dem Mammon ab und wende mich Gott zu!« Lugol hatte noch nicht mal sein Sakko an, obwohl die ersten

Gäste in weniger als einer Viertelstunde eintreffen würden. Wie immer, wenn er unsicher war, schob er seinen Unterkiefer vor. Er hatte die Bilder immer wieder umgehängt, ohne aber wirklich zufrieden mit den Plätzen zu sein, an denen sie hingen.

Der Künstler, Johan Darre, saß in einer Ecke auf einem einfachen Holzstuhl und hatte längst das Interesse an den Bestrebungen des Galeristen verloren, die Ausstellung so attraktiv wie nur möglich zu gestalten. Johan Darre leerte sein Champagnerglas in großen Schlucken und saugte angespannt an seiner Pfeife. Wie ein isländischer Vulkan paffte er Rauchwolken an die eierschalenfarbenen Wände der Galerie PL.

Lugol hatte ein neues Ausstellungslokal in einer stillgelegten Fabrik in Grünerløkka bezogen. Dank mobiler Wände konnte er jetzt die Größe der Galerie den jeweiligen Ausstellungen anpassen. Doch die größten Pluspunkte waren der riesige Parkplatz und die Hydraulikrampe, über die die Kunstwerke vom oberhalb liegenden Straßenniveau direkt nach unten in die Galerie geschafft werden konnten.

Darre musterte Lugol. Sie hielten es jetzt schon einige Jahre miteinander aus. Lugol verstand sein Handwerk, wurde aber von einer ungeheuren Gier angetrieben. Er bekam vierzig Prozent Provision und hatte bisher nicht schlecht an ihrer Zusammenarbeit verdient. Bat Darre jedoch einmal um einen Vorschuss, fand Lugol immer einen Grund, weshalb das im Moment nicht möglich war. Aus Protest gegen den billigen Weißwein, den der Galerist bei Vernissagen servierte, hatte Darre drei Kisten Moët & Chandon mitgebracht. Lugol hatte sich darüber zwar echauffiert, aber erleichtert gewirkt.

»Mein Gott!«, sagte er jetzt, zog sein Jackett über das verschwitzte Hemd, legte es aber gleich wieder ab, weil er vergessen hatte, die Hemdsärmel nach unten zu krempeln. »Wir müssen öffnen.«

Darre sah sich ein letztes Mal um und atmete zufrieden aus. Er freute sich wie ein Kind auf die Gesichter der Gäste, auch wenn er keine Miene verziehen und alle Kommentare unbewegt entgegennehmen würde.

Kurze Zeit später drängten sie aus der Kälte herein: champagnergeile Kunstliebhaber, Besserwisser, Freunde des Künstlers und Menschen, die es aus den unterschiedlichsten Gründen für wichtig erachteten, sich auf jeder Vernissage sehen zu lassen. Das laute Stimmengewirr, das mit dieser ersten Gästewelle hereingeschwappt kam, verebbte rasch. Die Leute standen mit offenen Mündern da und gafften, unsicher, wie sie das, was ihnen dargeboten wurde, auffassen sollten.

Lugol musterte das Publikum besorgt, während Darre konzentriert ein Staubkorn vom Ärmel seiner Jacke wischte.

Die Rahmen waren exakt so wie die der Originalbilder, deren Titel auf Kärtchen neben den Kunstwerken vermerkt waren. Aber die Leinwände waren – leer. Kein Strich, kein Schatten, nur das nackte Leinen. Der Titel der Ausstellung lautete »Gestohlene Kunst und ihre Rahmenbedingungen«. Darres Vision war es, dem Publikum durch die Titel der Bilder und deren nachgebildete Rahmen das Gefühl des Verlustes dieser Bilder nahezubringen. Die Menschen sollten einen gestohlenen Vermeer, Munch oder Picasso erleben, indem sie die blanke Leinwand mit ihrer Erinnerung füllten.

Die Galeriegäste waren von diesem Ansatz vollkommen überfordert. Darre musste innerlich lachen. Dieses Mal hatte er es ihnen wirklich gezeigt. Die Größen der Kulturszene waren in Panik, ausgesetzt in einer Wildnis voller unvorhersehbarer Gefahren. Es roch nach einem Skandal.

Lugol sah seinen Gewinn bereits in weite Ferne verschwinden. Sein Hirn überschlug sich bei dem Versuch, die Verluste der Misere zu berechnen.

Da brach Irene Willum das Schweigen: »Gratuliere, das ist großartig, unglaublich raffiniert!«

Lugol eilte auf seinen kurzen Beinen zu ihr und stimmte ein: »Nicht wahr? Kunst bedeutet Risiko, und Darre ist wirklich mutig!« Auf Irene Willum war eben Verlass. Sie war exzentrisch, aber sie hatte das richtige Näschen.

»So mutig, darauf zu setzen, dass das Publikum das, was nicht da ist, ergänzt«, fuhr Irene fort. »Darre will die Kunst in jedem von uns entstehen lassen. Er sprengt damit Grenzen. Nach diesem Ansatz wird es fast unmöglich sein, jemals wieder irgendetwas zu malen. Und wo sonst bekommt man einen gestohlenen Vermeer oder Picasso zu einem derart günstigen Preis?«

Die Anwesenden lachten und applaudierten. Die ebenso hübsche wie erfolgreiche Irene Willum war eine bedeutende Kunstsammlerin und eine wichtige Akteurin auf dem internationalen Kunstmarkt.

»Nur in der Galerie PL«, blökte Lugol, bereits berauscht von Irenes meergrauen Augen und ihrem Temperament. Das Heftchen mit den roten »Verkauft«-Aufklebern brannte Löcher in seine Tasche.

»Ich nehme einen Monet, einen Degas und einen Picasso.«

Wieder lachten die Gäste. Das Eis war gebrochen, und das Stimmengewirr hob wieder an.

Lugols Hirn arbeitete auf Hochtouren, während er mit seinen Aufklebern von Bild zu Bild huschte und dabei ausrechnete, wie viel Gewinn er bei diesem offensichtlichen Triumph machen würde. Er war so aufgeregt, dass er zunächst nicht bemerkte, wie der große Aufzug mit einem dumpfen Laut auf der Galerieebene aufsetzte.

Die Türen öffneten sich. Ein großer, länglicher, relativ schmaler Gegenstand stand auf einem Gestell, eingepackt in graues Papier.

»Bestimmt ein Geschenk zur Vernissage. Hier steht, dass es von Gerhard Elming ist.« Lugols Sekretärin war zum Aufzug getreten und hatte den Gegenstand in Augenschein genommen.

»Von Gerhard?« Philippe Lugol fürchtete, das Paket könne das Interesse von Darre abziehen. Sollte Elming jedoch zu Ohren kommen, dass sein Gruß nicht mit der gebührenden Aufmerksamkeit behandelt worden war, konnte das unangenehme Folgen haben, nicht nur für Lugol, sondern auch für die Künstler, die er in Zukunft ausstellen wollte.

»Typisch Elming«, sagte Lugol übertrieben munter. »Er mag große Auftritte, auch wenn er persönlich nicht anwesend ist. Lassen Sie uns darauf anstoßen, meine Damen und Herren!«

Er zögerte einen Augenblick, bevor er sich daran machte, das Paket zu öffnen. Ein intensiver Geruch von Terpentin oder Verdünner stach ihm in die Nase. Es dauerte eine ganze Weile, die Verpackung zu entfernen, kräftiges Klebeband erschwerte die Arbeit zusätzlich. Lugol fluchte innerlich. Diese Aktion nahm der Ausstellung den Fokus. Die Leute interessierten sich jetzt mehr für den Inhalt des geheimnisvollen Paketes als dafür, Bilder zu kaufen.

Schließlich kamen zwei große Plexiglasschaukästen zum Vorschein. Lugol hatte eine unangenehme Vorahnung und betete zu allen französischen Heiligen, während er die seltsamen Aquarien vollends freilegte.

Der Schock ließ ihn mitten in der Bewegung erstarren. Er schloss die Augen und hoffte, dass nicht wahr war, was sich da offenbarte. Aber das Crescendo des Entsetzens um ihn herum machte ihm schmerzhaft deutlich, dass seine Hoffnung vergebens war.

Ein unvergessliches Rendezvous

Das Pelzknäuel lag zitternd auf dem Teppich und knurrte leise. Corrine war im Bad. Eddie hatte ihr einen Morgenmantel aus pflaumenblauer Seide bereitgelegt. Jetzt schaltete er die Stereoanlage ein, und die Rolling Stones kommentierten, was Eddie sich für das bevorstehende Ereignis vorstellte. »If you start me up, if you start me up, baby, I will never stop!« Er sah aus dem Fenster. Die Sonne ging langsam unter. Zwanzig Etagen unter ihm bewegten sich Menschen und Autos lautlos.

Eddie musterte seine nackte Gestalt in der Fensterscheibe. Ein Handtuch, das er sich um die Hüften geschlungen hatte, heuchelte Anstand. Er war sich nicht ganz sicher, ob er seinen Körper als sehnig oder als alkoholikerdürr bezeichnen sollte. Auf jeden Fall gab es nirgends ein überschüssiges Gramm Fett. Eddie entschied sich für sehnig. Außerdem hatte er, was die Frauen wollten.

In diesem Moment betrat die langbeinige, geheimnisvolle Corrine das Schlafzimmer. Die blaue Seide umspielte ihre Hüften. Einen Moment lang zögerte sie, dann ging sie zu dem breiten Doppelbett und legte sich auf den Rücken, ein Bein über das andere geschlagen. Der Morgenrock ließ den Spalt zwischen ihren Brüsten erahnen, die sich wie zwei reife Granatäpfel unter der Seide abzeichneten.

Eddie drehte sich um und ließ das Handtuch fallen. Splitternackt und mit steifem Glied stand er da und sang aus vollem Hals: »I'm still standing.«

Corrine lachte, löste den Gürtel des Morgenmantels, spreizte die Beine ein wenig und ließ Eddie ihre frisch rasierte Venusblüte sehen.

Mit einem Satz war Eddie am Bettende. Er fiel auf die Knie

wie vor einem Altar und wollte sich langsam zum Paradies vorarbeiten, als Corrine zu einem kräftigen Tritt ausholte. Eddie kippte nach hinten. In seiner Brust knackte etwas. Verdammt, was war das denn? Ein brutales Sexspiel? Der Schock darüber, dass sie ihm gegen die Brust getreten hatte, war größer als der Schmerz, und Eddie wehrte sich dagegen, den Tritt als Abweisung aufzufassen. Im Gegenteil, er inspirierte ihn.

»Je suis désolée.« Sie rang nach Atem.

Eddie kroch erneut auf sie zu. Ein Zittern ging durch Corrines Körper. Ihre Bauchmuskeln spannten sich an, und ihr Körper zog sich ruckartig zusammen. Ihr Kopf raste wie ein Rammbock auf Eddie zu. Der Stoß warf ihn ein weiteres Mal nach hinten. Er krümmte sich, in ihm kämpften Eitelkeit und Wut gegeneinander. So etwas hatte er noch nie erlebt.

»Mon cœur! Das … es tut mir leid!«

Corrine wirkte völlig abwesend. Sie lag schlaff im Bett, als stünde sie unter Drogen. Hatte sie irgendetwas genommen? Koks, Medikamente? Oder war das ein epileptischer Anfall? Die Kopfschmerzen ließen nach. Noch etwas benommen ging Eddie um das Bett herum und schob sich seitlich zu Corrine vor. Er hatte so viel in dieses Abenteuer investiert, dass er jetzt nicht aufgeben wollte. Mit einem Blick, der die Wut vertreiben und so etwas wie Sorge ausdrücken sollte, begann er, ihr übers Haar zu streicheln. »Bist du krank? Kann ich etwas für dich tun?«

»Oui«, antwortete Corrine, drehte sich auf die Seite und rammte ihm das Knie zwischen die Beine.

Eddie schrie vor Schmerzen.

»Hilf mir!«, flüsterte Corrine verzweifelt. »Mon cœur!«

Eddie konnte sich nicht länger beherrschen. »He, was hast du denn genommen, du Biest?«

Er packte sie an den Schultern und schüttelte sie. Sie blieb liegen und zuckte in spastischen Bewegungen. Eddie bekam Angst. »Hör auf damit!« Ihr Mund war halb geöffnet und ließ sie schwachsinnig aussehen. Weißer Speichel rann ihr seitlich über die Lippen, und es roch irgendwie verbrannt.

Seine Lust war weg. Er fand sie überhaupt nicht mehr attraktiv, wollte sie so schnell wie möglich loswerden. Da trat sie völlig überraschend noch einmal zu und traf ihn am Mund. Instinktiv holte Eddie aus und schlug Corrine ins Gesicht. Er bereute es sofort. Seine Knöchel protestierten, und die Schmerzen zügelten die Wut. »Corrine?«

Sie antwortete nicht, starrte nur stumm an die Decke.

»Verdammt! Das darf doch nicht wahr sein! Corrine?«

Ein groteskes Kunstwerk

Hauptkommissarin Cathrine Price schaltete das Blaulicht auf dem Dach des Volvo ein und setzte sich über alle Geschwindigkeitsbegrenzungen hinweg. Sie hatte mit ihrer Tochter Cecilie Hausaufgaben gemacht, als der Anruf der neuen Leiterin des Morddezernats, Helen Adler-Nielsen, kam. Die Botschaft war klar: »Ich brauche Sie in der Galerie PL. Augenblicklich. Die Kollegen werden Sie dort treffen.«

Sie hasste die Art, wie Adler-Nielsen ihre Chefrolle ausspielte, überhaupt empfand sie diese Vorgesetzte als reinste Zumutung. Adler-Nielsen gab so gut wie nie ein freundliches Wort von sich, nur kurze Befehle ohne ergänzende Erklärungen. Und sie fragte grundsätzlich nie, ob es gerade passte. Man sollte meinen, dass eine Chefin mehr Verständnis für den schwierigen Alltag einer alleinerziehenden Mutter hatte, aber nein. Helen

Adler-Nielsens Ton war rüder als der vieler Männer. Sie selbst hatte weder Mann noch Kind.

»Ich bin mit Cecilie am Lernen. Sie hat morgen eine Prüfung. Kann das nicht jemand anders übernehmen?« Cathrine wusste, dass Proteste zwecklos waren, wollte sich aber nicht widerstandslos fügen.

»Wie gesagt, Galerie PL, am besten gestern.« Damit war das Gespräch beendet gewesen.

Die Fackeln, die den schmalen Weg vom Parkplatz zur Galerie säumten, brannten noch immer festlich und bildeten einen scharfen Kontrast zu der nüchternen Absperrung, die jetzt das Gebäude und seine Besucher umgab. Cathrine fuhr so nah wie möglich an den Eingang heran. Ein junger Beamter schob die Barriere zur Seite und nickte der Hauptkommissarin respektvoll zu. Am Eingang stieß sie auf Kriminaltechniker Jørgen Lange.

»Hat Adler-Nielsen wirklich Sie an diesen Fall gesetzt? Sind Sie sicher, dass Sie … Ich meine, das ist eine ziemlich heftige Sache.«

Cathrine schlug ihren schwarzen Trenchcoat schützend um sich. »Keine Sorge.«

»Sind Sie sicher? Ich denke an …«

Cathrine unterbrach ihn. »Keine Sorge, habe ich gesagt.«

Lange zweifelte noch immer. »Einige der Gäste werden psychologisch betreut. Der Künstler hatte einen Nervenzusammenbruch und musste in die Klinik eingeliefert werden.«

»Danke für Ihre Fürsorge, aber ich vertrage einiges.« Mit erhobenem Kopf betrat Cathrine die Galerie. Als Erstes nahm sie den Geruch wahr. Formalin. Der Geruch des Todes. Dann sah sie die Gäste, die an den Wänden lehnten oder hockten, alle gleichermaßen blass, erschöpft und ihrer Fassade beraubt. Mitten im Raum, zwischen zwei Plexiglasbehältern, stand der Galerist Philippe Lugol, wie sie annahm. Er wirkte vollkommen aufgelöst. Sein Gesicht war aschgrau, und seine Arme hingen schlaff neben dem Körper. »Gerhard Elming, Gerhard Elming«, murmelte er ununterbrochen vor sich hin.

Als sie vor den beiden Behältern stand, bereute Cathrine Price ihr forsches Auftreten sofort. Der Anblick ging selbst ihr als abgebrühter Mordermittlerin an die Nieren. Sie presste die Lippen aufeinander, atmete tief durch die Nase und schaltete alles bis auf ihren Verstand aus.

In den Behältern schwammen zwei Leichen. Das heißt, zwei Leichenhälften. Die Schnittfläche war sauber und präzise. Wer auch immer diese Person längs in zwei Teile zerlegt hatte, war mit sicherer Hand vorgegangen. Die zwei Hälften waren so in die Behälter montiert worden, als würden die Schnittflächen an der Plexiglaswand kleben. Der Mann war übergewichtig gewesen, das Bauchfett lag wie ein Polster über den Muskeln, dem Magen und den Gedärmen.

»Gerhard Elming, Kunstkritiker.« Jørgen Lange hatte sich neben sie gestellt. »Bei der Präparierung der Leiche sind vermutlich alle Spuren vernichtet worden. Nicht dumm, aus Tätersicht.«

Cathrine war noch nicht so weit, dass sie antworten konnte.

Lange deutete auf Elmings Brust. »Sehen Sie sich die engen Arterien an … Ich will ja nicht zynisch sein, aber lange hätte er es nicht mehr gemacht.« Der Kriminaltechniker schwieg und musterte Cathrine, die schwer schluckte, um sich nicht erbrechen zu müssen. »Alles in Ordnung?«

»Geht schon«, antwortete sie. »Ist Ihnen so etwas schon mal untergekommen?«

»Nein. Und ich weiß ehrlich gesagt auch noch nicht, wie wir die Sache angehen sollen.«

Was Cathrine am meisten verblüffte, war der ästhetische Aspekt dieser grotesken Darbietung. Beide Leichenhälften waren mit größter Sorgfalt arrangiert worden. Arme und Beine waren gestreckt wie bei einem Tänzer, der über dem Boden schwebt. Die Augen waren offen und die Falten im Gesicht geglättet, die langen Haare zu zwei dünnen Zöpfen geflochten und hinter die Ohren geklemmt worden. Auf der Scheibe standen mit glänzend weißer Farbe geschrieben zwei Wörter: DANISH und DANIEL.

Bankrott

Bankrott! Tom Hartmann stand auf der Treppe vor dem Parlamentsgebäude und sah zu, wie seine Atemwolken über den C.-J.-Hambros-Platz schwebten. Er stellte sich vor, wie es wäre, wenn all seine Probleme sich wie sein Atem auflösten. Dann schlug er den Kragen seiner Jacke hoch. Er war bankrott, pleite, insolvent. Sein Magazin »Opera Today« war Vergangenheit.

Bankrott! Ein dumpfes Wort, ohne jede Resonanz. Tom hatte Explosionen überlebt, war von der österreichischen Polizei und deren Antiterror-Einheit gejagt worden und mit heiler Haut davongekommen. Und dann machte ihm ein unbedeutendes kleines Wort den Garaus, das wie ein Schlag auf eine Blechdose klang. Bang-krott!

Es waren Bagatellen gewesen, die ihn zu Fall gebracht hatten. Ein paar unbezahlte Rechnungen, während er versucht hatte, wieder Boden unter den Füßen zu bekommen. Natürlich war ihm klar, dass es dämlich gewesen war, ein halbes Jahr lang alle Briefumschläge ungeöffnet in der untersten Schublade seines Schreibtisches zu sammeln, ordentlich gestapelt, wohlgemerkt.

Auch was seine Gefühle gegenüber seiner Exfrau Cathrine anging, fühlte er sich bankrott. Nach dem Drama in der Wiener Staatsoper, das sie gemeinsam durchlitten hatten, war Tom in seiner Naivität davon ausgegangen, dass Cathrine ihrer Ehe doch noch eine Chance gab. Als sie ihn während seiner Rekonvaleszenz besucht hatte, hatte sie unglaublich gut ausgesehen. Sie hatte etwas zugenommen, was ihr sehr gut stand, und ihr Gesicht besaß etwas Sinnliches, Weiches.

»Du siehst toll aus«, hatte er gesagt.

»Ich bin dicker geworden, meinst du wohl?« Für einen Moment war das bezaubernde Lächeln über ihr Gesicht gehuscht, in das er sich vor vielen Jahren so unsterblich verliebt hatte.

»Ich bin schwanger. Deshalb habe ich zugenommen.« Cathrine kam direkt zur Sache, typisch. »Das Kind ist von Matthias Marstrander.«

Tom hatte mit der Faust auf den Tisch geschlagen. Matthias Marstrander! War dieser Aktienfuzzie doch wieder aufgetaucht? »Ich dachte, du hast mit ihm Schluss gemacht?« Seine Hand schmerzte, und er bereute seinen Wutausbruch.

»Habe ich gesagt, dass wir wieder zusammen sind?«

Tom holte tief Luft. »Wann ist das passiert? Ach, ich will es gar nicht wissen.« Er verdrängte die Bilder, die ihm durch den Kopf schossen. Nach allem, was sie gemeinsam erlebt hatten, war sie wieder zurück in die Arme dieses seelenlosen Geldgeiers gerannt und hatte sich von ihm ein Kind machen lassen. »Seid ihr … wieder zusammen?«

»Wäre ich dann hier?«

Tom musterte Cathrine. Die Signale, die sie aussandte, waren uneindeutig. Wünschte sie sich eine Zukunft mit Cecilie, ihm und dem Kind von Marstrander? Müdigkeit übermannte

Tom. Er rieb sich das Gesicht, um seine Verzweiflung zu verbergen. »Warum hast du es nicht wegmachen lassen? Wenn du gar nicht mit diesem Kerl zusammen bist?«

»Ich bin bald vierzig. Ich muss die Kinder nehmen, die ich kriegen kann.«

Ohne Leiche kein Verbrechen

Eddie schloss die Wohnungstür und fuhr mit dem Aufzug ins Erdgeschoss. Das zottige Pelzknäuel klemmte unter seinem Arm und protestierte mit leisem Knurren.

Eddie brauchte frische Luft. Was sollte er jetzt tun? Van Delden kontaktieren? Ausgeschlossen. Selbst mit dem, was er über ihn wusste, war es kaum möglich, in dessen Büro zu traben und zu sagen: Hallo, ich habe dummerweise deine Frau umgebracht, als ich sie vögeln wollte.

Panisch hatte er Corrines Handtasche nach Drogen oder irgendwelchen Medikamenten durchwühlt und war dabei auf eine laminierte Plastikkarte gestoßen, die verriet, dass Corrine einen Herzschrittmacher hatte und welche Nummer man im Notfall anrufen sollte. Auf der Karte stand auch eine kurze Beschreibung der Symptome bei unterschiedlichen Komplikationen. Ein Isolationsdefekt oder Elektrodenbruch konnte zu unkontrollierbaren Muskelkontraktionen führen. Corrine hatte offenbar einen Anfall gehabt, und er hatte ihre Zuckungen als Aggression gedeutet. Hätte er sie retten können?

Vor lauter Aufregung hatte er sein Hemd falsch zugeknöpft und seine Füße nackt in ein paar Pantoffeln geschoben. So hatte er sich auf den Weg in ein nahegelegenes Lokal gemacht.

Als der erste kühle Schluck Rosé seine Kehle hinunterrann, begann er wieder einigermaßen klar zu denken. Das Pelzknäuel saß ihm auf einem Barhocker gegenüber. Er sah dem Hund wie einem Gesprächspartner in die Augen, bleckte die Zähne und knurrte ihn an. Das Pelzknäuel hielt seinem Blick stand und knurrte leise zurück.

Sollte Eddie die Polizei anrufen und sagen, was passiert war? Würde man ihm glauben? Die Sache würde auf jeden Fall für Aufsehen sorgen und ihm noch mehr Ärger mit Irene einhandeln. Sie würde keine Gnade kennen. Sie würde ihn in der Luft zerreißen.

Zahlreiche Leute hatten beobachtet, wie er Corrine großspurig angemacht und danach abgeschleppt hatte. Er bereute diese Aktion zutiefst. Die einzige Lösung war: Klappe halten und dafür sorgen, dass die Leiche verschwand. Ohne Leiche kein Verbrechen. Aber wie? Sollte er mit ihr aufs Meer hinausschippern und sie mit einem Rucksack voller Steine versenken? Oder in die Berge fahren und sie an irgendeinem einsamen Platz entsorgen?

Eddie warf einen Blick auf seine Zenith-Uhr. In einigen Stunden sollte er Tom Hartmann vom Flugplatz abholen. Tom war ein wichtiger Baustein in seinen Plänen für die neue Produktionsgesellschaft. Würde er es weit genug ins Gebirge an einen sicheren Platz schaffen, wo er Corrine abladen konnte, bevor er zum Flughafen musste? Ruhig Blut, Eddie, ermahnte er sich. Tom sollte heute Abend einfach im Hotel einchecken, und ihr Treffen würden sie auf morgen verschieben. Ja, er würde ins Gebirge fahren und Tom sich selbst überlassen.

Jetzt, da Eddie einen Plan hatte, fühlte er sich gleich viel besser. Immer aufs Wesentliche konzentrieren, Eddie.

Er bestellte noch einen Rosé, für das innere Gleichgewicht. Das Pelzknäuel fing wieder an zu knurren. Was sollte er bloß mit dem nervigen Kläffer machen? Ihn mitten im Verkehr aussetzen, damit ein heißblütiger Raser ihn platt walzte. Eddie hob das Glas und prostete dem Tier zu. »Auf dich, mein Freund. Tut mir wirklich leid, aber in diesem Fall gilt: du oder ich.« Er trank aus und verließ die Weinbar mit dem Hund unterm Arm. Am Rand des Bürgersteigs setzte er das Pelzknäuel auf den Boden und ging davon.

Er beschleunigte seinen Schritt, war sich plötzlich nicht mehr sicher, ob er seine Wohnung eigentlich abgeschlossen hatte. Er konnte sich nicht erinnern, den Schlüssel im Schloss umgedreht zu haben.

Er betrat das monumentale Gebäude. Die marmorne Eingangshalle war blank gewienert. Nur äußerst selten begegnete man dort jemandem. Allerdings betrat er das Haus auch nur in Ausnahmefällen durch diesen Eingang. In der Regel fuhr er direkt aus der Garage mit dem Aufzug nach oben.

Kaum hatte er die schwere Tür aufgeschoben, huschte ein zottiges kleines Wesen an seinen Füßen vorbei. Eddie seufzte und zuckte mit den Schultern. Dann würde er den Köter eben unterwegs in den Bergen aus dem Auto werfen. Er betrat den Fahrstuhl, der lautlos aufwärts glitt.

Oben angekommen, schoss das Pelzknäuel aus dem Aufzug und lief, die Schnauze tief in den Flurläufer gedrückt, zielstrebig zu Eddies Wohnung und verschwand darin. Verdammt, er hatte nicht nur vergessen abzuschließen, er hatte sogar die Tür offen stehen lassen!

Er betrat sein Luxusapartment und machte sich sofort auf den Weg zum Schlafzimmer. Sein Unterkiefer klappte nach unten. Das Bett war leer. Corrine war weg. Sie war weder im Bad noch im Wohnzimmer, auch auf dem Balkon keine Spur von ihr. Eddie beugte sich vorsichtig über das Geländer und sah schwindelerregende zwanzig Stockwerke in die Tiefe.

Die Frau war und blieb weg. War sie wieder zu sich gekommen? War sie gar nicht tot gewesen sein? Das schien die einzige Erklärung zu sein. Vielleicht war Corrines Puls nach dem Anfall so niedrig gewesen, dass er ihn nicht mehr gespürt hatte.

Eddie merkte, wie der Druck nachließ. Damit hatte sich ganz von allein alles zum Besten gewendet. Bestimmt hatte Corrine nach dem bizarren und peinlichen Vorfall Eddie nicht noch einmal unter die Augen treten wollen und hatte sich aus dem Staub gemacht.

Ein ungehaltenes Kläffen riss Eddie aus seinen Gedanken. Das Pelzknäuel. Wieso hatte sie nicht auf ihren kleinen Kläffer gewartet? Er stutzte, dann lächelte er. Die Antwort lag auf der Hand. Sie wollte, dass er ihr den Hund zurückbrachte.

Ein echter Fernsehstar

Das schrille Klingeln der Straßenbahn ließ Tom zusammenfahren. Erschrocken wich er einen Schritt zurück. Dann bestieg er einen Wagen der Linie 19 nach Majorstua. Als frisch geschlagener Konkursritter und zukünftiger armer Schlucker war es wohl unangebracht, ein Taxi zu nehmen.

Es war Jahre her, dass Tom Kunde der Osloer Verkehrsgesellschaft gewesen war. War bei seiner letzten Straßenbahnfahrt nicht ein Schaffner mitgefahren? Oder musste er noch mal aussteigen und im vorderen Wagen eine Fahrkarte erstehen? Ach, was, da ging er lieber das Risiko ein, schwarzzufahren. Ein kleiner Kick in seinem sonst so spießigen Leben.

Sein Handy klingelte. »Cecilie« stand auf dem Display. Cathrine und Tom hatten sich darüber gestritten, ob Cecilie ein Handy brauchte oder nicht. Tom war dagegen gewesen wegen der Strahlung, Cathrine dafür wegen der Perversen. Eins zu null für Cathrine. In Cecilies Altersgruppe stellten Perverslinge eine größere Gefahr dar als Handystrahlung.

»Hallo, Schatz.« Tom sprach mit gedämpfter Stimme. Er war keiner dieser Handybenutzer, die ihre Privatangelegenheiten mit ihrer gesamten Umgebung teilten.

»Bist du heute im Fernsehen?« Die Stimme seiner Tochter klang erwartungsvoll. Im Hintergrund hörte Tom Gekicher.

»Ja, ich bin auf dem Weg zum NRK. Die Sendung wird aber erst abends ausgestrahlt.«

»Cool. Die anderen Mädchen fragen, ob sie ein Autogramm von dir kriegen.« Erneutes Gekicher im Hintergrund.

»Ein andermal. Ich fliege gleich nach der Aufzeichnung nach Nizza, um mich dort mit einem Fernsehproduzenten zu treffen, einem Freund von mir.«

»Wirst du dann ein echter Fernsehstar, Papa?«

»Ich soll ihn beraten. Berater sind selten Superstars.«

»Oh.« Cecilie klang enttäuscht. Im Hintergrund wurde es unruhig, Cecilie hatte es plötzlich eilig aufzulegen. »Okay, Papa, tschüss dann. Hab dich lieb!«

»Ich dich auch, mein Mädchen!« Cecilie, zwölf Jahre alt und auf dem Weg, selbstständig zu werden. Sie brauchte Mama und Papa mit jedem neuen Tag weniger, was Tom ganz und gar nicht gefiel. Er fühlte sich um die Zeit mit Cecilie betrogen, und er wusste, wer schuld daran war.

»Ihren Fahrschein, bitte.«

Tom sah auf.

Scheiße.

Neunhundert Kronen ärmer und alles andere als gut gelaunt, saß er eine Viertelstunde später in der Maske des Fernsehsenders. Ein junger, anorektischer Maskenbildner sprayte Grundschminke auf sein Gesicht und verteilte sie rasch mit einem kleinen Pinsel.

Tom betrachtete sein Spiegelbild. Im Handumdrehen sah er zehn Jahre jünger aus. Mit seinen kurz geschnittenen Haaren ähnelte er ein wenig Keanu Reeves in »Speed«. Crew cut. Kopfhaar und Bart ungefähr gleich lang. Auf jeden Fall wirkte er so knackiger als mit der Wuschelmähne, die er zuvor gehabt hatte. In seinen Augen funkelte etwas Explosives. Sollte ihm recht sein. Auch seine Jacke war trendy. Cathrine hatte sie ihm aufgeschwatzt.

Auf einem Monitor konnte er die Talkshow, die schon eine Weile in Gang war, verfolgen. Gerade sprach eine Pornodarstellerin über ihre gelungenen plastischen Operationen. Zur Unterstützung hatte sie ihren Schönheitschirurgen, eine Kapazität auf diesem Gebiet, mitgebracht, der die Bedeutung der plastischen Chirurgie hervorhob. Außer den beiden saß dort noch ein Autor, der verzweifelt versuchte, seinen neuen Roman zu promoten. Sobald er den Mund aufmachte, hielt er das Buch in die Kamera.

Tom bekam kalte Füße und ärgerte sich, dass er sich auf die Einladung eingelassen hatte. Er ahnte, dass die Fragen unangenehm werden würden.

Eine junge Frau in schwarzem Rollkragenpullover, enger Jeans und Headset kam lächelnd auf ihn zu. »Tom, gleich sind Sie dran. Wenn Sie mir bitte folgen würden?« Tom trottete brav hinter ihr her wie ein Schaf auf dem Weg zur Schlachtbank. Das Ganze behagte ihm gar nicht. Die Frau lotste ihn direkt zum Sessel zwischen Moderator und Pornostar. Die Regie nahm den Moderator ins Bild.

»An einem dramatischen Septemberabend vor einem halben Jahr«, deklamierte dieser mit unschuldig blauem Blick in die Kamera, »hat er die Wiener Staatsoper besetzt und gedroht, das Gebäude mit seinem Handy in die Luft zu jagen, falls seine Forderungen nicht erfüllt würden. Die Welt hielt den Atem an, während sich auf der Bühne ein Terrorakt abspielte. In der anschließenden Gerichtsverhandlung wurde er freigesprochen, weil er glaubhaft machen konnte, dass er zu dieser Aktion gezwungen worden war. Heute ist er bei uns zu Gast. Begrüßen Sie mit mir Tom Hartmann!«

Tom wurde heiß und kalt. Die Einleitung war unterschwellig tendenziös, indem angedeutet wurde, dass seine Mitschuld an dem Geiseldrama nicht auszuschließen war. Der Moderator wollte Tom bluten sehen.

»Tom«, fuhr dieser fort und lehnte sich übertrieben jovial zu Tom herüber, »was war das für ein Gefühl, auf der Bühne der Wiener Staatsoper zu stehen und zu wissen, dass die Kameras der Welt auf Sie gerichtet sind? Sie hatten einen Arm um die Taille der reizenden Maria Kamarov gelegt, in der anderen Hand hielten Sie ein Handy, über das Sie mit einem einfachen Tastendruck eine Katastrophe hätten auslösen können. Haben Sie sich da nicht gefühlt wie der Terminator und Bruce Willis in einer Person?«

Schweißperlen traten auf Toms Stirn. »Ich kann nur sagen, dass ich dieses Erlebnis nicht meinem ärgsten Feind wünsche. Es war grauenvoll.«

»Grauenvoll?« Der Pornostar schaltete sich ein. »Ich hab Sie gesehen in der Live-Übertragung. Mann, waren Sie cool. Zum Sterben sexy.«

Auch der Autor versuchte, sich noch einmal für einen Moment die Aufmerksamkeit des Publikums zu sichern. »In meinem Roman beschreibe ich eine ähnliche Situation«, ergriff er das Wort, wurde aber sofort von dem Moderator abgewürgt.

»In Ihrem Buch ›Hundert Dinge, die man getan haben sollte, bevor man stirbt‹ kommen weder Terroristen noch Geiselnehmer vor. Aber vielleicht sollten Sie das Buch noch einmal überarbeiten. Sie hingegen, Tom, waren für einen Tag Terrorist und kommen ungestraft davon, weil Sie mit gekreuzten Fingern hinterm Rücken rufen: April, April, ich war es nicht.« Lachen aus dem Publikum.

Tom rutschte auf seinem Sessel hin und her und spürte eine unbändige Wut in sich aufsteigen. Er hätte die Einladung niemals annehmen sollen. »So habe ich das nicht erlebt. Ich war Geisel in einem Drama, in dem ich gezwungen wurde, die Rolle des Geiselnehmers zu übernehmen.«

Der Moderator wechselte abrupt das Thema. »Sie mussten heute Konkurs anmelden. Wie fühlen Sie sich?«

Der Talkmaster war bekannt für seine gnadenlos provokante Art, aber das hier war die Höhe. Tom begann unter seiner Jacke zu schwitzen. Am liebsten hätte er sie ausgezogen, aber das Mikrofon, das am Revers befestigt war, hinderte ihn daran. »Ich habe eine Weile gebraucht, um wieder auf die Beine zu kommen. Nach Wien bin ich in ein tiefes Loch gefallen.«

»Sie haben angekündigt, ein Buch über die Ereignisse schreiben zu wollen. Wie kommen Sie damit voran?«

»Ich bin noch nicht richtig in Gang gekommen. Aber das geht Sie einen Scheißdreck an!« Die Antwort war Tom herausgerutscht.

Einen Augenblick war es mucksmäuschenstill im Studio. Die Augen des Moderators funkelten bedrohlich. »Sie wurden vom Gericht freigesprochen, aber es gibt Stimmen, die das für eine Fehlentscheidung halten. Wir waren mit einem Kamerateam unterwegs und haben einige Leute interviewt.«

Ein paar kurze Interviewausschnitte flimmerten über den Schirm. Wiener, die dem Gerichtsurteil aus dem einen oder anderen Grund nicht trauten und verlangten, dass Tom Hartmann verurteilt werden solle.

Der Talkmaster lehnte sich wieder vertraulich zu Tom herüber. »Sind diese Menschen Ihrer Meinung nach alle auf dem Holzweg?«

Das war der Tropfen, der das Fass zum Überlaufen brachte. Alle zuckten erschrocken zusammen, als er aufstand, sich mit einem Ruck das Mikrofon von der Jacke riss und es auf den Boden schleuderte. Dann griff er nach dem Wasserglas, aber anstatt es zum Mund zu führen, kippte er es dem Moderator ins Gesicht.

»Mein Gott, zum Niederknien sexy«, war das Letzte, was Tom hörte, als er aus dem Studio stampfte.

Irene Willum

Cathrine Price wusste sehr genau, wer Irene Willum war. Ihr Name tauchte häufig im Wirtschaftsteil auf, und Tom hatte so oft auf sie Bezug genommen, dass es fast schon irritierend gewesen war.

Irene und Tom waren während der Studienzeit eng befreundet. Irene Willum hatte ihren Master in Kunstgeschichte gemacht, Tom hatte Musik studiert. Sie waren aber nie ein Paar gewesen. Zumindest behauptete Tom das hartnäckig. Schon damals war Irene mit Eddie so gut wie verheiratet. Eddie Jones oder Edward Johnsen, wie er eigentlich hieß. Er hatte sich schon früh vorgenommen, Fernsehproduzent und Programmdirektor zu werden. Eddie war ein Schwärmer. Schon in den Achtzigern hatte er von Realityshows gefaselt und war mit einem 3-D-Kino baden gegangen, weil er seiner Zeit voraus gewesen war. Irene hingegen machte alles, was sie anfasste, zu Gold.

Es war nicht weiter erstaunlich, dass Irene Willum an diesem Abend die Vernissage besucht hatte. Und für Cathrine Price war es naheliegend, die Vernehmungen mit jemandem zu beginnen, den sie kannte und der ihr Einblick in die Branche geben konnte.

Sie standen in Philippe Lugols winzigem Büro auf der Galerie. Cathrine Price schaute sich um. Papierberge, wohin man sah. Eine hügelige Landschaft aus gelesener und ungelesener Post, Kunstkatalogen, Zeitungen, Luftpolsterfolie und Aktenordnern. An den Wänden reihten sich Gemälde diverser Künstler.

Lugol versuchte fahrig, einen Papierstapel zu stabilisieren, der umzukippen drohte. »Setzen Sie sich doch«, sagte er und zog einen Stuhl für Cathrine heran.

Beim Setzen beugte sie sich vor und hob ein Blatt auf, das Lugols ordnender Hand entwischt war. Eine E-Mail ohne Text. Die Nachricht bestand aus einer Reihe von Zahlen und Buchstaben. Sie reichte Lugol das Blatt.

Er warf einen Blick darauf und schüttelte den Kopf. »Darf ich Ihnen etwas zu trinken anbieten?«

»Ein Glas Champagner könnte nicht schaden, um die Nerven zu beruhigen, oder?« Irenes Stimme war tief und wohlartikuliert.

»Für mich bitte ein Glas Wasser«, sagte Cathrine.

Irene warf einen Blick auf Cathrines Bauch und nickte.

Niemand sagte ein Wort.

Cathrine betrachtete Irene. Sie waren ungefähr gleich alt. Irene hatte feuerrotes Haar, einen Teint wie weiße Schokolade, obwohl sie den größten Teil des Jahres in Südfrankreich verbrachte, und eine beneidenswerte Figur. Die ganze Person strahlte Souveränität aus, eine distanzierte, aus der Zeit gefallene Eleganz. Vielleicht lag das an den Augen. Sie waren wie graue Wolken, durch die hin und wieder funkelnd die Sonne blitzte.

Irene Willum galt als exzentrisch. In kürzester Zeit hatte sie sich einen Namen als internationale Kunstinvestorin und -expertin gemacht. Und sie besaß ein traumhaftes Haus am Cap Ferrat in der Nähe von Nizza. »Sie kannten Gerhard Elming?«

Irene Willum atmete aus, ehe sie antwortete: »In dieser Branche kennt jeder jeden. Sie ist wie ein Ententeich, noch dazu ein erstaunlich kleiner. Hin und wieder habe ich ihn um seinen fachlichen Rat gebeten. Für mich als Kunstinvestorin ist es ratsam, vor einem größeren Kauf die Meinung diverser Experten einzuholen.«

»Wie schwer wiegt das Wort eines Kritikers für einen Investor?«

In diesem Moment kam Lugol mit einem Glas Wasser und einem Glas Champagner zurück.

Irene Willum nahm einen großen Schluck Champagner, bevor sie auf Cathrines Frage einging. »Kommt darauf an, wie einflussreich er ist.«

»Und Elming war ein Kritiker mit Einfluss?«

»Definitiv.«

»War er verhasst?« Wieder ließ Irene Willum sich Zeit mit der Antwort. Cathrine konnte nicht entscheiden, ob es Kalkül war, dass sie die Fragen erst einmal sacken ließ, oder der aufrichtige Wunsch, präzise zu antworten.

»Die Leute hassten und liebten ihn.« Irene machte eine Pause, um zu sehen, ob die Kommissarin ihr folgte. »Hass ist kein konstanter Faktor in unserer Branche. Natürlich liebt ein Künstler positive Kritik. Bekommt er sie, liebt er auch den Kritiker. Wird er verrissen, setzt er ebendiesen Kritiker aber auch schnell auf die Hassliste. Elming war unberechenbar. Es kam durchaus vor, dass er einen Künstler zum Genie erklärte, den er kurz zuvor verrissen hatte, und umgekehrt.«

»Gab es jemanden, der allen Grund hatte, ihn zu hassen?«

Irene Willums Gesicht nahm plötzlich einen gequälten Ausdruck an. Cathrine sagte nichts und hoffte, dass ihr Gegenüber die Stille als anregend empfand.

Die mondäne Kunstinvestorin sah sich rasch um, beugte sich dann vor und dämpfte die Stimme. Die Distanz wich ein wenig von ihr. »Mir wäre lieb, wenn unter uns bliebe, dass das von mir kommt, aber …« Sie leerte das Champagnerglas in einem Zug. »Es gibt einen Mann, der wirklich allen Grund dazu hatte, Gerhard Elming zu hassen. Da wäre nur ein kleines Problem.«

»Und das wäre?«

»Er ist tot. Das heißt, er wird vermisst. All das, was Elming über ihn geschrieben hat, hat ihn in die Depression getrieben. Seine Frau meint, er wäre in die Berge gegangen, um dort zu sterben. Aber nein, er kann nichts damit zu tun haben. Vergessen Sie, was ich gesagt habe.« Irene stellte das Champagnerglas auf ein Regalbrett und machte Anstalten, sich zu erheben. »Ich muss jetzt los. Das ist doch kein Verhör, oder?«

»Nein, natürlich nicht.« Irenes plötzliche Eile entging Cathrine nicht. »Wenn Sie mir trotzdem den Namen des Mannes geben könnten. Man weiß ja nie, was zur Aufklärung eines Falles beiträgt.«

Irene Willum zog die Schultern hoch. »Gantelius. Er heißt Lars Gantelius. Seine Frau kann Ihnen vielleicht weiterhelfen. Sie heißt Elisabeth und lebt in Sørkedalen. Sie ist Kunsthandwerkerin. Macht wunderschöne Sachen.«

»Und sie heißt auch Gantelius, wie ihr Mann?«

Irene Willum sah sie amüsiert an. Dann wechselte sie abrupt das Thema. Cathrine spürte einen Hauch von Schadenfreude. »Wie ich höre, kommt Tom nach Nizza, um mit Eddie ein Projekt zu besprechen?«

Cathrine verschluckte sich an ihrem Wasser, was in einer willkommenen Hustenattacke mündete, mit der sie ihre

Überraschung überspielte. Tom in Nizza? Davon hatte er ihr kein Wort gesagt. Standen Irene und Tom sich doch näher, als er zugeben wollte? Und was für ein Projekt hatten Eddie Jones und Tom am Laufen? Eddie Jones war in Cathrines Augen ein charmanter Wirrkopf, und bei der Vorstellung, dass Tom mit ihm Geschäfte machen wollte, brach ihr der Schweiß aus.

Cathrine reichte Irene Willum die Hand. »Ach übrigens, noch etwas. Haben Sie eine Idee, was die Wörter auf den Behältern bedeuten könnten? ›Danish‹ und ›Daniel‹?«

Irene Willum lächelte. »Keine Ahnung«, sagte sie und verließ das Büro.

Im selben Augenblick klingelte Cathrines Handy. Es war Cecilie.

»Mama, Papa hat dem Moderator Wasser ins Gesicht gekippt. Im Fernsehen.«

Wiedersehen in Nizza

Der Wind packte das Flugzeug und drückte es zur Seite. Tom Hartmann hatte den Eindruck, als nähere sich die Spitze der linken Tragfläche bedrohlich der Landebahn. Er sah das windgepeitschte Wasser, ehe das Flugzeug wieder in die Waagerechte kam. Die Räder setzten krachend auf, und er presste sich in den Sitz, als wollte er dem Piloten helfen, das Flugzeug abzubremsen. Der Flughafen von Nizza war für seine kurze Landebahn bekannt.

Dieses Wetter war für die Côte d'Azur doch alles andere als normal. Gab es denn nirgendwo einen Lichtblick? Er hatte sich so sehr auf ein Glas Rosé an der Strandpromenade gefreut, um das schlechte Gewissen über seinen unkontrollierten Ausbruch zur besten Sendezeit hinunterzuspülen. Aber die Wettergötter hatten offensichtlich anderes geplant und begrüßten die Reisenden mit nassem Schnee.

»Hi, mate«, sagte Eddie Jones schal lächelnd und fuhr sich mit der Hand durch die nassen Haare. »Das hat man nun davon, wenn man im Februar Cabriolet fährt. Das Unwetter kam völlig überraschend.«

»Lange nicht gesehen«, sagte Tom.

»Irene wird sich freuen, dass du ein Auge auf mich hast, solange sie in Oslo ist.« Eddie lachte. Dann trat er in den Schneeregen hinaus, wobei er das protestierende Pelzknäuel an der Leine gnadenlos hinter sich herzog. »Follow me.«

Auf dem Parkplatz tätschelte Eddie liebevoll die Kühlerhaube des Maserati und sah Tom neugierig an. »Na, was meinst du? Schickes Mädchen, nicht wahr? Hättest du nicht auch Lust auf so was?«

»Ich bin blank, Eddie!«

Schulterzuckend drehte Eddie die Handflächen nach oben. »Na und? Ist doch kein Problem. Ist mir auch schon passiert, mehr als einmal. So, jetzt gibt's ein Glas Wein und einen Happen zu essen, und dann geht's los. Ich habe große Pläne.« Eddie forderte Tom auf einzusteigen und trat an den Kofferraum.

Kaum hatte er die Klappe geöffnet, taumelte er entsetzt zurück. Fast war es, als hätte Corrine noch einmal zu einem unkontrollierten Tritt ausgeholt. Augenblicklich knallte Eddie den Kofferraumdeckel wieder zu. Lähmende Verzweiflung erfasste ihn. Er schluckte, seine Zunge schien geschwollen. Die Bilder von Corrines weit aufgerissenen Augen, ihrem offen stehenden Mund und ihrem Körper, steif und absolut tot, tanzten vor seinem geistigen Auge.

Eddie vergewisserte sich, dass der Kofferraum auch wirklich

zu war, woraufhin das Schloss sich löste und die Klappe noch einmal aufglitt. Verfluchte Technik! Er sah sich rasch um und vergewisserte sich, dass niemand ihn gesehen hatte, während er den Kofferraum erneut schloss. Was sollte er Tom erklären? Nie war der Weg vom Kofferraum zur Beifahrertür beschwerlicher gewesen. »Ich habe vergessen, dass ich die Winterreifen noch im Kofferraum habe«, sagte er schließlich. »Du musst den Koffer auf den Schoß nehmen, sorry.« Der kalte Schweiß auf Eddies Stirn mischte sich mit den schmelzenden Schneeflocken.

Ein Job

Maurice Clerc stemmte sich gegen den Nachtwind, sog den letzten Rest Nikotin aus der selbst gedrehten Zigarette und warf die Kippe auf den Strand. Die Funken sprangen wie Sternschnuppen über die glatt geschliffenen Kiesel. Er hielt den Atem an und ließ den Rauch langsam durch die Zähne entweichen.

Am Horizont vereinigten sich das Meer und der Himmel zu einer kompakten schwarzen Wand. Ein zur Landung ansetzendes Flugzeug hing träge in der Luft, als wäre die Schwerkraft aufgehoben. Auf dem Wasser kämpfte sich ein Schiff mit roten Laternen in Richtung Italien vor.

Das Geräusch von Rädern auf Beton veranlasste Maurice, sich umzudrehen. Ein kleinwüchsiger Mann fuhr unweit des Hotels Negresco auf einem Longboard über die Promenade des Anglais. Er glitt über die Rampe zum Strand herunter, sprang dann ab, ließ das Brett nach oben schnellen, fing es mit der rechten Hand auf, legte die linke darüber und stützte das Kinn darauf. »Salut, Maurice!«

Maurice zündete sich als Antwort eine weitere Selbstgedrehte an. Er sog den Rauch tief in die Lungen und murmelte: »Du kommst spät.«

»Stau«, versuchte sich der junge Mann an einer Erklärung. Er war etwa Mitte zwanzig und auffallend klein. Vielleicht trug er deshalb den Spitznamen Bonsai. Die Proportionen seines durchtrainierten Körpers stimmten jedoch perfekt. Seine langen Haare waren zu einem dicken Zopf geflochten, dessen Ende er nach oben geschlagen und auf dem Kopf befestigt hatte.

»Pünktlichkeit, Bonsai! Nichts geht über Pünktlichkeit!« Maurice musterte Bonsai eingehend und versuchte zu erschnuppern, ob er getrunken hatte. Der Alkohol war Bonsais Schwachstelle. Im Skatermilieu waren Drogen und Alkohol an der Tagesordnung, und bevor Maurice seinen Freund dort aufgelesen hatte, war er permanent betrunken gewesen. Das Verrückte war nur, dass Bonsai, egal, ob nüchtern oder alkoholisiert, alle möglichen Tricks auf seinem Brett draufhatte.

»Verdammt, Mann, ich bin auf was gestoßen, was echt Großes.«

»Vergiss es. Wir müssen einen Job erledigen.«

»Willst du nicht mal wissen, um was es geht?«

»Wer zu spät kommt, hat kein Recht, als Erster zu reden.«

Bonsai sah sich um. Der Strand war menschenleer bis auf einen frierenden Penner, der sich dicht an die Mauer gekauert hatte. »Emil ist doch auch noch nicht da.«

»Emma? Sie … er liegt draußen und wartet auf mein Zeichen.«

»Wann findest du dich endlich damit ab?«

»Keine Ahnung, vielleicht nie.« Maurice sog den letzten Rest an Gift und Teer aus der heruntergebrannten Kippe. »Aber du musst mich nicht jedes Mal daran erinnern, du Winzarsch.«

Der blauweiße Bug eines Fischerbootes erschien im nächtlichen Dunkel. Kaum war es vor Anker gegangen, schaukelte eine kleine Jolle in Richtung Strand. Maurice und Bonsai wateten ins Wasser und kletterten an Bord der Jolle.

»Warum bist du so spät dran, Bonsai?«

Emmas Stimme war durch die Hormone deutlich tiefer geworden, und an ihrem Kinn sprossen erste dünne Haarbüschel. Für einen Mann nicht sonderlich beeindruckend, für eine Frau absolut unattraktiv. Maurice versuchte, Emmas Laune zu ergründen. Aber weder ihr Blick noch ihre Gestik ließen irgendwelche Rückschlüsse zu.

»Fängst du jetzt auch damit an? Ich habe Maurice gerade gesagt, dass ich auf eine echt geile Sache gestoßen bin, aber er wollte nichts hören. Ist ja in Ordnung für mich, aber dann halten wir alle drei den Mund.«

Emma oder Emil, wie sie sich jetzt nannte, zuckte mit den Schultern und drehte die Jolle in die Wellen. Wasser spritzte über Bord.

Bonsai fluchte. »Müssen wir wirklich bei diesem Unwetter rausfahren?«

»Da kriegen wir's wenigstens nicht mit dem Zoll zu tun«, sagte Maurice.

In diesem Moment krachte die Jolle gegen das Fischerboot. Emil ergriff einen Bootshaken, während Maurice aufstand, um hinüberzuklettern. Die Jolle wackelte bedrohlich, und eine Welle hätte ihn um ein Haar über Bord gehen lassen. »Verdammt, Bonsai, tu doch was!«

Bonsai lachte und balancierte wie ein Seiltänzer über den Bootsrand zum Bug, nahm die Fangleine und sprang vor den beiden anderen elegant hinüber auf das Fischerboot. »Wohin fahren wir?«, fragte er und grinste Maurice an.

»Cap Ferrat, direkt vor die Steintreppe am Strand.«

Raserei

»Soll ich nicht doch lieber ein Taxi nehmen?«, kam es halb erstickt vom Beifahrersitz.

»Zieh den Bauch ein, Kumpel, der Koffer ist fast drin, und die Fahrt zum Cap dauert nicht lang.« Eddie versetzte dem Koffer einen weiteren Stoß. Er rutschte vollends ins Wageninnere, wobei er eine Gummidichtung mitriss. »Scheiße! Verdammt! Aber egal, Hauptsache, er ist drin. Wenigstens bist du jetzt bei einem Unfall gut geschützt.« Eddie schleuderte den Hund ins Auto, schob sich schnell auf den Fahrersitz und setzte den Wagen in Bewegung. »Wie gesagt, wir brauchen höchstens zwanzig Minuten.«

Der Signalton, der anzeigte, dass der Gurt nicht angelegt war, begann laut und hartnäckig zu piepsen, steigerte sich und endete schließlich in einem unangenehm hohen Ton, der jedes Gespräch unmöglich machte.

Eddie umklammerte den Schaltknüppel und wechselte unmotiviert zwischen dem zweiten und dritten Gang. Er traktierte den hypersensiblen Maserati, während die Gedanken durch seinen Kopf jagten. Was sollte er nur mit der Leiche machen? Zur Polizei konnte er jetzt kaum noch gehen. Wie sollte er den Beamten klarmachen, dass die Frau an einer Überspannung ihres Herzschrittmachers gestorben war und ein anderer die Tote in seinen Kofferraum gepackt hatte? Und wie würde Irene reagieren? Sein ganzes Leben schien plötzlich wie ein Kartenhaus in sich zusammenzufallen.

Eddie hatte das dringende Bedürfnis, Gas zu geben. Auf der geraden Strecke, vorbei am Palais Maeterlinck, konnte er diesem Drang endlich nachgeben. Der Wagen machte einen Satz nach vorn und schoss wie ein Projektil davon. Für einen Augenblick war ihm, als könnte er seine Probleme auf dem Asphalt hinter sich zurücklassen. Er sah Tom von der Seite an, der sich wie ein kleiner Junge in seinen Sitz presste und die Beine auf den Boden stemmte. Laut lachend warf Eddie den Kopf in den Nacken.

In diesem Moment zerriss ein blaues Licht den Himmel. Ein Blitz, dachte Eddie, doch dann wurde ihm klar, dass er sich getäuscht hatte.

Eddie nahm den Fuß vom Gaspedal. Wie ein Hund mit eingezogenem Schwanz rollte der Maserati an den Straßenrand.

»Was ist?«, kam Toms verzerrte Stimme hinter dem Koffer hervor.

»Police Municipale«, flüsterte Eddie resigniert.

Schon erschien ein Polizist neben ihm und musterte ihn durchdringend. »Bonsoir, Monsieur. Sie scheinen es eilig zu haben?«

»Pardon! Je suis desolé. Mein Gast sitzt etwas beengt, und ja, ich wollte ihn so schnell wie möglich nach Hause bringen. Ich fürchte, ich habe es ein bisschen übertrieben.«

Der Polizist antwortete nicht, sondern steckte seine Nase prüfend ins Wageninnere.

Eddie schickte ein Dankgebet gen Himmel, erleichtert, bloß zwei Gläschen Rosé getrunken zu haben.

»Das gibt einen Strafzettel wegen überhöhter Geschwindigkeit und Fahrens ohne Sicherheitsgurt.«

Eddie sah einen Hoffnungsschimmer. »D'accord. Können wir das gleich hier regeln?«

Stumm blickte der Polizist auf den Koffer.

Eddie hoffte inbrünstig, dass er die unvermeidliche Frage nicht stellen würde.

»Warum hat er den Koffer auf dem Schoß?«

»Im Kofferraum liegen die Winterreifen«, antwortete Eddie, so ruhig er konnte.

»Winterreifen? An der Côte d'Azur?«

»Ich fahre manchmal zum Skifahren in die Berge.« Eddie spürte, wie ihm der Schweiß ausbrach.

»Führerschein und Fahrzeugpapiere, bitte.«

»Mais pourquoi? Ich meine … ich bin ja bereit zu zahlen, stellen Sie einfach nur den Strafzettel aus«, brachte Eddie verzweifelt hervor. Das war alles so verdammt ungerecht.

Der Hund fletschte knurrend die Zähne, aber der Polizist ließ sich davon nicht beeindrucken. »Pourquoi? Sie haben gehört, was ich gesagt habe.«

»Die Papiere liegen im Handschuhfach, und da komme ich jetzt nicht dran. Wegen des Koffers.«

Der Polizist blieb ruhig, obwohl seine Geduld sichtlich langsam zur Neige ging.

»Hören Sie«, begann er, jedes Wort betonend. »Ich will Ihren Führerschein und Ihre Fahrzeugpapiere sehen. Wären Sie so freundlich, den Kofferraum zu öffnen? Ich bin sicher, dass wir darin noch etwas Platz für den Koffer schaffen können.« Der Polizist trat hinter das Fahrzeug.

Eddies rechter Fuß reagierte, bevor er nachdenken konnte. Adrenalin schoss durch seinen Körper, und sein ganzes Wollen war nur auf eines ausgerichtet: Flucht!

Der Sturm

»Es schneit! Hey, das ist doch nicht normal! Verdammte Scheiße«, schimpfte Emil. Sein Fluchen wirkte aufgesetzt. Der Wind hatte an Stärke zugenommen, die Wellen waren gewaltig, und das Fischerboot tanzte im Wasser wie eine Nussschale. Maurice war speiübel. Er war einfach kein Seemann. Das Fischerboot hatte Emils Vater gehört, der immer davon überzeugt gewesen war, dass Emil die Familientradition weiterführen würde. In gewisser Weise tat er das ja auch, nur dass er und seine Freunde es auf größere Fische als Dorade, Loup de mer und Tintenfisch abgesehen hatten. Und während sie dem großen Geld nachjagten, war das Boot so etwas wie ihr Zuhause geworden.

Als sie das Cap Nice umrundeten, erblickte Maurice durch die Gischt und das Schneetreiben das Leuchtfeuer an der Spitze von Cap Ferrat. Die Kälte stach mit tausend Nadeln auf ihn ein, und seine Hände fühlten sich an, als wäre das Mark in ihren Knochen zu Eis erstarrt.

»Dieser Job muss echt verdammt gut bezahlt werden! Wir sollten eine Arktiszulage bekommen«, schlug Bonsai vor.

Maurice tat so, als höre er ihn nicht. Der Job wäre im Handumdrehen erledigt gewesen, wenn das Wetter sich nicht unerwartet gegen sie verschworen hätte. Sie sollten einen Gegenstand vom Cap zu einer Jacht bringen, die außerhalb der Zollgrenze ankerte. Was für ein Gegenstand das war, woher er kam oder was damit geschah, interessierte Maurice nicht. Ihm ging es nur um das Geld. »Fast cash is king« war seine Devise.

Er sah zu Emil hinüber, der regungslos am Ruder stand. Er konnte nicht anders, als eine gewisse Bewunderung für seine frühere Lebensgefährtin zu empfinden. Emil war mutig. Maurice hätte es niemals gewagt, sich unters Messer zu legen und eine Geschlechtsumwandlung vornehmen zu lassen. Emma aber war die Sache mit der gleichen Energie angegangen, mit der Emil jetzt in Richtung Cap Ferrat durch die Wellen pflügte. Maurice, der Emma sehr geliebt hatte, musste sich immer noch daran gewöhnen, Emil wie einen Freund zu betrachten.

Sie waren jetzt knapp unterhalb des Caps und machten sich bereit, den Anker zu setzen. Die Halbinsel wirkte in dieser Jahreszeit verlassen und düster. Nur wenig erinnerte an das Sommerparadies mit Sonnenschein, zirpenden Grillen und Bediensteten, die von morgens bis abends Drinks servierten. Jetzt lagen die Häuser wie unbewohnte Trutzburgen da. Kaum jemand überwinterte in den gigantischen Villen. Wer sich an diesem exklusiven Fleckchen der Riviera einen Palast leisten konnte, dem fehlte ganz sicher nicht das nötige Geld für ein Häuschen irgendwo auf der Welt, wo der Winter angenehmer war.

»Du klingelst an der Pförtnerwohnung auf der Rückseite der Villa«, erklärte Maurice. »Auf dem Schild steht ›Kees van Delden‹. Und beeil dich.«

Bonsai nickte und löste die Fangleine. Er steuerte die Jolle auf ein kleines Plateau zu.

Maurice sah ihm nach. Bonsai war der zweite wichtige Mensch in seinem Leben. Er war im alten Hafen von Nizza auf ihn gestoßen, wo Bonsai mit Schlafsack und Longboard unter einem der Säulengänge des Théâtre du Port gehaust hatte. Dort sammelten sich im Winter immer ein paar Obdachlose. Erst wenn die Frühjahrssonne die ersten Touristen anlockte, wurden sie vertrieben. Bonsai hatte Maurice bestohlen, als er stehen geblieben war, um sich eine Zigarette anzuzünden. Voller Wut und im sicheren Glauben an einen leicht zu gewinnenden Kampf hatte Maurice sich auf den kleinen Kerl gestürzt und war von einem Trommelwirbel aus stahlharten Faustschlägen und Fußtritten rückwärts zu Boden geschleudert worden. Doch seit diesem Kampf war er mit dem jungen Mann befreundet und arbeitete sogar mit ihm zusammen. Maurice war der Kopf und Bonsai mit seiner beachtlichen körperlichen Vielseitigkeit das ausführende Organ.

Natürlich waren sie nur kleine Fische, aber Maurice gab die Hoffnung nicht auf, dass auch sie eines Tages das große Los ziehen würden. Ein Auftrag wie dieser war dabei ein Schritt in die richtige Richtung. Es sorgte in der Szene für ein gewisses Renommee, Aufträge vom Holländer, dem »Hecht«, wie er mitunter auch genannt wurde, zu bekommen.

In diesem Moment löste sich an Land ein Schatten aus der Dunkelheit. Es war Bonsai, der die Treppe herunterkam, das Rohr unter dem Arm. Kaum war er an Bord der Jolle, zerrte er hektisch an der Starterschnur, und der Motor heulte auf. Das Boot setzte sich in Bewegung, und er holte noch schnell den Anker ein.

»Verdammt!«, flüsterte Bonsai, als er wieder an Bord des Fischerbootes kletterte. »Ich hab den leibhaftigen Teufel gesehen. Die Zähne, das Riesenmaul – hätte mir das jemand erzählt, ich hätte es nicht geglaubt.«

»Dann stimmt es also«, sagte Maurice schaudernd.

»Warum zum Henker hast du mir nichts davon gesagt?« Bonsai versuchte, wieder ruhig zu atmen. »Nachdem ich geklingelt und meinen Namen genannt hatte, öffnete mir so ein stiernackiger Kerl die Tür. Er schickte mich die Treppe hinauf, die in den Garten führt. Am Ende der Treppe war rechts eine hohe Glaswand. Dahinter lag das riesige Biest, sein Maul weit aufgerissen, mit einer Unmenge spitzer Zähne drin. Mann, bin ich erschrocken! Und der Typ mit dem Rohr war auch ziemlich unheimlich. Nicht, dass er irgendwas gemacht hätte, einfach seine ganze Art. Eben wie einer, der sich so einen Drachen im Garten hält …«

»Das ist ein Komodowaran«, klärte Maurice ihn auf. »Der Holländer ist kein Dummkopf. Sein Haus ist eines der wenigen, das nie von Piraten überfallen wird, eben wegen dieses Monsters. Hast du bekommen, was wir abliefern sollen?«

Bonsai reichte ihm das Rohr. Es war circa einen Meter lang und aus geprägtem schwarzem Leder.

»Und der Vorschuss?«

Bonsai tat zunächst so, als hätte er den vergessen, dann zog er langsam einen Briefumschlag aus seiner Tasche. »Meine Idee ist besser«, sagte er. »Und viel lukrativer.«

»Ach, halt den Mund, Bonsai!« Maurice öffnete den Umschlag und zählte die Scheine wie ein routinierter Geldwechsler.

»Außerdem müssen wir dafür weder Drachen noch Stürme bezwingen.«

Emil trat zu den beiden. »Ich fürchte«, sagte er und holte tief Luft, »wir müssen umkehren und zurück in den Hafen fahren. Vorne am Leuchtturm scheint es wirklich übel zuzugehen …«

Maurice fiel ihm ins Wort. »Wir bringen die Sache zu Ende, wir sind doch keine Memmen!«

Emil zögerte einen Augenblick, dann zuckte er resigniert mit den Schultern und spuckte braunen Priem ins Wasser. Der Wind packte den Speichel und riss ihn davon. »Aber ich will hinterher keine Klagen hören«, brummte er, legte seine Hände fest um das Ruder und schlug einen Kurs ein, der sie direkt aufs offene Meer hinausbrachte.

Keiner sagte etwas.

Maurice spürte ein Ziehen im Bauch, als das Fischerboot den Bug hob, um gegen die erste hohe Welle anzukämpfen. Bonsai betete ein »Ave Maria« nach dem anderen. Emil schob sich eine neue Ladung Kautabak unter die Oberlippe und richtete seine ganze Konzentration auf die nächste Welle. Der Motor arbeitete schwer.

Schneeflocken mischten sich mit der Gischt und dem Dunkel zu einer undurchdringlichen Masse, die sämtliche Navigationspunkte verschluckte. »Das ist blanker Wahnsinn«, murmelte Emil vor sich hin.

Selbst Maurice begann zu zweifeln. Er klammerte sich mit einer Hand an den Mast, während er mit der anderen das Rohr festhielt. Seine Zigaretten waren vergessen. Für ihn zählte jetzt nur noch, diesen Auftrag zu erledigen.

Da brach sich ganz plötzlich eine meterhohe Welle über dem Boot und hätte den kleinen Bonsai um ein Haar mit sich gerissen. »Ave Maria!«, schrie er und suchte verzweifelt Halt. In letzter Sekunde senkte sich der Bug, und es gelang ihm, sich an der Reling festzuklammern.

Maurice sperrte die Ohren auf. Er suchte nach dem beruhigenden Rhythmus des Motors, fand ihn aber nicht. Er war verstummt.

Eine neue Welle spülte über das Deck. Das Boot drehte bei und legte sich quer zu den Wellen. »Haltet euch fest, da kommt wieder eine Welle!«, schrie Bonsai, während Emil am Ruder drehte, um das Boot wieder in die Wellen zu stellen.

Das Mittelmeer war an diesem Abend wie in einem Blutrausch und würde das Boot zu Streichhölzern zerlegen, wenn sie hier nicht wegkamen.

Emil versuchte verzweifelt, den Motor wieder zum Laufen zu bringen. Er hämmerte auf das Armaturenbrett und probierte es noch einmal, aber der Motor sprang nicht an.

Der Wind heulte, Schnee peitschte ihnen ins Gesicht, und das Boot trieb beunruhigend schnell auf die Felsen zu.

Die Männer an Bord wurden still. Sie wussten, dass der Tod sie an den Eiern gepackt hatte.

Bodycheck

Der Maserati startete durch wie eine Concorde und schoss auf die Fahrbahn. Quietschende Bremsen von anderen Fahrzeugen malträtierten ihre Trommelfelle. Durch die Beschleunigung wurde der Köter in den Fußraum zwischen Toms Beine geschleudert, wo er sich wütend in dessen blauer Hose verbiss. Tom versuchte den Hund abzuschütteln und fluchte wütend.

Noch ehe der Polizist seinen bescheidenen Peugeot gestartet haben würde, war Eddie schon durch das Zentrum von Villefranche gerast und hatte die Abfahrt zur Moyenne Corniche erreicht. Bog er dort ab, bestand die Chance, dass die Polizei geradeaus weiterfuhr. Außerdem gab es auf der kurvenreicheren Straße durch die Berge zahlreiche Abzweigungen nach Nizza, Beaulieu, Menton und Monaco.

Eddie riss das Steuer herum und rauschte nach links in die Avenue Léopold II hinein, die in die Berge führte. Er ignorierte Toms halb erstickte Proteste und schöpfte die Hoffnung, doch noch davonzukommen. Am Abzweig nach Beaulieu hielt er sich links und fuhr weiter auf die mittlere Corniche. Plötzlich hörte er Sirenen. Hatten sie aufgeholt? Scheiße, klar, die Autoscheinwerfer! Solange die vorderen Scheinwerfer über den Berghang strichen, war er leicht aufzuspüren. Er schaltete das Licht aus. Ein riskantes Unterfangen. Mit ein bisschen Glück würde er rechtzeitig die Fernstraße erreichen, wo er Richtung Monaco Gas geben konnte.

Zwei entgegenkommende, grelle Scheinwerfer holten ihn zurück in die Realität. Auf dem letzten Abschnitt der Zubringerstraße parkte in den Abendstunden immer eine lange Reihe Autos am Straßenrand und blockierte dadurch eine Hälfte der Fahrbahn. Eddie gab Gas, um vor dem anderen Auto durch den Engpass zu kommen. Aber der andere beschleunigte ebenfalls, hupte und blendete mehrmals auf, irritiert über die fehlende Beleuchtung des Maserati. Etwa auf halber Strecke waren beide gezwungen, anzuhalten. Eddie schaltete das Fernlicht ein. Der andere antwortete mit nachhaltigem Hupen.

Die Sirenen kamen unaufhaltsam näher. Eddie stieß einen

Schwall vernichtender Vokabeln aus, was seinen Blutdruck hochtrieb, den anderen Fahrer aber wenig beeindruckte. Eddie sprang er aus dem Auto. »S'il vous plâit ...«, bekam er heraus, ehe der andere jedwede Diskussion mit einem knappen »Non!« beendete.

Eddie setzte sich wieder hinters Steuer. Er hatte eine Entscheidung gefällt und versuchte, den Zwischenraum zwischen der Steinmauer und dem Wagen, der ihm den Weg versperrte, abzuschätzen. Dann strich er mit der Hand über das polierte Holz der Armatur, tätschelte es und sagte: »Tut mir leid, mein Mädchen, ich habe keine andere Wahl.«

Dann setzte er den Wagen in Bewegung. Durch die regennasse Windschutzscheibe konnte Eddie sehen, wie sich das Gesicht des anderen zu einer ungläubigen Grimasse verzog. Als der Maserati sich an der linken Seite des anderen Autos vorbeiquetschte und das Geräusch von knirschendem Metall zu hören war, konnte er sich ein Grinsen nicht verkneifen. Lack splitterte, und der Seitenspiegel knickte weg, als er mit dem anderen Wagen auf Tuchfühlung ging. Es stank nach verbranntem Gummi, der Drehzahlmesser schnellte besorgniserregend in die Höhe, aber Eddie kam voran, wenn auch langsam.

Ungläubige Schreie und eine reiche Auswahl an französischen Flüchen würzten die Nachtluft. Sekunden später war Eddie vorbei, und sein Wagen schoss nach vorn. Der Maserati schlingerte ein wenig hin und her, bis er sich an die wiedergewonnene Freiheit gewöhnt hatte.

Drei gegen Wind und Wellen

»Wir müssen springen«, sagte Emil leise.

Maurice hörte nicht, was er sagte, aber er las es von seinen Lippen ab. Seine Knie gaben nach, während er das Lederrohr umklammerte. »Dann krepier ich.«

»Wir müssen springen, Maurice«, wiederholte Emil. »Das ist unsere einzige Chance. Das Boot zerschellt an den Klippen. Wir haben keine andere Wahl.«

Maurice sagte nichts. Er lag auf dem Boden und klammerte sich an den Gegenstand, den sie liefern sollten.

Bonsai lief zum Achtersteven und holte die Fangleine der Jolle ein. »Komm!«, rief er Maurice zu, bevor er in die Jolle kletterte. »Zieh mich wieder ran, sobald ich den Motor angeworfen habe!« Bonsais Stimme war im Sturm kaum zu hören. Erstaunlicherweise gelang es ihm, sich in der schaukelnden Jolle aufrecht zu halten. »Wenn wir es schaffen, am Cap vorbeizukommen, schaffen wir es vielleicht nach Paloma Beach.«

»Die Jolle sinkt!«, protestierte Emil.

Tatsächlich war sie inzwischen bis zur Hälfte mit schäumendem Meerwasser gefüllt. Der Motor spuckte graubraune Abgaswolken aus, die augenblicklich vom Sturm zerwirbelt wurden.

Bonsai winkte Emil zu, der das Tau einzuholen begann. Eine neue Riesenwelle rollte auf sie zu. Bonsai richtete sich auf und klammerte sich an die Bordwand, während er die Beine in den Boden stemmte, um das Boot im Gleichgewicht zu halten.

»Maurice, jetzt komm endlich an Bord, verdammt!«, brüllte er.

»Beeil dich, Maurice. Du bringst uns mit deiner Feigheit noch um!«, stimmte Emil ein und versetzte ihm einen kräftigen Stoß gegen den Rücken.

Maurices Arme und Beine schwangen wild durch die Luft, dann knallte er mit der Brust auf die glatte Ruderbank der Jolle. Er bekam kaum Luft und blieb gekrümmt liegen, umklammerte aber immer noch das Lederrohr.

Die kleine Jolle lag bedrohlich tief im Wasser. Mit drei Leuten würde sie untergehen. Emil schien das zu ahnen, denn er ließ das Tau los, kniete sich hin und krabbelte über das glatte Deck. Die Jolle trieb ab.

»Emil, verdammt! Emil!« Bonsai sah die Welle, die sich mit einem Mal wie eine Wand hinter dem Fischkutter auftürmte.

Emil tauchte wieder auf, in der Hand den Rettungsring. Er hob einen Arm und warf ein Tauende in Richtung Jolle.

Bonsai versuchte, danach zu greifen, aber es gelang ihm nicht. Rasend vor Wut trat er Maurice in die Seite. »Reiß dich zusammen, du Idiot! Versuch das Tau zu fangen, wenn Emil wirft! Wenn du ihn jemals geliebt hast, dann tu jetzt was!«

Emil warf das Tauende erneut, und dieses Mal legte es sich quer über die Jolle.

»Halt das Tau fest, verdammt! Und lass endlich das blöde Rohr los!«

Maurice packte das Tauende mit beiden Händen, bevor die Welle über sie schwappte. Seine Knöchel waren weiß, so fest hielt er, und plötzlich spürte er einen Widerstand. Emil war mit dem Rettungsring ins Wasser gesprungen.

Um ihn herum war nichts als das wilde Tosen des Wassers. Er sah Bonsai, der krampfhaft die Ruderpinne des winzigen Motors umklammerte. Die zackigen Felsen vor der Küste, die immer näher kamen, waren von weißen Schaumstreifen umgeben. Endlich bewegte sich das Boot langsam auf das kleine Cap zu, hinter dem Paloma Beach lag.

Emil kämpfte im Wasser damit, den Rettungsring nicht zu verlieren. Wie ein Wal tauchte er aus den Wellen auf und verschwand wieder unter Wasser. Wie lange würde er durchhalten, wann würden seine Arme in der Kälte kraftlos werden? Maurice wurde aus seinen Gedanken gerissen, als er sah, wie der blauweiße Kutter gegen einen Felsen stieß. Binnen weniger Sekunden war er nur noch ein Haufen Bretter und Planken. Als Maurice seinen Blick wieder auf die Jolle richtete, bemerkte er, dass das Lederrohr weg war.

Bonsai holte das Äußerste aus dem kleinen Außenbordmotor heraus, aber sie befanden sich noch immer bedrohlich nah am Ufer, und hinter ihnen baute sich eine neue Riesenwelle auf. Jetzt erfasste die Welle die Jolle und hob sie an.

Maurice kniff die Augen zu. Das Boot wurde durch die Luft geschleudert, setzte mit einem Ruck wieder auf, und einen Augenblick schlingerte es haltlos. Dann wurde es wieder von den Wassermassen gepackt und weitergeschoben.

Als Maurice die Augen einen Schlitz breit öffnete, sah er Lichter. Und dann hörte er eine Stimme durch den Wind. »Steuer, verdammt noch mal! Wir schaffen es!«, rief Emil. Die Lichtflecken gehörten zu Beaulieu und Èze am Fuße der nach Trinité aufsteigenden Berghänge. Bonsai packte den Steuerknüppel fester und zwang die Jolle nach Backbord. Der Motor arbeitete heldenhaft und brachte sie noch weiter in den Windschatten.

Emil hinter ihnen gab einen Schrei von sich und stieß triumphierend einen Arm in die Luft. Nicht weit vor ihnen waren die weißen Strandhäuser von Paloma Beach zu erkennen.

Als der Kiel über die Kiesel schrammte, sprang Bonsai ins Wasser und zog das Boot die letzten Meter an den Strand. Der Motor hustete ein paar Mal und ging aus.

»Gute Arbeit, du Zwerg«, sagte Emil mit dem Rettungsring unter dem Arm und schluchzte in einer Mischung aus Schock, Staunen und Erleichterung.

»Halt's Maul, alte Transe«, erwiderte Bonsai lachend.

Wie man sich bettet

Eddies Krampf in den Schultern ließ allmählich nach. Sie hatten den Tunnel durchfahren und näherten sich der Brücke vor der Abfahrt nach Èze Village, der kleinen, am Hang klebenden Parfümstadt mit den buchstäblich himmlischen Aussichten. Von dort war es nicht mehr weit nach Monaco.

In dem idyllischen Ortszentrum hielt er sich an die Geschwindigkeitsbegrenzung. Seine Nackenmuskeln spannten sich jedoch prompt wieder an, als er auf dem Parkplatz neben dem Abzweig zum mondänen Chèvre d'Or einen blauen Ford Focus der Gendarmerie erblickte. Aber nichts passierte. Der Polizist kämpfte nur mit einem großen Pizzastück.

Bis Monaco hatten sie jetzt nur noch fünf Kilometer zurückzulegen. Zuerst die sanften Kurven hinunter zum Cap d'Ail. Eddie liebte diesen Streckenabschnitt, an dem alte Olivenbäume sich an die Felsen krallten und eine natürliche Abgrenzung zwischen der Straße und dem Meer bildeten. Dann vorbei an einem exotischen Garten, durch den Hafen und schräg nach links in Richtung Monte Carlo. Gleich hinter dem Park lag das Hochhaus mit Eddies kleiner Zuflucht und der Garage, in der sein Maserati von der Erdoberfläche verschwinden konnte, sicher verwahrt hinter Schloss und Riegel. Allen Widrigkeiten zum Trotz hatte er die erste Phase dieses unvergleichlichen Albtraums überstanden.

Tom saß halb ohnmächtig hinter seinem Koffer und hatte sich längst damit abgefunden, dass der Köter seine einzige halbwegs ordentliche Hose zernagte. Alles in allem betrachtet, war das sicher noch das geringste Übel. Die letzte halbe Stunde war wie eine Achterbahnfahrt für Blinde gewesen. Jeder Muskel seines

Körpers schmerzte, und sein Kopf dröhnte. Aber all das war nichts gegen die Tatsache, dass Eddie Jones ihn in diese halsbrecherische Flucht vor der Polizei hineingezogen hatte. Schon wieder in einem fremden Land von der Polizei gejagt zu werden war das Allerletzte, was Tom jetzt brauchte.

Eddie bedeutete Ärger, das wusste Tom aus Erfahrung. Aber das Konzept, das dieser ihm in bunten Farben präsentiert hatte und das ihm die Chance auf einen interessanten Job mit guten Einkünften gab, war einfach zu verlockend gewesen. Geplant waren Live-Übertragungen von Vorstellungen berühmter Opernhäuser in Kinos überall in Europa. Die Idee hatte was. Toms Aufgabe sollte es sein, herumzureisen und nach passenden Inszenierungen zu suchen. Ein Traumjob für einen Opernfreak wie Tom Hartmann. Und ein Weg zurück ins Arbeitsleben.

Der Wagen wurde langsamer, und das Tor einer Tiefgarage öffnete sich. Dann rollte der Maserati durch eine hell erleuchtete Parkebene auf einen geräumigen Stellplatz. Eddie stieg aus und öffnete die Beifahrertür. Es folgte die mühsame Prozedur, Toms Koffer wieder aus dem Wagen zu befördern. Tom presste den schmerzenden Oberkörper gegen die Rückenlehne, während Eddie fluchend an dem Koffer zerrte. Als er endlich aus dem Fahrzeug glitt, hätte er Eddie fast unter sich begraben. Tom hingegen spürte bei aller Erschöpfung, dass wieder Blut in seine Beine pumpte. »Was, bitte, sollte der Scheiß? Was bist du eigentlich für ein ausgewachsener Idiot?«

Eddie schwankte, als brächte ihn die Druckwelle von Toms Wutausbruch aus dem Gleichgewicht. Unruhig sah er sich um. »Du hast ja recht. Aber ich kann dir das alles erklären. Du darfst nur nicht sauer werden.«

»Da bin ich ja mal gespannt«, erwiderte Tom. Er war wild entschlossen, den nächsten Flug zurück nach Norwegen zu nehmen.

Keiner von ihnen sagte etwas, als sie mit dem Aufzug nach oben in Eddies Luxusapartment fuhren.

»Ich habe überreagiert«, sagte Eddie, als sie in der kleinen, exklusiv eingerichteten Wohnung standen.

»Ach, was du nicht sagst!«, parierte Tom und ließ sich in einen Sessel mit dem weichsten Lederbezug fallen, den er jemals gespürt hatte.

Eddie setzte sich ebenfalls, sprang aber eine Sekunde später schon wieder auf. »Drink?«

»Nein danke«, sagte Tom. »Ich habe jetzt schon einen Kater.«

Eddie missverstand Toms Ironie. »Ich hab auch zu viel getrunken«, sagte er. »Darum bin ich auch abgehauen. Na ja, und dann der Köter. Ich war so erschrocken, als er anfing, den Polizisten anzukläffen, dass mein Fuß ganz von allein das Gaspedal durchgedrückt hat.«

Die überzeugendste Erklärung war das nicht. Tom sah seinen Freund missbilligend an. »Ich dachte immer, Franzosen sehen das mit den Promillen nicht so eng. Jedenfalls nicht so eng, dass du vor ihnen flüchten müsstest, als hättest du den Kofferraum voller Drogen. Stell dir mal die Schlagzeilen vor, wenn sie uns erwischt hätten.«

»Aber sie haben uns ja nicht erwischt. Und was den Alkohol angeht, sind sie mittlerweile viel strenger geworden. Aber wollen wir nicht über erfreulichere Dinge reden? Zum Beispiel über unsere Pläne?« Eddie schenkte Whisky in zwei Gläser und stellte eines davon demonstrativ vor Tom auf den Tisch. »Prost, auf den Erfolg unseres gemeinsamen Projektes.«

Tom ließ das Glas stehen und sah sich um. Die Wohnung war klein, aber das Panoramafenster gab den Blick auf Monaco frei. Die Stadt war um diese Jahreszeit öde und ausgestorben. Todlangweilig. Es war Tom ein Rätsel, weshalb so viele Leute hier leben wollten, nur um ein bisschen Geld zu sparen.

»Das Beste wird sein, wir übernachten heute hier und fahren morgen früh raus zum Cap.« Eddie lächelte breit. »Du kannst entweder auf dem Sofa schlafen oder das Bett mit mir teilen. Federkern, Kingsize. Groß genug für eine kleine Orgie.«

Tom warf einen Blick auf das Designersofa. Es sah unglaublich cool aus, aber höllisch unbequem. »Ich ziehe das Doppelbett vor.«

Eddie lachte. »Das ist das erste Mal für mich. Ich war noch nie mit einem Mann im Bett.«

»Mach dir keine Hoffnungen.«

»Du bist gar nicht mein Typ. Ich ziehe die androgynen Jungs vor. Die schmelzen in meinen Armen dahin wie eine Frau.« Er ging hüftschwingend aus dem Wohnzimmer und zwinkerte Tom über die Schulter zu. »Ich muss nur schnell kontrollieren, ob das Bett gemacht ist.« Es dauerte nur eine Minute. »So, fertig. Du darfst meinen Brioni-Pyjama haben. Der ist normalerweise meinen Liebhaberinnen vorbehalten.«

Paloma Beach

Maurice lag reglos auf dem Boden des Bootes. Sein Brustkorb hob und senkte sich schwer.

Bonsai lief über den Strand zu den weißen Steinhäusern vor der senkrecht aufsteigenden Felswand. Das Strandlokal war seit Ende September geschlossen, Türen und Fenster mit Läden verriegelt. Einzig ein kleines Eckfenster im Hauptgebäude war nicht verrammelt. Er schlug die Scheibe mit dem Ellenbogen ein, entfernte die Splitter, die noch im Rahmen steckten, und drückte den Fensterhebel auf. Es bereitete ihm keine Probleme, sich durch die Fensteröffnung in eine kleine Küche zu schlängeln. Dann öffnete er die Tür für die beiden anderen.

Hier waren sie wenigstens für den Rest der Nacht vor dem Unwetter geschützt. Es war zwar kalt und feucht, und die Fliesen luden auch nicht gerade zum Übernachten ein, aber die Aussicht, sich nach der lebensgefährlichen Fahrt auf festem Boden ausstrecken zu können, ließ sie den muffigen Geruch und das Ungeziefer vergessen.

Maurice jammerte unablässig. »Das Rohr ist weg! Ich hätte hinterherspringen sollen. Der wirft mich doch seiner Drachenechse zum Fraß vor!«

»Für das Biest reichst du nicht mal als Vorspeise.« Bonsai lachte. Nach etlichen erfolglosen Versuchen gelang es ihm, eine Gasflamme zu entzünden, auf die er einen Wasserkessel stellte. Was für ein Luxus, plötzlich eine Küche zur Verfügung zu haben.

Er hatte alle Schränke und Schubladen durchsucht und ein paar Teebeutel gefunden. Kurz darauf tranken sie gierig den dampfendheißen Tee. Eine Flasche Pitú, die die Caipirinha-Saison überlebt hatte, brachte sie wieder ein bisschen in Schwung. Bonsai hatte es außerdem geschafft, dass die Heizstrahler über dem Buffettisch brannten und zumindest die Illusion von Wärme vermittelten.

Bonsai wartete, bis seine beiden Freunde sich einigermaßen wieder aufgewärmt hatten. Dann sagte er, nicht ohne einen gewissen Triumph in der Stimme: »Will vielleicht jemand hören, was ich anzubieten habe?«

Die Party ist vorbei

Peter Werring war Jurastudent im letzten Semester und wollte nach seinem Abschluss Anwalt werden. Sein Studium finanzierte er sich mit kleineren Arbeiten für die Polizei. Er war jung und gut aussehend, blond, blauäugig, breite Schultern, machte alles richtig und war dabei auch noch höflich und rücksichtsvoll. Der typische Wonderboy. Einziger Kratzer im Lack war eine Jugendsünde. Mit zwei anderen Computerfreaks hatte er das Sicherheitssystem des Parlaments geknackt und war mit seinem Erfolg an die Öffentlichkeit gegangen, um zu zeigen, wie angreifbar das System war. Der Skandal war zwar groß gewesen, doch keiner der Jungs war strafrechtlich verfolgt worden. Seit dieser Zeit aber hatte Peter peinlich genau darauf geachtet, immer auf der richtigen Seite des Gesetzes zu stehen.

Jetzt wartete er auf Philippe Lugol. Die Gäste waren längst nach Hause gegangen, schockiert, verängstigt und verwirrt. Gerhard Elming, der zum makabren Mittelpunkt der Vernissage geworden war, war mittlerweile abtransportiert worden.

Eine Festlichkeit hatte sich in einen Albtraum verwandelt. Für die Ausstellung interessierte sich jetzt niemand mehr. Alle Verkäufe waren rückgängig gemacht worden, weil es sich nicht gehörte, unter solchen Bedingungen Geschäfte zu machen. Lugol selbst hatte die roten Aufkleber einen nach dem anderen wieder entfernt. Der ganze Witz – ihre geniale Idee, die leeren Rahmen mit Bildern zu füllen, die im Kopf des Betrachters entstanden – war hinfällig, wenn das einzige Bild, das sich auf der Netzhaut eingebrannt hatte, der zerteilte Körper eines Kunstkritikers war. Die Galerie war zu einem polizeilichen Ermittlungsort geworden und musste deshalb auf unbestimmte Zeit geschlossen bleiben.

Lugol kam langsam auf Werring zu. »Die Party ist vorbei, fürchte ich. Am schlimmsten ist es sicher für den Künstler.«

Werring hatte Mitgefühl mit dem Mann. »Soll ich Sie nach Hause bringen?« Er war nicht an den Ermittlungen beteiligt, aber ein inoffizielles Gespräch auf dem Weg konnte durchaus wertvolle Erkenntnisse bringen, die er anschließend an Cathrine Price weitergeben konnte.

»Ich nehme Ihr Angebot an. Es ist sicher gut, wenn alle sehen, dass die Polizei mich nach Hause bringt.«

Sie verließen das angesagte Viertel im Osten der Stadt und fuhren nach Westen in die deutlich langweiligere Gegend rund um Gimle Terrasse.

»Da wären wir«, sagte Lugol. Sie hielten vor einer alten Villa. Er hatte Werring ein wenig über Elming erzählt und auch über Irene Willum, eine Frau, die er ganz offensichtlich bewunderte. Zu Werrings Bedauern waren allerdings kaum brauchbare Informationen dabei, abgesehen vielleicht von dem vagen Eindruck, dass Lugol weitaus mehr zu erzählen hatte.

»Ich habe immer allein gewohnt, und das hat mir nie etwas ausgemacht. Aber heute Abend wäre ich froh, wenn schon jemand die Lichter im Haus angeknipst hätte.«

»Wenn Sie wollen, komme ich mit rein.«

»Würden Sie das tun? Das wäre reizend von Ihnen.« Lugol öffnete die massive Haustür, und sie traten über die Schwelle.

Es roch ein wenig abgestanden, aber das Haus war sauber, wenn auch seit vielen Jahren nicht mehr renoviert worden. Schwere, altmodische Möbel und Unmengen von Regalen mit dicken, in Leder gebundenen Büchern dominierten die Räume. An den Wänden hing jede Menge Kunst. Werring kannte sich damit nicht aus, fand die Bilder aber beeindruckend.

»Alles, was Sie hier sehen, sind Sammlerobjekte. Große Kunst, wichtige Kunst. Ich könnte Ihnen über jedes Bild einen Vortrag halten.«

»Dann haben wir ja eine lange Nacht vor uns«, scherzte Werring. »Wenn es Ihnen recht ist, gehe ich kurz nach oben und schaue, ob alles in Ordnung ist.«

Er ließ sich Zeit und untersuchte jeden Raum, obwohl er sicher war, dass dort niemand war, der es auf den Galeristen abgesehen hatte. An den Wänden im oberen Stockwerk hingen Werke von zeitgenössischen Künstlern, deren Namen sogar Werring kannte. Ziemlich blutrünstige Sachen, gewalttätig und homoerotisch. Abgeschnittene Penisse und Messer im Gedärm. Handschellen und Ketten. Sie bildeten einen scharfen Kontrast zu der monumentalen klassischen Kunst im Erdgeschoss und waren für den Schlaf sicher nicht förderlich. Der Ordnung halber warf Werring auch noch einen Blick auf den Dachboden, wo lediglich in Packpapier verpackte Gemälde standen.

Als er wieder nach unten kam, hatte Lugol sich ein Glas Cognac eingegossen und einen Hausmantel übergezogen. »Sie wollen vermutlich nichts?«, fragte er hoffnungsvoll.

»Tut mir leid, nein, ich muss wieder ins Präsidium.«

»Und der Keller, wollen Sie den nicht auch inspizieren?«

Werring seufzte. Er war müde und fand, dass er dem Galeristen mittlerweile genug Zeit gewidmet hatte. Aber da er das Gefühl nicht loswurde, dass Lugol etwas auf dem Herzen hatte, würde er ihm den Gefallen tun und womöglich doch noch etwas erfahren. Er begab sich nach unten.

»Die Kellertür ist abgeschlossen, und der Schlüssel steckt auf dieser Seite. Sollte sich dort unten jemand befinden, müsste er durch ein Kellerfenster eingestiegen sein. Ich werde eine Runde ums Haus drehen, bevor ich fahre«, schlug er vor.

»Ich danke Ihnen«, sagte Lugol und leerte sein Glas. Dann

geleitete er Werring zur Haustür. In seinem Hausmantel sah die leicht gebeugte Gestalt noch bemitleidenswerter aus.

Ein kurzer Gang um das Haus bestätigte Werring, dass alle Fenster intakt waren. Gähnend setzte er sich in den Wagen. Jetzt würde er Kaffee brauchen, viel Kaffee.

Schlaflos in Monaco

So also fühlte sich Seidenbettwäsche an. Tom genoss die kühle Glätte, auch wenn er fast das Gefühl hatte, aus dem Bett zu rutschen. Eddie hatte es sich schon in den Kissen bequem gemacht und den Lokalsender eingestellt. Aber die Verfolgungsjagd wurde mit keinem Wort erwähnt.

»Ganz schön verrückt, was?«

»Du meinst die Fahrt? Nicht gerade der freundlichste Empfang an der Riviera.«

»Nein, ich meine etwas anderes. Hätte mir gestern jemand gesagt, dass ich heute mit Tom Hartmann ins Bett gehe …« Eddie grinste, aber seine Finger trommelten nervös auf der Bettdecke. Dann sprang er kichernd wieder aus dem Bett. »Ich brauche meine Schlafmedizin.« Er holte eine Flasche Armagnac und zwei Gläser.

»Für mich nicht«, sagte Tom. »Mir reicht's für heute.«

Eddie sah ihn ungläubig an. Dann schüttelte er den Kopf und stellte die Gläser wieder weg. Er zog mit den Zähnen den Korken aus der Flasche, spuckte ihn aus, sodass er über den Boden kullerte, setzte die Flasche an die Lippen und trank in langen Zügen. Sein Telefon klingelte. »O-oh«, sagte er, »Irene ruft Eddie. Jetzt wird's ernst. Hallo, Schatz«, meldete er sich mit sanfter, schmeichelnder Stimme. Dann wurde er still und sein Gesicht kalkweiß. »Oh, Gott!« Erneutes Schweigen.

Tom hörte eine leise, aber unaufhörlich sprechende Frauenstimme, vermischt mit Eddies Schreckensausbrüchen. »Das ist ja entsetzlich … Oh, mein Gott … Jesus!«

Dann wechselte die Frau am Telefon offensichtlich das Thema, und Eddie säuselte: »Nein, nein, mir geht's gut. Natürlich bin ich allein.« Er warf Tom einen vielsagenden Blick zu. »Ja, Tom ist angekommen. Er schläft sicher schon. Gute Nacht, Schatz!« Eddie legte auf. »Gott, was für eine Scheiße!«, sagte er voller Inbrunst.

Noch bevor Tom fragen konnte, erzählte Eddie die Geschichte von Gerhard Elmings grausigem Ende. Als er fertig war, holte er tief Luft und sagte: »Es ist gar nicht lange her, dass wir uns zusammen besoffen haben.«

In diesem Moment klingelte Toms Handy. »Ich weiß es bereits«, sagte er ins Telefon, bevor Cathrine sich melden konnte.

»Aber du weißt vielleicht noch nicht, dass ich den Fall übernommen habe. Allerdings rufe ich nicht deshalb an. Wie konntest du nur, Tom?«

»Müssen wir ausgerechnet jetzt darüber reden?«, wandte Tom ein. »Es tut mir wirklich leid, aber ich konnte einfach nicht anders.«

»Hast du dir denn nicht überlegt, dass das Konsequenzen für Cecilie haben könnte?«

»Ach, ich hätte einfach die Einladung zu diesem Fernsehinterview nicht annehmen dürfen.«

»Wann kriegst du dich eigentlich endlich wieder in den Griff, Tom?«

»Wie du weißt, gibt es eine Diagnose, Cathrine.«

»Posttraumatische Belastungsstörung. Aber warum habe ich die nicht? Ich hab auch eine ganze Menge durchgemacht.«

»Vermutlich bist du einfach stärker als ich.« Eddies Atem neben ihm ging schwer und gleichmäßig. Die Schlafmedizin hatte offensichtlich gewirkt.

»Weil ich es mir nicht erlauben kann, schwach zu sein, Tom. Bist du nicht allein? Da schnarcht doch jemand im Hintergrund!«

»Ja, das ist Eddie. Wir teilen uns das Doppelbett. Frag nicht weiter.« Tom fühlte sich völlig zerschlagen, und das Gespräch mit Cathrine ermunterte ihn nicht gerade. »Ich versuche wirklich, wieder einigermaßen normal zu funktionieren. Das Projekt mit Eddie ist jedenfalls eine Riesenchance.«

»Das hoffe ich für dich, Tom. Wirklich.«

»Eddie war immerhin der Einzige, der mir einen Job angeboten hat. Da sieht man, was für Freunde man hat.«

»Gute Nacht, Tom.« Cathrine legte auf.

Tom wusste, dass an Schlaf jetzt nicht mehr zu denken war. Cathrine schaffte es noch immer, in ihm alle nur erdenklichen Schuldgefühle zu wecken. Außerdem schnarchte Eddie inzwischen in größter Lautstärke.

Tom stand auf, um sich ein Buch zu holen, und stolperte beinahe über den Kleiderhaufen vor sich. Der kleine Hund hatte es sich darin bequem gemacht und knurrte ihn leise an. Wegen der Attacke auf seine Hose misstrauisch, zog Tom seine Kleidung vorsichtig unter dem Vierbeiner hervor. Als er seine Hose über einen Stuhl hängte, stellte er fest, dass seine Geldbörse weg war. Er sah sich überall in der Wohnung um, aber fand sie nicht. War sie ihm im Auto aus der Tasche gerutscht?

Eddies Schlüsselbund lag auf dem Couchtisch. Tom zog den schicken Pyjama aus und schlüpfte in seine Klamotten. Dann nahm er die Schlüssel an sich und schlich sich aus der Wohnung. Eddie schnarchte noch immer friedlich. Lautlos schloss Tom die Tür hinter sich.

Unten in der Tiefgarage war alles still. Er schritt die lange Reihe sündteurer Automobile ab. Endlich entdeckte er Eddies malträtierten Maserati und betätigte die Fernbedienung. Die Entriegelung ploppte leise, und der Kofferraum sprang auf. Tom schlug ihn zu und suchte im Fond nach seiner Geldbörse. Tatsächlich, da war sie, eingeklemmt zwischen Sitz und Schaltknüppel. Eine Sorge weniger. Zufrieden machte er sich auf den Rückweg, hielt aber plötzlich inne. Ungläubiges Entsetzen erfasste ihn. Nein, ausgeschlossen. Das konnte nicht wahr sein. Eine Stimme in seinem Inneren beschwor ihn, das Weite zu suchen, aus der Tiefgarage zu verschwinden und keinen Blick mehr in den Kofferraum zu werfen. Aber eine andere hielt dagegen. Schließlich drückte er noch einmal auf die Fernbedienung, und der Kofferraum öffnete sich langsam.

Sein Atem stockte, und sein Herzschlag setzte für einen Augenblick aus. Eine Frau oder, besser gesagt, der Leichnam einer Frau lag verkrümmt auf der kleinen Fläche und starrte Tom an. Er streckte die Hand aus, um ihr die Augen zu schließen, ließ sie dann aber sinken. Eine Leiche in Eddies Wagen! Die musste die ganze Zeit über dort gewesen sein. Jetzt wurde Tom klar, warum er den Koffer auf den Schoß hatte nehmen müssen, und auch Eddies halsbrecherische Flucht und sein seltsames Verhalten ergaben plötzlich Sinn. Und Tom steckte mit drin, ob es ihm gefiel oder nicht. Er war in einem Auto, in dem eine Leiche verstaut war, vor der Polizei geflohen. Andererseits hatte sein riesiger Koffer wohl verhindert, dass die Polizei ihn als Beifahrer wiedererkannte. Aber war Eddie wirklich ein Mörder? Wie konnte er mit einer Leiche im Kofferraum herumfahren und dabei munter über irgendwelche Geschäftsideen reden?

Tom sah sich die Frau an. Sie war schön, attraktiv, so weit man das von einer Leiche sagen konnte. War das eine von Eddies vielen Frauengeschichten?

Tom klappte den Kofferraumdeckel wieder zu und sah sich in der Tiefgarage um. Schließlich entdeckte er in einer Ecke einen Lappen, mit dem er gründlich den Griff der Beifahrertür und alle Stellen im Inneren des Wagens abwischte, mit denen er in Kontakt gekommen sein konnte. Er musste Eddie mit seiner Entdeckung konfrontieren. Ihn dazu bringen, sich der Polizei zu stellen.

Als Tom in den Aufzug stieg, verließ ihn der Mut. Wie sollte er Eddie gegenüber auftreten? Sollte er bis zum Morgen warten oder ihn aus seinem Rausch aufwecken und ihm ein Geständnis entlocken? Was, wenn er gewalttätig wurde?

So leise wie nur möglich öffnete Tom die Wohnungstür. Eddie hatte zu schnarchen aufgehört. Tom trat an das Panoramafenster und blickte mutlos über die Stadt. Schon wieder war sein Leben das reinste Chaos.

Plötzlich stand Eddie in der Tür zum Schlafzimmer. »Lass mich raten: Du hast überprüft, ob die Winterreifen noch im Kofferraum liegen?«

Eine Riesensache

»Du hast eine Leiche weggeschafft?« Die Kippe, die sonst immer wie festgeleimt an Maurices Unterlippe hing, wäre ihm beinahe aus dem Mund gerutscht.

»Musst du so schreien, dass es die ganze Côte d'Azur hört?« Bonsai sah sich besorgt um.

Emil und Maurice hatten die Strandhäuschen geplündert und Sonnenliegen, Polster, Handtücher, eine Unmenge an T-Shirts und Kapuzenpullis mit der Aufschrift »I love Paloma

Beach« sowie Jogginghosen herbeigeschafft. Alle drei hatten sie sich trockene Kleidung angezogen.

Bonsai rieb sich die Hände unter der Wärmelampe. Seine Augen glühten wie die Heizdrähte.

»Das war echt das Dümmste, was du tun konntest!«, schimpfte Maurice.

»Ganz im Gegenteil, das war doch total cool!«

»Gib's zu, du warst stoned. Vollständig weggetreten, oder?«

»Ich hatte vielleicht ein bisschen viel intus, mag sein«, verteidigte sich Bonsai. »Ich wollte was klauen, also bin ich in so einen Kasten für Steuerflüchtlinge eingestiegen. In Monte Carlo, oberhalb des Parks. In der Gegend wohnt ja keiner, das sind alles nur Fake-Adressen. Ganz oben war eine Wohnung nicht abgesperrt. Als ich im Schlafzimmer war, hörte ich plötzlich einen Schlüssel in der Tür. Da bin ich schnell unters Bett gekrochen.«

Maurice drehte sich eine Zigarette, während er Bonsai aufmerksam musterte. Emil hatte sich auf eines der Polster gesetzt und die Arme um die Knie geschlungen. Er wiegte langsam vor und zurück. »Du hast doch einen Schuss, Bonsai«, flüsterte er vor sich hin. »Echt, Mann.«

»Es waren ein Mann, eine Frau und ein Hund. Sie kicherte, er lachte laut, und das Vieh knurrte. Es war vollkommen klar, was die vorhatten. Es ging auch ziemlich schnell heftig zur Sache. Die Frau hat dem Mann gegen die Brust getreten, sodass er nach hinten gekippt ist. Und dann hat sie ihn noch ein paarmal getreten. Ich hab ihn jammern hören, während sie sich die ganze Zeit entschuldigt hat. Total komisch. Zum Schluss ist er dann ausgerastet und hat es ihr gezeigt. Ich glaube, dabei ist sie gestorben.«

»Hat er sie totgevögelt?«, fragte Emil.

»Keine Ahnung. Ich habe nur noch mitgekriegt, dass der Typ sich den Hund geschnappt hat und durch die Tür verschwunden ist …« Bonsai holte tief Luft und machte eine kunstvolle Pause, ehe er weitererzählte. »Ich habe sie da liegen sehen. Mit weit aufgerissenen Augen, als hätte sie gebetet, als sie … Ich habe ein Bild von ihr gemacht.«

Maurice sah ihn aufrichtig entsetzt an.

»Auf dem Nachtschränkchen lagen Autoschlüssel und Handy. Ich habe mich in der Wohnung umgeschaut und herausgefunden, dass der Besitzer Eddie Jones heißt. Dann hab ich mir die Schlüssel geschnappt, die Tote auf mein Longboard geladen, sie zum Aufzug gefahren und bin mit ihr direkt runter in die Tiefgarage.«

»Was, wenn dich jemand gesehen hat?« Emil schien vollkommen schockiert zu sein.

»Da wohnt keiner, hab ich doch gesagt. Ich habe sein Auto gefunden und die Leiche in den Kofferraum gelegt. Dann habe ich das Auto so fotografiert, dass man die Tote und das Kennzeichen erkennen kann. Zum Schluss bin ich wieder nach oben gefahren und habe die Schlüssel zurück an ihren Platz gelegt. Der wird sich zu Tode erschrecken, wenn ich ihm die erste Nachricht schicke.«

Es wurde still.

Maurice paffte wie besessen an seiner dünnen Zigarette. Wenn er daran zog, leuchtete die Glut auf, und wenn er den Rauch durch die Nase ausstieß, sah er aus wie ein Drachen.

»Bonsai«, sagte Maurice und sah ihn streng an. »Was hast du da bloß für ein verdammt mieses Zeug geraucht? Das muss ein echt übler Trip gewesen sein, sonst wärst du nicht auf eine derart bekloppte Idee gekommen.«

Bonsai durchwühlte seine Taschen und holte sein Handy heraus. Er wischte es trocken, bevor er es anschaltete. Das Display leuchtete ein paar Mal auf, ehe Bonsai lächelte und anerkennend nickte. Er reichte Maurice das Handy. »Was sagst du jetzt?«

Maurice dachte einen Moment lang nach. »Bonsai hat recht«, sagte er schließlich, und seine Zigarette wippte auf und nieder. »Das kann eine Riesensache werden. Dieser Perversling soll richtig bluten dafür. Das kann uns stinkreich machen.«

Mit triumphierender Miene riss Bonsai Maurice das Telefon aus der Hand. Dann tippte er in atemberaubender Geschwindigkeit mit beiden Daumen eine Nachricht und drückte auf »Senden«.

»Ich würde nur zu gern sein Gesicht sehen, wenn er die MMS öffnet.«

Erpressung

»Du hast keine Wahl, Eddie! Du musst dich der Polizei stellen.«

»Jetzt reite doch nicht so darauf herum, Tom!«

»Wer ist sie?«

»Das geht dich nichts an. Ich hab das alles unter Kontrolle.«

Eddie lief im Wohnzimmer auf und ab. Resigniert und verzweifelt, weit davon entfernt, Kontrolle zu haben. Die MMS, die er erhalten hatte, als Tom unten in der Garage gewesen war, verursachte ihm Herzklopfen. Erpressung. Klar. Man hatte Corrines Leichnam in seinen Kofferraum gelegt, um ihn zu erpressen. Das Foto sprach für sich. Nur dass die Erpresser in punkto Nummerschild Pech hatten. Es war gefälscht. Aber trotzdem. Er hatte das Foto sofort von seinem Handy gelöscht, doch in seine Netzhaut hatte es sich eingebrannt.

»Und wenn sich in der Tiefgarage Verwesungsgeruch ausbreitet? Hast du auch dann noch alles unter Kontrolle? Merkst du nicht, dass du dich mit jeder Stunde, die verstreicht, bis du zur Polizei gehst, nur noch schuldiger machst?«

»Ich bin unschuldig, Tom. Ich wollte mit dieser Frau nur ein bisschen Spaß haben. Dafür kann man mich doch wohl nicht einsperren?«

Tom seufzte. Eddie war wie ein Stück nasse Seife, die jedes Mal wegflutschte, wenn die Vernunft sie zu packen versuchte. »Wenn du nicht zur Polizei gehst, muss ich es tun.«

Eddie schlug mit der Faust auf den niedrigen Designertisch. »Hörst du nicht, was ich sage? Die Frau hatte einen Herzschrittmacher. Sie ist eines relativ natürlichen Todes gestorben.«

»Wenn das stimmt, hast du doch gar nichts zu befürchten. Die Obduktion wird das ja dann bestätigen.«

Eddie fuhr sich heftig durch sein wirres graues Haar. Mit seinen verschlafenen Augen und den nackten Füßen unter dem Morgenmantel sah er aus wie ein Kind, das einen Albtraum gehabt hatte. Tom bekam fast Mitleid mit ihm.

»Also gut, ich werde mich stellen. Ich verspreche es«, sagte Eddie mit tränenerstickter Stimme und klang dabei fast aufrichtig.

»Glaub mir, das ist das Beste.« Tom legte seine Hand auf Eddies, der sie aber zurückzog, als fürchte er, damit würde ein Versprechen besiegelt.

»Ich werde mich stellen«, wiederholte er. »Aber ich muss dafür den richtigen Augenblick abwarten.«

»Es gibt keinen richtigen Augenblick, Eddie! Tu es jetzt. Ich begleite dich auch.«

»Ich muss auf Irene Rücksicht nehmen. Sie hat morgen Abend ein wichtiges Essen mit potenziellen Investoren. Sie hat das komplette Grand Hotel am Cap Ferrat gemietet, da kommen Gäste aus der ganzen Welt. Wir reden hier von ein paar hundert Millionen Kronen.«

»Eddie!«

»Nein, Tom! Das kann ich Irene nicht antun! Sobald sie die Verträge unter Dach und Fach hat, kann ich zur Polizei gehen. Vorher nicht.«

»Du begehst einen großen Fehler!«

»Außerdem wollte ich bei diesem Anlass auch Lobbyarbeit für unser Projekt leisten, Tom.«

»Vergiss das Projekt, Eddie. Ich mache nicht mit, wenn du dich nicht stellst. Jetzt sofort!«

Eddie legte sich auf das Designersofa, schloss die Augen und lag ein paar Sekunden unbeweglich da. »Okay«, sagte er schließlich. »Morgen früh, wenn ich dich zum Cap fahre. Auf der Polizeistation in Saint Jean kenne ich den Chef.«

Ein unsterbliches Kunstwerk

Es war Viertel vor acht morgens. Cathrine Price stand in der Küche und bereitete das Pausenbrot für Cecilie zu, als ihr Handy klingelte. Eine unbekannte Nummer. Sie klemmte das Handy zwischen Ohr und Schulter und wickelte das Brötchen in eine Serviette, bevor sie es in einen Plastikbeutel mit Reißverschluss schob. »Cathrine Price.«

Die Stimme an ihrem Ohr klang zaghaft und heiser. »Philippe Lugol.«

Cathrine trat in den Flur, wo Cecilie mit der Schultasche auf dem Rücken wartete.

»Ich habe die ganze Nacht kein Auge zugetan. Ich fürchte, ich brauche Polizeischutz.«

Cathrine schnitt eine genervte Grimasse, um Cecilie zu signalisieren, dass der Anruf zwar ungelegen kam, aber begründet war, umarmte ihre Tochter und schob sie mit einem stummen »Hab dich lieb« aus der Tür. Danach ging sie zurück in die Küche und schenkte sich ein Glas Wasser ein, ehe sie das Gespräch mit dem Galeristen fortsetzte.

»Und warum fühlen Sie sich bedroht und glauben, Polizeischutz zu benötigen?« Cathrine warf einen Blick auf die Titelseite der Morgenzeitung. Der Mord an Gerhard Elming war das zentrale Thema. Darunter war ein kleines Foto von Tom, wie er dem Moderator Wasser ins Gesicht kippte. »Skandal« lautete die Überschrift. Sie seufzte.

»Können wir uns treffen?« Ein undefinierbarer Unterton schwang in Lugols einfacher Frage mit.

Eine Viertelstunde später saß sie in einem Bistro Philippe Lugol gegenüber. Der Franzose war sichtlich aufgewühlt und sah ziemlich mitgenommen aus. Die silbergrauen Locken hatten sich im Wind aufgestellt und weigerten sich jetzt, sich wieder zu legen. Cathrine suchte nach einer einigermaßen gemütlichen Sitzposition, aber die hohen Barhocker zeigten wenig Kooperationswillen.

»Ich habe mich die ganze Nacht gefragt«, begann Lugol mit einem unruhigen Blick über die Schulter, »warum ausgerechnet mir das Paket mit Gerhard Elming geschickt wurde. Das ist doch ein Hinweis, oder? Der Wunsch, mich fertigzumachen? Eine Warnung, dass ich der Nächste bin?«

»Wie kommen Sie darauf, dass es einen Nächsten geben könnte?«

Wieder sah der schmächtige Franzose sich um. »Intuition. Seit ich denken kann, habe ich mich auf meine Intuition verlassen. Ihr habe ich meinen Erfolg zu verdanken. Und jetzt sagt mir meine Intuition, dass ich wachsam sein sollte. Ich weiß nicht …. Vergangene Nacht hatte ich einfach nur Angst, aber …« Lugol brach den Satz ab, als hätte er sich verplappert.

Cathrine hielt es für besser, ihn reden zu lassen und nicht mit Fragen unter Druck zu setzen. Lugol hatte irgendetwas auf dem Herzen, schien aber nicht recht damit herausrücken zu wollen. Sie nahm einen großen Schluck von ihrem Caffè Latte und beobachtete, wie ein junger Mann und eine junge Frau miteinander zu flirten versuchten. Vielleicht konnte man ja früh morgens in einem Bistro tatsächlich jemanden kennenlernen?

»Er hat oft rumgeflachst, dass er gerne ein unsterbliches Kunstwerk wäre. Nachdem er zum ersten Mal eine Damien-Hirst-Ausstellung gesehen hatte, sagte er mir, dass er sich vorstellen könne, nach seinem Tod einmal so konserviert zu werden. Den Gedanken, von Würmern gefressen oder im Krematorium verbrannt zu werden, fand er unerträglich.«

Cathrines Gedanken waren abgeschweift. Das Baby hatte sich bewegt. Ein fantastisches Gefühl. Ein deutlicher, energischer Tritt gegen ihre linke Bauchseite. Doch Lugol holte sie zurück zu Elmings morbidem Abgang. »War das allgemein bekannt? Ich meine, hat er darüber auch geschrieben?«

Lugol hatte die Position gewechselt und lehnte jetzt mit dem Rücken an der Wand, sodass er das Lokal im Blick hatte. »Nein, so etwas sagte er nur, wenn er zu viel getrunken hatte. Das war typisch für ihn. Wahrscheinlich wollte er komisch sein, nehme ich an. Aber solche Dinge verbreiten sich natürlich schnell.«

Cathrine wurde das Gefühl nicht los, dass Lugol etwas ganz anderes auf dem Herzen hatte.

»Haben Sie ›Away from the flock, divided‹ gesehen?«

Cathrine schüttelte den Kopf.

»Damien Hirst«, sagte Lugol. »Zuerst gab es ›Mother and child, divided‹, da wurden eine geschlachtete Kuh und ein Kalb ausgestellt. Danach hat er den Erfolg mit einem Lamm wiederholt: in zwei Hälften geschnitten und in Formalin eingelegt. Genau wie Elming. Die Parallele zu Christus ist natürlich klar. Ein verirrtes Schaf, das von der Herde getrennt wurde. Ein Verräter oder ein Opferlamm? Liegt darin irgendeine Form von Warnung?«

Cathrine notierte sich Lugols Theorien mit erkämpfter Ruhe. Sie sah auf die Uhr und hoffte, dass Lugol das Signal richtig deutete und zum Schluss kam.

Lugol legte eine Hand auf ihre. »Gehen Sie noch nicht. Da ist noch etwas anderes, es ist abstoßend, ich weiß nicht, wie ich es sagen soll.« Er atmete tief ein, als wolle er einen Schrei ausstoßen. Stattdessen kam nur ein tonloses Flüstern. »Ich habe ein Angebot für Elming bekommen.«

»Ein Angebot?«

»Ein Angebot für Elmings sterbliche Überreste. Wir haben einen Interessenten, wie es heißt, einen Käufer.«

»Sie meinen ein Angebot für das Kunstwerk Gerhard Elming, in zwei Teile zerlegt und in Formalin eingelegt?«

»Geisteskrank, pervers, ich weiß. Das Angebot wurde uns über eine anerkannte Galerie gemacht, und es geht um eine beträchtliche Summe. Man bezieht natürlich nicht Stellung zur ethischen Fragwürdigkeit des Angebots, und der Käufer möchte anonym bleiben. Aber er hat erklärt, dass das Präparieren von Elmings Leiche als eine Dokumentation des künstlerischen Schaffens eines schwerkranken Menschen zu betrachten ist und damit als ein Stück Realitykunst, die er für die Nachwelt bewahren möchte.«

Cathrine Price legte ihren Notizblock weg, unsicher, wie sie sich dieser neuen Information gegenüber verhalten sollte. Es war nicht sicher, dass das Angebot in Zusammenhang mit dem Mord an Elming stand. Es liefen mehr als genug exzentrische Irre in der Welt herum. Möglicherweise spielte ihnen jemand einfach nur einen Schabernack. Ebenso gut konnte es sein, dass der Täter versuchte, möglichst viel Aufmerksamkeit auf den Fall zu lenken. Nur nichts überstürzen, dachte sie, einen Schritt nach dem anderen. Als Nächstes musste sie in die Rechtsmedizin und sich nach dem neuesten Stand der Ermittlungen erkundigen. »Können Sie die Kaufinteressenten noch ein wenig hinhalten? Ihnen sagen, dass Sie die Möglichkeiten prüfen?« Sie stand auf und streckte die Hand aus.

Lugol ergriff sie mit beiden Händen und sah sie ängstlich an. »Bekomme ich nun Polizeischutz?«

Kees van Delden

Kees van Delden glaubte nicht an die Liebe. Er glaubte an kompatible Energien. Und mehr als an alles andere glaubte er an die Allianz zwischen Irene Willum und ihm. Selbstverständlich fand er Irene attraktiv, aber es wäre ihm niemals in den Sinn gekommen, einen Versuch der Annäherung zu wagen und ihr gemeinsames Vorhaben dadurch zu gefährden. Sie waren Yin und Yang, zwei zielstrebige Menschen, die sich hundertprozentig ergänzten. Aber wie so viele Menschen hatten sie beide einen überflüssigen Anhang. Eddie und Corrine. Vielleicht galt es, sich dieses Anhanges eines Tages zu entledigen.

Kees van Delden war ein typischer Schattenmann. Ein unorthodoxer und medienscheuer Unternehmer, der unter anderem durch seine Transaktionen auf dem illegalen Ölmarkt reich geworden war. Und inzwischen war er Irene Willums engster Kooperationspartner.

Van Delden war ein Meister im Yoga. Die Yogatechniken,

die er sich in jungen Jahren in Indien angeeignet hatte, verliehen ihm außergewöhnliche Kräfte. Er hatte nie viel Schlaf gebraucht, und so begann er in der Regel seinen Tag um vier Uhr morgens mit einer Runde Asanas, die er mit einem halbstündigen Kopfstand beendete. Auf dem Kopf stehend, drehe man die Sanduhr des physischen Alterns um, behauptete er. Die Schwerkraft wirke in die entgegengesetzte Richtung und revitalisiere die inneren Organe, halte die Adern elastisch und entlaste den Herzmuskel. Zusätzlich fördere ein Kopfstand die natürliche Collagenproduktion der Haut. So jedenfalls lautete seine Erklärung für seine bemerkenswert jugendliche Erscheinung, seinen über sechzig Lebensjahren zum Trotz. Was van Delden allerdings verschwieg, war die Tatsache, dass Yoga und Askese ihm dazu verhalfen, andere zu manipulieren. Durch die extreme Schärfung aller Sinne, trainiert durch das Yoga, vermochte er Menschen zu durchschauen, eine wichtige Voraussetzung, um sie zu manipulieren.

Die Sonne begann die Erdoberfläche nach dem nächtlichen Unwetter aufzuwärmen, vor dem Panoramafenster stieg der Morgentau aus dem Gras und aus den Bäumen auf. Er hatte die Adlerstellung eingenommen, eine einfachere Gleichgewichts-Asana, in der Arme und Beine umeinander geschlungen sind, während der Blick auf ein bestimmtes Objekt gerichtet ist. Van Deldens Blick suchte seinen ganz besonderen Liebling, ein Geschöpf, das er Shankar getauft hatte und das in dem abgegrenzten Bereich zwischen dem Haus und der hohen Mauer lebte, die van Deldens luxuriöses Grundstück mit der steil abfallenden, atemberaubenden Parkanlage einrahmte.

Das Grundstück war ursprünglich ein schräg abfallender Steilhang gewesen, an dem ein gottbegnadeter Landschaftsarchitekt sich frei hatte entfalten dürfen. Linker Hand, in Richtung Meer, gab es einen Absatz mit einem hundert Quadratmeter großen Schachbrett aus weißem Marmor und schwarzem Granit. Die Spielfiguren waren etwa einen Meter hoch und ebenfalls aus Marmor. Van Deldens Leibwächter versetzten sie für ihn, wenn er spielte. Jedes Plateau war von Steinmauern eingerahmt und stand voller Terrakottatöpfe und -kübel mit üppiger Blumenpracht. Bronzefische spuckten Wasser in elliptischen, sich kreuzenden Bögen. Überall standen riesige Skulpturen, Löwen, Hirsche, Krokodile, Elefanten, Giraffen, aber auch mystische Figuren. Es gab uralte Olivenbäume, Trauerweiden und Zitronenbäume in allen Varianten. Wein und Jasmin rankten an den Mauern empor. Das Haus lag an der höchsten Stelle des Grundstücks, und hinter den hängenden Gärten und der hohen Mauer sah Kees van Delden das Meer und das Cap de Nice.

Parallel zur Mauer, in einem Abstand von etwa drei Metern verlief eine hohe Wand aus Panzerglas. In dem schmalen Streifen dazwischen lebte Shankar, ein direkter Nachkomme der Dinosaurier, ein Komodowaran. Die größte Echse der Welt. Gut drei Meter lang.

Van Delden konzentrierte all seine Energie auf Shankar. Er meditierte über die Kraft des Tieres, über seine brutale Schönheit und extreme Aggressivität. Und er verbeugte sich vor der erschreckenden Zerstörungskraft, die in den Kiefermuskeln und Zahnreihen lag.

Als der zoologische Garten auf dem Cap Ferrat drei Jahre zuvor geschlossen worden war, hatte van Delden die Gelegenheit genutzt, sich das seltene Exemplar eines Komodowarans zuzulegen, der ihn besser schützte als jede Sicherheitsfirma. Und der Schatz, den er bewachte, war nicht weniger als das Gemäldeportfolio der International Art Invest. Die wertvollsten Bilder lagerten in einem Gewölbe unter dem Käfig der Riesenechse. Einen sichereren Platz gab es nicht.

Nach der Kaltfront, die die Riviera in der letzten Nacht heimgesucht hatte, fürchtete van Delden schon, sein wechselwarmes Schoßhündchen könnte erfroren sein, denn es lag reglos in seinem Gehege. Es blieb ihm allerdings nichts anderes übrig, als abzuwarten. Einen Komodowaran nahm man nicht einfach zum Aufwärmen mit ins Wohnzimmer. Ein kleiner Biss konnte einen Fäulnisprozess im Körper in Gang setzen, an dem man binnen kürzester Zeit starb. Manchmal begnügte Shankar sich damit, seine Beute nur leicht anzuknabbern, und wartete dann, bis die innere Verwesung sein Opfer dahinraffte, denn er war verrückt nach dem Gestank von Tod, Blut und Verwesung.

Van Delden war äußerst zufrieden mit seinem Wachhund, er brauchte keine zusätzliche Alarmanlage mehr. Im Winter fielen die Diebe in Scharen über das Cap her. Und alle kamen über das Meer, wie früher die Piraten. Der Weg über Land war viel zu riskant, da sämtliche Fahrzeuge, die zum Cap Ferrat fuhren, am Eingang der Halbinsel per Kamera beobachtet wurden.

Van Delden hatte keine Kinder. Nicht, weil er keine Kinder hätte haben wollen, sondern weil er damit warten wollte, bis die Rahmenbedingungen stimmten. »Nur Tiere zeugen Kinder ohne jedes Gefühl für Verantwortung. Warten wir noch ein bisschen auf den perfekten Augenblick«, hatte er Corrine immer wieder vertröstet. »Unsere Kinder sollen alles haben, absolut alles.« Dann aber hatte ihre Beziehung sich verändert. Die Leidenschaft verschwand, sie hatten kein gemeinsames Schlafzimmer mehr. Außerdem war Corrine psychisch instabil. Ein Herzleiden, das früher oder später eine Transplantation erforderte, bereitete ihr Angstzustände. Was Kees van Delden aufrechthielt, war seine Beziehung zu Irene, deren Gatte Eddie jedoch einen permanenten Grund zur Sorge darstellte.

Van Deldens Telefon klingelte. Er fischte es aus der Brusttasche, ohne die Yogastellung aufzulösen. Es war einer seiner Leibwächter, der ihm ausführlich Bericht erstattete.

»Was zum Teufel wollen Sie damit sagen, Sie wissen nicht, wo sie abgeblieben ist?«, unterbrach van Delden ihn schließlich. »Sie ist mit in Eddie Jones' Wohnung gegangen, und danach hat keiner sie mehr gesehen? Dann durchkämmt die Wohnung, ihr verfluchten Bauerntölpel! Ich habe euch angestellt, damit ihr auf meine Frau aufpasst!«

In diesem Moment wurde van Deldens Aufmerksamkeit abgelenkt. Der Metzger hatte eine Schubkarre voller Knochen, Knorpel, Tierkadaver und Gammelfleisch gebracht, die er, unterstützt vom Gärtner, in das Gehege kippte. Der Komodowaran erwachte zum Leben, und van Delden atmete erleichtert auf. Seine Sorge war unbegründet gewesen. Die gespaltene Zunge schnellte weit aus dem Maul, als das Tier wankend auf seine Mahlzeit zuwalzte und sich dann mit absurder Geschwindigkeit darüber hermachte.

»Ihr seid solche Affen! Ihr solltet Fotos machen und alles dokumentieren. Findet sie, ihr Drecksäcke, findet sie!«

Corrine, die geile Nutte, und Eddie, der Hurenbock, hatten also wirklich etwas miteinander. Und jetzt war sie verschwunden. Van Delden beendete seine Yogaübung und massierte sich die Beine. Corrine war eine Sache. Im Grunde genommen gönnte er ihr das Abenteuer. Es gab ihm Ruhe zum Arbeiten. Aber wie sollte er mit Eddie verfahren? Der Mann betrog ihn mit seiner Frau und wollte ihn gleichzeitig davon überzeugen, in sein Projekt zu investieren. Das war wirklich bewundernswert dreist. War Irene eingeweiht? Wusste sie, was ihr Mann trieb? Wiederum war niemand so dreist, wenn er nicht einen Trumpf im Ärmel hatte. Wie er es auch drehte und wendete, die Sache bereitete ihm Bauchschmerzen. Van Delden beschloss, den Hurenbock beim Essen der Investoren, zu dem auch er geladen war, genau im Auge zu behalten. Und bis auf Weiteres Stillschweigen darüber zu bewahren, was er soeben erfahren hatte.

Van Delden trat ans Fenster. Der Komodowaran hatte seine gierige Mahlzeit beendet. Er legte den Kopf in den Nacken und riss zufrieden das Maul auf.

Theorien

»Er war ja sozusagen schon fertig obduziert, als er hier eintraf.«

Der trockene Humor von Rechtsmediziner Wahl traf nicht ganz Cathrines Nerv. Er war mager und einer der Letzten, der seiner Halbglatze mit einem altmodischen, über dem linken Ohr ansetzenden Seitenscheitel begegnete. Sein Gesicht war glatt und die Augen groß und kindlich. Wahl konnte sich begeistern für makabre Morde, nicht weil er pervers war, sondern weil er eine tiefe Leidenschaft für sein Fach besaß.

»Es ist nicht ganz leicht, die Todesursache zu bestimmen. Er litt an einer ernsten Angina pectoris. Sie könnte einen Infarkt verursacht haben. Zumindest war er schon tot, als er in zwei Teile gesägt wurde.«

Gerhard Elmings getrennte Körperhälften lagen ordentlich nebeneinander auf dem Stahltisch. Elming sah viel kleiner aus als in den Schaukästen. Cathrine war erstaunt, wie präzise der Körper in zwei Teile zersägt worden war. Das Gehirn war akkurat in der Mitte des Hirnbalkens geteilt worden, desgleichen Kehlkopf, Speiseröhre, Brustbein. Glatte Schnittflächen, die fast wie poliert wirkten. Magensack, Därme, selbst Elmings Penis war exakt in der Mitte halbiert.

»Sie haben recht«, fuhr Wahl fort, ohne dass die Kommissarin etwas gesagt hätte. »Wer hier am Werk war, hatte eine ruhige Hand. Die Leiche wurde in halb gefrorenem Zustand zersägt, daher die glatten Schnittflächen.« Wahl beugte sich weit vor und inspizierte Elmings Eingeweide eingehend. »Ich tippe mal, der Täter hat einen Winkelschleifer verwendet.«

»Sie glauben also, es war ein Mann?«

»Sicher kann man nie sein, aber das hier scheint mir doch eher die Arbeit eines Mannes zu sein. Ich habe, gelinde gesagt, Schwierigkeiten, mir eine Frau vorzustellen, die ... so etwas macht, Sie verstehen?«

Cathrine beschloss, darin ein Kompliment zu sehen. »Ich verstehe.«

»Andererseits hat die fragliche Person sämtliche Knochenflächen mit Sandpapier geschliffen und anschließend poliert. Wir haben Knochenstaub im Gewebe gefunden. In der erschreckend ästhetischen Ausführung dieser Tat wiederum liegt etwas durchaus Weibliches. Oder aber die Handschrift eines Künstlers.«

»Wer auch immer der Täter war«, sagte Cathrine und versuchte, die Informationen zusammenzusetzen, »scheint viel Zeit und keine Befürchtungen gehabt zu haben, dass er überrascht werden könnte. Ich stelle mir ein abgelegenes, einsames Atelier vor.«

»Elming weist an den Hand- und Fußgelenken Spuren von Metallhandschellen auf. Und beide Schultern sind ausgekugelt.«

»Was bedeutet das?«

»Möglicherweise handelt es sich um eine altmodische Form der Verstümmelung, wie sie im Mittelalter ausgeführt wurde. Die gängigste Art war das Vierteilen. Die Gliedmaßen des Betreffenden wurden an vier Pferde gebunden, die man in vier Richtungen auseinandertrieb. Auch bei Kreuzigungen kann es zu Verletzungen kommen, wie wir sie an unserer Leiche sehen.« Er hielt inne und strich sich von links nach rechts über den Schädel. »Die fragliche Person könnte ihn aufgespannt haben wie ein Fell, bevor sie sich darangemacht hat, ihn in zwei Hälften zu zerteilen. Um sich die Arbeit zu erleichtern, zum Beispiel.«

Cathrine musste sich setzen. Die Bilder, die vor ihrem inneren Auge vorbeiflimmerten, waren heftig. Außerdem hatte sie infolge der Schwangerschaft mit hohem Blutdruck zu kämpfen. Sollte sie den Fall vielleicht doch abgeben? Sie verwarf den Gedanken umgehend, als sie sich Helen Adler-Nielsens höhnischen Gesichtsausdruck vorstellte. Wahl brachte ihr ein Glas Wasser, das sie in großen Schlucken leerte.

»Ich schicke einen ausführlichen Bericht, sobald ich hier fertig bin«, sagte er.

Am Eingang des Präsidiums traf sie Peter Werring, der nach seiner Nachtschicht auf dem Weg nach Hause war. Er sah erstaunlich munter aus. Der blaue Parajumper unterstrich seine unangestrengte Maskulinität, die weißen Zähne und die blauen Augen waren wie eine frische Meeresbrise an diesem tristen Februarmorgen.

»Die einen kommen, die anderen gehen«, sagte er und hielt Cathrine die Tür auf.

»Auf dem Weg zum Schafott«, sagte sie bedeutungsvoll. »Adler-Nielsen erwartet wahrscheinlich, dass ich den Fall bereits aufgeklärt habe.«

»In den Morgenzeitungen gibt es schon eine Reihe von Hypothesen. Zitier doch einfach daraus, dann hast du schon eine ansehnliche Menge Theorien.«

Cathrines Augen verdunkelten sich. »Das hat mir gerade noch gefehlt.«

»Brauchst du jemanden, der dir die Hand hält?« Werring zwinkerte ihr zu. Seine Stimme war tief und klangvoll.

Rede weiter, dachte Cathrine, dann werde ich vielleicht ruhiger. »Wird schon schiefgehen«, sagte sie. »Ich fange an, mich an die Giftschleuder zu gewöhnen.«

»Feuerspeiender Drache, Kreuzotter oder gemeine norwegische Ringelnatter?«

Cathrine lachte. Peter Werring schaffte es immer, ihre Laune zu heben. »Ich würde sagen, alle drei in seliger Vereinigung.«

»Du Arme. Ruf mich an, wenn du ein Debriefing brauchst. Meine Freundinnen schwören auf meine breiten Schultern.«

Cathrine begab sich ins Präsidium, aufgeheitert und leicht verwirrt. Hatte Peter Werring mit ihr geflirtet? Oder war er einfach nur unglaublich nett?

Helen Adler-Nielsen stand am Fenster, als Cathrine Price das Büro betrat, wie vom Regisseur eines Kammerspiels dort platziert. »Und?«, fragte sie, noch ehe Cathrine die Tür hinter sich geschlossen hatte. »Ich habe um zwölf Uhr eine Pressekonferenz anberaumt und hoffe, dass Sie mir etwas berichten, womit wir die Gemüter beruhigen können.«

Cathrine sah auf ihre Uhr. Zehn vor zehn. Vor fünfzehn Stunden war das Verbrechen entdeckt worden. »Ich habe meinen Tag bisher damit verbracht, meine Tochter für die Schule fertig zu machen, einen Vorsorgetermin bei meiner Hebamme wahrzunehmen, ein therapeutisches Gespräch mit einem Galeristen zu führen, der der Meinung ist, umgehend Polizeischutz zu benötigen, und mir im Rechtsmedizinischen Institut einen vorläufigen Bericht über das Opfer abzuholen.« Cathrine hoffte, dass ihre Antwort das Rattenmaul wenigstens eine Weile stopfte, aber Adler-Nielsen durchbohrte sie mit ihrem stechendsten Blick, ohne etwas zu sagen.

Irgendwie strahlte diese Frau etwas Unheimliches aus. Die Lider hingen schräg über ihren Augen, ihr Mund verzog sich nur selten zu einem Lächeln, und der militärisch kurze Haarschnitt gab ihrem Kopf etwas Kantiges. Eigentlich hatte sie hübsche Züge, aber die kamen unter allzu hohen Ambitionen und einer konstant schlechten Laune kaum zur Geltung.

Adler-Nielsen hatte die Titelseiten sämtlicher Morgenzeitungen aufgehängt, die das Verbrechen als Topmeldung gebracht hatten. Auf zwei Titelseiten war außerdem ein Foto von Tom zu sehen, wie er dem Fernsehmoderator ein Glas Wasser ins Gesicht schüttete. Unter einem der Bilder stand in fetten Lettern: »Tom Hartmann – Fahnenträger der Meinungsfreiheit?« Cathrine räusperte sich. »Wir haben alles getan, was möglich war. Aber wie Sie ja wissen, ist es noch zu früh –«

»Ich brauche etwas«, fiel Adler-Nielsen ihr ins Wort, »womit ich den Menschen da draußen sagen kann, dass Norwegen ein sicheres Land ist. Und dass wir alles unter Kontrolle haben. Die Gerüchteküche brodelt. Einige Oppositionspolitiker haben bereits ihre maßlose Empörung kundgetan. Die Tatsache, dass ein angesehener Kritiker massakriert wurde, macht den Medienrummel nicht gerade geringer. Es kursieren Gerüchte von einer möglichen Racheaktion, andere sehen Verbindungen zum Terror, es wurde sogar die These laut, das habe was mit den Mohammed-Karikaturen zu tun.« Adler-Nielsen öffnete beim Sprechen kaum den Mund. Ihr Monolog wirkte fast wie einstudiert und so, als hätte sie bereits im Voraus beschlossen, dass Cathrine nichts beizusteuern hatte.

Cathrine beschloss, so wenig wie möglich zu sagen. Zu einer glanzvollen Pressekonferenz würde sie ihr nicht verhelfen. Hoffentlich grillen sie dich, bis du eine dicke schwarze Kruste hast. »Wir sollten uns auf alle möglichen Szenarien einstellen«, sagte sie, stolz auf ihre schwammige Wortwahl. »Ist es übrigens legal, eine Leiche zu kaufen? Es gibt nämlich jemanden, der die ›Elming-Installation‹, wenn wir die Leiche so nennen wollen, kaufen möchte. Nicht, dass wir darüber bei der Pressekonferenz sprechen sollten«, setzte sie nach und freute sich diebisch, ihre Chefin ausnahmsweise einmal aus der Fassung zu sehen.

Adler-Nielsen blieb Cathrine eine Antwort schuldig.

»Wenn Sie nichts dagegen haben, würde ich mein Team gerne briefen, damit wir mit diesen Hypothesen weiterarbeiten können.« Cathrine war mit sich zufrieden. Sie hatte sich an die Fakten gehalten, war korrekt aufgetreten und hatte Adler-Nielsen nicht den geringsten Anhaltspunkt geboten, an den sie sich hätte klammern können. Die Hand bereits auf der Türklinke, drehte sie sich noch einmal um und schoss ihren letzten Pfeil ab: »Ich könnte mir übrigens gut vorstellen, Peter Werring in meine Mannschaft aufzunehmen. Er ist unerfahren, ich weiß, aber er verfügt über Spezialkenntnisse, die uns in diesem Fall durchaus von Nutzen sein könnten. Sein Vater ist einer der bekanntesten Kunsthistoriker des Landes.«

Helene Adler-Nielsen wedelte sie weg wie eine lästige Fliege.

Regina del Mare

Die Lampen an Bord der »Regina del Mare« wurden gelöscht. Der Morgen dämmerte, der Sturm hatte sich gelegt, und die blaue, sieben Deck hohe Luxusjacht trieb unmittelbar außerhalb des französischen Hoheitsgebietes ruhig in der Dünung. In der Nacht war die See sehr unruhig gewesen, doch an Bord des exklusiven Schiffes hatte man dank der Stabilisatoren nur wenig von dem Seegang gemerkt.

Die Finger hämmerten auf die Tastatur des Telefons, und kurz darauf verkündete der Anrufer barsch: »Das Paket ist nicht angekommen.«

Das Seufzen am anderen Ende der Leitung war auch noch für die beiden bewaffneten Männer zu hören, die in dem üppig ausgestatteten Salon der Jacht saßen. »Das Boot ist wie besprochen losgefahren, aber hier herrschte ein schreckliches Unwetter. Meine Männer sind unterwegs, sie überprüfen, was passiert ist. Sie müssen sich noch ein bisschen gedulden, bis wir Bescheid wissen.«

»Wir rühren uns nicht vom Fleck, da können Sie sicher sein. Ich bin Ihre Ausflüchte langsam satt.«

»Tommaso, Sie sind mir herzlich willkommen. Kommen Sie her, dann können wir bei einem Glas Wein in Ruhe über alles reden.«

An der Hand, die das Telefon umklammerte, traten die Knöchel weiß hervor. Die andere donnerte auf den Teakholztisch. »Du weißt ganz genau, dass ich französischen Boden nicht betreten darf und dass du dich auf verdammt dünnem Eis bewegst.«

»Ich werde schon eine Lösung finden.«

»Ich will keine Lösung! Ich will die Ware, die du mir versprochen hast!«, brüllte der Anrufer in den Hörer und beendete das Gespräch.

Kees van Delden hatte ein Riesenproblem. Er verfluchte sich, diese Lieferung so unerfahrenen Leuten anvertraut zu haben.

Team Price

»Bestimmt ein Künstler, der sich gerächt hat, weil Elming ihn öffentlich fertiggemacht hat«, mutmaßte Jens Alm, nachdem sich das Team Price im hell erleuchteten Besprechungszimmer versammelt hatte. Alm war ein energischer Beamter Mitte dreißig mit kräftigen Oberarmen, schütterem Haar und muskulösen Oberschenkeln. Sein rechtes Bein zuckte unablässig. Er mochte diese endlosen Besprechungen und Brainstormings nicht, wollte raus »ins wahre Leben«, wie er es nannte, brauchte Action.

»Unsinn«, widersprach Harald Falch, der Alm schon so lange kannte, dass Höflichkeitsfloskeln unnötig waren. »Künstler sind emotionale und häufig sehr launische Menschen, mal fürchterlich aufbrausend, dann wieder stille Wasser. Aber sie gehen selten weiter, als ihrem Gegenüber ein Bier ins Gesicht zu schütten oder sich in den Medien lauthals aufzuregen. Man muss schon ziemlich heftig drauf sein, um so etwas Extremes zu bringen.«

Cathrine nickte zustimmend.

Line Bugge, eine dünne grauhaarige Fünfzigerin, deren Spezialfach Statistik war, meldete sich vorsichtig zu Wort. Mit ihrer leisen, bedächtigen Art sicherte sie sich sogleich die Aufmerksamkeit aller Anwesenden. Das einzig Extravagante an Line Bugge war die blaue Einfassung ihrer Brille, die das intensive Blau ihrer Augen betonte. »Wenn wir über Extreme reden, dürfen wir nicht vergessen, dass auch Elming für seine extrem klaren Worte bekannt war. Wenn man glauben darf, was heute in den Zeitungen steht, hatte er den Spitznamen ›Der Schlachter‹. Es scheint eine Reihe von Künstlern zu geben, die er mit seiner spitzen Feder in der Luft zerrissen hat und die deshalb wohl insgeheim seinen Tod wünschten. Tatsache ist aber, dass Elming mehrmals der Medienaufsicht gemeldet wurde und dass er in einigen Fällen tatsächlich eine Abmahnung bekommen hat.«

»Fangen wir doch damit an«, sagte Cathrine. »Ich will, dass ihr euch Elmings Kritiken der letzten zehn Jahre anschaut, besonders die Artikel, die der Medienaufsicht gemeldet worden sind.«

»Die letzten zehn Jahre?« Jens Alms Mund stand offen.

»So nachtragend ist doch wohl niemand«, führte Harald Falch Alms Gedankengang zu Ende.

»Zwischen den Ausstellungen von Künstlern vergehen oft viele Jahre. Wollen wir ein Muster erkennen, müssen wir uns eine längere Zeitspanne vornehmen. Ich bezweifle, dass eine einzelne vernichtende Kritik ein ausreichendes Motiv für eine solche Untat ist.«

»Und was ist mit der Terror-Theorie?« Alms rechtes Bein lief Amok. »Elming soll öffentlich seine Sympathie für die Karikaturisten bekundet haben.«

»Wenn das eine Terrortat war, bekennt sich irgendwann jemand dazu«, entgegnete Falch. Alms Bein beruhigte sich, als hätte Falchs Kommentar sein überhitztes Hirn abgekühlt.

»Das Verbrechen wurde ganz bewusst exponiert«, schaltete sich Cathrine ein. »Der Galerist ist überzeugt davon, dass der Mord eine versteckte Botschaft enthält. Ein Terrorakt wäre zwar eine mögliche Erklärung, ich hatte aber den Eindruck, dass Lugol eher an etwas anderes denkt. Etwas, über das er nicht reden will. Vielleicht eine persönlichere Botschaft.« Sie atmete tief ein. Aller Anfang ist schwer, dachte sie. Wo sollten sie mit der Suche anfangen? Bislang hatten sie lediglich eine zweigeteilte Leiche, keinen Tatort, kein plausibles Motiv, nichts, das irgendwie mit dem Mord in Verbindung zu stehen schien. »Line, könntest du dafür sorgen, dass Elmings elektronische Spuren kartiert werden, damit wir eine Übersicht über seine letzten Bewegungen bekommen?«

Gerade als Cathrine das Besprechungszimmer verlassen wollte, rief Wahl aus dem Rechtsmedizinischen Institut an. »Wir sind da auf etwas gestoßen, das das Ganze womöglich komplizierter macht«, sagte er. »Der Mann ist allem Anschein nach erfroren.«

»Aha«, sagte Cathrine abwartend.

»Ich habe in der Magenschleimhaut kleine Blutungen gefunden, sogenannte Punktblutungen, etwa ein bis zwei Millimeter groß. Die weisen auf Tod durch Erfrieren hin. Auch die Bauchspeicheldrüse ist nekrotisch, aber das ist kein so klares Anzeichen.«

»Und was bedeutet das für uns?«

»In letzter Konsequenz könnte das bedeuten, dass wir es möglicherweise gar nicht mit einem Mord zu tun haben.« Wahl hielt einen Augenblick inne. »Elming ist möglicherweise eines natürlichen Todes gestorben. Dass jemand hinterher seinen Leichnam geschändet hat, heißt nicht unbedingt, dass dieser jemand ihn auch getötet hat.«

»Ist das wirklich relevant?«

»Ich weiß nicht, aber ein guter Anwalt könnte da bestimmt hinreichende Zweifel wecken. Die Tatsache, dass der Leichnam erst erfroren und dann in Formalin eingelegt worden ist, beeinflusst den Verwesungsprozess und macht es beinahe unmöglich, zu bestimmen, wie viel Zeit zwischen dem Eintritt des Todes und der … nennen wir es: Zurschaustellung vergangen ist.«

»Ich denke, wir sollten vorläufig weiter von Mord ausgehen und nicht bloß von Leichenschändung. Aber danke, dass Sie angerufen haben.«

Vor dem Präsidium stand der Dienstwagen bereit, Falch saß am Steuer. Als er sie kommen sah, stieg er aus, öffnete ihr galant die Beifahrertür und bedeutete ihr mit einer leichten Verneigung einzusteigen.

»Danke«, sagte Cathrine und lachte geschmeichelt.

»Ehre, wem Ehre gebührt«, sagte er grinsend.

Elisabeth Gantelius

Elisabeth Gantelius' Haus lag auf einer Anhöhe mit einem großartigen Blick über das Sørkedalen. Sie musste Anfang sechzig sein, hatte aber kein einziges graues Haar. Lange blonde Locken fielen ihr über die Schultern, ihre Haut war faltenfrei, und ihre Augen waren auffallend klar. Sie trug eine blaue Latzhose über einer hellblauen Bluse mit hochgekrempelten Ärmeln. An ihren Händen und an ihrer Hose klebte Erde, und auch auf der Stirn hatte sie einen lehmigen Streifen, nachdem sie sich die Haare aus dem Gesicht gestrichen hatte. Sie sah aus wie ein junges Mädchen, das man beim Sandkuchenbacken gestört hatte.

»Wollen Sie einen Chai?«, fragte sie, als sie Cathrine Price und Harald Falch ins Wohnzimmer gebeten hatte. Gelaugte Böden und lasierte Wände. Möbel mit weißem Baumwollbezug. World Music aus der iPod-Anlage. Alternativ mit großem A.

Falch verzog das Gesicht und schüttelte den Kopf. Cathrine biss sich auf die Unterlippe, um nicht loszulachen. Falchs Kaffee musste schwarz wie die Nacht und bitter wie die Liebe sein, aber hier war kaum etwas anderes als Tofu-Tee oder Körnerkaffee zu erwarten.

»Für mich bitte nur ein Glas Wasser«, sagte er bescheiden.

Elisabeth Gantelius verschwand kurz in der Küche und kam zurück mit zwei Tassen dampfendem Chai und einem Glas Wasser, serviert in fantasievollen Keramikbechern. Vermutlich ihre eigenen Kreationen.

»Granderwasser«, sagte sie lächelnd.

»Hä?«, fragte Falch und sah in den Becher. »Ist das eine neue Marke?«

Auch Cathrine hatte noch nie etwas von Granderwasser gehört.

Elisabeth Gantelius schien nur darauf gewartet zu haben, ihnen von dem fantastischen Phänomen zu erzählen. »Wasser ist ein lebender Organismus«, begann sie. Falch verdrehte diskret die Augen. »Es hat die Fähigkeit, sich selbst zu reinigen, wenn es ihm erlaubt wird.«

Falchs rechtes Bein begann zu wippen, als wolle er sich Jens Alms nervige Angewohnheit jetzt auch zu eigen machen. Übersetzt hieß das: Mein Gott, was für eine alte Spinnerin.

»Wir haben das bei einem Sufi-Kurs in Österreich gelernt, an dem Lars und ich letzten Herbst teilgenommen haben.«

Falch blickte in seinen Becher, als hätte er Angst davor, das Wasser mit seinen Lippen zu berühren.

»Das war eine von Lars' letzten Aktionen, bevor er …« Elisabeth Gantelius' Gesicht sah schlagartig bedeutend älter aus. Sie schloss die Augen und atmete ein paarmal in einem seltsamen Rhythmus ein und aus, wonach es ihr wieder besser zu gehen schien. »Tut mir leid, aber ich kämpfe noch immer damit. Die Atemübungen helfen mir, die Trauer zu kontrollieren, Lars war so jung, fast zehn Jahre jünger als ich.«

»Granderatmung?« Falchs flapsige Bemerkung handelte ihm einen vernichtenden Blick von Cathrine ein. Widerwillig probierte er das Wasser.

»Merken Sie, dass es weicher ist als anderes Wasser?«, wollte Elisabeth Gantelius wissen.

Falch nickte bedächtig.

Vorsichtig brachte Cathrine das Gespräch auf das Thema, über das sie eigentlich sprechen wollten. »Irene Willum von International Art Invest war bei der Ausstellung gestern Abend zu Gast, in der dann, wie soll ich sagen, überraschend die Leiche von Gerhard Elming auftauchte. Sie hat mir von dem problematischen Verhältnis Ihres Mannes zu Gerhard Elming erzählt. Ich gehe davon aus, dass Sie die Nachrichten gehört haben?«

Bevor Elisabeth Gantelius antwortete, unterzog sie sich wieder ihrem seltsamen Atemritual. Möglicherweise bildete Cathrine sich das nur ein, aber sie hatte das Gefühl, dass die Frau dieses Mal länger brauchte, um sich zu sammeln.

»Möge er in der Hölle schmoren!« Elisabeth Gantelius' Stimme war ein leises Zischen. »Es ist sicher nicht klug von mir, Ihnen so etwas zu sagen, aber ich kann einfach nicht anders.«

»Ich würde gerne mehr darüber erfahren«, sagte Cathrine wachsam.

»Stehe ich unter Verdacht?« Ohne die Antwort abzuwarten, wiederholte Elisabeth Gantelius ihr Atemritual. Dieses Mal schneller und mit einigen seltsamen Faustschlägen in alle Himmelsrichtungen am Ende der Übung. »Das reinigt die Luft«, sagte sie mit einem verlegenen Lächeln. »Sie glauben jetzt bestimmt, dass ich nicht alle Tassen im Schrank habe.«

Etwas in der Richtung, dachte Cathrine und lächelte höflich. »Granderluft« lag ihr auf der Zunge, aber sie schluckte es hinunter. Sie wollte sich nicht auf Falchs Niveau begeben.

»Gerhard Elming ist das giftigste Wesen, das mir jemals über den Weg gelaufen ist. Ich würde lieber von einer grünen Mamba gebissen werden, als von seiner Feder ans Schafott geliefert zu werden. Glauben Sie mir, ich weiß, wovon ich rede. Ich habe gesehen, wie sein Gift wirkt, wenn er es erst in eines seiner Opfer gespritzt hat. Langsam und schleichend tötet es jeden Lebenswillen. Und es gibt kein Gegengift.« Sie stand auf und trat an das große Fenster. Ihre Silhouette vor dem blassen Abendhimmel wirkte wie von einem Glorienschein umgeben. »Ich wäre trotzdem niemals auf die Idee gekommen, ihn umzubringen. Das würde nur meinem Karma schaden.« Elisabeth Gantelius trank einen großen Schluck Tee und richtete ihre klaren Augen auf Falch. »Ich denke, Lars hat Selbstmord begangen. Er war Opfer eines Rufmords, initiiert von Gerhard

Elming. Dass Elming jetzt geschlachtet wurde … Der Gedanke an Karma liegt da doch sehr nahe.« Ihre Körpersprache deutete an, dass sie das Gespräch gerne beenden würde.

Auch Cathrine sah keinen Grund, ihren Besuch unnötig in die Länge zu ziehen. Elisabeth Gantelius hasste zwar das Mordopfer, doch ihre absolute Ehrlichkeit sprach für sie.

»Danke für das Wasser«, sagte Falch, als Elisabeth Gantelius die Tür hinter ihnen schloss.

Cathrine sah sich noch einmal das Haus an, ehe sie sich in den Wagen setzte. Durch ein Fenster sah sie Elisabeth Gantelius mit dem Handy am Ohr hin und her laufen.

»Die Polizisten sind gerade weggefahren.«

»Hattest du den Eindruck, dass sie etwas wissen?«

»Nein. Sie haben sich lediglich für den Streit zwischen Gerhard und Lars interessiert. Ich habe ihnen gesagt, was ich davon halte, mehr nicht.«

»Gut. Ich denke, es ist das Beste, wenn wir bis auf Weiteres nur auf die Fragen antworten, die sie uns stellen.«

»Mag sein, ja.«

»Irgendetwas Neues von Lars?«

»Nein, aber wenn er tot wäre, würde ich das spüren. Ich fühle, dass er lebt.«

»Wir dürfen die Hoffnung nicht aufgeben. Mach's gut, Elisabeth.«

»Du auch, Philippe.«

Philippe Lugol saß in seinem Büro auf der Galerie. Der Ausdruck einer E-Mail lag vor ihm auf dem Tisch. Die Nachricht selbst hatte er für immer von seinem Computer gelöscht. Er stand auf und blieb einen Moment lang unschlüssig stehen, bevor er in den Ausstellungsraum ging.

Darres leere Leinwände hingen wie stumme Zeugen da, verteilt auf die Längswände der Galerie. Lugol ging von Bild zu Bild, sah auf die Titel und verglich sie mit der E-Mail. Dann nickte er zufrieden, ging auf die Toilette, riss die E-Mail in kleine Schnipsel und spülte sie hinunter.

Ein gutes Motiv

»Was ist eigentlich Sufi? Eine Variante von Sushi?«, fragte Falch, als sie zurück in die Stadt fuhren.

Cathrine ließ sich Zeit mit der Antwort. Sie hatte gerade eine E-Mail von Line Bugge bekommen mit einer Liste von den Namen aller Künstler, die Opfer von Elmings spitzer Feder geworden waren. Sie scrollte die Liste nach unten, während sie etwas abwesend sagte: »Eine Art arabische Mystik, die an Yoga erinnert. Man meditiert und tanzt sich in Ekstase.«

»Aha«, antwortete Falch. »Aber in zwei Punkten muss ich der Frau recht geben. An dem Wasser, das sie mir serviert hat, war wirklich etwas. Und sie sah verdammt jung aus für ihr Alter. Wie hat ihr Gatte sich eigentlich das Leben genommen?«

»Die Frage ist, ob er das überhaupt getan hat oder ob er bloß abgehauen ist. Er ist Anfang Januar verschwunden. Er hat gerne lange Wanderungen in der Marka gemacht, und eines Tages ist er einfach nicht zurückgekommen. Die Suchmannschaften konnten ihn nicht finden, sein Tod wurde also nie bestätigt. Aber er soll vorher öfter darüber gesprochen haben, dass er sich einen sogenannten ›Indianertod‹ wünscht, wenn es einmal so weit ist. Du weißt schon, man wandert raus in die Natur und verschwindet einfach. Wird vom Großen Geist geholt.«

»Mann, was sind das für verrückte Leute! Ich hoffe nur, dass das nicht an diesem Granderwasser liegt.«

Sie fuhren schweigend in die Stadt. Cathrine sah sich die E-Mail von Line Bugge noch einmal genauer an. Sie hatte die Namen, die ihr besonders interessant erschienen, mit einem Sternchen gekennzeichnet, und bei einigen Namen Auszüge der Kritiken dazugestellt. Des Weiteren hatte sie notiert, wen sie für besonders betroffen hielt, kombiniert mit Reaktionen, polizeibekannten Vorfällen und so weiter. Line Bugge arbeitete sehr effektiv, Cathrine mochte ihre methodische Vorgehensweise.

»Cato Ruud«, sagte sie und klappte ihr Handy zusammen.

»Cato Ruud?«, fragte Falch verdutzt. Selbst er hatte schon von Cato Ruud gehört. Medienliebling, bekannt als Querulant, Säufer und Künstler. »Du glaubst doch nicht im Ernst, dass Cato Ruud auf so eine Idee kommen würde?«

»Line ist richtig tief in Elmings Kritiken eingetaucht und zu dem Schluss gekommen, dass Ruud neben Gantelius der Künstler ist, der den meisten Grund hatte, Elming zu hassen.«

»Aber der ist doch steinreich! Das kann ihm doch völlig egal sein.«

»Typen wie Ruud ticken anders. Die können allen Erfolg der Welt haben, sowohl ökonomisch als auch beim Publikum, aber eine einzige schlechte Kritik frisst sich tief in ihre Künstlerseele ein. Das sagt jedenfalls mein Exmann Tom Hartmann, der von Haus aus Opernkritiker ist. Künstler denken nicht rational, nicht in dieser Hinsicht.«

»Ruud ist ein notorischer Querulant. Der Typ hat immer irgendwelchen Ärger am Hals.«

»Laut Line hat Elming Ruud zielgerichtet und auf übelste Weise fertiggemacht. Guck dir die E-Mail mal an. Das sind ganz schön saftige Beschimpfungen: ›Ruuds Skulpturen sehen aus wie die Werke von jemandem, der besoffen mit einem

Schneidbrenner Amok gelaufen ist. Oder: Wie bringt man seine Kinder dazu, den Teller leer zu essen? Iss auf oder ich nehme dich mit in die Cato-Ruud-Ausstellung!‹«

»Boah!« Falch konnte sich das Lachen nicht verkneifen. »Hammerhart! Vielleicht hätte Elming es mal als Stand-up-Comedian versuchen sollen.«

»›Ruud sollte wegen geistiger Vergewaltigung des norwegischen Volkes angezeigt werden. Er lebt seine Wahnvorstellungen auf einer Leinwand aus, um das Publikum zu vergiften.‹«

»Echt gut!« Falch grinste breit und erntete einen scharfen Blick von Cathrine. Dann konzentrierte er sich wieder aufs Fahren. »Wie lautet seine Adresse?«

Cap Ferrat

»Cap Ferrat, a sunny place for shady people.« Somerset Maughams berühmte Worte waren beunruhigend. Eddie und Tom hatten während der Taxifahrt von Monaco zum Cap Ferrat kaum ein Wort gewechselt. Die Töle hatte sich auf Eddies Schoß zusammengerollt, und er pfiff sorglos den Refrain von Charles Trenets unsterblichem Klassiker »La Mer«, geschrieben während einer Zugfahrt entlang der französischen Mittelmeerküste in zehn Minuten auf zwei Blatt Toilettenpapier. »Et d'une chanson d'amour – la mer – a bercé mon cœur pour la vie.«

Eddie hatte eine Bedingung gestellt, wenn er sich bei der Polizei meldete. Er wollte unter vier Augen mit dem Polizeichef in Saint Jean sprechen und um Diskretion bitten, damit die Geschichte sich nicht auf Irene und ihre Investorenparty im Grand-Hôtel auswirkte. Tom sollte in jedem Fall zu der Galaveranstaltung gehen, unabhängig davon, ob Eddie auftauchte oder nicht. Mit dieser Übereinkunft schien Eddie zufrieden zu sein. Er war bereit, alle Karten offen auf den Tisch zu legen.

»Du wirst begeistert sein vom Grand-Hôtel«, sagte er. »Ich habe Irene gebeten, dir ein Zimmer mit Meerblick zu besorgen.« Er stieß Tom mit dem Ellenbogen in die Seite. »He, jetzt hör schon auf, Trübsal zu blasen.« Eddie fing wieder an zu pfeifen.

Tom versuchte herauszufinden, welche Rolle er eigentlich in diesem wahnwitzigen Fiasko spielte. Hätte er den ersten Flieger zurück nach Norwegen nehmen sollen? Nein, erst musste er sich sicher sein, dass Eddie bei der Polizei vorstellig geworden war. Zum einen, weil Eddie höchstwahrscheinlich auf seine Zeugenaussage und Unterstützung angewiesen war. Zum anderen, weil die Gefahr bestand, dass Eddie kniff. Tom wollte das Land nicht verlassen, ohne anzuzeigen, was er gesehen hatte, falls Eddie sich drückte.

Zu Hause in Oslo würde ihn ohnehin nur die unendliche Tristesse des Alltags erwarten. Ein Leben, das das norwegische Über-Ich den Menschen als sinnvoll verkaufte. Familienfeste. Rechnungen, die bezahlt, Steuererklärungen, die gemacht werden mussten, Zahnarztbesuche. Er würde Cathrines Bauch mit dem Kind des Mannes, den er am meisten auf dieser Welt verabscheute, wachsen sehen. Und Cathrine würde ihn, schlimmer noch, womöglich dazu überreden, als Reservepapa einzuspringen. Ein einziger in die Länge gezogener Kastrationsprozess. Er war eine Null, ein Loser, der nichts auf die Reihe gekriegt hatte.

Stattdessen fuhr er jetzt auf einer kurvenreichen Straße über eine der bezauberndsten Halbinseln der Welt. Vorbei an uralten, von Blüten übersäten Steinmauern auf der einen und dem türkisblauen Meer auf der anderen Seite. Das magische Licht der Côte d'Azur vertrieb die Dunkelheit und versetzte ihn in eine seltsam gelöste Stimmung.

»Schau, da ist l'écologiste, unser Dorforiginal.« Eddie zeigte auf einen Mann, der einen Einkaufswagen voller Papier und Flaschen am Straßenrand entlangschob. »Er ist komplett verrückt, nennt sich Bruder Ospizio. Einige Leute halten ihn für die Reinkarnation des Heiligen, nach dem die Bucht benannt ist, der Golfe de Saint Hospice.«

Bruder Ospizio war ein Mann von unbestimmbarem Alter. Tom schätzte ihn auf mindestens siebzig. Er trug eine braune Mönchskutte. Sein Haar war weiß, üppig und zu einem Pferdeschwanz zusammengebunden.

»Komischer Kauz, oder?« Eddie schüttelte den Kopf. »Manche Leute behaupten, er wäre steinreich, hätte ein Vermögen mit Aktien angehäuft, die er von dem Pfandgeld der Flaschen gekauft hat.«

Tom verkniff sich die Antwort, die ihm auf der Zunge lag, weil das Taxi in dem Moment vor dem pompösen, weiß gestrichenen Gand-Hôtel vorfuhr. Hotelpagen öffneten die Wagentüren, verbeugten sich, als Eddie und Tom ausstiegen, und kümmerten sich um Gepäck und Köter. An der Rezeption bekam Tom eine Schlüsselkarte in die Hand gedrückt und wurde freundlich in Richtung Treppe gelotst.

Eddie verabschiedete sich von ihm. »Wie du weißt, habe ich noch etwas zu erledigen!«

»Bist du sicher, dass ich dich nicht begleiten soll?«

»Danke, ich schaffe das. Ich hoffe, wir sehen uns beim Galadiner.«

»Viel Glück.«

Toms Zimmer war in zarten Weißtönen gehalten. Auf dem Bett lag die größte Ansammlung von Kissen, die er jemals gesehen hatte. Der Köter hatte es sich bereits darin gemütlich gemacht. Hinter den luftigen, bodenlangen Vorhängen breitete sich das

Mittelmeer im Widescreen-Format aus. Blauweiße Porzellanlampen. Eine Schale mit allen nur erdenklichen exotischen Früchten und eine eisgekühlte Flasche Champagner mit einem Gruß von Irene Willum waren auf einem niedrigen Marmortisch neben einer lindgrünen Chaiselongue platziert worden. *Ich freue mich, dich wiederzusehen, Tom. Herzlich, Irene.* Wieder diese reizvolle Abwesenheit von allem, was nach Trivialität schmeckte. Ein Paradies für müde Helden mit Adrenalinabstinenz.

Er beschloss, eine Runde zu joggen und sich mit der Gegend vertraut zu machen. Das Laufen hatte ihn bei der Stange gehalten, die Endorphine vertrieben die Niedergeschlagenheit. Und danach würde er in das kleine Fischerdorf gehen, um bei einem Gläschen Rosé über den aktuellen Stand der Dinge nachzudenken.

Er lief zügig den Boulevard Général de Gaulle entlang, der beidseitig von winterfest gemachten Grundstücken gesäumt war. Am begehrtesten waren sicher die Häuser, die in der ersten Reihe am Hang lagen und geradezu über dem Mittelmeer zu schweben schienen. Unabhängig von der Lage jedoch war vermutlich in jedem dieser Häuser Reichtum jenseits des Vorstellbaren verborgen. Tom zweifelte keine Sekunde daran, dass hier Dinge vor sich gingen, die das Tageslicht scheuten, dass hier für den eigenen Vorteil über Leichen gegangen wurde. Große Teile der Halbinsel waren von Kleptokraten aufgekauft oder von Oligarchen, wenn man so wollte. Menschen, die ihren Reichtum auf Kosten des russischen Volkes angehäuft hatten. Es wurde gewitzelt, dass die Gegend eigentlich passender »Cap Ferratingrad« oder »Côte d'Azuringrad« heißen müsste.

Etwa fünfhundert Meter vom Hotel entfernt stand ein Schild, das auf eine kurvige, steile Straße hinunter in das Dorf Saint Jean verwies, dessen terrakottafarbene Dächer unter ihm lagen. Malerische Häuschen, die sich aneinanderklammerten, um auf dem kleinen Fleckchen der Halbinsel Platz zu finden. Die Hauptstraße war kopfsteingepflastert, eine Reihe grüner Blumentröge zu beiden Seiten. Ein Weinladen, ein Lebensmittelladen, zwei Bäckereien und nicht weniger als sieben Immobilienmakler lagen auf einem Abschnitt von etwa hundert Metern. Am unteren Ende der Straße war die Bar du Port, ein ziemlich abgewracktes Lokal, in dem etliche merkwürdige Typen saßen. Tom wischte sich den Schweiß von der Stirn und trat ein.

»Parfait«, sagte der Kellner, nachdem Tom eine Karaffe Rosé des Hauses bestellt hatte.

In einer Ecke hockten zwei junge Kerle und eine maskulin wirkende Frau, alle drei in Decken gewickelt und mit einem heißen Getränk versorgt. Vor ihnen standen zwei Gendarmen. Der eine stellte die Fragen, der andere machte sich Notizen. Tom war keine Leuchte in Französisch, aber die drei redeten so laut und gestikulierten dabei so wild, dass er das meiste verstand. In der Nacht hatte ein Fischerboot Schiffbruch erlitten. Von dem Kutter war nur noch Kleinholz übrig, aber die drei hatten auf wundersame Weise überlebt. Sie waren in eines der Strandhäuser eingebrochen, wo man sie schlafend angetroffen hatte.

»Aber was um alles in der Welt haben Sie bei diesem Wetter auf dem Meer gemacht?«, fragte einer der Gendarmen, ein kräftig gebauter Kerl.

»Uns war nicht klar, dass es so einen Sturm geben würde«, antwortete der Schmächtigste von ihnen, ein zwergenhafter Bursche mit üppiger Mähne. »Das beantwortet meine Frage nicht.«

»Was wir da wollten? Nichts Spezielles. Wir wohnen auf dem Boot«, schaltete sich der andere ein, ein hagerer Typ. »Einen festen Wohnsitz haben wir nicht. Wir hatten vor, am Strand von Èze zu ankern, als wir von dem Unwetter überrascht wurden.«

Der Gendarm winkte entnervt ab. So kamen sie nicht weiter. Man konnte die drei für ein, zwei Tage einbuchten, weil sie in das Strandhaus eingebrochen waren, aber was brachte das? Sie würden dabei bleiben, dass es sich um einen Notfall gehandelt hatte, und was sollten junge Menschen ohne festen Wohnsitz auch sonst tun? Unverrichteter Dinge verließen die beiden das Lokal.

»Schlappschwänze«, hörte Tom einen der Gäste sagen, als auch das seltsame Trio nach einer Weile gegangen war. »Man hätte sie einsperren sollen, bis sie reden.«

»Das sind doch bestimmt Piraten«, sagte ein anderer. Seine Tischnachbarn stimmten zu. »Die kommen vom Meer, um die Villen oben am Cap auszuräumen.«

»Wenn die von Bruder Ospizio gerettet wurden, können das keine Piraten sein.«

»Du glaubst doch wohl nicht an das Ammenmärchen vom auferstandenen Ospizio?«

»Du etwa nicht? Santo Ospizio, Saint Hospice. Die Bucht trägt nicht grundlos seinen Namen.«

Tom lächelte. Die kleine Dorfgemeinschaft verströmte einen unverfälschten Charme, und er begann, sich richtig wohlzufühlen. Vielleicht konnte er hier sogar etwas ausrichten. Zum Beispiel Reiseberichte für eine Zeitung schreiben. Oder über Oligarchen, Piraten und Fischer. Er bestellte sich einen weiteren Rosé und gab sich weiter seinen aufmunternden Gedanken hin.

Bruder Ospizio

Ein wenig weinselig, mit glühenden Wangen und auf etwas unsicheren Beinen verließ Tom bald darauf das Lokal. Es war inzwischen fast so warm wie an einem schönen norwegischen

Sommertag, obgleich es noch in der letzten Nacht gestürmt und geschneit hatte. Vor der Pizzabäckerei am oberen Ende der Hauptstraße blieb er stehen. Auf der anderen Straßenseite, auf einem offenen Platz, sah er die drei schiffbrüchigen jungen Leute wieder. Der Zwergwüchsige mit der langen Mähne führte Kunststücke auf seinem Skateboard vor, in der Hoffnung auf einen oder zwei Euro von zufälligen Passanten. Großzügig legte Tom einen Zwanzigeuroschein in die umgedrehte Mütze, die vor den beiden anderen auf dem Boden lag. Sie fingen an zu strahlen und pfiffen den Skater zu sich. Er beendete seine Vorführung, und die drei machten sich davon. Tom ging in die entgegengesetzte Richtung, am Bäcker vorbei, Richtung Cap. Der gleichmäßige Strom der Autos, die nach unten zum Meer fuhren, riss nicht ab. Viel zu viele für das kleine Dorf, dachte Tom.

In diesem Moment entdeckte er am Ende der Straße die Gestalt, auf die Eddie ihn aufmerksam gemacht hatte: Bruder Ospizio. Der lange weiße Pferdeschwanz lag wie ein Fächer über der Mönchskutte. Er kämpfte mit dem Einkaufswagen, der bis zum Rand mit leeren Flaschen und Papier gefüllt war. Die kleinen Räder erschwerten das Manövrieren.

Ein Range Rover kam mit hoher Geschwindigkeit angeschossen, als Bruder Ospizio gerade den Einkaufswagen über einen schmalen Fußgängerüberweg schob, und streifte ihn im Vorbeifahren. Bruder Ospizio fiel nach hinten und knallte mit dem Kopf auf den Gehsteig. Der Fahrer bremste scharf, sprang aus dem Wagen und überprüfte sein Auto, ehe er sich dem Mönch zuwandte. Laut redete er auf ihn ein, als dieser versuchte, auf die Beine zu kommen. Der Fahrer fuchtelte wild mit den Armen und schüttelte den Kopf, stieg wieder in sein Auto und düste davon.

Tom lief zu dem Mann hinüber, der auf der Gehsteigkante saß, um sich zu sammeln. »Merci«, sagte er, ohne aufzuschauen, als Tom den Einkaufswagen sicher am Straßenrand abstellte. Der Mönch blutete aus einer kleinen Wunde am Kopf. Ansonsten schien er unverletzt. »Vous avez besoin d'un médecin?«

Der Alte fing zu lachen an. »Étranger? Norvégien?«, fragte er und sah Tom in die Augen. Sein Blick wirkte viel klarer, als Tom erwartet hatte.

»Oui, monsieur«, antwortete Tom, verärgert, dass sein Akzent ihn offenbar verriet.

»Wäre Ihnen Englisch lieber?«, fragte der Mönch in reinstem British English, während er ein blütenreines, frisch gebügeltes Taschentuch aus der Kutte zauberte und die Wunde am Kopf betupfte. Er untersuchte den Blutfleck auf dem weißen Stoff mit großem Interesse. »Ja, ich bin Brite«, fügte er hinzu, als er Toms erstaunten Gesichtsausdruck sah. »Aber das weiß hier niemand. Die Leute aus dem Dorf reden nicht mit mir, und ich habe auch kein ausgeprägtes Mitteilungsbedürfnis.« Er wollte aufstehen, schwankte aber und musste sich wieder setzen. Nach einer Weile steckte Bruder Ospizio das Taschentuch weg und reichte Tom eine Hand, damit er ihm auf die Beine half.

»Soll ich Sie nicht nach Hause begleiten?«

»Nicht nötig. Ich wohne nicht weit von hier …«

Der Alte sammelte Flaschen und Papier ein, die über die Straße verstreut lagen, ohne sich um die hupenden Autofahrer zu scheren. Tom half ihm.

»Ich tue es gern«, sagte Tom und ergriff den Einkaufswagen. Sie gingen die kurze Strecke schweigend nebeneinander her, vorbei am Hotel Belle Aurore, einer Autowerkstatt und einer Wäscherei.

»Hier ist es«, sagte der Alte brüsk, nahm Tom den Wagen ab und schob ihn in einen verwilderten Garten, in dessen hinterem Teil ein zweigeschossiges Haus zu erkennen war. »Danke für die Hilfe.« Und ohne sich noch einmal umzudrehen, ging er davon.

Tom hatte das Gefühl, irgendetwas übersehen zu haben. Etwas, das sein Unterbewusstsein aber sehr wohl registriert hatte. Er schob den Gedanken beiseite und lief gut gelaunt zurück in Richtung Grand-Hôtel.

Im Hause Ruud

»Madserud allé, Nähe Frognerpark.« Falch bog in den Hoffsveien ab und fuhr über Skøyen weiter zur Madserud allé. Wenige Minuten später hielten sie vor dem Haus des Künstlers. Vor der pompösen, weiß gestrichenen Holzvilla stand ein Wald von Skulpturen aus Granit, Marmor und rostigem Eisen, die der Künstler gefertigt hatte.

»Du kannst sagen, was du willst«, sagte Falch, »aber Elming hatte nicht ganz unrecht.«

Nachdem sie an der Tür geklingelt hatten, war im Haus ein Scheppern zu hören, gefolgt von einer schrillen Frauenstimme und lautem Kindergeschrei. Gestresste Schritte näherten sich, und eine Frau Mitte zwanzig öffnete die Tür. Sie hatte ein schniefendes Kind auf dem Arm, ein zweites klammerte sich an ihr Hosenbein, Tränen in den Augen. Die Frau sah Cathrine fragend an, blickte dann ängstlich zu Falch, ehe ihr Blick wieder zurück zu Cathrine huschte, die ihren Ausweis hochhielt.

»Wir würden gerne mit … Cato Ruud sprechen.« Cathrine war sich nicht sicher, ob sie vor dem Kindermädchen stand, seiner Tochter samt Enkelkindern oder ob es sich um Cato Ruuds Frau handelte.

»Wunderbar«, antwortete die junge Frau plötzlich wütend. »Falls Sie ihn treffen, sagen Sie ihm bitte, dass er verdammt noch mal nach Hause kommen soll. Ich bin es gehörig leid, seine Sklavin zu spielen. Er soll sich gefälligst selbst um seine Kinder kümmern.«

Cathrines Gesichtsmuskeln verkrampften sich. »Ich gebe das gern an ihn weiter, wenn Sie mir sagen, wo ich ihn finde.«

»Ich habe keine Ahnung, wo er ist.« Die junge Frau war kurz davor, in Tränen auszubrechen. »Er hat sich schon seit Tagen nicht mehr blicken lassen.«

»Dürfen wir reinkommen?«, fragte Cathrine.

Die Frau winkte sie herein und sank auf einen gepolsterten Stuhl im Flur. Es herrschte ein heilloses Chaos. Zusammengerollte gebrauchte Windeln, eine angebissene Scheibe Brot mit Leberwurst auf dem Boden, ein halb leerer Becher Kaffee auf der Anrichte. Farbtuben, Paletten, drei Staffeleien mit angefangenen Bildern.

Cathrine nahm den Faden wieder auf. »Sie sagten, Sie wissen nicht, wo Ihr Mann ist? Haben Sie ihn denn vermisst gemeldet?«

Die Frau setzte den Säugling auf den Boden. Dann zündete sie sich eine Zigarette an, nahm einen tiefen Zug und sah Cathrine Price entschuldigend an. »Ich weiß, ich sollte nicht rauchen, aber es stresst mich einfach so unglaublich, alleine mit den Kindern zu sein. Nein, ich habe ihn nicht vermisst gemeldet. Irgendwann taucht er dann doch wieder auf. Verkatert und reuig. Es tut ihm dann immer schrecklich leid, und er bittet mich um Verzeihung und verspricht, es nie wieder zu tun …« Die Frau richtete sich auf und wischte sich die Tränen aus dem Gesicht.

Falch sah Cathrine an, als wollte er sagen: Elming hatte recht. Der Kerl gehört angezeigt. Falch war ein ausgesprochener Familienmensch und konnte es nicht ertragen, wenn Kinder schlecht behandelt oder vernachlässigt wurden. Die junge Frau konnte einem leidtun.

»Das Schlimmste ist«, schluchzte die junge Mutter, »dass er sich meistens nicht mehr erinnert, was er getrieben hat, wo er war und mit wem … Ich bin so dumm, dass ich ihn jedes Mal wieder hereinlasse.«

»Und Sie haben wirklich keine Ahnung, wo er sein könnte?«

Die Frau schüttelte den Kopf. »Er ist mit seinem großen Lieferwagen weggefahren. In dem transportiert er immer seine Skulpturen. Manchmal übernachtet er darin. Zumindest hat er immer einen Daunenschlafsack dabei.«

»Wir werden Ihren Mann schon finden«, sagte Cathrine leise.

Die junge Frau reagierte nicht. Sie zog erneut an der Zigarette und trank einen Schluck Kaffee. Das größere Kind hatte eine Tube mit roter Ölfarbe in der Hand. Es schnitt eine Grimasse und drückte die Farbe dann auf den weißen Flurteppich. Die Frau sprang auf und riss dem Kind die Tube aus der Hand. »Verdammt, Andreas, sieh mal, was du gemacht hast!« Sie lief zur Toilette und kam mit Klopapier zurück, um die Farbe aufzuwischen.

»Danke erst mal«, sagte Cathrine. »Wir finden alleine raus.« Sie spürte einen kräftigen Tritt gegen die rechte Bauchseite und dachte, dass sie sich eigentlich Zeit nehmen sollte für dieses wundersame Gefühl des in ihr heranwachsenden Lebens. Aber vorerst ging es darum, Cato Ruud zu finden und ihn für ein oder zwei Tage in eine Ausnüchterungszelle zu sperren.

Neue Spuren

Cathrine hatte die Tür ihres Büros geschlossen, die Schuhe ausgezogen und die Füße auf den Schreibtisch gelegt. Müde fasste sie die bisherigen Ergebnisse im Geiste zusammen. Niemand wusste, wo Ruud sich aufhielt. Alm hatte aber von einem seiner Informanten unter der Brücke in Erfahrung gebracht, dass Cato Ruud in einen kleinen Verkehrsunfall verwickelt, aber davongefahren war, bevor die Polizei hatte alarmiert werden können. Sie hatten ermittelt, dass Ruud an dem Tag, an dem die Schadensmeldung des anderen Fahrers bei der Versicherung eingegangen war, nachmittags an der Shell-Tankstelle in Sokna getankt hatte. Der Meldung zufolge war an Ruuds weißem Hiace ein Scheinwerfer zu Bruch gegangen.

Auch mit Elmings Familie in Dänemark hatten Cathrine und ihre Leute Kontakt aufgenommen. Von seinem Sohn, der mit Frau und Kind in Odense wohnte, hatten sie erfahren, dass Elming sich eigentlich in seine Hütte im Hemsedal in der Nähe von Lykkja hatte zurückziehen wollen, um eine Arbeit abzuschließen. Sieben Tage zuvor hatten sie eine SMS von Elming bekommen, in der er ankündigte, sich auf den Weg nach Kopenhagen zu machen. Das war das letzte Lebenszeichen von ihm gewesen.

Es klopfte an der Tür, und Helen Adler-Nielsen stand unvermittelt im Raum. Cathrines erster Impuls war, die Füße vom Tisch zu nehmen, doch sie hielt in der Bewegung inne. Helen Adler-Nielsen hatte vermutlich keine Ahnung von den belastenden Begleiterscheinungen einer Schwangerschaft, warum sollte sie ihr also nicht eine kleine Demonstration geben?

»Hier sind Sie also.« Die Dezernatsleiterin starrte auf Cathrines Füße.

Cathrine rührte sich keinen Millimeter. »Wasser in den Beinen«, sagte sie. »Sechster Monat.«

»Die Pressekonferenz war eine peinliche Angelegenheit.« Adler-Nielsens Stimme klang schneidend.

»Nun, dann kann's ja nur noch besser werden«, parierte Cathrine. »Das Team arbeitet sehr gut. Wir verfolgen eine Spur und haben einen möglichen Verdächtigen. Wir müssen vorsichtig vorgehen, da es sich um eine bekannte Persönlichkeit handelt.« Cathrine nahm die Füße mit hörbarem Stöhnen vom Tisch und massierte sich die Unterschenkel. Dann stand sie auf.

»Wer?« Adler-Nielsen war sichtlich überrascht.

»Ich werde Sie informieren, sobald wir alles abgeklärt haben«, sagte Cathrine, die nicht alle Karten auf den Tisch legen wollte.

»Ich habe mich erkundigt«, wechselte Adler-Nielsen unwirsch das Thema. »Die Rechtsprechung ist, was den Kauf von Leichnamen berifft, nicht eindeutig. Es gibt diverse Vorschriften, aber es ist zum Beispiel legal, seinen Körper der Wissenschaft zu vermachen. Außerdem ist es gute alte Praxis, Menschen in Formalin zu konservieren.«

Cathrine stutzte. Adler-Nielsen hatte ihr kleines Ablenkungsmanöver ernst genommen, dabei hatte Cathrine eigentlich nur davon angefangen, um das letzte Wort zu haben. Jetzt ging die Dezernatsleiterin auf Cathrine ein und zwang sie damit, Entgegenkommen zu zeigen. »Besten Dank, es ist gut, Bescheid zu wissen, falls sich der Kaufinteressent noch einmal meldet. Bis jetzt wissen wir noch nicht, von wem die Anfrage kam.«

»Es gibt doch diesen Künstler, der mit den Händen von Toten malt. Ich war mal in einer seiner Ausstellungen.«

Im Zweifel zugunsten des Angeklagten, vielleicht habe ich mich in ihr geirrt, dachte Cathrine. Allerdings zeigte die Uhr an der Wand, dass sie bald Feierabend machen musste, wenn sie noch einkaufen wollte, bevor sie Cecilie zum Schulkonzert brachte. Sie erhob sich und kramte ihre Sachen zusammen.

»Und in Deutschland soll es einen Künstler geben, der tote Menschen mit Polyester füllt. Aber ich will Sie nicht länger aufhalten.« Und damit machte Adler-Nielsen auf dem Absatz kehrt und verließ das Büro.

Line Bugge tauchte in der offenen Tür auf. »Was war denn das?«, fragte sie leise.

»Der Versuch, eine gute Beziehung zu den Mitarbeitern aufzubauen«, sagte Cathrine und verdrehte die Augen.

»Wir haben Rückmeldung von der Polizei im Hemsedal. In der Nähe von Elmings Hütte sind Reifenspuren gefunden worden, die von einem Toyota Hiace stammen. Sie haben auch Reifenspuren zur Hütte gefunden, aber sonst nichts. Der Platz vor dem Haus war aufgeräumt und die Hütte abgeschlossen. Nichts deutet auf einen Kampf hin oder darauf, dass da jemand gegen seinen Willen mitgeschleppt worden wäre.«

»Gute Arbeit.« Cathrine hatte das Gefühl, wieder alles unter Kontrolle zu haben.

»Da wäre aber noch etwas, das ziemlich merkwürdig ist.« Line Bugge blätterte ihre Papiere durch. »Ich bin ein bisschen weiter in die Vergangenheit gegangen, was diesen Ruud angeht. Es gibt nicht eine einzige Kritik von Elming vor dem Jahr 2001. Nichts. Genau wie bei Gantelius. Und in der ersten Kritik von Elming, in der er sich über beide auslässt, behauptet er, mit beiden Künstlern gut befreundet zu sein. Dieser Artikel hat damals ziemlich viel Aufsehen erregt.«

»Gantelius wird vermisst, vermutlich ist er tot. Laut seiner Frau haben Elmings Kritiken ihn in den Selbstmord getrieben. Damit bleibt uns nur noch Ruud.« Cathrine dachte einen Moment lang über die Situation nach und sagte dann: »Wir brauchen einen Haftbefehl. Aber das muss diskret vonstatten gehen. Wenn die Presse Wind davon bekommt und wir uns irren, vierteilt Adler-Nielsen mich. Setz Alm und Falch darauf an.« Cathrine zog den schwarzen Trenchcoat, Mütze und Handschuhe an und begab sich wieder in ihre Rolle als alleinerziehende Mutter von anderthalb Kindern. »Das Orchester ruft, ich bin aber per Handy erreichbar, sollte was sein.«

Der weisse Hiace

Jens Alm und Harald Falch saßen in dem zivilen Polizeiwagen und tranken Kaffee. Sie waren noch einmal zu Cato Ruuds Haus in der Madserud allé gefahren, um sicherzugehen, dass er in der Zwischenzeit nicht aufgetaucht war. Doch niemand hatte ihnen geöffnet. Auch Ruuds Hiace war nirgendwo zu sehen gewesen. Jetzt parkten sie neben einem umgebauten Fabrikgebäude in der Dælenenggata, in dem Ruud über unendlich viel Platz für seine künstlerische Entfaltung verfügte. Sie konnten davon ausgehen, dass er an diesem Ort auch anderen Aktivitäten nachging. Gustav, ihr Informant, hatte angerufen und ihnen mitgeteilt, dass Ruud am Tag der Kollision versucht hatte, in einer Bar ein siebzehnjähriges Mädchen aufzureißen. Das Mädchen hatte im Nachhinein damit geprahlt, aber abgestritten, mit ihm gegangen zu sein.

Es schneite heftig. Die Seitenstraßen waren nicht geräumt, und die Autos schlitterten munter hin und her. »Schau dir das an!«, schimpfte Alm. »Bald braucht man einen Allradwagen, um vom Grønlandsleiret zum Nationaltheater zu kommen.«

»Tja, Stadtverwaltung Oslo«, erwiderte Falch, zuckte resigniert mit den Schultern und drehte die Standheizung höher. Das Warten hasste er bei seinem Job am meisten. Draußen hasteten die Menschen vorbei, frierend und mit hochgezogenen Schultern. »Was meinst du, sollen wir noch eine Runde drehen? Vielleicht haben wir doch was übersehen.«

Alm nickte und setzte den Wagen in Bewegung. Sie bogen in Richtung Sofienberg ab, fuhren über den Hausannsring und suchten die Straßen rund um den Grønlandstorg ab. Die Autos waren so verschneit, dass alle nahezu gleich aussahen. Da Alm fuhr, musste Falch im Zweifelsfall raus und das verdächtige Fahrzeug vom Schnee befreien. Seine Stiefel waren inzwischen völlig durchnässt. Nach anderthalb Stunden Ein- und Aussteigens war seine Moral im Keller, die Wut auf seinen Kollegen, der die ganze Zeit über warm und sicher hinter dem Lenkrad gesessen hatte, dafür umso größer.

»Es gibt natürlich noch eine Ecke, die wir nicht gecheckt haben.«

Falch seufzte. »Und die wäre?«

»In den Parkhäusern.«

»Ziemlich unwahrscheinlich. Warum sollte Ruud im Parkhaus parken?« Falch war es leid, er wollte nach Hause.

»Wir checken ein paar Parkhäuser und fahren dann noch einmal durch die Dælenenggata, bevor wir aufgeben.«

Alm hatte den Wagen wieder in Bewegung gesetzt und fuhr zum Parkhaus am Spektrum. Dort stand der Kleintransporter nicht. Auf dem Rückweg zum Präsidium beschlossen sie, noch einen Blick in die Tiefgarage unter dem Oslo Plaza Hotel zu werfen.

Und da, im hintersten Winkel, kurz bevor es wieder zur Ein- und Ausfahrtsrampe ging, stand tatsächlich ein weißer Hiace mit zerbrochenem rechtem Scheinwerfer.

Alm parkte den Polizeiwagen und überprüfte das Kennzeichen. Es war Ruuds. Falch bemerkte, dass der Boden um das Auto herum und die Karosserie vollkommen trocken waren. Der Wagen stand also schon eine ganze Weile hier. Alm warf einen Blick durch die Windschutzscheibe, konnte aber keinen Parkschein sehen. »Das ist eigentlich kein Ort, an dem man seine Karre für länger abstellt, oder was meinst du?«

Falch holte seine Taschenlampe und warf einen Blick durch das hintere Fenster. »Sollen wir uns die Freiheit nehmen, den Wagen zu öffnen? Hier hinten liegen ein paar Sachen, die ich mir gerne näher anschauen würde.« Ohne die Antwort abzuwarten, hantierte Falch geübt an der Fahrertür. Fünfzehn Sekunden später zog er an dem Hebel, der die Heckklappe entriegelte. Sein Blick blieb an einem weißen Bündel hängen, das direkt hinter dem Beifahrersitz auf dem Boden lag. Er streifte sich Gummihandschuhe über und zog das Bündel vorsichtig heran. Ein weißes Laken mit bunten Farbflecken war um einen mittelgroßen Gegenstand gewickelt und mit einem blauen, zur Schleife gebundenen Nylonband wie ein Geschenk verpackt worden. Falch zog vorsichtig an einem Ende des Bandes, und die Schleife löste sich. Er schlug das Laken zur Seite. »Sieht aus wie eines von Ruuds Malutensilien«, sagte er und inspizierte ein paar rotbraune Flecken, die sich deutlich von den Ölfarbklecksen unterschieden.

Dann packte er das Bündel weiter aus.

Ein Kabel und ein Handgriff kamen zum Vorschein, und schließlich lag auch ein kreisrundes Sägeblatt vor ihnen. Das braunrote Zeug daran konnte kaum etwas anderes sein als geronnenes Blut.

Cathrine Price freute sich auf das jährliche Konzert des Schulorchesters, in dem Cecilie Querflöte spielte. Sie wusste nicht, ob Cecilie überhaupt froh darüber war, dass sie im Publikum saß, denn kaum hatten sie die Schule betreten, hielt ihre Tochter konstant einen Mindestabstand von zehn Metern zu ihr. Slipping through my fingers all the time, dachte Cathrine in Erinnerung an Meryl Streep in »Mamma mia«.

In der Aula herrschte ein Höllenlärm. Einige der Kinder rannten schreiend herum, während ihre Eltern versuchten, sie zur Ruhe zu gemahnen.

Der Dirigent schlug mit dem Taktstock auf den Notenständer, und die jungen Musiker begannen sich auf der improvisierten Bühne zu versammeln. »Ruhe!«, rief er. Endlich saßen alle Kinder aufrecht da und warteten auf den Einsatz. Der Dirigent hob die Arme.

In diesem Moment begann Cathrines Handy zu bellen. Cecilie hatte verschiedene Klingeltöne eingestellt, und das Bellen erklang, wenn das Alphamännchen Falch sich meldete. Der Dirigent warf Cathrine einen vorwurfsvollen Blick zu.

»Tut mir leid, der Anruf ist wichtig«, flüsterte sie den Leuten in ihrer Sitzreihe zu, während sie sich langsam Richtung Tür schob.

»Wir haben den Winkelschleifer gefunden!«, dröhnte Falch, als sie draußen war.

Verflucht, dachte Cathrine. Das war's dann mit diesem Konzert. »Super! Wo?«

»In Cato Ruuds Auto. Es steht im Parkhaus beim Oslo Plaza. Die Techniker sind vor Ort und stellen alles sicher. Wir wollen jetzt Ruuds Atelier in der Dælenenggata überprüfen.«

»Ich komme«, sagte Cathrine. »Wartet draußen auf mich.«

Sie ging in den Saal zurück, aus dem ihr »Eye of the Tiger« entgegenschallte, um Tasche und Mantel zu holen, die inmitten der vor Stolz platzenden Eltern über ihrem Stuhl hingen. »Entschuldigung, Entschuldigung«, mimte sie, während sie die Luft anhielt und sich so dünn machte, wie es ihr dicker Bauch zuließ. Sie raffte ihre Sachen zusammen und machte sich beschämt auf den Rückweg. Bevor sie aus der Aula stürzte, fing sie Cecilies vernichtenden Blick auf.

Cato Ruud

Alm und Falch warteten in der Dælenenggata vor Ruuds Werkstatt. Die Scheiben waren durch ein Spezialglas ersetzt worden, durch das man zwar nach draußen sehen konnte, das neugierige Blicke von außen aber verhinderte. Die alte Eingangstür des Fabrikgebäudes schien frisch gestrichen zu sein. Darüber prangte ein lateinisches Zitat: »Homo sum humani nil a me alienum puto.«

»Ich bin ein Mensch, nichts Menschliches ist mir fremd«, übersetzte Alm.

Das dicke Vorhängeschloss an der Tür war schlecht geölt, und Alm hatte Schwierigkeiten, es zu knacken. »Praktisch veranlagt sind diese Künstler ja nicht gerade.« Er hauchte in seine kalten Hände und widmete sich erneut dem eisigen Metall. Nach einigen Minuten sprang das Schloss endlich auf. Sie betraten eine Art Innenhof, in dem sich der Schnee meterhoch türmte. Nur ein schmaler Pfad war geräumt.

Das Innere des Gebäudes ließ an eine alte Schmiede denken. Alte, breite Holztische, Balken an gekalkten Wänden und der Geruch von Holz, Leder und Staub versetzten sie um hundertfünfzig Jahre zurück. Eine breite Treppe führte nach oben in den ersten Stock, wo sich das beeindruckend große Atelier befand. Die Decke war mit großen, rauen Holzplatten verkleidet. An einer Stahlschiene hing eine Winde, mit der sich Steinblöcke oder Statuen anheben ließen. An den Wänden standen allerlei Schränke, die Farben, Modelliermasse, Füllmaterial und Gussformen in allen Variationen enthielten. Daneben lagerten Zementsäcke, Schläuche, Gasflaschen, Schneidbrenner und eine Drehbank. In die Mitte des Raums war ein mit einem Baumwolltuch abgedeckter Gegenstand platziert worden.

»Der Herr des Hauses scheint nicht da zu sein«, konstatierte Alm. »Wagen wir trotzdem einen winzigen Blick?« Er hob eine Ecke des Baumwolllakens an und erstarrte. Der Fuß, der zum Vorschein kam, war weder aus Marmor noch aus Bronze oder Gips. Das war ein Menschenfuß. Bleich, blutleer und leblos.

»Hier hat er sich also versteckt?«, sagte Alm und lachte nervös. Vorsichtig zog er am Stoff. Beine, Schenkel, Torso und Arme kamen zum Vorschein. »Oh, Gott«, flüsterte er. Sein Gesicht wurde kreidebleich.

Cathrine Price hielt den Atem an.

Cato Ruud kniete nackt auf dem Boden. Seine Hände steckten in Handschellen, an denen eine Kette befestigt war, die nach oben zur Decke seines Ateliers führte. Die Geschlechtsorgane waren abgetrennt worden, und in seinem After steckte ein Messer. Quer über seinen Rücken stand geschrieben: »So good you cut off my cock and nipples. DYLAN, DANIEL«.

Auch Harald Falch war bei dem Anblick jegliche Farbe aus dem Gesicht gewichen. Er legte seinen Arm schützend um Cathrine. »Du musst das nicht …«, stotterte er. »Ich meine, vielleicht solltest du dich dem nicht aussetzen …«

Aber Cathrine hatte sich vorgenommen, trotz ihrer Schwangerschaft Dienst wie alle anderen zu tun. Sie richtete sich auf und trat näher an den Leichnam heran. Der Körper hatte eine seltsam glänzende Oberfläche, wie der Firnis eines alten Ölgemäldes. Arme und Beine waren steif, obwohl die Leichenstarre längst vorbei sein musste. Noch erstaunlicher war die Tatsache, dass der Verwesungsprozess noch nicht eingesetzt zu haben schien. Die Leiche roch kein bisschen. Der Gesichtsausdruck wirkte arrangiert. Der Mund zeigte ein schiefes, herablassendes Grinsen. Das Kinn war nach vorn geschoben und unterstrich dadurch den verächtlichen Ausdruck.

Souverän im Tod wie im Leben, dachte Cathrine. Das wird eine echte Herausforderung für Wahl. Noch einmal betrachtete sie die Schrift auf Ruuds Rücken: »So good you cut off my cock and nipples!« Der Text erinnerte sie vage an etwas, das sie irgendwo gelesen hatte, sie kam nur nicht darauf, wo oder in welchem Zusammenhang.

Alm führte ein kurzes Telefonat, dann wandte er sich wieder an Cathrine. »Die Spurensicherung ist gleich hier. Informierst du die Witwe?« Er war sichtlich angeschlagen und zog es vor, sich um das Praktische zu kümmern.

Cathrine fragte sich, wie weit das Schulkonzert wohl vorangeschritten war. Vermutlich musste sie auf dem Weg zu Ruuds Witwe erst noch Cecilie abholen. Ein Gefühl der Ohnmacht überkam sie. Wie sollte sie Cecilie nur vor allem Bösen dieser Welt schützen? Und ihr Neugeborenes erst? Hatte Adler-Nielsen vielleicht doch recht mit ihrer Behauptung, Kinder würden nur aus Egoismus und Verantwortungslosigkeit in die Welt gesetzt?

Sie zwang ihre Gedanken wieder zurück zu der Leiche. Ihr graute vor den Schlagzeilen, den Bildern und den wilden Spekulationen. Bei Ruud würde der Aufschrei der Medien nicht mehr zu überhören sein. »Ja, ich rede mit der jungen Frau«, sagte sie. »Aber erst spreche ich mit meiner neuen Freundin Helen Adler-Nielsen. Haltet bitte die Presse so lange wie möglich auf Distanz.« Sie setzte ihre Wollmütze auf und sah schlagartig genau so aus, wie sie sich fühlte: ausgemergelt, müde und schwanger. Eine Alleinerziehende, die zu viel um die Ohren hatte.

»Das war so was von peinlich, Mama. Du hättest wenigstens das erste Stück abwarten können.« Cecilie hatte schweigend im Wagen gesessen, seit sie von der Schule losgefahren waren. Das Konzert war längst vorbei gewesen, und Cecilie hatte mutterseelenallein mit ihrer Flöte unter dem Arm auf dem Schulhof gestanden, als Cathrine zurückkam.

Was sollte sie ihr antworten? Sollte sie ihr etwa erzählen, was sie in Cato Ruuds Atelier gefunden hatten und dass selbst hartgesottene Polizisten sich beim Anblick seiner Leiche schwach und hilflos vorgekommen waren? »Das gehört leider zu meinem Job«, hörte sie sich sagen. »Manchmal kann ich nicht warten, da muss ich einfach los, auch wenn ich das gar nicht möchte. Und wir müssen auch jetzt noch einen Umweg fahren.«

»Dann such dir einen anderen Job.« Cecilie verschränkte die Arme vor der Brust und verschloss sich wieder.

Vielleicht war das gar keine so schlechte Idee. Nach dem Telefonat, das Cathrine vor ein paar Minuten mit Adler-Nielsen geführt hatte, hatte sie sich diese Frage auch gestellt. »Wir haben leider noch einen Mord«, hatte sie der Dezernatsleiterin mitgeteilt. »Und diese Tat torpediert unsere Theorie, wer Gerhard Elming getötet haben könnte.«

»Ach ja?«, war Adler-Nielsens nüchterne Antwort, in der zwei Fragen mitschwangen: Habe ich nicht gesagt, dass Ihnen der Fokus fehlt? Soll ich jemand anderen mit dem Fall betrauen?

»Alles deutete auf Cato Ruud als möglichen Täter hin, aber vermutlich wollte der Täter uns genau das glauben machen.« Die Stille am anderen Ende der Leitung zwang Cathrine weiterzureden. »Es ist vielleicht noch zu früh, von einem Serienmörder zu reden, aber die Signatur ist beinahe identisch. Dylan, Daniel. In weißen Buchstaben. Wie bei Gerhard Elming. Was das bedeuten soll, haben wir bis jetzt noch nicht herausgefunden.« Adler-Nielsen seufzte, und Cathrine fügte hinzu: »Philippe Lugol hat noch einmal angerufen und um Polizeischutz gebeten.«

»Weiß er etwa von Cato Ruud?«

»Nein, das glaube ich nicht.«

Wieder folgte eisiges Schweigen.

»Ich habe nicht vor, für Lugol Leute abzustellen, die wir hier dringend brauchen, solange nichts Konkretes vorliegt.«

Als sie vor Ruuds Haus standen, hatte Cathrine das Gefühl, dass ihre Zunge am Gaumen klebte. Trotz ihrer langjährigen Erfahrung wusste sie nicht, wie man so schreckliche Nachrichten am besten überbrachte. Dieses Gefühl verstärkte sich, als die Tür aufging.

Die gleiche Szene wie am Vormittag. Die junge Mutter hatte ein Kind auf der Hüfte und eines an ihrem Hosenbein und sah unglaublich müde aus.

»Darf ich reinkommen?«, fragte Cathrine und entschied sich, so nüchtern und sachlich wie nur möglich vorzugehen. Die junge Mutter machte keine Anstalten, Cathrine einen Platz anzubieten. »Wir haben Ihren Mann gefunden. In seinem Atelier.« Cathrines Magen zog sich zusammen. Erst jetzt wurde ihr schmerzlich bewusst, dass die beiden Kleinen ihren Vater verloren hatten.

Die Frau sah sie besorgt an. Dann begann ihr Blick zu flackern, als ahne sie bereits, was jetzt kam.

»Es war kein schöner Anblick. Wir sollten vielleicht nicht darüber reden, wenn die Kinder dabei sind.«

»Ist er …?«

»Ja.«

Die Frau stand stumm da. Sie blickte von Cathrine zu dem Jungen und dann zu dem kleinen Mädchen auf ihrer Hüfte, bevor sie sich im Zimmer umsah. Tränen stiegen ihr in die Augen und rollten langsam über ihre Wangen.

»Es tut mir sehr leid«, sagte Cathrine.

»Und was soll aus uns werden?« Die Frau fuhr sich mit dem Ärmel über das Gesicht. »Ich weine nicht um ihn«, sagte sie. »Aber wir waren nicht verheiratet. Seine Familie wird uns rauswerfen.« Sie fing zu schluchzen an.

Cathrine betrachtete sie voller Mitleid und wartete geduldig, bis sie sich nach einiger Zeit wieder ein wenig beruhigt hatte. »Gibt es jemanden, zu dem Sie heute Nacht gehen können? Ihre Eltern? Freunde? Ich kann einen Wagen rufen, der Sie abholt«, sagte sie schließlich.

Die Frau überlegte und nickte.

Cathrine war kurz davor, den Arm um die Frau zu legen, ließ es aber sein. »Der Wagen kann in einer halben Stunde hier sein«, sagte sie. »Und melden Sie sich, wenn ich Ihnen noch irgendwie behilflich sein kann. Jederzeit.«

Cathrine zog ein Kärtchen mit ihrer Telefonnummer aus der Tasche und legte es auf den Tisch. Widerstrebend überließ sie die Frau ihrem Schicksal, schloss die Tür hinter sich und hastete zu ihrem Auto und ihrer ungeduldig wartenden Tochter.

TEIL 2

Geister

Varanasi, Indien, 1985

D*er Rauch der Scheiterhaufen war erstickend. Der widerwärtige Gestank von verbranntem Menschenfleisch, in der Glut zischendem Fett und der beißende Geruch verkohlter Knochen stachen ihr in die Nase, und ihre Lungen schienen sich zu verkrampfen. Sie konzentrierte sich intensiv darauf, Ruhe zu bewahren, doch immer wieder brach ihr kalter Schweiß auf der Kopfhaut aus, der in schmalen Rinnsalen durch ihr dickes Haar rann.*

Sie saß im Lotussitz auf einer Strohmatte und hatte das Gefühl in den Beinen längst verloren. Fliegen krochen über ihr Gesicht und labten sich an dem Schweiß. Es juckte unerträglich, aber sie widerstand dem Drang, die Hände zu heben und sich zu kratzen. Guru Mahadevs Anweisungen waren glasklar. Sie sollte sich unter keinen Umständen bewegen, egal, welche Gedanken oder Ängste sie überkamen. Dies war die letzte und schwierigste Prüfung, die große Initiation.

Der Mond war aufgegangen, es war nach Mitternacht. Der Nachtwind hielt den Atem an, und der Rauch breitete sich wie ein Grabtuch über die Stätte. Sie öffnete die Augen einen Spalt breit. Die Scheiterhaufen sahen aus wie die Flammen von Öltürmen auf einem schwarzen Meer. Ihr Gehirn war ausgeschaltet. Es tönte in ihren Ohren, als würden Tausende von Geistern raunen, die aus den Gräbern kamen, um ihre toten Verwandten zu holen.

Der Guru hatte ihr aufgetragen, sich mit den brennenden Körpern zu identifizieren und über ihre eigene Sterblichkeit zu meditieren.

Es dauert lange, bis ein Mensch verbrannt ist. Für die meisten Inder war es eine teure Angelegenheit. Wer sich keine vollständige Verbrennungszeremonie leisten konnte, übergab die verkohlten Überreste dem Fluss, in dem sie entweder versanken oder von den Aasgeiern gefressen wurden, die schon am anderen Ufer lauerten.

Panik erfasste Anita, und ihr Körper begann unkontrolliert zu zittern. Sitz still, ermahnte sie sich, aber je mehr sie es versuchte, desto stärker wurde der Drang, sich zu bewegen, als hätte das Unterbewusstsein ihr ein Kommando gegeben: Lauf, lauf weg, so schnell du kannst!

Sie hatte kein Gefühl in den Beinen, aber sie registrierte, dass sie sich bewegten und sie taumelnd von den Leichen, dem Rauch und der Angst wegtrugen. Sie fiel, und Schlamm und Staub gerieten in ihre Schürfwunden. Aber sie spürte keinen Schmerz, sondern nur, dass das Blut langsam wieder in ihre Beine, Füße und Zehen strömte. Eine dicke Staubschicht legte sich auf ihre Zunge, und ihr Herz antwortete auf die Angst mit harten, schnellen Schlägen. Was werden sie mit mir machen? Wie werden sie mich bestrafen?

International Art Invest

Zahllose brennende Fackeln bildeten in der imposanten Parkanlage um das Grand-Hôtel du Cap Ferrat Galaxien aus Lichtpunkten. Kellner standen in Reih und Glied vor den riesigen

Bogenfenstern, die das gesamte Mittelmeer zu umfassen schienen. Gestriegelt und tadellos gekleidet strahlten sie mit den blanken Bodenfliesen um die Wette.

Gemeinsam mit dem Oberkellner Michel nahm Irene Willum eine letzte Inspektion der Truppe vor. Ein smaragdgrünes Abendkleid umschmeichelte ihren schlanken Körper, unterstrich das leuchtende Rot ihres Haars und verlieh ihr zusammen mit der weißen, seidenweichen Haut und den meergrauen Augen eine ätherische, fast überirdische Eleganz.

Irene war in ihrem Element. Dieser Abend war ihre Show, ihre Arena. Das Galadiner mit Unterzeichnung der Investitionslizenzen am folgenden Tag war einer der Grundpfeiler ihres Geschäftsimperiums und das Fundament für weiteres Wachstum der International Art Invest.

Strukturell war das Unternehmen so etwas wie ein Aktienklub. Allerdings investierte man statt in Aktien in bildende Kunst. Der Zusammenschluss kapitalkräftiger Käufer stattete International Art Invest, kurz IAI, mit einer enormen Finanzkraft aus. Und genau darin lag die Chance, wertvollste Kunstwerke für sich zu sichern: Irene konnte die Preise der Auktionshäuser drücken und bessere Konditionen aushandeln als Einzelinvestoren. Und, wie sie mit einem sorglosen Lachen zu sagen pflegte: Die teuersten Gemälde hatten das größte Steigerungspotenzial.

Irene Willum galt als eine der bedeutendsten Kunstsammlerinnen des 21. Jahrhunderts, als eine zeitgenössische Peggy Guggenheim. Dieser Vergleich passte gut zu Irenes Ambitionen und ihrer Eitelkeit und unterstrich ihre Glaubwürdigkeit, wenn sie mit anspruchsvollen Investoren zu tun hatte. Die Gäste dieses Abends waren allesamt qualifiziert für das sogenannte »Private Banking«, sprich: Jeder von ihnen verfügte über dicke Bankkonten.

Irene lud nicht das erste Mal zu einem solchen Diner ein. Die Methode war einfach und wirkungsvoll. Die Einladung umfasste einen dreitägigen Aufenthalt im Grand-Hôtel du Cap Ferrat sowie den Hin- und Rückflug von jedem Ort auf der Welt. Für die Gäste, die sich in diesem Moment im Hotel aufhielten, war das zwar nicht von Bedeutung, Irene hatte aber gelernt, dass selbst die Reichsten der Reichen Gefallen daran fanden, etwas gratis zu bekommen. Davon abgesehen, hielt Irenes Geschäftsmodell andere Attraktionen für die Gäste bereit. Der Kunstmarkt bewegte sich in einer Grauzone, die recht großzügige Auslegungen der Steuergesetze zuließ. Kurz und gut, International Art Invest war so etwas wie ein alternatives Steuerparadies.

Irene kümmerte es nicht weiter, woher das Geld kam. Ihre Aufgabe war es, wie sie es ausdrückte, dafür zu sorgen, dass es in die richtige Kunst investiert wurde. Der Cashflow fiel in Kees van Deldens Verantwortungsbereich.

Bevor Irene das erste Mal zu einem Investorendiner geladen hatte, hatte sie ihren Grundbesitz auf Cap Ferrat verpfändet. Eine heruntergekommene Villa in einem verwilderten Garten, die sie von ihrer Mutter geerbt hatte. Zwei Wochen später hatte sie das Darlehen zurückgezahlt. Sie ließ Haus und Grundstück renovieren, stellte Gärtner ein, kaufte ein angrenzendes Grundstück dazu und konnte binnen kurzer Zeit einen der prachtvollsten Orte auf der Halbinsel ihr Eigen nennen.

Irene hatte einen Skulpturenpark sowie Blumen- und Pflanzenarrangements auf unterschiedlichen Ebenen bis nach unten zur Bucht Villefranche und zum Plage Passable anlegen lassen. Diesen luxuriösen Besitz hatte sie noch einmal verpfändet und den Erfolg ihres grandiosen Events im Grand-Hôtel wiederholt. Wieder strömten die Gäste zusammen und investierten willig viele Millionen.

Beim zweiten Diner war auch Kees van Delden erschienen, aber er hatte sie nicht wiedererkannt. Weder bei ihrer ersten Begegnung noch später. Dies gab ihr ein Gefühl von Sicherheit.

»Wenn alle Gäste da sind«, fuhr Irene jetzt mit ihren Anweisungen fort, »werden die auf die Treppe ausgerichteten Seitenspots angeschaltet. Das ist das Signal für die Streicher, ›She‹ von Charles Aznavour anzustimmen. Wenn der Sänger beim zweiten Thema die Hand ausstreckt, habe ich mein Entree, und Sie, Michel, beginnen zu applaudieren.«

Irene sprach Französisch mit leicht englischem Akzent, den sie von ihrer Mutter übernommen hatte. Diese hatte stets Englisch mit ihr gesprochen, da sie die Hoffnung auf eine Versöhnung mit Irenes Vater nie aufgab.

Der Oberkellner verneigte sich höflich: »Glauben Sie mir, Madame, keiner, der seine fünf Sinne beisammen hat, wird es sich nehmen lassen, Ihnen zu applaudieren.«

Irene hatte Antonio Costa persönlich für diesen Abend gewinnen können, einen millionenfach verkauften Opera-crossover-Künstler mit samtweicher Stimme, dem die Welt zu Füßen lag. Als Begleitung hatte Irene nicht weniger als acht Streicherinnen engagiert. Auf den ersten Blick hätte man meinen können, die blonden Schönheiten in ihren tief ausgeschnittenen nachtblauen Kleidern kämen aus einer Modelagentur und mimten zu Playback, aber sie spielten live und sehr gut.

Oberkellner Michel war hellauf begeistert. »Madame, wollen Sie nicht jede Woche so ein Festessen bei uns abhalten?« Er nutzte die Gelegenheit, ihr so nahe zu kommen, dass er sich an ihrem Duft berauschen konnte, bevor er sich eilig wieder zurückzog. Denn aus den Augenwinkeln hatte er Kees van Delden entdeckt, der sich näherte.

Van Delden trug Frack und ein strahlend weißes Hemd, dessen drei Brustknöpfe aus tiefrotem Rubin waren – Blutstropfen im Schnee. Seine Augen hingegen strahlten hell wie Aquamarine.

»Du bist früh da.« Irene lächelte.

»Die einzige Chance, dich an diesem Abend einen Augenblick für mich zu haben.« Kees nahm Irenes Hand und hauchte einen Kuss darauf. Auch wenn er den Zenit längst überschritten hatte, war er nach wie vor ein attraktiver Mann. Er strahlte innere Gelassenheit und Selbstbewusstsein aus. Goldbrauner Teint, markante Gesichtszüge. Lediglich die tiefen Furchen um seinen Mund verrieten sein Alter. Es gab wenige Männer, die Irene mit solcher Intensität hasste wie ihren Geschäftspartner, aber keinen, dem sie mehr Freundlichkeit entgegenbrachte.

»Alles perfekt?«, fragte Kees van Delden.

»Alles perfekt«, antwortete Irene Willum. »Und jetzt muss ich dich verlassen. Michel, würden Sie Monsieur van Delden bitte einen Whisky bringen?«

Tanz der Kraniche

Tom Hartmann kämpfte mit dem Seidenbinder des geliehenen Smokings. Die Jacke lag ausgebreitet auf dem Doppelbett. Das Hotel war ihm rasch und unauffällig dabei behilflich gewesen, das elegante Kleidungsstück aufzutreiben. Noch einmal nahm er die zwei merkwürdigen Seidenteile in Angriff, die mit etwas Glück eine ungemein kleidsame Fliege ergaben. Aber dazu brauchte es geschickte Finger, die zugleich festhalten und ziehen konnten. Und Toms Finger verweigerten sich hartnäckig. Die Situation überstieg seine Kräfte. Er rechnete jeden Augenblick damit, dass die Polizei sich bei ihm meldete, nachdem Eddie ihm eine kryptische SMS geschickt hatte: »Alles ok. Bis später.« Was sollte das heißen? Es juckte Tom in den Fingern, und er zog ungeduldig an den losen Enden. Wie durch ein Wunder materialisierte sich tatsächlich ein einigermaßen symmetrischer Knoten. Es wurde auch Zeit. Nach einem letzten Blick in den Spiegel machte sich Tom auf den Weg nach unten.

Eddie war bereits eingetroffen. Er stand in der Mitte des Festsaals, grüßte munter nach links und rechts und schien völlig unberührt von der Tatsache, dass er eine Leiche im Kofferraum liegen hatte. Wie Eddie es schaffte, dieses Spiel zu spielen, war Tom unbegreiflich.

An der Bar wurde Dom Pérignon der teuersten Sorte gekippt wie kalte Cola an einem heißen Sommertag. Die Champagnertrinker waren gut betuchte ältere Herren entweder in Begleitung junger silikonbehandelter Trophäenweibchen oder aber hervorragend konservierter älterer Damen, ausgestattet mit dem exklusiven Selbstbewusstsein, das nur altes Geld beschert.

Eddie war ganz offensichtlich in seinem Element. Er scharwenzelte um eine dieser lackierten platinblonden Mumien herum. Gerade in diesem Moment ergriff er ihre Hand, während sie aus blassblauen Augen zu ihm aufsah, die gelifteten Wangen vor Aufregung gerötet.

Tom dagegen hielt sich unbeholfen an dem Drink fest, der ihm in die Hand gedrückt worden war, schnappte Gesprächsfetzen auf, ohne sich selbst beteiligen zu können, und fühlte sich vollkommen fehl am Platz. Überall ging es um Geld und Gold. Tom fand, die Leute hätten besser in einen Film über den Drogenadel gepasst als in ein seriöses Kunsthändlermilieu.

Ein Mann fiel Tom besonders auf. Er war eine dieser Persönlichkeiten, die einen Raum füllen, ohne spürbar etwas dafür zu tun. Tom war nicht ganz sicher, ob er dem Mann schon einmal begegnet war, kam dann aber zu dem Schluss, dass dies wohl nicht der Fall war. Der Mann hatte einfach die einzig interessante Visage in dieser ansonsten blasierten Versammlung. Sein Gesicht drückte schmerzliche Leidenschaft aus und verlieh ihm Klasse. Der Blick war intensiv und eisblau. Außerdem wirkte er jugendlicher und beweglicher als seine Altersgenossen. Er redete kaum, aber seine wenigen gedämpften Kommentare lösten Gelächter aus, das er mit einem Schulterzucken oder einem ironischen Lächeln quittierte. Irgendetwas allerdings störte Tom an dem Mann, das er nicht gleich benennen konnte. Nach einer Weile kam er zu dem Schluss, dass dieser Mann Eddies Gesellschaft suchte. Jedenfalls folgte sein Blick ihm überallhin. Eddie seinerseits schien das Interesse an seiner Person nicht zu bemerken, zumindest ließ er es sich nicht anmerken.

Eine Stimme unterbrach Toms Gedanken. »Meine Damen und Herren, bitte heißen Sie mit mir den Stargast des heutigen Abends willkommen! Antonio Costa!« Die Gäste klatschten begeistert und nickten einander anerkennend zu.

»She may be the face I can't forget«, fing Costa inbrünstig an zu singen. Tom betrachtete ihn und musste sich widerstrebend eingestehen, dass dieser Mann etwas hatte. Zumindest gab er alles. Nach wenigen Minuten bereits lief ihm der Schweiß von der Stirn. Er breitete die Arme in einer theatralischen Geste aus, die Seitenspots leuchteten auf und drehten sich von Costa weg, um auf der anderen Seite des Saals ein elegantes Wesen in grüner Abendrobe einzufangen, mit Alabasterhaut und roter Lockenmähne: Irene Willum. Er hatte sie seit Jahren nicht gesehen, und ihre Veränderung war wie ein Schock für ihn. Sie schritt würdevoll durch den Raum, und die Anwesenden brachen spontan in Applaus aus. Kein Zweifel, Irene war die Königin in diesem Universum.

Ein lukrativer Auftrag

Sie lagen auf einem Baugerüst neben der Einfahrt des Parkhauses auf der rechten Seite des Théâtre National du Nice. Die Bauarbeiter machten Winterpause, und so bot sich das Gerüst, noch dazu überdacht und rundum verkleidet, als Versteck geradezu an. Dach und Wände waren aus Wellblech, der Boden bestand aus breiten, soliden Holzplanken. Bis zur Decke waren es nur knapp anderthalb Meter, aber für einen Mann seiner Größe war das kein Problem. Der Ort war so etwas wie eine Wohnung für Bonsai, seit sie ihn aus den Arkaden im alten Hafen verjagt hatten. Zumindest hatte er hier ein Dach über dem Kopf, und es war einigermaßen warm. Der Zugang zu seinem Unterschlupf führte über eine Betonbrücke über der Einfahrt, die mit Bäumen und Sträuchern bepflanzt war. Bonsai flachste gerne, dass er im Zentrum der Stadt wohne und sogar einen eigenen Garten habe. Außerdem hatte er Zugang zu den Duschen und Toiletten des Theaters und für wenig Geld in der Kantine etwas zu essen. Ein gefälschter Ausweis hatte den Portier überzeugt, dass er Bühnenarbeiter im Theater war.

Bonsais Handy signalisierte einen Anruf. Er hielt das Display so, dass Maurice und Emil es sehen konnten. »Jetzt müssen wir den Riesenfisch nur noch an Land ziehen.« Er drückte die Lautsprechertaste, damit die beiden das Gespräch mithören konnten.

»Ich hab das Geld. Zwanzigtausend Euro cash«, sagte die Stimme.

»Legen Sie eine Plastiktüte mit dem Geld in exakt fünfundvierzig Minuten in den Abfalleimer links vom Eingang zum Club Dauphin vor dem Park des Grand-Hôtel.«

»Wer garantiert mir, dass ihr den Auftrag auch ausführt?«

»Wir werden das beweisen können. Der Plan ist wasserdicht«, versicherte Bonsai.

»Ich muss hundert Prozent sicher sein, bevor ihr den Rest des Honorars kassiert.«

»Selbstverständlich. Wir melden uns.« Bonsai beendete die Verbindung, legte sich auf den Rücken und trampelte mit beiden Füßen auf dem Boden herum. »Oui! Oui!«, heulte er begeistert.

Emil war bereits im Aufbruch begriffen. »Es eilt«, ermahnte er die beiden anderen und machte sich auf den Weg in Richtung des Parkhauses unter dem Palais de Justice.

Das Buffet ist eröffnet

Tom hielt nach Eddie Ausschau, um unter vier Augen mit ihm zu sprechen. Aber Eddie war verschwunden. Toms Aufmerksamkeit wurde wieder auf Antonio Costa gelenkt, der seinen Vortrag mit einem einschmeichelnden Pianissimo beschloss und sich ergebenst verneigte. Dann zog er einen edlen Stift aus der Tasche, schrieb etwas auf seine Visitenkarte und schnippte die Karte in Richtung eines potenziellen Betthäschens.

In diesem Moment schritt Oberkellner Michel würdevoll zu Irene und reichte ihr ein Kristallglas und einen kleinen Silberhammer. Der helle Klang ließ die Gesellschaft verstummen. Alle Augen richteten sich auf Irene.

»Verehrte Gäste, werte Investoren und Kunstmäzene! Ich bin überglücklich, Sie alle heute Abend hier versammelt zu sehen. Und ich wage zu behaupten, dass dies für Sie ein überaus lukratives Galadiner werden wird, vielleicht das lukrativste Ihres Lebens. Ich möchte Sie nicht mit Zahlen ermüden, außerdem sagen sie wenig aus über das eigentliche Wesen der Kunst. Aber sie verraten etwas über die Möglichkeiten, sein Geld in Bilder statt in Aktien zu investieren. Soweit ich weiß, wurde noch nie ein Monument für einen Aktienspekulanten errichtet. Kunstmäzene hingegen haben längst ihren Platz in der Geschichte. Und ist es nicht das, was sich die meisten von uns wünschen? Sich hervorzuheben, Spuren zu hinterlassen in der Welt?«

Irene hielt effektheischend inne. »Bei International Art Invest haben Sie diese Möglichkeit«, fuhr sie dann fort. »Im letzten Jahr hat International Art Invest ihren Gewinn um vierzig Prozent gesteigert, während die Aktienmärkte auf der ganzen Welt einbrachen. Diejenigen, die von Anfang an dabei waren, haben ihre Einsätze vervielfacht. Und noch besser: Bei unserem Geschäftsmodell zahlt man so gut wie keine Einkommensteuer! Aber lassen Sie uns nun unser traditionelles Diner hier im Grand-Hôtel du Cap Ferrat einnehmen. Über Geschäfte sprechen wir morgen. Wir haben für das kommende Jahr nur begrenzte Investitionsposten, aber meine Mitarbeiter und ich werden unser Möglichstes tun, Sie alle mit einzubeziehen. Aber nun: bon appétit!«

Die Anwesenden klatschten frenetisch. Irenes Timing war genial. Auf der ganzen Welt suchten die Finanzkräftigen nach einem sicheren Hafen für ihr Kapital. Das waren die Finanzmärkte längst nicht mehr. Die Kunstbranche hingegen war wie ein Märchenschloss für strapazierte und nervöse Investoren.

Tom wollte sich gerade in den Speisesaal schleichen, als eine schlanke, kühle Hand sein Handgelenk umfasste.

»Tom!« Es war Irene. »Wie schön, dich hier zu sehen! Komm, begleite mich zu Tisch. Ich kann Eddie nicht finden. Wahrscheinlich kommt er etwas später, wie üblich.« Sie zog Tom energisch hinter sich her an die Spitze der Schlange und nickte dem Oberkellner zu.

Tom fühlte sich wie der Fahnenträger des Schulorchesters, als er Hand in Hand mit Irene den Speisesaal ansteuerte.

»Du bekommst Eddies Platz und mich als Tischdame«, sagte Irene.

Tom stellte fest, dass es ihm erstaunlich leicht fiel, von Irene Befehle entgegenzunehmen. Ihm gegenüber saß der Mann mit den eisblauen Augen. Der Platz neben ihm war leer.

»Kees, darf ich dir einen alten Studienkollegen von Eddie und mir vorstellen? Tom Hartmann. Tom, das ist mein Geschäftspartner Kees van Delden.«

Tom sah, dass van Delden stutzte. Hatte er ihn wiedererkannt als den »Wiener Geiselnehmer«? Van Delden verriet mit keiner Miene, was er dachte, nickte zuvorkommend und sah sich um. Im selben Augenblick fiel Tom auf, dass van Delden ein mit funkelnden Steinen besetztes Armband trug, das dem Halsband des Hundes, der sich in seinem Zimmer befand, zum Verwechseln ähnlich sah.

In diesem Moment trat Eddie an den Tisch. Er hatte einen rosigen Teint, und seine Krawatte war schief geknotet. Tom versuchte, die Bilder wegzuschieben, die sich ihm aufdrängten: Eddie, wie er mit der alternden Diva eine Nummer schob. Irgendwo auf der Toilette, in der Besenkammer oder gar draußen im Mimosengarten.

»Du kommst spät, Eddie. Jetzt hat Tom deinen Platz eingenommen.« Irenes Stimme war einen Hauch zu spitz.

»Das gönne ich Tom von Herzen«, entgegnete Eddie mit einem Augenzwinkern. »Prosit, meine Schöne.«

Tom suchte Augenkontakt, aber Eddies Blick war überall. Irene erwiderte Eddies Prosit, aber ohne jede Herzlichkeit.

Ein Leichenwagen

»Der Wagen steht im privaten Teil des Parkhauses.« Emil lotste die kleine Gruppe durch eine rostige Tür auf der Rückseite des Gebäudes. Drinnen schlug ihnen der säuerliche Gestank von Urin und Bier entgegen. In einer Ecke hockte ein Junkie und wärmte einen Teelöffel Heroin auf. Emil führte sie zwei Treppen nach unten und durch eine weitere Tür. Direkt dahinter stand der alte Cadillac. »Schön, nicht wahr?«

Bonsai strich mit der Hand über die schwarze Kühlerhaube. »Genial. Genau so was brauchen wir für diesen Auftrag.«

»Wenn wir mit so einer Karre unterwegs sind, hält uns keine Sau an. Schon gar nicht, wenn wir das Kreuz aufs Dach stellen.«

Emil hatte die Idee gehabt, das Auto eines Freundes zu leihen, der einem Bestatter vor einiger Zeit einen alten Leichenwagen abgekauft hatte. Der Freund hatte die Fenster mit neuen Gardinen verkleidet, Lautsprecher und Stereoanlage eingebaut. Das kleine Kreuz oben auf dem Dach, das man bei Bedarf anknipsen konnte, hatte er stehen lassen. Er benutzte es, wenn er im Stau über den Standstreifen oder die Taxispur fuhr. Außerdem bekam er nie Strafzettel. Vor dem Tod hatte jeder Respekt.

Emil schob die Hand über das linke Hinterrad und holte den Schlüssel hervor. Dann setzte er sich auf den Fahrersitz und fuhr aus der engen Parklücke. Bonsai sicherte sich schnell den Platz auf dem Beifahrersitz.

»Scheiße!«, brüllte Maurice. »Soll ich etwa da hinten sitzen, wo die ganzen Leichen gelegen haben?«

Bonsai lachte. »Steck dir eine Kippe an, den Gestank hält kein Geist aus.«

Maurice öffnete widerwillig die Heckklappe, schob Schaufel, Leiter, diverse Seile und allen möglichen Krempel zur Seite und kletterte hinein. »Verdammt, wenn das mal kein schlechtes Omen ist«, fluchte er und bekreuzigte sich gleichzeitig.

»Mach hinten zu, Bonsai!«, befahl Emil.

Bonsai stieg aus, um die Heckklappe zu schließen. »Verdammt, Maurice, du faule Socke!«, fluchte er.

In diesem Moment kletterte Maurice von hinten auf den Beifahrersitz. »Ich bin abergläubisch«, parierte er. »Du nicht.«

Bonsai gab sich geschlagen, zog die Tür von innen zu und setzte sich in eine Ecke des Laderaums.

Irenes Fest

Das Menü war so exklusiv wie das Ambiente, die Gänge so wohlkomponiert wie ein Opernabend der Extraklasse. Als Ouvertüre gab es gebratene Kammmuscheln mit der luftigsten Sauce, die Tom je gekostet hatte, gefolgt von Topinambur-Confit und einem knackig frischen Kräutersalat. Der Koch, Fürst Alberts erste Wahl für Bankette, war für diesen Anlass extra aus Monaco geholt worden. Zum Hinunterspülen all der Köstlichkeiten wurde ein Corton Charlemagne Grand Cru, Jahrgang 1999, gereicht.

Eddie aß mit großem Appetit und in rasendem Tempo. Gerade als er eine Gabel voll Salat in den Mund schob, meldete sich sein Handy. »Ups«, sagte er und parierte den gestrengen Blick, den Irene ihm zuwarf. »Entschuldigt mich für einen Moment.«

Eddie schlurfte aus dem Bankettsaal, während Irene ihr Glas erhob und Tom zuprostete: »Wunderbar, dich hier zu haben, Tom.«

Irenes Schenkel berührte Toms Bein und verharrte dort. Tom

war die Berührung nicht unangenehm, und so unternahm er nichts, um den Körperkontakt zwischen ihnen zu lösen.

»Tut mir leid, dass meine Frau nicht mitkommen konnte«, sagte van Delden.

»Geht es ihr nicht gut?« Irene presste ihren Schenkel etwas fester an Toms.

In diesem Augenblick kam Eddie zurück. Er wirkte fast fröhlich, als hätte er in seiner ausweglosen Situation doch noch einen Lichtstreif am Horizont erblickt.

Die Kellner schwärmten wie Bienen durch den Saal und servierten den delikaten Hauptgang, Rehnüsschen und in Orangensud gedünstete Karotten.

Kees van Delden nahm einen großen Schluck Rotwein und sagte: »Sie war nicht zu Hause, als ich gestern Nachmittag von einer Geschäftsreise zurückkam. Vermutlich ist sie zu ihrer Mutter gefahren.«

»Hätte sie dann nicht eine Nachricht hinterlassen?«, wunderte sich Irene.

Van Delden legte eine kunstvolle Pause ein, bevor er mit weit ausholender Geste sagte: »Auf die Gefahr hin, indiskret zu sein, aber wir reden im Moment nicht miteinander.« Er hob sein Glas und erzwang den Augenkontakt mit Eddie. »Zum Wohl, Eddie! Auf Irene!«

Wieder klingelte Eddies Handy. Eddie stellte sein Glas ab, nickte van Delden zu und verließ den Tisch. Gleich darauf meldete Toms Handy sich mit einem lautlosen Vibrieren. Er blickte diskret auf das Display und las die SMS von Eddie: »Es geht alles seinen Gang. Don't worry!«

Tom wurde plötzlich übel, aber er wollte kein Aufsehen erregen. Er musste an die frische Luft, brauchte eine Minute oder zwei, um sich zu sammeln. »Es tut mir außerordentlich leid, aber ich muss mich kurz entschuldigen«, sagte er.

Als er die Treppe nach oben ging, kam Eddie ihm entgegen. Rasch zog Tom ihn in sein Zimmer. »Wie ist es gelaufen?«, erkundigte er sich, während der Köter ihn wie üblich anknurrte.

»Gut«, antwortete Eddie, klopfte sich auf die Brusttasche und grinste zufrieden. »Ich werde unser Problem lösen«, sagte er.

»*Unser* Problem?«

»Du wirst sehen! Es ist wirklich unglaublich, was man mit einer Rolle frisch gedruckter Banknoten erreichen kann.« Eddie öffnete seine Jacke und zog ein dickes Bündel Geldscheine aus der Innentasche. »Die Alte hat sich sehr dankbar gezeigt.«

»Du willst dich freikaufen, die Polizei bestechen?« Tom öffnete die Tür. Er hatte genug und wollte zurück in den Saal.

»Ich werde die Verantwortung übernehmen, Tom«, sagte Eddie. »Keine Sorge. Ich bitte dich einzig und allein darum, dass du mich gegenüber Irene deckst. Rede mit ihr, unterhalte sie und bringe sie dazu, an alles andere als an Eddie zu denken. Vertrau mir, Tom. Es läuft alles wie am Schnürchen.«

Tom öffnete die Tür, und der verflixte Köter schlüpfte bellend auf den Flur.

»Verflucht, Tom. Das Viech haut ab!«

Unten im Festsaal war der Hauptgang inzwischen abgetragen worden. Käse wurde serviert. Tom war schon nicht wohl gewesen, als er den Tisch verlassen hatte, aber das war nichts im Vergleich zu der Übelkeit, die er verspürte, als er nun gemeinsam mit Eddie zurückkehrte. Auf Kees van Deldens Schoß saß der Köter. Das Halsband des Tieres entsprach van Deldens Armband bis ins Detail. Dass dieser Hund auf seinem Schoß lag, konnte doch nur bedeuten, dass … Er sah zu Eddie, der sich nichts anmerken ließ. Tom schickte ein Dankgebet zum Himmel, dass niemand die Gedanken lesen konnte, die in diesem Augenblick durch seinen Kopf schossen.

»Sind Hunde hier erlaubt?« Eddies Frechheit kannte keine Grenzen.

Van Deldens Antwort bestätigte Toms schlimmste Befürchtungen. »Das ist der Hund meiner Frau. Sie muss inzwischen angekommen sein.«

Eddie konzentrierte sich auf die Käseplatte, während Tom alles unternahm, um van Deldens Blick auszuweichen. Dieser schien erleichtert darüber, endlich ein Lebenszeichen von seiner Frau zu haben.

»Bringen Sie uns noch ein Glas. Seine Frau ist gerade gekommen!«, raunte Eddie dem Kellner zu, der den Wunsch sogleich erfüllte.

Van Delden überging die Bemerkung. »Wir sollten uns treffen«, sagte er, »um über Ihr Projekt zu reden. Ich denke, daraus können wir wirklich etwas machen. Zum Wohl!«

Ein einzelner Schweißtropfen bahnte sich seinen Weg über Eddies Stirn und Nase und blieb an seiner Nasenspitze hängen. Eddie wollte gerade die Serviette nehmen, um ihn wegzuwischen, als erneut sein Handy klingelte. »Mesdames, messieurs, ich muss mir nur kurz die Nase pudern.« Mit diesen Worten steuerte er auf den Ausgang zu, noch ehe Irene etwas sagen konnte.

Win-win

Eddie Jones war so high vom Adrenalin, dass er beinahe schwebte, als er über die frisch asphaltierte Straße zum Club Dauphin ging. Dieser Bereich des Hotelgeländes war im Winter geschlossen. Im Sommer konnte man sich hier am Pool sonnen in einem Liegestuhl, der ein Vermögen kostete, und im Lunchrestaurant neben dem Pool eine Kleinigkeit essen, einen Hamburger etwa für schlappe sechsunddreißig Euro. Die Trauben hingen hoch am Cap Ferrat.

Eddie sah sich um. Als er sicher war, allein zu sein, zog er eine sorgsam zusammengefaltete weiße Plastiktüte aus seiner rechten Hosentasche. Dann nahm er das Geldbündel aus der Innentasche seines Fracks. In Gedanken war er noch einmal bei der älteren Dame, die ihn in seinem Zimmer mit größter Leidenschaft vernascht hatte. Es gab doch nichts Schöneres als den Sonnenuntergang. Jüngere Frauen konnten da nicht mithalten. Wie wunderbar, dass er dafür auch noch das Geld bekommen hatte, das er brauchte, um Corrine loszuwerden. Eine absolute Win-win-Situation, dachte Eddie, als er fünf Minuten vor der vereinbarten Zeit die Tasche mit dem Geld, der Fernbedienung und den Schlüsseln zur Tiefgarage in den Abfalleimer warf.

Eddie sah sich noch einmal um und ging dann schräg über die Straße in die Parkanlage des Hotels, wo er sich an den Stamm einer Pinie lehnte und so in den nächtlichen Schatten abtauchte, unsichtbar für denjenigen, der den Beutel abholte. Das samtige Dunkel legte sich schützend um seine geschundene Seele und massierte die Stressknoten in seiner Nackenregion. Die Verkrampfung ließ nach, und bald konnte er das Kinn wieder bis auf die Brust senken. Den ganzen Tag über hatte er sich wie eine überlastete Hochspannungsleitung gefühlt.

Seine Erpresser und er hatten regen SMS-Kontakt gehabt. Sie waren bereit, dieses schmutzige Spiel mit ihm zu spielen. Natürlich waren es die Leute gewesen, die die Leiche in seinem Kofferraum deponiert hatten. Wie ihnen das gelungen war, wusste er noch immer nicht.

Zuerst hatten sie damit gedroht, das Bild von Corrine in seinem Kofferraum zu veröffentlichen. Er hatte es darauf ankommen lassen und vorgegeben, ihm sei das egal, das Bild beweise nichts. Er wusste, dass die Schilder an seinem Auto gefälscht waren. Er hatte nur die Befürchtung, dass der Polizist in Villefranche sich die Nummer notiert hatte, als er, Eddie, zu seiner wilden Flucht aufgebrochen war.

Die Erpresser waren ganz offensichtlich noch nicht lange im Geschäft, weil sie bereits nach kurzer Zeit umgänglich und kleinlaut waren. Es war Eddie gelungen, seine eigene Angst zu verbergen, und schließlich hatte er sogar die Oberhand gewonnen und ihnen vorgeschlagen, sie für die Entsorgung der Leiche fürstlich zu belohnen.

Ein Stück entfernt heulte der Motor eines Wagens auf. Eddies Sinne waren erwartungsvoll geschärft. Kurz darauf fuhr ein schwarzer Leichenwagen an der rechten Seite des Hotels vorbei und näherte sich dem Club Dauphin. Mein Gott, was für ein diskreter Auftritt, dachte Eddie. Eine der Türen öffnete sich, und ein Knirps mit langen Haaren schlüpfte aus dem Wagen, nahm den ganzen Mülleimer mit und verschwand wieder im Auto, bevor dieses kehrtmachte und verschwand.

Erledigt, dachte Eddie.

Beerdigungsunternehmen

Die Stereoanlage des Cadillac ließ aus allen nur erdenklichen Lautsprechern Amy Winehouses »Rehab« dröhnen, während Maurice ekstatisch die Scheine zählte. »Zwanzigtausend Euro, du bist ein Genie, Bonsai!« Maurice hatte seinen Kummer über die verlorene Lederrolle längst vergessen. »Wir sollten das zu unserem Beruf machen.«

Sie näherten sich der Grenze von Monaco, und Emil drehte die Musik leiser. »Wir fahren jetzt in ein gebildetes Land, Jungs. Nirgendwo auf der Welt sind die Bügelfalten der Uniformhosen schärfer als hier. Ich darf also wohl um etwas Anstand bitten?«

»Hier musst du nach links«, instruierte Bonsai ihn. »Das Hochhaus mit den blauen Baldachinen.«

Maurice nahm die Fernbedienung, drückte auf den Knopf, und die Tore der Tiefgarage glitten langsam auf. Emil parkte den Wagen quer vor Eddies Maserati, damit sie die Leiche problemlos umladen konnten. Bis jetzt war das Ganze eher ein Abenteuer gewesen, doch als sie die Heckklappe des Maserati öffneten, war von der heiter-ausgelassenen Stimmung nicht mehr viel übrig. Besonders Maurice war vom Ernst der Situation ergriffen. »Verdammt, Mann, der Tod ist nichts für Amateure.«

Der Leichnam hatte zu riechen begonnen. Die Adern an Armen und Beinen mit all ihren Verästelungen zeichneten sich schwarz unter der Haut ab, und die weit aufgerissenen Augen der Frau starrten die drei anklagend an. Der offene Mund schien etwas sagen zu wollen.

»Verflucht!«, murmelte Emil. Ihm graute davor, die Frau anzufassen.

»Wir hätten Handschuhe mitnehmen sollen«, sagte Bonsai, der all seinen Mut zusammennahm und seine Hände um die aufgedunsenen Handgelenke der Frau legte. »Sie ist verdammt kalt, Jungs.«

»Ich dachte, Leichen wären steif«, flüsterte Maurice und trat einen Schritt zurück. »Ich halte Wache«, schob er nach, froh darüber, den Leichnam nicht anfassen zu müssen.

Emil zog einen schwarzen Müllsack über Corrines Kopf und Oberkörper, dann packten er und Bonsai ihre Arme und schleiften sie zum Cadillac. Sie streiften ihr einen weiteren Müllsack über die Füße, bevor sie sie ganz in den Wagen schoben. Bonsai legte eine französische Flagge über das Paket, sodass es beinahe so aussah, als läge darunter ein Sarg.

»Erster Schritt erledigt.« Bonsai atmete erleichtert auf, kletterte zu der Leiche in den Laderaum und schloss von innen die Tür. Gleich darauf fuhr der Cadillac würdevoll und mit leuchtendem Kreuz auf dem Dach aus der Tiefgarage.

Sie nahmen den Weg hinunter nach Grasseuil und fuhren von dort an der Küste entlang, um auf ihrem Rückweg zum Cap den Überwachungskameras zu entgehen. Sie saßen zwar in einem Leichenwagen und hätten vermutlich kein Aufsehen erregt, aber wozu das Risiko eingehen? Das Auto rollte langsam über die kurvige Straße mit den schmucken Straßenlaternen, die ihr altmodisches gelbes Licht auf das schwarze Gefährt warfen. Dann fuhren sie auf die Hauptstraße, bogen nach rechts auf den Boulevard Général de Gaulle ein, passierten das Grand-Hôtel und gelangten auf die Westseite der Halbinsel, bis sie die hohe, von Bougainvillea überwucherte Steinmauer von Kees van Deldens Anwesen erreichten.

»Und wenn er jetzt auftaucht?«, flüsterte Maurice, als Emil die Handbremse anzog und ein Zittern durch den Wagen ging. »Dann stecken wir wirklich in der Klemme.«

»Der ist doch auf dem Fest im Grand-Hôtel. Das dauert mit Sicherheit noch eine ganze Weile. Und sein Gärtner arbeitet bestimmt nicht nachts. Da ist niemand. Keine Sau«, erwiderte Bonsai, aber das leichte Beben in seiner Stimme verriet seine Anspannung. Hektisch sprang er aus dem Wagen, als hätte er es auf einmal sehr eilig. »Seid ihr bereit?«

Die beiden anderen nickten. Sie lauschten, um sich zu vergewissern, dass sich kein Auto näherte. Zu hören waren nur die leise plätschernden Wellen am Strand.

»Dann los«, sagte Bonsai. Die Leiter aus dem Wagen wurde aufgestellt, Bonsai kletterte hinauf und setzte sich rittlings auf die Mauer. Er hörte ein Rascheln und spähte nach unten, wo sich etwas schuppig Glänzendes langsam bewegte. Bonsai war sich sicher, dass der Komodowaran längst den Geruch der verwesenden Leiche wahrgenommen und alle Sinne geschärft hatte. Die Tote war für ihn das reinste Festmahl. Bestimmt würde er nichts übrig lassen, nicht einmal einen Zehennagel.

Maurice pfiff leise. Sie waren bereit. Er warf Bonsai das Seilende zu, und dieser begann langsam zu ziehen. Gleichzeitig schob Emil von unten.

Plötzlich hörten sie Schritte und das Scheppern von Rädern. »Verdammt«, flüsterte Maurice. »Beeilt euch, es kommt jemand.«

Pan und Psyche

Als die Tafel aufgehoben worden war, schwärmte eine Schar Hotelmitarbeiter aus, um den Bankettsaal in einen Ballsaal zu verwandeln. Tom nutzte die Gelegenheit, sich in den schönen Garten vor dem Hotel abzusetzen. Der Mond hing silbern schimmernd über dem Mittelmeer. Der Leuchtturm blinkte standhaft. In der Luft schwebte ein Duft von Pinien und Mimosen. Tom versuchte, eine Entscheidung zu treffen. Er wollte um keinen Preis in die Sache hineingezogen werden, in die Eddie verstrickt war, auch wenn er dadurch auf einen interessanten und vermutlich lukrativen Job verzichten musste. Dann aber kam ihm der Skandal im Fernsehstudio in den Sinn, und er merkte, dass er noch nicht bereit war zurückzufliegen. Als sich die Silhouette einer schlanken Gestalt näherte, wusste er sofort, wer es war.

»Tom? Hier versteckst du dich also.« Irenes Augen blitzten im Licht der Fackeln, und das Mondlicht liebkoste ihre hohen Wangenknochen.

»Ich brauchte ein bisschen frische Luft«, sagte Tom. »Das ist ein unglaublicher Abend. So unglaublich weit weg von meinem Alltag.«

»Mir gefällt dieses Leben.«

Sie griff nach seinen Händen, legte ihre langen, schlanken Finger darum. Ein riesiger Diamantring schmückte ihre linke Hand. Die Berührung war kühl, ließ Tom aber innerlich erglühen. In ihrer Gegenwart wurde er willenlos.

»Es tut mir leid, dass ich mich heute Abend nicht ausgiebig mit dir unterhalten kann. Es gibt so viele, um die ich mich kümmern muss. Holen wir das morgen nach? Wollen wir zusammen essen gehen? Gegen fünf sollte ich mit den Investoren fertig sein.«

»Eigentlich will ich morgen zurückfliegen.« Toms Antwort klang nicht gerade überzeugend.

»Tom, wir haben uns so lange nicht gesehen. Da kannst du nicht einfach wieder fahren. Ich möchte dir zumindest noch meinen Garten zeigen. Er wird dir bestimmt gefallen.«

»Ich werde darüber nachdenken«, erwiderte Tom schwach. Das Bild der schwangeren Cathrine blitzte vor seinen Augen auf, als Irene sich vorbeugte und Tom auf die Wange küsste. Ihre Brüste streiften seine Jacke in einer federleichten Berührung, der Andeutung eines Versprechens, aber Tom empfand sie wie ein Brennen.

»Komm«, sagte Irene. Sie ging durch den Garten bis zu einer Stelle, an der der Zaun Durchlass zu der mondänen Anlage gab.

Benommen folgte Tom ihr hinunter zum Pool, und bevor er wusste, wie ihm geschah, war Irene dabei, ihre Hüllen fallen zu lassen.

»Gestern war es eiskalt, und heute ist es fast tropisch warm. Die Welt ist aus den Fugen.« Sie lachte.

Im Mondlicht schimmerte ihre Haut wie weißer Marmor. Fasziniert betrachtete Tom die wohlgeformten Rundungen ihres Hinterns.

Irene lief über den Steg, stieg die Stufen der Badetreppe nach unten und steckte die Zehen ins Wasser. »Wie im norwegischen Sommer«, lachte sie. »Kommst du?« Sie stieg in die glitzernden Wellen. Eine Aphrodite, die ins Wasser ging, statt ihm zu entsteigen. Und sie lud ihn ein, ihr zu folgen.

Tom, der sich überwältigt und ungelenk ausgezogen hatte, konnte nicht sagen, ob das Wasser kalt oder warm war. Sie schwammen aufeinander zu. Irene legte sich auf den Rücken, ihre Brustwarzen durchbrachen die Wasseroberfläche. Dann huschten ihre Lippen über Toms Lippen und weckten eine ungeheure Lust in ihm. Seine Haut brannte, und er hatte das Gefühl, niemals genug von Irene bekommen zu können. Noch einmal suchte er ihre Lippen, aber Irene hielt neckend ihren Zeigefinger dazwischen.

Dann drehte sie sich elegant um die eigene Achse, war mit zwei schnellen Zügen wieder an der Treppe und kletterte aus dem Wasser.

Toms Blick tastete jeden Zentimeter ihres zauberhaften Körpers ab: Nacken und Schultern, Hüften, den geschwungenen Rücken, ihr Gesäß, ihre Schenkel, die Kniekehlen und die perfekten Waden. Ihr Körper hob sich wie Elfenbein vor dem dunklen Nachthimmel ab. Sie blieb ein paar Sekunden am Rand des Steges stehen und strich sich mit den Händen sanft über die Brüste und den flachen Bauch. Dann schlüpfte sie in ihr enges Abendkleid und fuhr sich mit der Hand über die hochgesteckten Haare. Sie warf Tom einen letzten Blick zu, als sie ihre Schuhe anzog. »Bleib nicht zu lang im Wasser.«

Kiss of death

Die Schritte kamen näher, blieben stehen. Der Deckel eines Abfalleimers klapperte. Bonsai ergriff das Seil, mit dem sie das Leichenpaket verschnürt hatten, und zog die Leiche mit den Füßen voran auf die Mauerkrone, unterstützt von Emil, der inzwischen ebenfalls auf der Mauer saß, allerdings in einer ungünstigeren Position, weil er sich nirgendwo abstützen konnte. »Hilf uns, Maurice, verdammt noch mal«, fluchte Emil leise.

Dann waren die Schritte wieder zu hören, begleitet von dem Quietschen ungeölter Räder.

In einem Anfall von Panik machte Maurice auf der Leiter einen Satz nach oben. Aus dem Plastiksack tropfte ihm etwas ins Gesicht. Angewidert wischte er die Brühe weg. Sein Fuß rutschte von der Sprosse, er verlor das Gleichgewicht, fiel, riss die Leiter mit einem solchen Schwung zurück, dass Emil oben das Gleichgewicht verlor und mit einem unterdrückten Schrei hinter der Mauer verschwand.

An das Seil geklammert, blieb er auf halber Höhe hängen. Das Leichenbündel hatte durch sein Gegengewicht seinen Fall gebremst. Verzweifelt stemmte er die Füße gegen die Mauer und versuchte sich mit einem Ruck wieder nach oben zu ziehen. Damit erreichte er jedoch nur, dass die Leiche vollends über die Mauerkante glitt und mit ihm in einem dumpfen Aufprall bei dem wartenden Komodowaran landete.

Maurice, der sich hinter den Wagen gekauert hatte, spähte vorsichtig auf die Straße. Er sah einen Mann näherkommen, der einen Einkaufswagen schob, randvoll mit Flaschen, Blechbüchsen, Altpapier und Zeitungsstapeln. Er trug eine Mönchskutte und war mindestens achtzig. Auch wenn er kaum eine

Gefahr für sie darstellte, flehte Maurice, er möge so schnell wie möglich wieder abhauen. Möglicherweise machte sich das Biest gerade über Emil her, und er saß hier fest und konnte nichts tun. Bonsai hatte sich oben auf der Mauer hinter dem Ast einer Pinie versteckt.

Der Mann wühlte in einem Abfallcontainer, schob Säcke beiseite und fischte schließlich ein paar Dosen heraus. Dann nahm er sich ein paar Müllsäcke vor, deren Inhalt er sorgfältig auseinandersortierte. Verdammt, jetzt verpiss dich! Maurices Gehirn begann zu kochen. Mit jeder Sekunde, die dieser Idiot seinen verfluchten Müll sortierte, schwand die Chance, seinen Freund zu retten. Es gab nur eine Lösung.

Maurice ballte die Hände zu Fäusten und stand auf. Als hätte der Alte Maurices Verzweiflung gespürt, eilte er plötzlich weiter und schob den Einkaufswagen den Hügel hinauf um die nächste Kurve.

Maurice atmete erleichtert auf, drehte sich um und stellte die Leiter wieder an die Mauer.

Auch Bonsai war wieder zum Vorschein gekommen. Er bedeutete Maurice, unten stehen zu bleiben, und warf ihm ein Seilende zu.

Im Gehege stand Emil, starr vor Schreck, außerstande, sich von der Stelle zu rühren. Das Reptil hatte sich längst über die verwesende Leiche hergemacht. Mit seinen nadelspitzen Reißzähnen hatte es den Leichnam in Stücke gerissen und das erste Bein bereits bis zur Hüfte verschlungen.

Wie das Kaninchen vor der Schlange schien Emil darauf zu warten, ebenfalls im Rachen der Urzeitechse zu verschwinden. Die Rufe von oben auf der Mauer erreichten ihn offenbar nicht oder gingen im Knacken der Echsenkiefer unter, die die Knochen der Toten zermalmten.

Verzweifelt versuchte Bonsai, Emil aus seiner Schockstarre

zu lösen. »Emil!«, rief er, so laut er es wagte. Keine Reaktion. »Emil, verdammt noch mal, fass das Seil!«

Aber Emils Arme hingen schlaff an den Seiten seines Körpers herunter. Bonsai zog den Strick herauf und band mit steifen Fingern das Ende zu einem festen Knoten.

Unten auf der Straße stand Maurice und wimmerte wie ein herrenloser Hund. »Was ist denn jetzt, Bonsai! Sag doch endlich!«

»Stör mich nicht, verflixt«, fauchte Bonsai.

Der Komodowaran hatte jetzt von der Leiche abgelassen und bewegte sich auf Emil zu.

Bonsai holte aus und warf den Knoten direkt auf Emils Körper. Getroffen! Jetzt endlich kam Emil zu sich und griff nach dem Seil. »Halt dich gut fest, Emil, und steig mit den Füßen die Mauer herauf.« Wie in Trance kam Emil der Aufforderung nach. »Und jetzt zieh, Maurice!«, heulte Bonsai.

Langsam, ganz langsam bewegte sich Emils Körper nach oben. Der Komodowaran hob den Kopf, als er seinen Nachtisch entschwinden sah. Mit einem Satz war er bei Emil. Das Blut stockte Bonsai in den Adern, als er sah, wie die Kiefer der Bestie sich um Emils Bein schlossen. Dann aber ließ der Komodowaran plötzlich wieder los, als hätte er das Interesse verloren.

»Zieh!«, schluchzte Bonsai, und mit vereinten Kräften zogen Maurice und er am Seil.

Emil erreichte den oberen Mauerrand, Bonsai bekam ihn zu fassen und half ihm das letzte Stück auf die Mauer. Tränen liefen Emil über das Gesicht, und er klammerte sich an Bonsai, außerstande, etwas zu sagen.

Gemeinsam mit Maurice half Bonsai ihm Sprosse für Sprosse die Leiter hinunter. Maurice begleitete ihn zum Auto, wo Emil in den Laderaum kroch.

Sein Atem ging schwer. »Er hatte mein Bein schon gepackt«, sagte er mit tonloser Stimme. »Und dann hat er wieder losgelassen. Das ist ein Wunder. Ich muss in die Kirche und eine Kerze anzünden.« Dann verlor Emil das Bewusstsein.

»Er ist ohnmächtig geworden«, sagte Maurice, als Bonsai mit Leiter und Seil ankam. »Fährst du?« Maurice wandte sich ab, damit Bonsai nicht sah, dass er weinte.

Eine Flaschenpost

Ein warmer Wind aus Nordafrika strich sanft über das Cap. Ein berauschendes Gefühl von Freiheit ergriff Toms Sinne, und er fühlte sich belebt wie schon lange nicht mehr. Oben im Hotel spielte das Orchester Cole Porters »In the Still of the Night«. Er saß am Beckenrand, sein Penis war steinhart, und sein Herz hämmerte mit dem Blinken des Leuchtfeuers um die Wette. Überhitzt legte er sich rücklings auf die Steinplatten, keines klaren Gedankens fähig. Besessen von Irene Willum.

Das warme Sperma auf seinem Bauch holte ihn wieder in die Wirklichkeit zurück. Beschämt sah er sich um. Hatte ihn jemand beobachtet? Er konnte niemanden entdecken. Am Strand waren lediglich die Umrisse eines gekenterten Bootswracks zu erahnen, dazu jede Menge Gerümpel, das der Sturm herangespült hatte.

Er stand auf, nahm seine Kleidungsstücke und ging hinunter zum Strand. Da lag ein Gegenstand, der aussah wie eine Netzboje. Beim Näherkommen stellte er fest, dass der Gegenstand länger war. Eine Flaschenpost oder so etwas. Tom streckte eine Hand aus und berührte sie mit den Fingerspitzen. Seine Hände zitterten.

Die vermeintliche Flaschenpost war ein Rohr, ungefähr einen Meter lang, überzogen mit Krokodilleder oder einem sehr gelungenen Imitat. Ein langer Schulterriemen führte von einem Ende zum anderen.

Tom fror. Er zog sich das weiße Hemd wieder an, wrang die nassen Boxershorts aus, so gut es ging, und schlüpfte in die schwarze Hose. Den Seidenbinder hängte er sich lose um den Hals. Der Anzug war nicht mehr zu retten. Zerknittert, mit Wasserrändern und voller Flecken. Als er gerade mit der Jacke kämpfte, vibrierte es in einer der Taschen. Er fischte sein Handy heraus und drückte auf die grüne Taste.

»Hier ist Cathrine. Hab ich dich geweckt?«

»Ich mache gerade einen Abendspaziergang«, sagte Tom.

»Hier war ein Horrortag«, fuhr Cathrine fort, ohne sich zu erkundigen, ob es ihm gerade passte. »Wir haben Cato Ruud in seinem Atelier gefunden. Selbst unser Mucho-Macho Harald Falch ist blass geworden.«

»Cato Ruud ist tot? Auch ermordet?«

»Vermutlich handelt es sich um denselben Täter wie bei Gerhard Elming. Die Art, wie die Leiche arrangiert wurde, verweist auf ein Kunstwerk, ich weiß nur nicht, welches. ›So good you cut off my cock and nipples.‹ Hast du das schon mal gehört?«

»Das ist von Bjarne Melgaard.«

»Aha?« Cathrine wartete auf eine Fortsetzung.

Tom sah sich das Rohr an. »Den kannst du dir im Moment im Astrup-Fearnly-Museum ansehen. Dort hängt das Bild, auf das sich das Zitat bezieht. Eisenketten, abgeschnittene Geschlechtsteile und Messer im Anus.«

»Genau so haben wir Ruud gefunden. Was hat das zu bedeuten, Tom?«

»Glaubst du immer noch, dass der Täter ein Künstler ist?«, fragte Tom.

»Was weiß denn ich. Auf jeden Fall ein Experte für Gegenwartskunst.«

»Die ganze Welt kennt Damien Hirst und seine Formalintiere.«

»Deine Welt ist nicht die ganze Welt, Tom. Außerdem muss der Betreffende über ein gewisses handwerkliches Können verfügen.«

»Dann könnte es ein Tischler gewesen sein, oder warum nicht ein Pathologe?«, schlug Tom vor.

»Und das Motiv?«

»Der rachsüchtige Künstler? Aus welchem Grund sollte er Cato Ruud umbringen? Ich glaube nicht so recht an diese Theorie. Da muss was anderes dahinterstecken.«

»Zum Beispiel?«

»Etwas Neues schaffen, Grenzen verschieben.«

»Gewagte These.«

»Das Extreme ist nur extrem, bis es gewöhnlich wird, Cathrine. Zeit, weiterzugehen, denken sich viele. Und genau das hat nun jemand getan. Wenn ein Gerhard Elming in Formalin schwimmt, gruselt es uns. Und wenn der tote Cato Ruud wie ein Melgaard-Gemälde arrangiert wird, können wir es kaum fassen. Immer wieder werden Grenzen verschoben. Viele halten das für die wichtigste Aufgabe der Kunst. Was ist der nächste Schritt? Möglicherweise genau das hier? Einer, der alle Grenzen überschreitet, um uns wachzurütteln? Oder will uns der Mörder genau das glauben machen, während es in Wirklichkeit nur eine verdammt clevere Art ist, seine Spuren zu verwischen.«

Cathrine schien diesen Gedanken einen Moment auf sich wirken zu lassen, bevor sie sagte: »Elming war bereits tot, als er in zwei Teile zerlegt wurde. Er ist erfroren.«

»Derjenige, der ihn zu Kunst gemacht hat, ist also nicht zwingend auch sein Mörder?«

»Möglicherweise nicht.«

Sie schwiegen einen Moment.

»Auf Ruuds Rücken stand etwas«, sagte Cathrine dann. »›Dylan‹ und ›Daniel‹. In Großbuchstaben, genau wie bei Elming. Nur da stand ›Danish‹ und ›Daniel‹.«

»Na ja, Elming war gebürtiger Däne. Daniel ist ein jüdischer Name, und Bob Dylan ist ebenfalls Jude. Hat das Ganze vielleicht was mit dänischen Juden zu tun? Elming war wie Hirsts geschlachtetes Schaf in ›Away from the flock, divided‹ hergerichtet. Gottes Lamm, das die Sünde der Welt trägt? Ich denke einfach mal nur ins Blaue hinein. Warum fragst du eigentlich nicht Philippe Lugol? Er ist der größte Experte für zeitgenössische Kunst, den wir haben.«

Tom wurde langsam ungeduldig. In diesem Augenblick interessierten ihn Morde und Leichen als Kunstwerke nicht die Bohne. Er wollte nur noch in sein Zimmer, unter die Decke kriechen und sich seiner stürmischen Verliebtheit hingeben. Er griff nach dem Riemen des Rohres, hängte es sich über die Schulter und ging zurück zum Hotel. Cathrine redete wie ein Wasserfall, aber er hörte nur mit halbem Ohr zu. Er dachte an Irene.

Als Cathrine endlich aufgelegt hatte, hatte er das Poolgelände bereits wieder verlassen und ging durch den Park auf den Haupteingang des Hotels zu. Das Knirschen von kleinen Rädern ließ ihn aufhorchen. Er blickte sich um und entdeckte im Lichtkegel einer Laterne das weiße Haar des Mönchs. Bruder Ospizio war auf seiner Abendrunde. Tom hob die Hand zum Gruß.

Der Mönch schien keine Notiz von ihm zu nehmen. Erst als er auf einer Höhe mit Tom war, blieb er stehen und fragte: »Gehören Sie auch zu denen?« Er nickte in Richtung Foyer. In seiner Frage schwangen Erstaunen und Verachtung mit.

»Eigentlich nicht, die Gastgeberin ist eine alte Studienfreundin von mir«, antwortete Tom.

Der Alte zögerte einen Moment, als überlege er. »Ärger auf zwei Beinen. Um die Typen macht man tunlichst einen großen Bogen. Denken Sie an meine Worte. Ärger auf zwei Beinen.« Ohne seine Aussage weiter zu vertiefen, schob der Mönch den Wagen wieder an und ging weiter.

»Geht es Ihrem Kopf wieder besser?«, rief Tom hinter ihm her.

Bruder Ospizio streckte zur Antwort eine Hand in die Luft.

Tom strich den Anzug glatt und ging auf den Eingang zu. Er sah ziemlich zerrupft aus, aber günstigerweise war die Festbeleuchtung blinkender Diskobeleuchtung gewichen, und es wurde getanzt. Tom schlich die Treppe hinauf. Der Einzige, der in seine Richtung schaute, war Irenes Geschäftspartner Kees van Delden.

Auf dem Boden vor seinem Zimmer, halb unter die Tür geschoben, lag ein Umschlag, auf dem in eleganter Handschrift sein Name stand. Tom öffnete ihn und las. *Morgen Abendessen? Gute Nacht. Irene*

Tom lächelte zufrieden, betrat sein Zimmer, legte sich aufs Bett und schaute hinaus auf das silbrig schimmernde Meer. Da fiel ihm plötzlich das Rohr ein, das er am Strand gefunden hatte. Aber trotz der kleinen Neugierde, die sich in ihm regte, beschloss er, mit dem Öffnen bis zum nächsten Tag zu warten. Er schloss die Augen, bereit, auf wohligen Träumen davonzusegeln.

Die Angst umarmen

Sie hatte keine Ahnung, wohin sie lief oder wo sie sich befand. Die Gassen wurden enger. Sie hörte erregte Rufe. Die Hände der Bettler griffen nach ihr und zerkratzten ihre nackten Arme, als sie an ihnen vorbeihastete. Auf der weißen Kurta waren hellrote Blutspritzer. Sie wollte weg, weg von allem. Als die Rufe verebbten, wurde sie langsamer. Sie war allein in einer menschenleeren Gasse, die so schmal war, dass sie die Wände auf beiden Seiten berühren konnte. Ihr Atem ging allmählich ruhiger, und ihr Herzrhythmus normalisierte sich.

Da hörte sie plötzlich das unverkennbare Zischen der Königskobra, die sich aufrichtete. Es klang wie Luft, die aus einem Autoreifen entwich. Sie wagte kaum zu atmen und wusste, dass die Schlange jeden Moment vorschnellen würde.

»Du kannst der Angst nicht entfliehen. Du musst sie umarmen.«

Guru Mahadevs Stimme war dunkel und furchtlos. Sie hatte ihn nicht kommen hören. Es hieß, sein Leib sei durch Meditation und Askese so gereinigt, dass seine Füße beim Gehen keine Geräusche mehr machten.

»Du musst die Angst umarmen, Anita, ihr den Kopf abbeißen. Wer vor einer Aufgabe flieht, die ihm auferlegt wurde, wird sich vor einer noch größeren Prüfung wiederfinden. So sind die Regeln des Karmas, Anita. Nur wenn du dich mit deinen innersten Ängsten konfrontierst, kannst du sie für immer loswerden.«

Anita war außerstande, sich zu bewegen. Der Guru murmelte etwas vor sich hin. Die Kobra senkte den Kopf und zog sich ein Stück zurück.

»Lass mich dir helfen.« Guru Mahadev schob sich an Anita vorbei. Plötzlich schnellte sein Arm vor, und er hatte die sich windende Schlange am Nacken gepackt. Die Kobra riss das Maul weit auf,

und Anita sah die feigenfarbene Mundhöhle mit den Giftzähnen nicht einmal einen halben Meter von ihrem Gesicht entfernt. Der Guru schob die Finger ganz langsam nach vorn, drückte die aufgerissenen Kiefer zusammen und brachte den hellbraunen Kopf mit der weißen Frontpartie und den kleinen, starrenden Augen noch näher an ihr Gesicht heran.

»Beiß der Angst den Kopf ab, Anita«, wiederholte der Guru mit in der Dunkelheit funkelnden Augen.

Anitas Gehirn war blutleer. Es war genauso taub wie ihre Beine. Sie hatte keinen eigenen Willen mehr. Sie sah nur noch den schuppigen Kopf der Kobra, hörte nur noch den monotonen Singsang des Gurus. Schließlich schob sie ihr Gesicht vor zur Kobra und öffnete den Mund.

Der Meister drückte den Kopf der Schlange zwischen Anitas Lippen hindurch, bis er ihre ganze Mundhöhle füllte. Anita kämpfte gegen die Panik an, die sie zu überrollen drohte. Die Schlangenaugen waren deutlich an der Innenseite ihrer Wange zu spüren, sie fühlten sich wie zwei bewegliche, glatte Kugeln an. Ein heftiges Würgen schüttelte sie, und sie musste all ihre Konzentration aufbringen, um sich nicht zu übergeben. Der Schlangenkörper hing aus ihrem Mund und schlug aggressiv hin und her.

»Du musst der Angst den Kopf abbeißen, Anita«, sagte der Yogi genauso ruhig und eindringlich wie zuvor. Trotz der lähmenden Angst sah Anita ein, dass er recht hatte. Sie hatte keine andere Chance. Wenn sie den Kopf der Kobra freigab, würde sie augenblicklich zubeißen und Anita ihr tödliches Nervengift verabreichen. Wie ein verzehrendes Feuer würde das Gift sich in ihrem Körper ausbreiten. Und sollte sie das Pech haben, zu überleben, wäre ihr Gesicht für immer verunstaltet, eine Fratze aus Fleischmasse. Beiß der Angst den Kopf ab. Der Kopf der Kobra wuchs in ihrer Mundhöhle. Sie versuchte, sich dem Zugriff des Yogis zu entziehen und ihre Kiefer zu öffnen.

»Dir bleibt nicht mehr viel Zeit. Zögerst du, siegt die Angst.« Nichts in seiner Stimme deutete auf eine Erregung hin. Der Yogi war über alle irdischen Gefühle erhaben. Er hatte die Angst überwunden.

Da ließ er den Kopf der Kobra los. In einem letzten Kraftakt sammelte Anita ihre gesamte Konzentration und biss zu, so fest sie konnte. Sie war sicher, dass sie schrie, aber es kam kein Laut. Die Kiefer krachten aufeinander, Schuppen und Knorpel knackten, als ihre Zähne sich in den Nacken der Kobra drückten. Ein Zucken ging durch den Schlangenkörper, und das Reptilienblut tropfte in ihren Mund. Sie würgte die lauwarme, bittersüße Flüssigkeit herunter und biss erneut zu. Es war schwer, die zähe Nackenhaut der Kobra zu durchtrennen. Sie bewegte die Zähne hin und her, während der Körper der Kobra immer wieder gegen ihren Bauch schlug.

Irene schlug die Augen auf. Ihr Herz raste. Sie krallte die Finger in die Decke und keuchte wie nach einer immensen körperlichen Kraftanstrengung. Allmählich beruhigte sich ihr Atem wieder.

Jahrelang hatte dieser Albtraum sie verschont. Warum meldete er sich ausgerechnet jetzt wieder? Was war Traum und was Erinnerung? Sie konnte es nicht beantworten, hatte geglaubt, die Vergangenheit ein für alle Mal hinter sich gelassen zu haben.

Sie machte Licht und hüllte ihren nackten Körper in einen Seidenkimono. Er half ihr, sich nicht mehr so schutzlos zu fühlen. Es war Viertel nach vier. Das Bankett war ein voller Erfolg gewesen, und es würden Millionen in die Kasse wandern. Die Begegnung mit Tom war belebend gewesen. Es sah alles sehr vielversprechend aus. Warum also wurde sie ausgerechnet jetzt von diesem Traum heimgesucht? Sie lief mit nackten Füßen in die Küche und schenkte sich ein Glas Mineralwasser ein.

Dann spazierte sie in ihrer Villa von Zimmer zu Zimmer. Sie hatte wirklich allen Grund, zufrieden zu sein und ihren Erfolg zu genießen. Vor einem barocken Spiegel mit geschnitzten florentinischen Lilien und blattgoldenen Löwenköpfen blieb sie stehen. Selbst nach so vielen Jahren zuckte sie zusammen, wenn sie ihr Gesicht im Spiegel sah. Auch heute noch erwartete sie, ihr früheres Gesicht darin zu finden. Sie betrachtete ihr Spiegelbild. Kamen die Narben wie die Albträume irgendwann an die Oberfläche? Nein. Obwohl sie genau wusste, wo das Skalpell angesetzt hatte, konnte sie nichts sehen.

Der unschuldige Zug, der ihr Gesicht vor den Ereignissen in Indien geprägt hatte, war für immer fort. Und ihre Haut war nach der Operation heller geworden. Irene war überzeugt davon, dass das an ihrem intensiven Wunsch lag, sich selbst neu zu erschaffen. Die weiße Haut war wie ein leerer Bogen Papier, eine Etappe auf dem Weg zurück in ein normales Leben. Aber dicht unter der Oberfläche lauerte die Vergangenheit.

Reste

Mansy Arnoud, der Metzger von Saint Jean, hatte bereits seit vielen Stunden gearbeitet, als er den Motor seines kleinen Kühltransporters startete, der hinter dem Laden am Kai stand. Gegen halb zehn fuhr er am Hafen entlang und bog dann nach oben in Richtung Colle Blanche ab. Er ließ den Motor laufen, als er an der Villa Simone hielt und in den verwilderten Garten lief, in dem Bruder Ospizio wohnte. Zwei Minuten später saß er wieder in seinem Wagen, gab Gas und bog nach links in Richtung Cap ab.

Die Morgensonne hob die winterliche Feuchtigkeit wie eine durchsichtige Seidendecke vom Boden und ließ sie im blauen

Himmel verdunsten. Er mochte diesen Auftrag eigentlich nicht, aber die Bezahlung war zu gut, um ihn abzulehnen. Der Winter war eine schwierige Zeit in einem Ort, in dem dann gerade mal ein paar tausend Menschen lebten. Außerdem wurde er so seine Fleischreste und verdorbene Ware los, noch dazu zu einem guten Preis.

Es gab aber auch noch einen anderen Grund, van Deldens Palast einen regelmäßigen Besuch abzustatten. Aber darüber sprach Arnoud mit niemandem. Für seine Verschwiegenheit wurde er fürstlich bezahlt. Heute sollte er neben dem Fleisch auch noch ein kleines Kästchen beim Pförtner abgeben.

Allmählich hatte er sich daran gewöhnt, beim Füttern des Komodowarans Schutzkleidung zu tragen. Damit minimierte man die Gefahr, denn das Bedrohlichste an diesem Tier war seine Unberechenbarkeit.

Arnoud drückte dreimal auf die Hupe. Das war das vereinbarte Zeichen, damit der Pförtner ihn auf das Anwesen fahren ließ. Er legte die Hand zum Gruß an seine blaue Mütze.

Arnoud zog die Schutzkleidung an und reichte dem Pförtner den kleinen Gegenstand, während er mit der anderen Hand den Reißverschluss seiner Jacke vor seinem Bauch zu schließen versuchte. Arnoud war rund wie eine Tonne. Sein Leben zwischen Lammkoteletts und Nackensteaks hatte ihm einen Körper beschert, der von Fett durchzogen war wie ein gutes Entrecôte.

Der Pförtner steckte das Päckchen in die Tasche und öffnete, nachdem sie sich vergewissert hatten, dass das Tier ein gutes Stück vom Eingang entfernt war, die Tür des Geheges.

Der Komodowaran lag schläfrig am Fuß der Mauer und schien sich für seinen Delikatessenlieferanten nicht zu interessieren, hob, als Arnoud die Schubkarre auskippte und Knochen, Sehnen, Fett und Eingeweide auf den Boden klatschten, nur gelangweilt den Kopf. Merkwürdig, dachte Arnoud.

Als er das Gehege schon fast wieder verlassen hatte, sah er den Grund für die Trägheit. Neben der blauen Verbene lag ein menschlicher Fuß. Im Gras daneben funkelte ein Fußkettchen aus Weißgold, besetzt mit roten Rubinen. Der Puls hämmerte in seinen Schläfen, als Arnoud den Fuß betrachtete. Er hob das Kettchen auf und versuchte, sich vorzustellen, wie die Frau ausgesehen hatte.

Plötzlich hatte Arnoud es schrecklich eilig. Er ließ den Karren stehen und hastete zurück zum Eingang. »Schließ ab!«, rief er, nach Atem ringend. »Das Untier hat einen Menschen gefressen.«

»Mon dieu!«, flüsterte der Pförtner, als er den Fuß sah, und schloss die Tür. »Monsieur!«, rief er mit heiserer Stimme. »Monsieur van Delden! Kommen Sie, bitte!«

Der Fang des Jahres

Marvin Hagen war sein ganzes Leben lang Krabbenfischer gewesen. Wie schon sein Vater vor ihm und dessen Vater davor. Für ihn war es das Höchste, mitten in der Nacht in Grimstad abzulegen, durch den Sund bei Bjorøya zu fahren und Kurs auf das Leuchtfeuer am Homborsund zu nehmen, den Geruch von Meer und Diesel in der Nase. In diesen Momenten fühlte er sich wirklich lebendig.

Der blaue Krabbenkutter glitt weich durch das spiegelglatte Februarmeer. Die Morgensonne glänzte wie Blattgold auf dem Wasser zwischen den Inseln und Schären. Marvin pfiff vergnügt vor sich hin. Am liebsten war ihm der Winter. Im Sommer mussten sie viel weiter rausfahren, manchmal bis zu dreißig Seemeilen in Richtung Dänemark, um in tieferen Wasserschichten zu fischen. Jetzt im Winter konnten sie näher an Land die oberen Wasserschichten befischen.

»Der Kaffee ist fertig!«, rief er seinem Sohn Aksel zu. Sie waren an dem Platz, der von den Krabbenfischern nur »Altersheim« genannt wurde, weil man von dort aus das Altersheim Søm sehen konnte.

Ein blonder Schopf zeigte sich in der Tür, und eine Hand griff nach dem Becher Kaffee. »Das sieht mir ganz nach dem Fang des Jahres aus«, rief Aksel seinem Vater zu.

Marvin freute sich. Er hob das Netz an und schwenkte es über das Deck. Es war tatsächlich randvoll. Aksel knotete das untere Ende auf, und der Fang rutschte in die an Deck verteilten Behälter, aber zögerlicher als sonst.

»Pa… Papa!«, rief Aksel in diesem Moment, seine Stimme klang verändert. »Papa, du musst kommen, sofort!«

Marvin trat aus dem Steuerhäuschen.

»Da!«, flüsterte Aksel mit weit aufgerissenen Augen. Er zitterte.

Inmitten des Berges zappelnder Krabben und kleiner Fische lag eine Leiche. Teile des Gesichts waren weggefressen, und an einigen Stellen des Körpers hatten sich Seesterne und Schnecken festgesaugt.

Marvin rannte zur Reling. Kaffee und das halb verdaute Frühstück klatschten ins Wasser und ließen einen sauren Geschmack von Galle und Magensäure in seinem Mund zurück. Der Fang des Jahres, dachte er bitter, drehte den Trawler und nahm Kurs auf den Hafen von Grimstad.

Rachepläne

Kees van Delden versuchte nicht, die Wut zu unterdrücken, die in ihm aufstieg. Im Gegenteil, er hieß sie willkommen wie einen lieben Gast. Dabei gab er sich alle Mühe, einen kühlen Kopf zu bewahren, strategisch zu denken und sich nicht von seinen Gefühlen mitreißen zu lassen. Er starrte auf Corrines Fuß, der auf der massiven Silberplatte auf dem niedrigen Couchtisch vor dem Kamin lag, und versuchte, ihn wie ein neutrales Objekt zu betrachten.

Der Gärtner stand in Habachtstellung am anderen Ende des Wohnzimmers, während der Metzger ohnmächtig auf dem Bett im Gästezimmer lag.

Van Delden trat an das Panoramafenster, von dem aus er sehen konnte, wie sein Haustier die Reste des Menschen verdaute, mit dem er zwanzig Jahre lang verheiratet gewesen war. War er schuld an ihrem Tod? In gewisser Weise, ja. Schließlich hatte er dieses Biest ja angeschafft. Er hatte Shankar beinahe wie einen Gott verehrt. Für seine Zähigkeit, Rücksichtslosigkeit und Souveränität. Dass Shankar nun seine Frau gefressen hatte, konnte er schlichtweg nicht fassen. »Wo waren Sie vergangene Nacht?«

Der Gärtner wurde rot vor Angst. »Ich … ich … war zu Hause bei meiner Frau«, stotterte er.

Van Delden fand keinen Grund, die Aussage des Gärtners zu bezweifeln. Eine treue Seele wie ihn musste man lange suchen. Doch damit war klar, dass es keinen Zeugen für das Geschehen gab. Der Gärtner war der Einzige, der ab und zu im Haus übernachtete.

»Monsieur … ich …« Der Arme brachte kein Wort mehr heraus.

»Sie können gehen, Pierre. Aber kein Wort zu niemandem, verstanden?« Van Delden schloss die Augen. Reiß dich zusammen, verdammt! Konzentration! Der Vorfall konnte etwas mit der gescheiterten Lieferung in der vergangenen Nacht zu tun haben, eine Art Strafe sozusagen. Oder das Ganze hing mit der Affäre seiner Frau mit Eddie Jones zusammen. Sie waren zwei Abende zuvor beobachtet worden. Aber warum sollte Corrine deshalb zu Echsenfutter werden? Und wie hätte Eddie auf das Gelände kommen, sich den Code beschaffen und Corrine ins Gehege locken können? Außerdem bezweifelte er, dass der jämmerliche Schürzenjäger das Zeug dazu hatte, einen derart bestialischen Mord zu begehen.

Es gab aber jemanden, dessen Beteiligung van Delden fürchtete, und das war Tom Hartmann, der ihm als Eddies neuer Geschäftspartner vorgestellt worden war. Van Delden hatte den Mann sofort überprüfen lassen und herausgefunden. dass er in den Terroranschlag auf die Wiener Staatsoper im vergangenen Jahr verwickelt gewesen war. Natürlich konnte es ein Zufall sein, aber der Gegenstand, mit dem er Tom Hartmann spät am Abend des Banketts gesehen hatte, glich zum Verwechseln der Lederrolle, die er dem Zwerg mitgegeben hatte. Tom Hartmanns Auftauchen beunruhigte ihn wirklich.

Es klopfte zaghaft an der Tür.

»Entrez!«, rief van Delden. Demütig traten van Deldens Leibwächter, zwei kräftige Männer in Designeranzügen, ein. Van Delden hatte ihnen den Rücken zugewandt und wartete lange, ehe er sich umdrehte und sie mit seinem Blick durchbohrte. »Seht, was ihr angestellt habt, ihr dämlichen Idioten!« Er nickte in Richtung der silbernen Platte mit Corrines Fuß.

Die beiden schluckten heftig. Cyril, der Größere, ergriff zögernd das Wort. »Es tut uns schrecklich leid, Chef.«

»Wie konntet ihr sie nur aus den Augen lassen?«

»Er hat vor dem Café, in dem Ihre Frau saß, einfach mitten auf der Straße angehalten und war sofort über alle Berge. Immerhin haben wir Bilder von den beiden im Auto gemacht.«

»Im Auto? Ihr solltet sie im Bett fotografieren, verdammt!«

»Ja, Chef.«

»Hättet ihr euch an meine Anweisungen gehalten, hätte ich Eddie Jones erwischt, und Corrine wäre noch am Leben.«

»Chef, äh … Wir sind am Abend extra noch mal zurückgefahren, um Bilder zu machen, aber da lag er mit einem Mann im Bett.«

»Sehen Sie, hier!« Der zweite Leibwächter holte das Foto auf das Display seines Handys.

»Tom Hartmann.« Van Delden rückte seinen Schlips zurecht. »Ich werde Eddie zum Sprechen bringen, das garantiere ich euch. Aber vorher haben wir noch ein anderes Problem. Und zwar den Zwerg, der vorgestern Abend die Ware hätte ausliefern sollen. Er und seine Leute haben die Sache total vergeigt, und mir sitzt ein äußerst unangenehmer Kunde im Nacken. Ich muss wissen, wo die Lieferung steckt. Cyril, du findest diesen Zwerg, und du, Enzo, beschattest den Hurensohn Eddie. Ich will genau wissen, was er treibt.«

Enzo und Cyril verbeugten sich und traten rückwärts ab.

Monsterbiss

»Irgendein Zeichen der Besserung?« Bonsai kam mit Baguette vom Bäcker zurück.

Emils Zustand hatte sich rapide verschlechtert. Er hatte hohes Fieber bekommen, war kaltschweißig und redete wirr. Zum

Arzt wollte keiner von ihnen, nicht einmal Emil selbst. Ein Arzt würde sich erkundigen, woher der Biss stammte, und schwupps wüsste die Polizei alles.

Bonsai las die Antwort in Maurices Augen, noch ehe dieser antwortete: »Nee. Keine Besserung.«

»Brot?« Bonsai versuchte, unbesorgt zu klingen.

Emil drehte den Kopf langsam in Bonsais Richtung und verneinte. Er versuchte zu lächeln, doch es gelang ihm nicht.

Bonsai sah zu Maurice. Die Kippe hing schief in dessen Mundwinkel.

»Wir hätten niemals diesen verfluchten Leichenwagen nehmen sollen«, flüsterte er. »Das hat die bösen Geister provoziert.«

Bonsai legte das Brot zur Seite. Der Appetit war ihm vergangen. Er hatte seine Freunde in diese Sache hineingezogen. Dessen war er sich schmerzlich bewusst.

Emil zuckte zusammen, und die Decke rutschte von seinem verletzten Bein. Es war dick geschwollen. Um die Bisswunde herum war die Haut blauschwarz, und aus den aufgerissenen Partien drang eitrige Flüssigkeit.

»Verdammt, wir müssen doch irgendetwas tun!«

»Er verfault uns, Bonsai. Das Tier war voller übler Bakterien«, flüsterte Maurice, damit Emil es nicht mitbekam.

Bonsai starrte auf Emils Bein. Er hatte gehört, dass man das Gift eines Tierbisses aussaugen konnte. Er näherte sich dem Bein, aber der Gestank der Wunde ließ ihn zurückweichen. Es roch wirklich nach Verwesung. »Du musst durchhalten, Emil«, sagte er. »Wir kriegen das schon wieder hin.« Er schnappte sich sein Longboard.

»Wohin willst du?«, fragte Maurice.

»Einen Arzt suchen. Es geht nicht anders.«

Unter den Bogengängen am alten Hafen wohnten noch immer ein paar lichtscheue Gestalten. Vielleicht kannte einer von denen einen Arzt, der den Mund hielt, wenn man ihn anständig bezahlte. Es war nicht weit bis dort, und Bonsai manövrierte sein Longboard gekonnt und in hohem Tempo durch die Autos. Jetzt kam ein Stück weiter unten das Meer in Sicht. Noch ein paar hundert Meter, dann war er am Ziel.

Da fuhr ihm plötzlich ein großer blauer Kombi in den Weg. Bonsai verlagerte das Gewicht nach hinten und bremste, indem er das Brett vorne nach oben kippte.

In diesem Moment flog die Tür des Wagens auf und traf Bonsai mit solcher Wucht, dass er zu Boden ging. Kräftige Arme packten ihn, hoben ihn hoch und warfen ihn auf die Rückbank des Kombis.

Plastination

»Haben Sie schon mal etwas von Plastination gehört?« Wahl, der Rechtsmediziner, strich sich die Haare auf seinem Schädel glatt und sah Cathrine über den Rand seiner Brille hinweg an.

Sie antwortete mit einem Schulterzucken und schüttelte dann den Kopf.

»Dann haben Sie sicher auch noch nichts von den Körperwelten-Ausstellungen der präparierten Leichen gehört, die auf der ganzen Welt ein Riesenerfolg waren. Die Leute haben Schlange gestanden.«

»Nein«, erwiderte Cathrine mit einem Schaudern. Das Kind in ihrem Bauch schien Fußball zu spielen.

»Ende der siebziger Jahre hat sich der deutsche Wissenschaftler Gunther von Hagens diese – na, sagen wir Erfindung – patentieren lassen. Es handelt sich dabei, wenn man so will, um eine moderne Form der Einbalsamierung. Es gibt verschiedene Verfahren, die etwas fortschrittlicheren Methoden basieren darauf, dass man den Leichnam in einer wasser- und fettlöslichen Substanz badet und dann die Zellflüssigkeiten und das Fettgewebe über einen Vakuumisierungsprozess durch flüssige Polymere ersetzt. Das dauert lange, mehrere Wochen, manchmal ein Jahr. Danach lassen sich die Leichen beinahe wie Skulpturen formen.«

»Aber Cato Ruud ist doch noch nicht so lange tot?«

»Nun, bei Cato Ruud handelt es sich um eine Schnellversion der Plastination.« Wahl lachte, erfreut über seine Formulierung. »Jemand hat ihm Formalin in die Adern gespritzt, um den Verwesungsprozess zu stoppen. Danach ist er mehrmals in Silikonkautschuk getaucht worden, damit er starr wird. In der Badewanne in seinem Atelier haben wir Reste von Silikon gefunden. Das Ganze ist schlampig ausgeführt worden, vermutlich in größter Eile. Aber schließlich hat der Täter auch nicht vorgehabt, Ruud für alle Ewigkeit zu konservieren.«

»Wer ist in der Lage, so etwas zu tun?«

Wieder lachte Wahl. »Möglicherweise ein Rechtsmediziner.«

Cathrine lachte nicht.

»Spaß beiseite. Die Methode an sich ist nicht allzu kompliziert. Es bedarf lediglich ein paar dicker Spritzen, Aceton und Silikonkautschuk.«

»Mit anderen Worten: Es gibt keinerlei Hinweise?«

»Das Problem ist, dass die Präparierung sowohl bei Elming als auch bei Ruud dafür gesorgt hat, dass die Leichen beinahe chemisch rein von Spuren sind. Ziemlich cleverer Schachzug, wenn Sie so wollen.« Wahl rieb sich eine Falte zwischen den Augen. »Er hat einen Herzinfarkt gehabt, aber wie bei Elming ist es unmöglich, den Zeitpunkt zu bestimmen. Und was den Infarkt ausgelöst hat, ist ebenfalls unklar.«

»Und damit stehen wir wieder vor der Frage: Mord oder Schändung des Leichnams einer bereits verstorbenen Person?«

»Es tut mir wirklich leid, dass ich Ihnen da überhaupt nicht weiterhelfen kann.«

»Könnte ein Zusammenhang mit diesen Ausstellungen bestehen, die Sie erwähnt haben?«

»Inwiefern?«

»Ich weiß nicht, irgendein Verrückter, der seine Leiche bei so einer Welttournee dabeihaben will?«

»Das Verrückte ist«, sagte Wahl nachdenklich, »dass sich angeblich mehr als tausendvierhundert Freiwillige gemeldet haben, die nach ihrem Tod dabei sein wollten. Ein Mangel an Rohware herrscht also nicht.«

Cathrine betrachtete Cato Ruud und die Schnittflächen der abgetrennten Geschlechtsorgane. »Wieder eine Flex?«

»Stimmt, wie konnte ich das vergessen. Wir haben sowohl Elmings als auch Ruuds Blut an diesem Winkelschleifer gefunden. Damit können wir wohl davon ausgehen, dass wir es in beiden Fällen mit ein und demselben Täter zu tun haben.«

»Sieht schwer danach aus, ja«, sagte Cathrine nüchtern.

David gegen Goliath

»Der Zwerg mit den langen Haaren ist jetzt hier, Chef.«

»Bring ihn rein, Cyril.«

Zum ersten Mal an diesem Tag huschte so etwas wie ein Lächeln über van Deldens Gesicht. Der kleine Kerl sah gequält aus. Van Delden deutete das als schlechtes Gewissen. »Setz dich«, kommandierte er und war verblüfft darüber, dass es kaum einen Unterschied machte, ob sein Gegenüber nun stand oder saß.

»Monsieur, es tut mir schrecklich leid, aber –«

»Hier rede ich!«, unterbrach van Delden ihn. »Wir hatten eine Vereinbarung. Ihr habt einen Vorschuss bekommen, aber die Ware wurde nie ausgeliefert.«

»Unser Boot ist gekentert«, sagte Bonsai so beherrscht wie möglich. »Ich weiß, wir hätten Ihnen das gleich mitteilen müssen, aber der Kapitän, also der, der das Boot gesteuert hat, wurde … lebensgefährlich verletzt.«

»Wo ist es?« Van Deldens Blick schien Bonsai zu durchbohren.

»Wo ist was?«, fragte Bonsai.

Cyril schlug ihm mit der flachen Hand ins Gesicht.

»Nur zu«, sagte van Delden.

Cyril ließ sich nicht zweimal bitten. Er schlug mit voller Kraft auf den kleinen Körper ein. Bonsai rollte sich auf dem Boden zusammen, um sich so gut es ging vor den Schlägen zu schützen.

Van Delden trat dicht an das haarige Bündel heran, nahm einen Stock, der an der Wand lehnte, und drückte ihn Bonsai zwischen die Rippen. »Ich gehe davon aus, dass deine Ohren jetzt frei sind?«

Bonsai richtete sich langsam auf. Er war Schläge und Tritte gewohnt, aber er tat lieber so, als wäre er am Ende und bereit, alles zu sagen. »Maurice sollte auf dieses Lederding aufpassen. Er hat seine Augen nicht einmal von der Rolle genommen. Aber der Sturm hat total verrückt gespielt, das Boot wurde an den Felsen zerschmettert. Wir konnten uns in letzter Sekunde ins Beiboot retten. Und da hat Maurice dann gemerkt, dass die Rolle weg war. Glauben Sie mir, er ist total fertig mit den Nerven deswegen.«

Van Delden packte Bonsai am Hemdkragen und zog ihn zu sich hoch. Seine Arme zitterten – vor Wut, nicht vor Anstrengung. »Für wen hältst du mich eigentlich?« Er sah, wie der Blick des Kerls erstarrte. Die Drohung schien zu wirken. Aber der Blick des Zwergs blieb starr auf etwas hinter van Deldens Schulter gerichtet.

»Wer … wer ist das?«

»Was geht dich das an?«, herrschte er ihn an, während er sich umdrehte und das Porträt von Corrine ansah. Das unerwartete Ablenkungsmanöver brachte ihn aus dem Konzept.

»Ist sie Schauspielerin oder so?«

»Das ist meine Frau. Warum willst du das wissen?«

»Ach nichts«, sagte der Zwerg. »Vergessen Sie's.«

»Du sagst mir jetzt sofort, warum sie dich so interessiert«, ereiferte sich van Delden.

»Ich habe nichts Schlimmes getan«, sagte der Winzling in unterwürfigem Ton. »Ich gebe ja zu, dass ich manchmal krumme Dinger drehe, aber was das angeht, bin ich vollkommen unschuldig.«

»Was soll das heißen: was das angeht?«

»Ich bin Autoknacker«, begann Bonsai. »Es kommt vor, dass ich dafür nach Monaco fahre und mich in den Tiefgaragen umsehe. Manche Leute lassen echt die teuersten Sachen in ihren Autos liegen.«

»Komm zur Sache!«

»Haben Sie eine Handynummer?«

»Was zum Henker willst du damit?«

»Ich will Ihnen eine MMS schicken.«

Van Delden kritzelte die Nummer auf einen Zettel und reichte ihn Bonsai, der die Nummer in sein Handy eintippte. Gleich darauf meldete sich van Deldens Telefon.

»In einer der Tiefgaragen habe ich einen Maserati gefunden und wär fast vom Glauben abgefallen. Ich hab ein Foto gemacht, obwohl ich gezittert habe wie bei einem Horrortrip.«

Van Delden öffnete die MMS und verzog keine Miene. Dann holte er Luft, um etwas zu sagen, hielt aber inne. Er trat ans Fenster und starrte auf die Panzerglaswand.

Bonsai brach das Schweigen. »Ich wollte die Polizei benachrichtigen.«

»Du wirst dich da verdammt noch mal nicht weiter einmischen, ist das klar?«, fauchte van Delden.

»Ich weiß, wem das Auto gehört. Das ist –«

»Das weiß ich auch.« Van Delden ging zu seinem Schreibtisch, öffnete eine Schublade, nahm etwas heraus und legte es auf den Tisch. Dann winkte er Bonsai zu sich.

Der Zwerg erbleichte, seine Augen weiteten sich vor Schreck, in seinem Gesicht spiegelte sich blankes Entsetzen. Es schien echt zu sein.

»Das ist das Einzige, was von meiner Frau noch übrig ist«, sagte van Delden leise. »Du magst es vielleicht nicht glauben, aber ich bin dir wirklich sehr, sehr dankbar. Du kannst jetzt gehen. Cyril zeigt dir den Weg.«

Eddie Jones war die knapp sechshundert Meter zu van Deldens Grundstück zu Fuß gegangen. Er trug Jeans und Blazer, ein dezentes weißes Hemd und frisch polierte schwarze Schuhe. Die grauen Locken waren sorgfältig nach hinten gekämmt. Er wollte einen vertrauenswürdigen Eindruck auf van Delden machen. Kees van Delden hatte, sehr zu Eddies Überraschung, persönlich am frühen Nachmittag angerufen und gefragt, ob sie sich bei ihm zu Hause treffen könnten. Eddies Herz war vor Schreck fast stehen geblieben, aber van Delden hatte Corrine mit keiner Silbe erwähnt. Ganz im Gegenteil, er hatte begeistert geklungen. Eddies Projekt mit den Live-Übertragungen von Opern habe sein Interesse geweckt.

Eine solche Einladung konnte Eddie schlecht ausschlagen.

Falls van Delden Eddie verdächtigte, etwas mit Corrines Verschwinden zu tun zu haben, würde es nur Misstrauen schüren, wenn er ablehnte.

Eddie war klar, dass er sich auf dünnes Eis begab, andererseits hatte er noch einen Trumpf im Ärmel, den er, wenn nötig, ausspielen konnte. Mit den sensiblen Informationen, die er besaß, würde er van Delden schon zähmen können. Das reizte Eddie.

Van Delden war ein gnadenlos ergebnisorientierter Geschäftsmann und damit genau der Richtige, um ein so schwieriges Projekt, wie Eddie es plante, zum Erfolg zu führen. Mit van Deldens finanziellen Mitteln würden sie in der kritischen Etablierungsphase auch größere finanzielle Verluste überstehen können.

Aber was, wenn van Delden von der Sache mit Corrine Wind bekommen hatte? Eddie hielt das zwar für wenig wahrscheinlich, aber wenn doch, würde er sich auf sein Talent, überzeugend zu lügen, verlassen müssen. Und wenn jemand gesehen hatte, dass Corrine sich in Beaulieu in sein Auto gesetzt hatte, dann hatte er nur das gesehen und nicht mehr. Es gab nicht einen Beweis dafür, dass sie mit ihm in seiner Wohnung in Monaco gewesen war. Er würde einfach behaupten, er hätte sie nach Hause gebracht. Corrine und den Hund.

Um die Leiche hatten sich andere gekümmert. Wo oder wie sie die Leiche entsorgt hatten, wollte er gar nicht wissen. Und van Delden würde niemals erfahren, wo Corrine abgeblieben war. Das war sicher für alle das Beste.

Eddie drückte den Klingelknopf. Eine Kamera setzte sich in Bewegung und richtete sich auf ihn. Die Pforte ging auf, und Eddie spazierte über den Kiesweg hinauf zum Haus.

Einer von van Deldens muskelbepackten Leibwächtern öffnete die Tür und verzog die Mundwinkel zu einem steifen Lächeln. Eddie legte zum Gruß zwei Finger an die Stirn und trat in die Eingangshalle. Überall brannten große weiße Kerzen.

Van Delden stand am Ende des Esszimmers. Eine große, offene Feuerstelle sorgte für eine angenehme Temperatur und behaglichen Pinienduft im Raum. »Eddie! Wie schön, dass Sie sich Zeit für mich nehmen konnten.«

Alte Liebe

You're a lady, I'm a man. Peter Skellerns Liebesballade mahlte in Tom Hartmanns frisch verliebtem Hirn. Er hatte versucht, Eddie zu erreichen, um herauszukriegen, ob er wirklich zur Polizei gegangen war, hatte am Ende aber aufgegeben und sich eingeredet, dass er getan hatte, was er hatte tun können. Dass Eddie nicht zurückgerufen hatte, konnte natürlich bedeuten, dass er gerade in einer peinlichen Befragung saß. Was die Sache nicht besser machte. Und dass er selbst sich gerade auf dem Weg zu Irene befand, war in diesem Zusammenhang sicher auch nicht ganz unproblematisch. Aber wenn es um Liebe oder Verlangen ging, spielten derlei profane Gründe keine Rolle. Er sehnte sich nach Irene wie ein trockener Alkoholiker nach einem Drink.

Tom spazierte aus dem Ort den Berg hinauf. Er hatte aus dem Grand ausgecheckt und sich in einem kleinen Häuschen eingemietet, das zu einem schlichten, aber sehr gemütlichen Appartmenthotel mit dem passenden Namen »Les Tourterelles«, »Turteltäubchen«, gehörte. Die Stammgäste aus der Bar du Port hatten ihm den Tipp gegeben, dass das Häuschen jetzt, außerhalb der Saison, frei war, und er hatte es tatsächlich zu einem Preis bekommen, der einem bankrotten Journalisten angemessen war. Auf jeden Fall konnte er so eine Weile in Saint

Jean bleiben. Lange genug hoffentlich, um seine neuen und sehr überraschenden Gefühle auszuloten. Lange genug, um alles zu vermasseln.

You're romantic, I'm a fool, sang es unverdrossen in Toms Kopf weiter, während sein Herz einen schweren groovy Bassgitarrentakt spielte. Er hatte einen Armvoll Blumen dabei, deren Namen er nicht kannte.

You're the teacher, I've come to school. Peter Skellerns romantische Weisheiten bombardierten Toms Vernunft und verliehen ihm einen leicht dämlichen Gesichtsausdruck.

You're pure magic, unlock my chain. Jetzt war es nicht mehr weit.

And so I say with no restrain, be mine, be mine, be mine! Tom hatte sein Ziel erreicht.

»Demi Paradise« stand über dem Tor. Er atmete tief ein, kontrollierte, ob er nach dem zügigen Spaziergang auch nicht nach Schweiß roch, und gab den Zahlencode ein, den Irene ihm per SMS geschickt hatte. Das Tor zum »Demi Paradise« öffnete sich. Einen Augenblick später sank Toms Mut. Die Blütenpracht im Garten vor der aus Natursteinen erbauten Villa war so überwältigend, dass sein Strauß verglichen damit wie hastig abgerupftes Unkraut wirkte. Er bekam feuchte Hände, doch noch bevor er irgendetwas tun konnte, ging die Tür auf, und Irene stand vor ihm.

Sie trug ein veilchenblaues Kaschmirkleid mit langen Ärmeln und Rollkragen, dazu farblich passende Wildlederschuhe. Auf der Vertiefung zwischen ihren Brüsten lag arabischer Goldschmuck.

Tom fehlten die Worte. Stumm streckte er die Arme mit den Blumen nach vorn.

»Du bist mutig«, sagte Irene, und ihre Augen blitzten.

»Mutig?«

»Niemand wagt es, mir Blumen zu schenken«, sagte sie mit einem Blick auf die überbordenden Beete. »Darum kriege ich auch nie welche. Ich danke dir. Die sind sehr hübsch!«

Eine Frau in schwarzem Kostüm, die Haare zu einem strammen Knoten gebunden, erschien hinter Irene. Sie nahm ihr den Blumenstrauß ab, um eine passende Vase dafür zu suchen.

Irene küsste Tom leicht auf die Wange und drückte seine Hand. Ein Hauch von Parfüm, Irenes Duft. »Ich habe mir etwas ganz Besonderes für uns ausgedacht«, sagte Irene und ging zu dem cremefarbenen Mini, der vor dem Eingang parkte.

You're the teacher, I've come to school, seufzte Tom im Stillen, als er sich auf den Beifahrersitz setzte.

Tom überfiel ein Unbehagen, als Irene vor Villefranche in die Berge abbog, weil ihm jäh die wilde Kurverei bei der Verfolgungsjagd zwei Tage zuvor in den Sinn kam. Das schlechte Gewissen brach über ihn herein wie ein unerwarteter Wolkenbruch. Es kam ihm wie ein Verrat an Irene vor, mit seinem Wissen über Eddies makaber endenden Seitensprung hier neben ihr zu sitzen.

»Schwermütig?«, fragte Irene in diesem Moment.

Ihre Zähne glänzten zwischen den roten Lippen, und ein heftiges Verlangen ergriff Tom. Warum sollte er ein schlechtes Gewissen haben? Eddie Jones war ein Arschloch. Davon konnte Irene sicher ein Lied singen. Tom musste die Rolle des edlen, rücksichtsvollen Freundes nicht noch einmal übernehmen. Er war verliebt, und dafür war er niemandem Rechenschaft schuldig. Irenes Hand ließ die Gangschaltung los und legte sich auf seine.

Sie fuhren durch ein grau gestrichenes Tor mit golden strahlenden Speerspitzen auf einen kleinen Parkplatz. Ein junger Mann in dunklem Anzug war sofort zur Stelle und öffnete die Tür auf der Beifahrerseite. Dann begab er sich auf die andere

Seite und half Irene heraus. Sie gab ihm den Schlüssel und einen Geldschein und hakte sich bei Tom unter. Er fühlte, wie ihre Wärme durch ihn hindurchströmte. Die Abendluft umschmeichelte sie sanft. Weiter unten war das Rauschen der Wellen zu hören, die sich am Ufer brachen. Nur ein niedriger Zaun schützte sie vor dem steil abfallenden Hang.

Sie gingen an jahrhundertealten, von Kletterpflanzen überwucherten Steinmauern vorbei. Schmale, kopfsteingepflasterte Gassen führten durch Bogengänge und Torbögen hinauf in das eigentliche Dorf.

»Das Château Chèvre d'Or«, sagte Irene. »Ist es nicht wunderschön?«

Die Aussicht war schwindelerregend. Tom hatte das Gefühl, über dem abenddunklen Meer direkt in den Himmel zu treten. Und die Lichter entlang der Corniche und unten auf dem Cap Ferrat waren die Sterne.

»Willst du vorher oder hinterher essen?«, hauchte sie.

Tom blieb die Antwort schuldig.

Irene zog ihn hinter sich her durch eine Pforte, auf der »Privé« stand, bis zu einer unter dichtem Laubwerk verborgenen alten Holztür mit großen Beschlägen. Das kleine Steinhaus schien in der Luft zu schweben, einzig und allein gehalten von einem Nadelbaum, der durch das Dach der äußeren Ecke wuchs. Irene lehnte sich gegen die unverschlossene Tür, die unter der Berührung aufglitt.

»Unser Zimmer«, sagte sie und zog ihn hinein.

Tom schloss die Tür hinter sich. Er hatte weiche Knie, und sein Puls hämmerte wie die trommelfellsprengenden Bässe bei einem Rockkonzert. Irenes weiße, perfekte Haut, die festen Brüste mit den steifen Brustwarzen, ihre Hände, die ein Prickeln auf der Haut und Brandwunden der Begierde hinterließen. Er war erlöst und verloren zugleich.

»Leg dich auf den Rücken«, sagte Irene und drückte Tom aufs Bett.

You're the teacher, I've come to school. Er legte den Kopf in den Nacken und gab jede Kontrolle auf.

Ein exklusives Mahl

Auf dem ovalen Tisch mit dem provenzalischen Tuch standen zwei Gedecke. Enzo, in weißer Schürze und eine flachbauchige Karaffe mit dekantiertem Rotwein in der rechten Hand, hatte eine stramme Haltung eingenommen.

»Sie werden mit mir allein vorliebnehmen müssen«, sagte der Gastgeber munter.

Da vernahm Eddie ein bekanntes Kläffen. Das Pelzknäuel kam angetrippelt und sprang mit einem Satz auf Eddies Schoß.

»Mit mir und Geneviève«, korrigierte sich van Delden. »Aber das kann uns ja nur recht sein. So können wir ungestört arbeiten. Ihr Projekt hat wirklich Potenzial, Eddie.«

Eddie nickte und streichelte Geneviève unermüdlich. Ein Gefühl der Beklommenheit machte sich in ihm breit, seit er an der Wand hinter ihm ein fast lebensgroßes Porträt von Corrine entdeckt hatte.

Jetzt trat Enzo an den Tisch und schenkte dunkel glänzenden Rotwein in van Deldens hochstieliges Glas. Dieser spitzte die Lippen und schwenkte das Glas leicht, ehe er die Nase tief hineinsteckte. Dann legte er den Kopf ein wenig zurück und nahm einen Schluck. Er behielt ihn im Mund, schluckte und atmete mit einem zufriedenen »Ahh!« aus.

Enzo schenkte auch Eddie ein, der das Glas augenblicklich zum Mund führte.

»Zum Wohl!«, sagte van Delden demonstrativ.

Trotz seines Fauxpas begann Eddie, sich zu entspannen. Man mochte von Kees van Delden halten, was man wollte, aber ein Weinkenner war er.

»Ich dachte mir, wir begnügen uns mit diversen kleineren Gerichten, damit wir uns nebenbei unterhalten können.«

»Ich fühle mich geehrt, Monsieur van Delden.« Eddie erhob sein Glas und lächelte gewinnend.

»Kees«, sagte van Delden. »Von nun an bitte Eddie und Kees und du. Wir haben schließlich einen epochemachenden Abend vor uns.«

Die Türen öffneten sich, und Cyril kam mit einer Symphonie aus Vorspeisen herein. Foie gras mit frisch gebackenem, dünn geschnittenem Landbrot, Garnelen, Kaviar, Austern, Parmaschinken.

»Bon appétit.«

Eddie verdrehte genießerisch die Augen, als er den ersten Bissen nahm. Die Gänseleber zerschmolz am Gaumen, etwas Zarteres, Schmackhafteres hatte er noch nie gegessen. Er träufelte Zitronensaft über seine Auster und schlürfte sie aus der Schale. Als all die Delikatessen verspeist waren, kamen Enzo und Cyril, räumten die Teller ab und brachten ein weißes Sorbet.

»Champagnersorbet. Um den Gaumen für das Hauptgericht zu säubern.« Van Delden ließ sich Zeit, ehe er seinen Dienern ein Zeichen gab, das Hauptgericht zu servieren.

Die beiden schoben einen kleinen Wagen heran, auf dem zwei mit großen silbernen Servierhauben abgedeckte Teller standen. Kaum waren sie vor den Herren am Tisch platziert, wurden wie auf ein Kommando hin die Hauben entfernt.

Es wurde still. Die Leibwächter verzogen keine Miene. Genauso wenig wie van Delden. Er beobachtete Eddie neugierig, als wolle er jede noch so kleine Regung im Gesicht seines Gegenübers analysieren.

Im ersten Moment erkannte Eddie nicht, was auf dem Teller angerichtet war. Er betrachtete, was da lag, vermochte es aber nicht in Worte zu fassen, seine Sehnerven schienen die Zusammenarbeit mit dem Gehirn zu verweigern. Doch dann überfiel ihn die Erkenntnis so schlagartig, dass er augenblicklich heftig zu zittern begann. Denn in dem Moment, in dem er das Objekt auf dem Teller zu definieren wusste, standen ihm auch der Ausgang des Abends und sein eigenes Schicksal vor Augen.

»Ich habe dir die ganze Portion überlassen«, sagte van Delden.

Eddie registrierte, dass dessen Teller leer war.

»Schließlich hattest du sie doch zum Fressen gern.«

Eddies Magen hob sich, in rasantem Tempo stieg sein Inhalt durch die Speiseröhre nach oben und quoll aus Eddies Mund. Er griff nach der Serviette und versuchte verzweifelt, das Erbrochene aufzuhalten, spürte van Deldens brennenden Blick auf sich. Er war direkt in die Falle getappt. Als sich sein Magen vollkommen entleert hatte, fing Eddie leise an zu weinen, blieb reglos und mit gesenktem Kopf sitzen.

Enzo trat mit einem Tranchiermesser neben Eddie und machte sich an dem knusprig gebratenen, mit einem Klacks Rotweinbutter verzierten Fuß zu schaffen. Geneviève richtete sich auf, stellte die Vorderpfoten auf die Tischkante und begann, daran zu lecken.

»Geneviève!«

Erschrocken ließ der Hund von seiner Delikatesse ab und wieselte aus dem Esszimmer.

»Du kannst dir sicher vorstellen«, sagte van Delden, »wie wenig mir die Vorstellung behagt, wo sich der Rest meiner

Frau befindet.« Er sah vage in die Richtung, in der Eddie den Komodowaran vermutete. »Bon appétit.«

Eddie kam es vor, als nähmen zwei fremde Hände das Besteck, als stäche nicht er die Gabel ins Fleisch, als sägte nicht er mit dem Messer durch die dicke Haut der Fußsohle.

»Wie bist du nur auf diese Idee gekommen, Eddie? Oder stammt sie von Tom Hartmann, dem Ex-Terroristen? Die perfekte Art, eine Leiche loszuwerden? Hattet ihr Helfer? Wie morbide muss man eigentlich sein, um so eine Aktion durchzuziehen?«

Eddie traktierte das zähe Fleisch mit dem Messer. Ein Stück Haut und ein paar graue Fasern Fleisch lösten sich. Van Deldens Blick folgte Eddies Bewegungen stumm und interessiert. Eddie spießte das Fleischstück auf die Gabel und führte sie zum Mund, aber seine Hand zitterte so heftig, dass er die Gabel weglegen musste.

»Komm schon, Eddie, das schaffst du.«

Eddie sah van Delden an und griff wieder nach der Gabel. »Ich bin unschuldig«, flüsterte er. »Das musst du mir glauben. Ich hätte Corrine niemals etwas angetan. Ich habe noch nicht einmal mit ihr geschlafen. Irgendjemand hat es auf mich abgesehen.«

Van Delden brach in übertrieben lautes Lachen aus. Er zog sein Handy aus der Tasche, tippte darauf herum und legte es vor Eddie auf den Tisch.

Eddie witterte Morgenluft. »Das ist nicht mein Auto«, stammelte er. »Die Schilder, das ist nicht mein Kennzeichen.«

»Eddie«, sagte van Delden amüsiert. »Glaubst du, ich wüsste nicht, dass du mit gefälschten Schildern herumfährst? Iss, dein Essen wird sonst kalt.« Er gab den Bodyguards ein Zeichen.

Enzo war im Handumdrehen bei Eddie. Er zwang ihm die Gabel in die Hand, führte die Hand zum Gesicht und drückte Eddie die Gabel mit dem Fleischstück in den Mund. Eddie hustete, würgte und kaute. Dann zog Enzo Eddies Kopf an den Haaren nach hinten und setzte ihm ein Glas Mineralwasser an die Lippen. »Trink«, sagte er, und Eddie trank.

Van Delden schenkte ein Glas teuersten Armagnac ein und setzte sich neben Eddie.

»So, Eddie. Spül Corrine mit einem Qualitätstropfen runter. Das wird dir guttun. Und jetzt sag mir die Wahrheit. Warum hast du sie umgebracht?«

Eddie griff nach dem Glas und versuchte, mit dem Armagnac den widerlichen Geschmack in seinem Mund zu vertreiben. Seine Stimme war kaum hörbar. »Das war ein Unglück. Sie ist gestorben, als wir … Es war irgendwas mit ihrem Herzen.«

»Als ihr was?« Van Delden schenkte nach.

Eddie leerte das Glas mit einem Zug. »Als wir … Liebe machen wollten.«

Van Delden grinste.

»Liebe machen? Was zum Teufel weißt du schon von der Liebe? Du hast sie mit deinem Schwanz umgebracht. Und dann hast du sie in deinem Kofferraum versteckt, bis dir irgendwann die brillante Idee kam, Corrine für immer verschwinden zu lassen, indem du sie an Shankar verfütterst. Du bist der mieseste Typ, dem ich jemals begegnet bin, Eddie.«

»Das war nicht ich. So ein Zwerg hat sie in meinen Kofferraum gepackt …«

»Du lügst. Der Zwerg arbeitet für mich! Er hat mir erzählt, was du getan hast. Du versuchst nur, deinen Freund Tom Hartmann zu schützen.« Van Delden gab Enzo und Cyril erneut ein Zeichen.

Sie hatten Eddie in van Deldens Bad geschleift, das in viele einzelne Bereiche unterteilt war. Gemusterte Marmorfliesen bedeckten Fußböden und Wände. Vergoldete Statuen bewachten die Durchgänge zu dem jeweils angrenzenden Raum. Es gab ein Dampfbad, ein Tauchbecken, große und kleine Wannen. Springbrunnen plätscherten. Und alle Farben waren perfekt aufeinander abgestimmt.

»Mein ganzer Stolz. Wie aus Tausendundeiner Nacht«, sagte van Delden. Das Echo seiner Stimme hallte durch den Raum und schnitt durch das beruhigende Sprudeln des Wassers. Er zeigte auf die Scheinwerfer, deren Licht über die Wände glitt. »Das Licht wechselt die Farbe, wenn man sich durch die Räume bewegt. Es reagiert auf die Anzahl der Leute oder die vorherrschende Gemütslage. Wie ein Gemälde, das sich ständig verändert. Jeder, der den Raum betritt, beeinflusst damit das Kunstwerk.«

Das Licht wechselte von Blau zu einem intensiven Violett, als sie in den hintersten Raum kamen. Hier bestanden die Wände aus Aquarien mit seltenen Fischen und Meerespflanzen.

Eddie sah sich um. Die Vielfalt der Fische war einfach unglaublich. Für einen Moment keimte in ihm so etwas wie Hoffnung auf, diesen Abend vielleicht doch zu überleben. Aber diese Hoffnung platzte sogleich wie eine Seifenblase, als er eine in den Boden eingelassene Wanne entdeckte, die zur Hälfte mit einer blauvioletten, geleeartigen Masse gefüllt war: Quallen.

Eine leichte Berührung der Tentakel war wie der Biss einer Giftschlange. Man starb nicht von einer einzelnen Berührung, doch hatte man das Pech, auf einen Schwarm dieser schleimigen Wesen zu stoßen, konnte dies in einem tödlichen Herzinfarkt enden.

Van Delden musterte Eddie mit einem zynischen Grinsen. Er schien zu wissen, dass Eddies Fantasie Purzelbäume schlug, dass die Angst ihm Adrenalin durch den Körper pumpte.

»Das kannst du mir nicht antun. Das kannst du Irene nicht antun.«

»Du hast keine Ahnung, was ich dir alles antun kann«, erwiderte van Delden. »Das hier ist in meinen Augen noch eine barmherzige Methode.«

Die Leibwächter packten Eddie und zogen ihn aus. Er winselte, strampelte und fuchtelte mit den Armen. Sein magerer Körper leuchtete bläulich weiß im Licht der beweglichen Scheinwerfer. Er bedeckte seine Männlichkeit, als wolle er sich so vor den Schmerzen schützen, die unweigerlich kommen würden. Er zitterte, und seine Zähne klapperten.

Van Delden schüttelte amüsiert den Kopf. »Aber Eddie, der Tod ist doch nur der Übergang zu etwas Neuem, etwas viel Angenehmerem. Fang mit einem Zeh an. Aller Anfang ist schwer.«

Sie hoben Eddie hoch und senkten ihn in das Becken. Er strampelte wild mit den Füßen. Eine Qualle traf Enzo am Arm. Er heulte auf vor Schmerz und drückte Eddie die Kehle zu. »Wag das bloß nicht mehr!«, brüllte er.

Van Delden machte eine Handbewegung, und die Leibwächter ließen Eddie weiter nach unten sinken.

»Ich weiß Dinge über Cato Ruud!«, stammelte Eddie. »Wenn du mich jetzt umbringst, gehen diese Informationen verloren!«

Van Delden gab seinen Männern wieder ein Zeichen, und sie legten Eddie auf die Fliesen neben dem Becken. Eddie zog die Beine an.

»Was weißt du?«

»Ich weiß, was Cato Ruud und Lars Gantelius getan haben.«

Es wurde still.

Eddie hatte das Gefühl, ins Schwarze getroffen zu haben.

»Gib mir doch einen kleinen Hinweis, worum es geht.«

Eddies Worte kamen so leise und gestottert, dass er sich nicht sicher war, ob van Delden ihn überhaupt verstanden hatte.

»Mit wem hast du sonst noch darüber gesprochen? Mit Tom Hartmann?«

Eddie zögerte. Er wollte seinen Freund nicht in Gefahr bringen, doch seine Todesangst wog schwerer als sein Gewissen. Er nickte beinahe unmerklich. Wenn er überlebte, würde er Tom warnen.

Van Delden sah Eddie verächtlich an. »Du bist bereit, Freunde zu opfern, um dir selbst einen Vorteil zu verschaffen?« Er trat Eddie mit der Schuhspitze in die Seite. »Du bist mieser, als ich dachte. Glaubst du wirklich, du könntest mich erpressen? Eigentlich wollte ich dich mit dem Schrecken davonkommen lassen. Aber ich denke, wir sollten das hier doch lieber zu Ende bringen.« Er erteilte seinen Männern das Kommando, weiterzumachen.

»Gnade! Ich flehe dich an! Bitte, ich werde nichts, ich ... ich will nicht sterben!«

Enzo und Cyril senkten Eddie in das Becken. Der Schmerz fraß sich durch seine Haut, durch die Muskeln seiner Beine und drang bis in sein Rückenmark. Er hatte das Gefühl, als würde ihm die Haut abgezogen. Roter Nebel schien vor seinen Augen aufzutauchen, bis er nichts mehr sah. Wenn sie ihn jetzt losließen, würde er vollends in dem tödlichen Schleim versinken.

»Langsam«, befahl van Delden. »Leiden ist Läuterung, Eddie. Ich mache dich dadurch zu einem besseren Menschen.«

Sie senkten ihn noch weiter herab. Die Quallen umschlossen seine Hoden und sein Glied und bissen zu wie eine Schar hungriger Ratten. Dann ließen die Männer ihn los.

Eddie kippte nach hinten und versank mit dem Rücken in der schleimigen Masse. Instinktiv schnappte er nach Luft, versuchte zu schreien, aber seine Stimme versagte.

Dann war plötzlich ein gurgelnder Laut zu hören, und die Quallen verschwanden durch einen breiten Abfluss. Eddie blieb am Boden der Wanne liegen. Seine Augen waren zugeschwollen, sein ganzer Körper war eine einzige blutende Wunde.

»Spült ihn ab«, sagte van Delden.

Cyril nahm einen Hochdruckreiniger und begann, Eddie abzuspritzen. Der harte Strahl riss die Wunden weiter auf. Eddie wand sich. Seine Schreie hallten in dem Raum wider.

»Das reicht«, sagte van Delden schließlich. Er hielt Eddies Handy in der Hand. »Ich werde Irene jetzt eine SMS schreiben«, kündigte er an und las den Text laut vor: »›Ich kann nicht mehr, danke für alles, Irene. Ich gebe auf, Eddie.‹« Van Delden drückte auf »Senden« und lächelte zufrieden.

Enzo und Cyril verfrachteten Eddie in ein Auto und fuhren nach draußen zum Leuchtturm. Dort trugen sie ihn zu den Klippen und warfen ihn ins Meer. Eddies Kleider, Schuhe und ein Handtuch legten sie ein Stück von der Klippe entfernt sorgsam zusammengelegt auf einen Haufen. Dann machten sie kehrt, zufrieden, ihre Mission ungesehen erfüllt zu haben.

Anruf aus dem Präsidium

Cathrine Price hatte es sich mit einer großen Tüte Chips vor dem Fernseher gemütlich gemacht. In letzter Zeit hatte ihr Appetit deutlich zugenommen. Ihr Handy schrillte, als sie sich gerade eine neue Ladung Chips in den Mund schob. Sie zählte an den Knöpfen ab, ob sie das Gespräch annehmen sollte. Die Nummer auf dem Display verriet ihr, dass der Anruf aus dem Präsidium kam. Vermutlich Helen Adler-Nielsen. Klar, sie arbeitete noch. Cathrine gelang es, ihr Pflichtgefühl zu überwinden und das Handy klingeln zu lassen.

»Warum schaltest du das Handy nicht einfach aus, Mama?«, fragte Cecilie neben ihr.

Beschämt stellte Cathrine den Klingelton aus, aber Sekunden später teilte ein kurzes Signal ihr mit, dass sie eine Nachricht erhalten hatte.

»Ruf an! Peter«, lautete die SMS. Cathrine spürte Cecilies genervten Blick im Rücken, als sie die Fernsehecke verließ und sich ins Schlafzimmer schlich.

Der Fall wird immer komplizierter

Tom lag allein im Bett. Irene war im Bad, um sich für das Essen zurechtzumachen. Sie summte leise ein französisches Lied, das er schon einmal gehört hatte, aber nicht einzuordnen wusste. Ihre Stimme klang weich und verlockend. Draußen war es dunkel geworden, und die ersten Sterne zeigten sich am Himmel. Tom seufzte, als sein Handy klingelte. Das konnte nur Cathrine sein.

»Was machst du gerade?« Cathrines fordernde Direktheit passte so gar nicht zu seiner Umgebung.

»Mich ausruhen«, antwortete Tom und hatte nicht einmal das Gefühl zu lügen.

Am anderen Ende entstand eine Pause. Dann kam die übliche Frage. »Bist du allein?«

»Ich liege allein im Bett und ruhe mich aus.« Eine präzise Beschreibung der Wirklichkeit, dachte Tom zufrieden. »Wie läuft es zu Hause?« Er hoffte, dass Cathrine Irenes leises Summen im Bad nicht hören konnte. Sicherheitshalber stand er auf, zog sich den Morgenmantel an, den Irene ihm aufs Bett gelegt hatte, und trat auf die Terrasse. Die Terrakottafliesen waren angenehm kühl unter seinen nackten Füßen.

»Es ist eine weitere Leiche aufgetaucht. In den Schären vor Grimstad. Es handelt sich um einen Vermissten namens Carl Heiberg.«

Tom sah Irene aus dem Bad kommen. »Aha«, sagte er leise und wartete auf die Fortsetzung.

»In seinem Magen haben wir einen Speicherstick gefunden. Darauf war ein Code, der das Geburtsdatum von Gerhard Elming sowie einige Buchstaben enthalten hat. Aus diesen Buchstaben lässt sich das Wort DANISH bilden. Der Fall wird immer komplizierter.«

»Und, was sagt dir das?«, fragte Tom ungeduldig. Er wollte zurück zu Irene.

»Heiberg war früher einmal Chef einer Bank namens Kreissler & Co. Er hatte die Leitung der Filiale auf den Jungferninseln. Offenbar wurde er aber entlassen. Die Besitzverhältnisse der Bank sind unübersichtlich, wie immer in diesen Steuerparadiesen, aber einer der Aktionäre dieser Bank ist Kees van Delden. Er hat einen zweifelhaften Ruf und soll vor seiner Tätigkeit als Kunstinvestor auf dem grauen Markt Öl verkauft haben.«

Kees van Delden, Irenes Geschäftspartner. Tom war sich nicht sicher, ob er mehr erfahren wollte. Außerdem sah er in diesem Moment, dass Irene drinnen mit besorgter Miene auf ihr Handy starrte.

»Und wo ist der Zusammenhang«, fragte er unkonzentriert.

»Das ist bloß so ein Gefühl«, sagte Cathrine. »Es hat sich gezeigt, dass van Delden auch im Vorstand dieser Bank sitzt. Findest du es nicht seltsam, dass ein Mann mit so wenig Anlagekapital im Führungsgremium der Bank sitzt? Ich frage mich deshalb, ob van Delden über Strohmänner arbeitet und in Wahrheit viel mehr Kapital auf dieser Bank hat, kontrolliert über die Gesellschaften, die er gemeinsam mit Irene Willum besitzt.«

Jetzt signalisierte Irene ihm, dass sie dringend mit ihm reden musste. Sie lief hin und her, während sie darauf wartete, dass er sein Gespräch beendete.

»Du glaubst, dass Kees van Delden und Irene Willum …« Tom musste schlucken und hoffte, dass Cathrine das leichte Vibrato in seiner Stimme nicht bemerkte. »… dass es einen Zusammenhang gibt zwischen ihnen, Carl Heiberg, Kreissler & Co. und den Morden, die du ermittelst?« Tom spürte den Druck, der sich in ihm aufbaute. Irene forderte seine Aufmerksamkeit, und durch das Telefon nahm er die Erwartung in Cathrines Stimme wahr.

»Könntest du Irene gegenüber nicht ein paar Worte fallen lassen, wenn du sie siehst? Erzähl ihr einfach, dass Carl Heiberg gefunden wurde, und beobachte, wie sie reagiert.«

Tom rieb sich die Stirn. Er bereute, das Gespräch angenommen zu haben. »Und auf was soll ich achten? Ob sie rot und kurzatmig wird oder meinem Blick ausweicht? Wie würdest du die Signale interpretieren? Schuldig? Nicht schuldig? Soll ich mich für all die Gastfreundschaft, die mir hier zuteil wird, bedanken, indem ich den Judas spiele?«

»Tom …«

»Nein, Cathrine, das geht nicht.«

»Hier sind Menschen auf brutale Weise ermordet worden, Tom. Ich bitte dich doch nur darum –«

Tom beendete das Gespräch und unterdrückte den Klingelton, wohl wissend, dass Cathrine wieder anrufen würde.

In diesem Moment trat Irene auf die Terrasse. »Es ist etwas passiert …«, sagte sie mit tonloser Stimme. »Ich habe eine SMS von Eddie bekommen.« Sie reichte Tom das Telefon.

Im ersten Moment spürte Tom so etwas wie Erleichterung.

Das konnte doch nur bedeuten, dass Eddie endlich zur Polizei gegangen war. Doch dann meldete sich ein anderer Gedanke. Selbstmord? Eine Lösung für uns beide, hatte er gesagt. Kein Geständnis, kein Skandal. Aber Eddie war doch nicht der Typ, der einfach so Schluss machte. Oder doch? Ein neues Bild drängte sich ihm auf: Irene und er, Hand in Hand, unten am Meer. Jetzt stand ihrer Liebe nichts mehr im Weg.

»Das sieht Eddie überhaupt nicht ähnlich. Ich habe schon mehrmals versucht, ihn anzurufen, aber es meldet sich immer nur die Mailbox.« Sie sah sich um. Für einen Moment wirkte die sonst so souveräne Frau hilflos und verletzlich. Dann nahm sie Toms Gesicht in ihre Hände und küsste ihn auf den Mund. »Bist du sehr böse, wenn wir das Essen auf einen anderen Abend verschieben?«

Emil darf nicht sterben

Bonsai stieß sich mit aller Kraft ab, weg vom Cap Ferrat, weg von van Delden, weg von den Schreckensbildern, die er noch immer vor Augen hatte. Kalter Schweiß rann ihm in Strömen über die Stirn und die Schläfen. Durch die heftige Konfrontation mit van Delden hatte er den armen Emil für eine Weile vergessen. Jetzt packte ihn die Angst um seinen Freund wie eine Sturmböe. War es bereits zu spät?

Bonsai beschloss, keine Zeit mehr zu verlieren und eine Apotheke zu suchen. Kraftvoll beschleunigte er sein Skateboard. Endlich entdeckte er auf der anderen Straßenseite das grüne Kreuz einer Apotheke. Sekunden später stürmte er in das Geschäft.

»Ich brauche was Schmerzstillendes, etwas gegen Entzündungen … alles, was sie haben!«

Die Frau hinter der Theke musterte ihn über ihre Brille hinweg und suchte dann verschiedene Präparate heraus. »Und welches hätten Sie gern?«

Bonsai sah auf die Arzneipackungen vor ihm. »Alle.«

Umständlich begann die Frau, die Preise zu addieren. »Voilà, das macht dann zweiundsechzig Euro«, sagte sie schließlich.

Bonsai legte einen Hunderter auf die Theke, packte die Tüte und rannte nach draußen, ohne auf das Wechselgeld zu warten.

Er spürte es bereits, bevor er seinen Unterschlupf erreichte.

Maurice saß zusammengesunken und apathisch neben Emil und strich ihm über die Haare. Er sah Bonsai anklagend an. »Wo, zum Henker, bist du gewesen?«

Bonsai setzte sich neben Emil und schlug die Decke vorsichtig zur Seite. Entsetzen machte sich in ihm breit. Hatte er wirklich ein Wunder erwartet? Er wich Emils Blick aus, in dem Todesangst lag. Bonsai gab Maurice ein Zeichen, ihm zu folgen.

»Ich glaube, das Bein muss amputiert werden«, sagte er, als sie unten auf der Straße standen.

Maurice schlug die Hände vors Gesicht. »Amputieren?«, flüsterte er. »Das ist doch vollkommen verrückt?« Seine Stimme zitterte vor Wut und Verzweiflung. »Was weißt du denn schon davon?«

»Ich weiß, wie Wundbrand aussieht«, erwiderte Bonsai und hatte es plötzlich eilig. In zwei Sätzen war er oben in seinem Unterschlupf, Sekunden später wieder unten auf der Straße, sprang auf sein Skateboard und gab Schwung.

»Wohin willst du?«, rief Maurice.

»Ich bringe dieses Monster um!«, rief Bonsai. »Ich bringe dieses Monster um!«

Erinnerungen

Irene saß unkonzentriert hinter dem Steuer des cremefarbenen Mini. Häuser, Kreuzungen und Autos glitten an ihr vorbei, ohne dass sie sie richtig wahrnahm. Ihre Gedanken kreisten um Eddies SMS und ihre zu Ende gegangene Beziehung. Ein glückliches Ehepaar waren sie nie gewesen. Eddie hatte sich immer für andere Frauen interessiert. Und wenn sie ehrlich war, war es ihr ganz recht gewesen, dass er »außer Haus speiste«. Solange die Fassade gewahrt blieb.

Irene verabschiedete sich etwas verlegen von Tom, nachdem sie vor seinem Haus in der Avenue des Fleurs gehalten hatte. Als sie weiterfuhr, wanderten ihre Gedanken zurück in die Vergangenheit.

Es gab keinen offensichtlichen Grund, warum sie zur Außenseiterin geworden war. Sie war schon als Kind anders gewesen. Ihre Mutter hatte nie geheiratet. Irene war das Resultat einer leidenschaftlichen Affäre mit einem englischen Arzt, Ira Williams, den sie bei einem Entwicklungshilfeprojekt in Indien kennengelernt hatte. Als sie mit Irene schwanger geworden war, kehrte sie zurück nach Norwegen. Zum Glück besaßen Irenes Großeltern eine kleine Knopffabrik, die für ein stetes, wenn auch nicht gerade üppiges Einkommen sorgte. Sie wohnten in ihrem eigenen Haus, und es fehlte ihnen an nichts. Irene liebte die Knöpfe ihres Großvaters.

Aber die anderen Kinder hänselten sie und schlossen sie aus. Das brachte Irene dazu, sich ihre eigene Welt zu schaffen. Sie igelte sich in ihrem Zimmer ein. Las alles, was sie in die Finger bekam. Und sie setzte Erfolg mit Glück gleich.

Doch der Weg zum Erfolg war nicht immer schön. Wer Erfolg haben wollte, musste Türen eintreten, musste lügen und verführen. Also log und verführte Irene. Und entzündete ein Feuer unstillbaren Verlangens, das über ihren Träumen und Zielen stand.

Dass niemand sie liebte, gab ihr das Recht, sich selbst zu lieben. Das verlieh ihr die Kraft, ihr Leben anzugehen, ohne jegliche Zweifel an sich oder dem, was sie tat. Und plötzlich war alles ganz einfach.

Ihre Jugend verbrachte sie ohne Freundinnen oder Freunde. Ihre Mutter war verzweifelt. Kein junger Mann in Sicht, niemand, der Irene anrief oder mit ihr ausging. Sie verbrachte ihre Freizeit zu Hause, Wochenende für Wochenende, Jahr für Jahr, ohne ihre Mutter an ihren Gedanken oder Plänen teilhaben zu lassen.

Irene machte ihr Abitur als Jahrgangsbeste und bekam einen Studienplatz an der Cambridge University. Sie war gerade einen Monat in Cambridge, als ihre Mutter völlig überraschend an Herzversagen starb.

Nach der Beerdigung reichte sie ein Urlaubssemester ein und reiste nach Indien, um nach ihrem Vater zu suchen. Sie hatte herausgefunden, dass er für eine freiwillige Organisation in Varanasi arbeitete.

Der Code

»Und?« Der Mann auf dem Sofa lächelte Cathrine neugierig an, als sie mit dem Mobiltelefon in der Hand aus der Küche kam.

»Was, und?«

Er lachte. »Hast du deinem Ex erzählt, dass du Herrenbesuch hast?«

Cathrine schüttelte den Kopf. Ihre Wangen wurden warm, und sie wusste nicht, ob sie auch rot geworden war. Sie hatte ihn Tom gegenüber mit keiner Silbe erwähnt. Idiotisch eigentlich, sie hatte schließlich nichts zu verbergen. Werring hatte den Code von Heibergs Speicherstick von einem Freund zugeschickt bekommen, der bei der Polizei in Grimstad arbeitete. Und er hatte ganz höflich angefragt, ob es passen würde, wenn er vorbeikäme, damit sie gemeinsam daran arbeiten konnten. Cathrine hatte nichts Verfängliches darin gesehen.

Cecilie hatte sich demonstrativ zu ihnen ins Wohnzimmer gesetzt. Erstaunt erkannte Cathrine etwas von der eigenen Strenge in ihrer Tochter wieder. Nicht unbedingt eine der Eigenschaften, die sie an sich mochte.

»Möchtest du noch Kaffee?«, erkundigte sich Cathrine dann, um die peinliche Situation zu überspielen.

Jetzt schüttelte Werring den Kopf, und seine Augen funkelten.

»Oder vielleicht ein Glas Wein?«

»Es gibt Forscher, die behaupten, dass man vom Weintrinken klüger wird.«

»Das gilt bestimmt nur für Frauen«, lachte Cathrine und ging in die Küche.

Cecilie schnitt eine Grimasse und folgte ihrer Mutter in die Küche. »Flirtest du mit ihm?«

»Was?« Cathrine fiel keine vernünftige Antwort ein, und sie konzentrierte sich auf die Weinflasche.

»Ob du mit ihm flirtest? Willst du Papa mit ihm betrügen?«

»Cecilie, wie kommst du denn darauf? Peter hilft mir dabei, einen Code zu knacken. Außerdem sind Papa und ich kein Paar mehr.«

»Und woher weiß er, dass Papa und du kein Paar mehr seid?« Cecilie malte Anführungszeichen in die Luft.

»Was meinst du?«

»Er hat Papa deinen Ex genannt.« Wieder ein Paar Anführungszeichen. »Warum hast du Papa nichts von dem Besuch gesagt?«

Cathrine gab auf. »Weil ich es vergessen habe. Ich sag's ihm das nächste Mal. Und du wirst sicher eine hervorragende Staatsanwältin.« Cathrine wollte Cecilie in die Arme nehmen, aber sie drehte sich weg, schnitt eine Grimasse und ging zurück ins Wohnzimmer, wo sie trotzig die Beine auf den Sofatisch legte.

Cathrine kam mit zwei Weingläsern, einer Flasche Rotwein und einer Flasche Mineralwasser hinter ihr her. Sie schenkte Werring ein Glas Wein ein und nahm sich selbst ein Glas Wasser.

Er hatte sich mit dem Zahlencode an den Computer gesetzt. Cathrine sah sich die Zahlenreihe an. Irgendwie kam sie ihr bekannt vor.

»Das kann dauern«, sagte Werring.

»Sie können hier aber nicht übernachten«, blaffte Cecilie.

»Keine Angst«, sagte er und zwinkerte Cecilie an. »Nach getaner Arbeit geht Onkel Peter wieder nach Hause.« Er trank einen großen Schluck und ließ danach die Finger über die Tastatur tanzen.

Cathrine sah ihn an und musste einräumen, dass er unglaublich gut aussah. Das ausgewaschene T-Shirt betonte die Farbe seiner Augen. Flacher Bauch und muskulöse Oberarme. In seinem Nacken lockte sich eine vergessene Strähne wie bei einem kleinen Kind. Er arbeitete unglaublich effizient, gab Befehle ein, von deren Existenz Cathrine nicht einmal geahnt hatte.

»Das könnte ein Code für eine sogenannte online harddisk sein.«

»Aha?«

»Das bedeutet, dass du Informationen auf einem ausgelagerten Server speicherst, auf dem die Sicherheitsvorkehrungen für gespeicherte Dateien und Back-ups sehr viel besser sind als auf deinem eigenen PC. Das ist schlau, wenn du im Besitz von sensiblen Informationen bist, die niemand bei dir finden darf.«

»Aber«, setzte Cathrine an, »wie findet man so einen Server?«

»Genau da liegt das Problem. Es gibt unendlich viele solcher Speicherplätze. Mir bleibt nichts anderes übrig, als irgendwo anzufangen. Die Zahlen einzugeben und zu hoffen, dass ich irgendwann einen Treffer lande. Früher oder später. Fangen wir mit Google an.«

Cathrine zog sich einen Stuhl heran und setzte sich neben ihn.

»Ach«, sagte Peter, »fast hätte ich was vergessen. Es mag ja ein Zufall sein, aber die Weise, wie Ruud misshandelt wurde, erinnert mich an ein Bild, das ich bei meinem Rundgang durch Philippe Lugols Haus gesehen habe. Ich weiß nicht mehr, wie der Künstler hieß, aber es war ein Skandinavier.« Er gab etwas ein, schüttelte den Kopf, tippte wieder etwas und wartete.

»Kannst du von meinem Rechner auf den Server gelangen, auf dem Gerhard Elming möglicherweise persönliche Daten gespeichert hat?« Cathrine musterte Peter, hauptsächlich um herauszufinden, ob er ihre Frage für total bekloppt hielt.

Er legte eine Hand auf Cathrines Unterarm und sah ihr ohne jede Ironie tief in die Augen. »Das ist der Vorteil beim Online-Speichern von Daten. Du brauchst nur deinen Zugangscode, um deine Files wo auch immer auf der Welt herunterzuladen. Das Dumme ist allerdings, dass das auch jeder andere Mensch mit Internetzugang und dem richtigen Code kann.«

»Vielleicht hat Heiberg deshalb den Speicherstick mit dem Code geschluckt? Damit keiner Schindluder damit treiben kann?« Werring ließ die Hand auf Cathrines Unterarm liegen. Sie sah sie an. Was bedeutete diese Vertraulichkeit?

Er schien zu merken, welche Gedanken ihr durch den Kopf gingen, und zog die Hand zurück. »Oder genau das Gegenteil«, sagte er. »Vielleicht hatte er die verzweifelte Hoffnung, auch nach seinem Tod – ob natürlich oder gewaltsam – eine wichtige Information weiterleiten zu können.«

»Dass der Stick bei einer Obduktion zutage kommen und bei der Polizei landen würde?« Werring war da auf etwas gestoßen. Das fühlte Cathrine. Heibergs Tod, die Explosion in seiner Hütte, der Speicherstick und die Morde an Elming und Ruud. Das Gefühl, dass sie die Zahlenkombination des Codes schon mal irgendwo gesehen hatte.

»Welche Verbindung gibt es zwischen Elming und Heiberg?« Peter stand auf, streckte sich und massierte seinen Nacken. »Der eine ist Kunstkritiker, der andere Finanzmann? Waren sie Freunde? Vielleicht ist das abwegig, aber … Nein, vergiss es.«

»Was?«

»Die Tatsache, dass sie so kurz nacheinander gestorben sind. Kann Heiberg gewusst haben, dass Elming der Nächste ist? Weil sich auf dem Stick in seinem Magen dessen Personenkennziffer befindet? Gibt es auch entsprechende Speicherdaten über Ruud?«

»Alm und Falch überprüfen die Verbindungspunkte zwischen den beiden.«

Cathrine trank einen Schluck Wasser und schenkte Werring Wein nach. Cecilie war auf dem Sofa eingeschlafen.

»Hast du vor, mich abzufüllen?«

Cathrine schwieg erschrocken.

Er legte einen Arm um sie und drückte sie an sich. »Das war nur ein Scherz. Es ist einfach ein bisschen langweilig, alleine zu trinken.«

Für einen kurzen Moment lehnte Cathrine den Kopf an seine Brust.

Er schien das Signal, das sie aussandte, in seinem Sinn zu interpretieren, hob ihr Kinn ein wenig an und stahl sich einen Kuss.

Boule in Saint Jean

Irene hatte abgelehnt, als Tom ihr seine Hilfe angeboten hatte. Sie wollte allein herausfinden, was es mit Eddies SMS auf sich hatte. Eine tiefe Falte hatte sich in ihre ansonsten glatte Gesichtshaut gegraben. Sie hatte Tom zum Abschied zwar auf den Mund geküsst, aber in diesem Kuss hatte Distanz gelegen. Sie hatte mit Eddie bei Weitem nicht so abgeschlossen, wie es die Trennung von ihm glauben machen konnte.

Tom drehte vor der Haustür kurz entschlossen um. Er würde noch einmal ins Dorf hinunterspazieren, um auf andere Gedanken zu kommen. Vielleicht fand sich ja jemand, mit dem er ein Gläschen trinken konnte.

Vom Bouleplatz, der parallel zur Hauptstraße lag und ein wichtiger Treffpunkt im Ort war, schallten Musik und Stimmen. Er beschloss, dort vorbeizuschauen.

»Club bouliste Saint Jeannois« stand über dem Eingang zum Bouleplatz, der etwas tiefer als die Straße zwischen gelben und rosafarbenen Häusern lag. Mit den weißen und gelben Plastikstühlen und einer Holzbank war er eher spartanisch ausgestattet. Neben der Treppe, die zur Straße führte, gab es eine Art Ausschank sowie einen Außenkamin, der behaglich knisterte und den angenehmen Duft von verbranntem Pinienholz verströmte. Die Scheinwerfer warfen grelles Licht auf die Gesichter der Leute, die an diesem Abend zu einer Partie Boule angetreten waren. Bierflaschen und randvoll mit Pastis gefüllte Gläser klirrten.

»Monsieur, wollen Sie mitspielen?«, fragte der Mann mit dem zerfurchten Gesicht und der schwarzen Lederjacke aus der Bar du Port. Er hieß Pierre.

Pierre übernahm die Rolle des Gastgebers und machte Tom mit den anderen bekannt. »Alain betreibt den Tabakladen unten an der Hauptstraße. Eric gehört die Fischannahmestelle. Thierry ist der beste Pizzabäcker der Welt, und der da drüben, der seine Kugeln poliert, ist unser Metzger, Mansy.« Pierre drückte Tom eine Kugel in die Hand, und Eric reichte ihm ein Glas.

»Ein Gläschen Pastis? Trinken Sie, bevor Sie spielen«, forderte er Tom auf. »Man trifft viel besser.«

Das ließ sich Tom nicht zweimal sagen. Und nachdem er einen kräftigen Schluck genommen hatte, schickte er die Kugel mit einem ordentlichen Schwung auf die Reise.

Es wurde still. Eric pfiff. Pierre gaffte. Die anderen nickten respektvoll.

»Da sehen Sie, was ein Gläschen magischer Pastis ausrichten kann, 'artemann.« Eric klopfte Tom anerkennend auf die Schulter.

»Bien joué, 'artemann. Sie sind ein Meister. Kein Wunder, dass Sie Erfolg bei Frauen haben. Wer so ein Händchen hat …«

Eric warf seine Kugel, und dann scharten sich auch die anderen um ihn, als ginge es um einen wichtigen historischen Fund. Sie zeigten und gestikulierten und diskutierten hitzig und laut.

»'artemann, Sie führen noch immer.« Pierre gab den Spielstand durch. »Aber jetzt müssen Sie uns von Ihrer Frau erzählen.«

»Wovon redet ihr?«, wich Tom aus.

»Von der blassen Schönheit mit den roten Haaren. Madame Jones.«

»Merde, die ist sehr gefährlich.« Thierry hatte das Wort ergriffen.

»Das sagst du nur, weil du ein Waschlappen bist. Solche Weicheier wie dich verspeist sie zum Frühstück.«

»Ach, was weißt du schon?« Eric führte ein paar Stöße aus der Hüfte aus.

»Merde, Eric. Prahl nicht so rum.«

»Ich prahle nicht.« Eric hob die Augenbrauen und sah einen nach dem anderen an.

»Ha, träum weiter.«

Thierry warf, aber die Kugel geriet zur Belustigung der anderen völlig aus der Bahn. Der Pizzabäcker holte sich noch ein Bier.

»Hast du den Witz noch nicht gehört?«, rief Eric ihm nach. »Was ist der Unterschied zwischen der blassen Frau am Cap und dem Eiffelturm? Antwort: Den Eiffelturm hat noch nicht jeder bestiegen.«

»Ich kenne Irene noch aus Studienzeiten«, schaltete sich Tom jetzt ein. »Sie ist Eddies Frau, und der ist mein Freund. Und sie heißt nicht Jones, sondern Willum.«

Lautes Gejohle der Boulespieler.

»'artemann, einen liebeskranken Mann wittere ich durch die geschlossenen Scheiben eines Autos, durch Abgase und Dieseldunst.«

Applaus von den anderen. Pierre verbeugte sich und streckte die Arme in die Luft.

»Lasst ihn in Ruhe, Jungs.« Mansy ergriff das Wort. »Und er heißt außerdem nicht 'artemann, sondern Hhhartmann, mit H.«

Tom wäre gern gegangen, riss sich aber zusammen. Das waren doch nur Wichtigtuer, auf deren Dorftratsch er nichts geben sollte. Schon gar nicht, wenn er den hohen Pastiskonsum berücksichtigte. Dennoch irritierte ihn das Gerede. Was sollte das heißen, dass sie gefährlich sei? Eine Mafiosa? Kees van Delden, die Kreissler Bank und Cathrines Mutmaßungen fielen ihm wieder ein.

Der Metzger wog seine Kugel sorgsam in der Hand, warf sie zielgenau und kickte Toms Kugel zur Seite. Damit hatte er sich den Sieg geholt.

Die anderen gingen davon, um sich noch etwas zu trinken zu holen.

»Tut mir leid«, sagte Mansy zu Tom und sah ihn aufmerksam an. »Stimmt es eigentlich, dass Sie über die Gegend hier schreiben?«

Tom schüttelte den Kopf und wunderte sich, dass den Metzger das zu interessieren schien. »Ich mache nur ein paar Notizen, vereinzelte Skizzen, wie immer man es nennen will.«

Ein Schatten huschte über das Gesicht des Metzgers, ein besorgter Zug. Er hatte es plötzlich eilig. Er packte seine Kugeln in das Futteral und zog seine Pudelmütze tief über die Ohren.

»Seien Sie einfach vorsichtig. Au revoir.« Er schlurfte davon, ohne sich noch einmal umzusehen.

Der Nächste auf der Liste

Philippe Lugol zupfte an dem Hemd, das an seiner Haut klebte, und fuhr sich mit der Hand über die Stirn. Das Gespräch mit Elisabeth Gantelius ließ ihn nicht zur Ruhe kommen.

»Ich fühle, dass Lars noch am Leben ist«, hatte sie gesagt. Genau das hatte Lugol am wenigsten hören wollen. Gantelius' Frau war zwar bekannt für ihre Exaltiertheit, aber es gab in der

Tat keinen Abschiedsbrief von Lars. Und die Suche nach ihm war irgendwann ergebnislos eingestellt worden. Vielleicht wollte er ja für tot gehalten werden, um ungestört operieren zu können. Erst Heiberg, dann Elming und Ruud. Lugol fürchtete, der Nächste auf der Liste zu sein. Kalter Schweiß rann ihm den Rücken hinunter. Oder war seine Angst übertrieben? Warum sollte Lars ihm nach dem Leben trachten? Die Antwort war allerdings mehr als einleuchtend. Er wusste zu viel.

Carl Heiberg hatte ihn ein paar Wochen vor seinem Tod aufgesucht und ihn in eine Geschichte eingeweiht, die er am liebsten wieder aus seinem Gedächtnis gelöscht hätte. Carls Augen hatten geglüht wie bei einem Erweckungsprediger. Er wollte mit sich selbst ins Reine kommen, bevor er abtrat. Die Wahrheit sagen. Für seine engsten Freunde ging es laut Heiberg um Leben und Tod – und um ihren Seelenfrieden. Darum wollte er sie dazu zwingen, Farbe zu bekennen. Böse Taten mussten gesühnt und Leichen aus dem Keller geholt werden.

Die Freunde fürchteten einen Skandal und hatten Heiberg mit Drohungen zum Schweigen zu bringen versucht. Schließlich hatte ein Plan Gestalt angenommen, der dem todkranken Carl seinen Seelenfrieden gab, gleichzeitig aber Lars und die anderen vor dem Skandal bewahrte. Lugol hatte Carl angeboten, die Wahrheit nach dessen Tod ans Tageslicht zu bringen, wenn er bis dahin Ruhe bewahrte. Carl hatte zugestimmt, und Lugol hatte Zeit gewonnen.

Dann aber war Carl verschwunden, und mit ihm Lars.

Von dem Augenblick an, an dem Elmings Leiche aufgetaucht war, war Lugol vor Angst wie von Sinnen. Fast hätte er sich Cathrine Price anvertraut. Was ihn abhielt, war die Summe Geld, die er bei International Art Invest angelegt hatte. Längst wollte er seine Investition dort auflösen. Er musste sich persönlich darum kümmern, er musste zum Cap Ferrat.

Mit einem schönen Gruß vom Koch

Bonsai stand zusammen mit seinem Freund Metal, dem der Leichenwagen gehörte, zum zweiten Mal vor der Mauer, hinter der sich das Gehege des Komodowarans auftat. Sie lehnten eine Aluminiumleiter dagegen, Bonsai kletterte die Sprossen hinauf, setzte sich rittlings auf die Mauer und nahm den ersten mit übelriechenden Fleischresten und Rattengift gefüllten Plastikbeutel von Metal entgegen.

»Mit einem schönen Gruß vom Koch«, sagte Bonsai mit einem maliziösen Grinsen und ließ den ersten Beutel ins Gehege fallen. Metal sorgte für Nachschub, und so landete ein Beutel nach dem anderen im dunklen Gehege.

Bonsai legte sich flach auf den Bauch und wartete. Metal stand auf der Leiter und machte einen langen Hals, um auch etwas zu sehen. Schweißperlen glänzten auf seiner Oberlippe, als er leise, aber mit finsterem Ton unverständliche Beschwörungen murmelte.

Dann kam das Tier zum Vorschein. Das Maul öffnete sich, und mit unfassbarer Geschwindigkeit verschlang es Beutel um Beutel.

»Wie lange dauert es, bis das Gift wirkt?«, fragte Metal.

»Keine Ahnung. Eine Stunde vielleicht.«

»So lange?«

»Oder eine Minute. Was weiß denn ich?«

Eine halbe Stunde später hatte sich noch immer nichts getan. Metal, der das Warten offenbar langsam leid war, stellte Bonsais Skateboard hochkant an die Wand, packte die Leiter ein und fuhr weg.

Bonsai blieb noch eine Weile liegen und wartete. Enttäuscht musste er feststellen, dass es dem Komodowaran rundum gut ging. Er ließ sich an den Armen nach unten, drückte sich nach hinten ab und rollte sich auf dem Boden ab, um den Aufprall abzufangen. Müde, durchgefroren und desillusioniert stieg er auf sein Skateboard und machte sich auf den langen Weg zurück zu Maurice und Emil.

Begegnung mit Bruder Ospizio

Als Tom am nächsten Morgen aufstand, beschloss er, in Richtung Paloma Beach zu joggen. Die Morgensonne wärmte bereits und verjagte die dunklen Gedanken vom Vorabend. Der Pinienduft und die über den Steinmauern blühenden Mimosen waren Balsam für die Seele. Tom legte einen Gang zu. Er war vielleicht ein Versager, aber immerhin ein durchtrainierter Versager.

Auf dem Weg zurück ins Dorf sah er den Wagen des Metzgers auf der Straße stehen. Arnoud lud Koffer und Plastiksäcke ins Auto. Er winkte Tom betreten zu, als dieser an ihm vorbeilief. Ein Zettel an der Tür seines Ladens verkündete, dass auf unbestimmte Zeit geschlossen sein würde.

Als Tom sich seinem Haus näherte, erblickte er eine bekannte Gestalt. Bruder Ospizio verließ mit seinem Einkaufswagen gerade den Parkplatz neben Toms Wohnung. Der Wagen war voller Flaschen, aber oben auf dem Wagen lag etwas, das Toms Aufmerksamkeit erregte. Es war die Lederrolle. Der Kerl musste bei ihm eingedrungen sein. Das war doch nicht zu fassen! »Hey!«, rief er wütend.

Bruder Ospizio drehte sich um, beschleunigte dann aber seinen Schritt.

»He, bleiben Sie stehen, verdammt!«

Bruder Ospizio ließ den Einkaufswagen los, schnappte sich die Rolle und begann zu rennen. Tom setzte ihm nach. Der Alte war fit, aber Tom nicht minder. Er folgte ihm, bis sie das Haus erreicht hatten, in dem der Mönch offensichtlich lebte.

Als Tom ihn endlich zu fassen bekam, gingen beide zu Boden. Der alte Mann holte zu einem Tritt aus und traf Tom an der Schläfe. Wütend packte Tom die Kutte mit beiden Händen und drehte den Mönch auf den Bauch. Er stemmte ihm sein Knie in den Rücken und drückte ihn mit all seiner Kraft zu Boden. Dann ergriff er den Pferdeschwanz des Mannes und zerrte seinen Kopf nach hinten.

»Ich gebe ja auf«, sagte Bruder Ospizio heiser, umklammerte aber weiter die Lederrolle.

»Verdammt, was soll das Ganze? Was wollten Sie bei mir?«

»Ich kann das erklären.«

»Ich will die Rolle zurück.«

»Sie brechen mir das Genick!«

»Die Rolle!«

»Ich kann Ihnen die Rolle nicht geben, solange Sie mich festhalten.«

Tom lockerte den Griff ein wenig.

Bruder Ospizio rang nach Luft. »Hauen Sie ab, Tom Hartmann!«

»Was?«

»Sie haben keine Ahnung, welche Kräfte hier unten am Werk sind.«

»Versuchen Sie gar nicht erst, sich rauszureden! Sie sind bei mir eingebrochen und haben sich etwas genommen, das mir gehört. Geben Sie es mir!«

»Das gehört nicht Ihnen, Tom, Sie haben darauf ebenso wenig Anrecht wie ich.« Bruder Ospizio löste den Griff um die Rolle und schob sie weg.

Tom zögerte einen Augenblick, ehe er sich danach ausstreckte und den Mönch anschließend freigab.

»Lassen Sie es mich so ausdrücken … Wenn ich mich nicht irre, verfolgen wir gemeinsame Interessen.« Bruder Ospizio hatte sich aufgerichtet. Er sperrte die Haustür auf und bat Tom hinein. »Es wäre besser gewesen, Sie wären mir nicht nachgelaufen«, sagte er eindringlich. »Sie bringen sich damit in große Gefahr.«

Der Mönch öffnete eine weitere Tür am Ende des Flurs, und sie traten in einen großen Raum, der vollgestopft war mit Papier. Zeitungen, Journalen. Reklamebroschüren lagen in Stapeln auf dem Tisch und überall auf dem Boden herum. In den Regalen an den Wänden stand ein Ordner neben dem anderen.

Die Ordner waren auf dem Rücken beschriftet und alphabetisch geordnet. Sie trugen Namen, von denen Tom die wenigsten etwas sagten. Doch dann sah er, dass auf einem Ordner »Arnoud Mansy« stand, der Name des Metzgers. Auch die Namen von Pierre und Eric und weiteren Spielern vom Bouleplatz erkannte er.

Bruder Ospizio, ein Sammler von Flaschen und Altpapier, über den alle lachten und den niemand ernst nahm, hatte eine Art Archiv über die Einwohner von Saint Jean angelegt und führte dubiose Ermittlungen durch.

Tom schoss durch den Kopf, dass die Situation möglicherweise nicht ganz ungefährlich war. Was hatte Bruder Ospizio vor? Und warum offenbarte er sich Tom?

Der Mönch öffnete die Tür zur Küche, stellte einen Wasserkessel auf den Gasherd und zündete die Flamme mit einem Feuerzeug an. »Wir sprechen später. Alles zu seiner Zeit.«

Tom stutzte. Der Mann überraschte ihn schon wieder. Auch die Geschmeidigkeit seiner Bewegungen war untypisch für einen Mann seines Alters. Und dann diese unglaubliche Wachsamkeit. Tom fühlte sich wie unter konstanter Beobachtung.

»Trinken Sie einen starken Kaffee, Sie werden ihn brauchen.«

Tom nickte, sagte aber nichts und wartete ab.

»Ich hoffe, Sie sind das Vertrauen wert, das ich Ihnen schenke.« Der Mann reichte Tom einen gelben Becher mit dampfend heißem Kaffee und blinzelte ihm zu. Dann drehte er sich abrupt um und ging eine schmale, knarzende Treppe hinauf.

Tom folgte ihm. Oben roch es aufdringlich nach Ammoniak.

Der Mönch ließ einen Moment lang die Hand auf der Klinke liegen, ehe er die Tür am Ende der Treppe öffnete. »Es war sehr schwierig, ihn heraufzubugsieren, aber das Risiko, ihn unten liegen zu lassen, war zu groß. Man kann nie wissen, ob ungebetene Gäste kommen. Er war sehr mitgenommen nach der Fahrt in meinem Einkaufswagen, obwohl ich den Boden mit Zeitungspapier ausgelegt hatte.«

Sie betraten ein Zimmer, in dem sich der Putz in großen Placken von den Wänden schälte. Auf einem einfachen Eisenbett lag eine Gestalt, von Kopf bis Fuß bandagiert wie eine Mumie. Sogar das Gesicht war mit Bandagen bedeckt. Dicke Salbe quoll zwischen den einzelnen Lagen heraus.

»Ich habe ihn mit Ammoniak gewaschen, bevor ich die Salbe aufgetragen habe. Das neutralisiert das Gift.«

»Wer ist das?«, fragte Tom.

»Das ist Eddie Jones.«

»Mein Gott«, flüsterte Tom. »Was ist passiert?«

»Ich meine mich daran zu erinnern, dass ich Sie vor den Leuten gewarnt habe, die an dem Bankett im Grand-Hôtel teilgenommen haben, nicht wahr? Es geht um Macht und Eifersucht. Und es geht um Kees van Delden.«

Tom spürte Bruder Ospizios musternden Blick. Als notiere er innerlich jede Gemütsregung auf Toms Gesichts und jede Gestik, mit der er auf diese Neuigkeiten reagierte. »Wollen Sie damit sagen, dass Kees van Delden Eddie das angetan hat? Woher wollen Sie das wissen?«

Bruder Ospizio setzte sich und fing an zu erzählen. Alle Details, die er in dieser Nacht beobachtet hatte, vom Leichenwagen und den drei Männern bei van Deldens Anwesen, von dem menschenfressenden Komodowaran und von Mansy Arnoud und dessen schrecklichem Fund. »Er hat sich mir anvertraut. Aber jetzt will er seinen Laden dichtmachen und wegziehen. Ich will damit nur sagen, dass Sie aufpassen sollten, mit wem Sie hier draußen spielen, wenn Sie nicht wie Eddie enden wollen.«

Tom bereute aus tiefer Seele, dass er Eddie nicht zur Polizei begleitet hatte. Hatte er tatsächlich jemanden dafür bezahlt, Corrines Leiche dem aasfressenden Kuscheltier von van Delden zum Fraß vorzuwerfen?

»Eddie selbst war nicht dabei«, fuhr Bruder Ospizio fort, als hätte er Toms Gedanken gelesen. »Ausgeführt haben das die drei Jungs in dem Leichenwagen. Es ist nicht einmal sicher, ob er ihren Plan kannte. Das werden wir herausfinden, falls er überlebt. Es ist gut möglich, dass er einen Herzinfarkt erlitten hat.«

»Wir müssen ihn in ein Krankenhaus bringen.«

Der Mönch lächelte müde. »Es gibt gute Gründe, Eddie nicht zu einem Arzt zu bringen.«

»Und wenn er stirbt?«

»Die Chancen dafür sind in einem Krankenhaus weitaus größer. Zumindest, wenn van Delden davon erfährt, dass er noch lebt.«

»Wie haben Sie ihn gefunden?«

»Irgendwie hat er es geschafft, wieder an Land zu kommen. Ich habe ihn bewusstlos am Straßenrand gefunden.« Der Mönch legte seine Hand fest auf Toms Schulter. »Ich weiß, was ich tue, und ich glaube, dass er überleben wird. Gehen wir nach unten, und lüften wir das Geheimnis.«

Neue Zusammenhänge

Cathrine Price stand früh am nächsten Morgen auf und ging auf Zehenspitzen ins Bad. Dann kochte sie in der Küche Kaffee. Die Espressomaschine zischte, brodelte und dampfte, während sie glücklich und besorgt zugleich an den vergangenen Abend dachte. Sie hörte, wie auch Werring, der ganz anständig auf dem Sofa übernachtet hatte, aufstand und im Bad verschwand.

»Danke für einen wunderbaren Abend«, raunte er, als sie ein paar Minuten später den Kaffee auf den Tisch stellte. Er nahm ihr Gesicht zwischen seine Hände und küsste sie auf den Mund.

»Ich weiß nicht … ich muss mit Cecilie …«, stotterte Cathrine.

»Mach dir keine Sorgen«, beruhigte Werring sie. »Lass dich einfach treiben und warte ab, was passiert. Und jetzt erzähle ich dir, worauf ich gestern Abend noch gestoßen bin.«

Er trank einen großen Schluck Kaffee und konzentrierte sich auf seinen Laptop. »Die Buchstaben in dem Code lauten A, N, I, D, H, S. Zu einem Wort zusammengesetzt, ergeben sie DANISH. So viel wussten wir ja schon. DYLAN und DANIEL haben wir in einen jüdischen Zusammenhang gestellt. Aber es gibt sie auch im Sanskrit. ›Danish‹ bedeutet dort ›tüchtig‹, und ›Daniel‹ heißt ›Gott ist mein Richter‹. ›Dylan‹ bedeutet ›Meer‹.« Werring klickte einen Artikel an und scrollte ein Stück nach unten. »Lies«, sagte er.

Der Knabe mit der roten Weste

Die Treppe ächzte unter den Schritten der Männer. Der Mönch zog die verblichenen provenzalischen Gardinen vor die hohen, schmalen Fenster und schaltete das Licht ein. Dann holte er ein Messer und legte das Rohr auf die blank gescheuerte Holzplatte des Esstisches. Mit äußerster Vorsicht ritzte er einmal um den Deckel herum. Er war hoch konzentriert. Schließlich hob er den Deckel von dem Zylinder und brachte behutsam eine Rolle zum Vorschein. »Sollen wir?«, fragte er und begann bereits, die Leinwand aufzurollen.

Zuerst war etwas Braunes zu sehen, dann eine Hand mit gekrümmten Fingern und ein weißer Hemdsärmel, eine blaue Hose mit einer vorgebundenen Lederschürze und schließlich eine rote Weste. Es war das Bildnis eines Jungen, der an einem Tisch saß, die eine Hand an der Wange, die andere auf seinem Oberschenkel ruhend. Sein Gesicht wirkte nachdenklich.

»Sind Sie sich im Klaren darüber, was das ist?«, fragte Bruder Ospizio.

Tom reagierte kaum.

»Das Bild heißt ›Der Knabe mit der roten Weste‹, gemalt von Paul Cézanne«, fuhr Bruder Ospizio fort und wischte sich den Schweiß von der Stirn. »Es wurde 2008 in Zürich gestohlen, einer der größten Kunstdiebstähle in Europa überhaupt. Es verschwanden Gemälde in einem Gesamtwert von hundertachtzig Millionen Dollar. Allein das Bild von Cézanne wird auf neunzig Millionen geschätzt.«

»Aber …«, setzte Tom an.

»Warum treibt ein gestohlenes Gemälde im Wert von neunzig Millionen Dollar in einer Bucht vor dem Cap Ferrat?«

In Toms Kopf überschlugen sich die Gedanken. Mit einem

Mal sah er eine Verbindung zwischen International Art Invest, Eddie, van Delden, Cézanne und – Irene.

»Für manche Menschen gibt es gute Gründe, ein gestohlenes Gemälde zu erwerben«, erklärte Bruder Ospizio, »insbesondere wenn man auf dem Schwarzmarkt und in illegalen Unternehmungen tätig ist. Mit einem gestohlenen Bild kann man sich eine niedrigere Gefängnisstrafe erkaufen. Außerdem werden gestohlene Bilder im Drogen- und Waffenhandel gern als Sicherheiten eingesetzt.«

»Sind Sie sicher, dass es echt ist?«, fragte Tom. »Manchmal gibt es ja unglaublich überzeugende Kopien eines Bildes.«

Der Mönch strich vorsichtig mit dem Zeigefinger über den Rand der Leinwand, ehe er antwortete. »Ich habe Kontakte, die genau das klären können. Aber mich interessiert weniger, ob es echt ist oder nicht. Ich finde es sehr viel spannender, dass sich das Bild aller Wahrscheinlichkeit nach an Bord des Bootes befunden hat, mit dem die drei jungen Männer Schiffbruch erlitten haben. Und ich bin mir ebenfalls ziemlich sicher, dass Kees van Delden dahintersteckt.« Bruder Ospizio schwieg eine Weile, dann blickte er Tom ernst an. »Es ist zu Ihrem eigenen Besten, wenn Sie so wenig wie möglich von all dem wissen. Zu Eddies Schutz würde ich Ihnen davon abraten, Irene Willum etwas davon zu erzählen. Das würde die Überlebenschancen Ihres Freundes jedenfalls erheblich erhöhen.«

Tom fröstelte. Es war unglaublich, was dieser Mann alles wusste. »Irene ist seine Frau. Sie haben sich getrennt, okay, aber ich weiß, dass sie sich entsetzliche Sorgen macht. Sie muss erfahren, was passiert ist.«

»Sie ist nicht naiv, Tom. Warum sollte sie Ihnen glauben? Und woher wollen Sie wissen, dass sie Kees van Delden nichts davon verrät? Immerhin sind die beiden sehr enge Geschäftspartner.«

Mit diesen Worten setzte sich der Mönch vor einen Spiegel. Er ergriff die buschigen weißen Augenbrauen und riss sie mit einem Ruck ab. Dann tunkte er einen Lappen in ein Döschen mit Vaseline und wischte sich mit routinierten Bewegungen buchstäblich das Alter aus dem Gesicht. Mit einem Wattebausch, den er in eine beißend riechende Flüssigkeit tunkte, entfernte er sogar die Narbe auf seiner rechten Wange. Im Laufe weniger Minuten hatte der Alte sich um etliche Jahre verjüngt. Er war jetzt ein Mann Ende sechzig.

Bruder Ospizio, wer auch immer er war, rollte die Leinwand auf und schob sie sorgfältig zurück in das Lederfutteral. Dann zog er sich eine modische Jacke an und sah auf einen Schlag aus wie einer der vielen Innenarchitekten, die sich mit der Einrichtung teurer Heime eine goldene Nase verdienen.

»Die Bandagen müssen in einer Stunde gewechselt werden«, sagte er mit einem Blick auf seine Armbanduhr. »Und schließen Sie besser die Tür ab, und schieben Sie die Riegel vor. Man weiß nie.« Ohne eine weitere Erklärung und mit der Lederrolle über der Schulter verließ er das Haus.

Irene Willum gibt es nicht

»Irene Willum gibt es nicht.«

Cathrine Price hatte ihr Team im Sitzungszimmer versammelt. Die Stimmung war gedrückt. Alm wirkte abwesend und Falch komplett demotiviert. »Was soll das heißen, es gibt sie nicht?«, fragte er.

»Line«, sagte Cathrine und projizierte eine Mind-Map an die Wand, die die von Irene Willum und Kees van Delden kontrollierten Gesellschaften aufzeigte. »Erzähl uns, was du herausgefunden hast.«

Line Bugge räusperte sich. »Es ist nicht ganz einfach, Irene Willums Vermögenswerte und Gesellschaften zu ermitteln, aber es deutet einiges darauf hin, dass sie und ihr engster Mitarbeiter Kees van Delden die größten Anteile von Kreissler & Co. besitzen, einer Schweizer Bank mit Niederlassungen unter anderem in Frankreich und der Karibik.« Bugge zeigte auf eine Dialogbox in der Mitte des Bildes. »Carl Heiberg, der gerade von einem Krabbenkutter aus dem Wasser gefischt wurde, war früher Chef der Bankfiliale auf den Jungferninseln.«

Falch pfiff anerkennend.

»In einem Routinecheck habe ich festgestellt, dass es von Irene Willum keine Spuren gibt«, fuhr sie fort. »Keine Geburtsurkunde, keine Taufurkunde, keine Steuerkarte.«

»Und Kreissler & Co. rücken wohl kaum mit Auskünften über ihre Eigentümer heraus, nehme ich an«, vermutete Falch.

»Bist du sicher, dass sie die norwegische Staatsangehörigkeit hat?« Alm versuchte gar nicht erst, ein Gähnen zu unterdrücken.

»Tom gegenüber hat sie wohl fallen lassen, dass sie ihre Kindheit in Slemdal verbracht hat«, erklärte Cathrine.

Alms Oberschenkel begann zu zucken. »Dann dürfte sie doch in einem der Schularchive zu finden sein, oder?«

»Leider nicht.«

»Eltern? Freunde? Ehemann?«

»Sie ist bei ihrer Mutter aufgewachsen, keine Geschwister. Verheiratet mit Eddie Jones. Der hat eine Adresse in Monaco.«

»Vielleicht hat sie ihre Kindheit in den besseren Vierteln der Stadt auch nur erfunden.«

Line Bugge nahm die Brille ab, um dem nächsten Satz besonderen Nachdruck zu verleihen. »Keine Schule im ganzen Land hat je eine Schülerin namens Irene Willum gehabt.«

Ein paar Sekunden lang war es still.

Dann brach Falch das Schweigen. »Und was ist mit Kees van Delden? Was wissen wir über den?«

»Seine gesamte Karriere scheint ein Tanz auf dem dünnen Grat zwischen legalen und illegalen Geschäften zu sein, speziell auf dem Ölmarkt. Van Delden ist fast so schwer aufzuspüren wie Irene Willum. Sein Name taucht erst Ende der achtziger Jahre auf.«

»Gibt es etwas über Heiberg und Elming?«, erkundigte sich Cathrine jetzt.

»Ich habe mit Elmings Angehörigen gesprochen«, brachte sich Falch ein. »Sie haben erzählt, dass er als junger Mann in dem Hippie-Freistaat Christiania gelebt hat und von dort zu einem längeren Trip nach Indien aufgebrochen ist.«

Alm streckte sich und lächelte zufrieden. »Genau das Gleiche haben Heibergs Töchter von ihrem Vater erzählt.«

»Peter Werring«, hob Cathrine an und überging die erstaunten Mienen ihrer Mitarbeiter, »hat nach ›Danish‹ und ›Daniel‹ gesucht und ein paar Artikel über ein Yogazentrum in Indien in den Achtzigern gefunden, das ›Guru Mahadevs Ashram‹ hieß. Am Ende ist der Guru des Landes verwiesen worden.«

»Warum das?«, fragten Alm und Falch im Chor.

»Wohlhabende junge Menschen aus dem Westen haben sich um Guru Mahadev geschart. Er hat das sogenannte Tantrayoga praktiziert und die Einnahme bewusstseinserweiternder Drogen propagiert. Aber er ist untergetaucht und seither nicht mehr gesehen worden.«

»Und?«

»Gerhard Elming war in eben jenem Ashram von Guru Mahadev«, sagte Cathrine, ohne Peters Namen noch einmal zu nennen. »Und sein Name dort war ›Danish‹.«

Alles, was Sie brauchen

Tom saß in dem abgewetzten Ohrensessel neben Eddies Bett und dachte nach. Immer mehr Fragen bedrängten ihn. Wer war Bruder Ospizio? Und was hatte er für Pläne? Hatte er Eddie aus purer Nächstenliebe das Leben gerettet? Und wie kam es, dass er sich immer an den richtigen Orten befunden hatte, dort, wo er am meisten mitbekam?

Das Handy klingelte.

»Papa, ein fremder Mann hat bei uns übernachtet. Heute Morgen lag er im Wohnzimmer auf dem Sofa.«

Tom seufzte. »Na, wenigstens lag er nicht in Mamas Bett.« Das Kapitel Cathrine war für ihn zwar abgeschlossen, trotzdem missfiel ihm der Gedanke an männliche Übernachtungsgäste. Aus reiner Sorge um Cecile. »Weißt du, wie er heißt?«

»Peter. Er ist ein Kollege von Mama. Sie haben den ganzen Abend am Computer gesessen. Wann kommst du nach Hause, Papa?«

»Ich weiß es nicht, Schatz«, sagte Tom und warf einen Blick auf das bandagierte Bündel im Bett. »So schnell ich kann.«

Cecilie hatte es plötzlich eilig. »Ich muss auflegen. Hab dich lieb.«

»Ich dich auch.« Freizeichen. Er schob das Bild von Cathrine mit einem fremden Mann beiseite. Eifersüchtig? Quatsch!

Tom widmete sich seiner neuen Aufgabe als Krankenpfleger. Vorsichtig begann er, die weiße Mullbinde abzuwickeln. Obgleich er Eddies Kopf so sanft wie möglich anhob, zuckte der Körper vor Schmerz zusammen. »Tut mir leid, Eddie. Aber halt durch, bitte.«

Tom wusste nicht, ob Eddie ihn hörte, aber sein Atem wurde ruhiger, und sein Körper entspannte sich. So entfernte Tom sorgsam Schicht um Schicht, bis immer mehr von Eddies entstelltem Kopf zum Vorschein kam. Sein Gesicht war dick geschwollen und dunkelrot. Zu erkennen war Eddie eigentlich nur an den langen grauen Locken.

Als schließlich der ganze Körper offen dalag, legte Tom behutsam saubere Kompressen auf und begann dann, eine neue Mullbinde darüber zu wickeln. Um Eddie nicht allzu sehr zu strapazieren, machte er immer wieder eine Pause.

Schließlich ließ er sich erschöpft in den Ohrensessel sinken. Wie krank musste man eigentlich sein, um so etwas zu tun? Tom fühlte wilden Zorn in sich aufsteigen, zugleich aber auch eine große Zufriedenheit, dass er seine Aufgabe bewältigt hatte. Eddie schien es etwas besser zu gehen. Sein Atem wirkte tiefer, und seine Schmerzen schienen ein wenig gelindert zu sein.

Obwohl es bereits später Nachmittag war, war Bruder Ospizio noch immer nicht zurück. Tom war erschöpft und hungrig, und er sehnte sich nach Irene. Er hatte acht Anrufe von ihr auf seinem Handy, die er alle unbeantwortet gelassen hatte. Was sollte er ihr sagen? Konnte er sie wirklich treffen, ihr in die Augen sehen und ihr Zärtlichkeiten ins Ohr raunen, sie küssen und lieben, ohne ihr von Eddie zu erzählen?

Tom beschloss, sich etwas zu essen zu holen, und ging die ächzende Treppe nach unten. Auf dem Küchentisch lag ein Schlüssel und daneben ein rosafarbener Zettel. »Im Keller finden Sie alles, was Sie brauchen« stand darauf.

Um zur Kellertür zu gelangen, musste er links um das Haus gehen. Das Schloss ging schwer, aber schließlich ließ sich die Tür öffnen. Tom tastete nach dem Lichtschalter. Es roch feucht und muffig. Am Fuß der Treppe gab es eine weitere Tür, die in einen kleinen Kellerraum führte. Bis auf einen einfachen Schreibtisch und einen Aluminiumhocker war der Raum unmöbliert. Von etwas Essbarem keine Spur. Dafür gab es, ordentlich gestapelt, jede Menge Aktenordner. Auf dem Schreibtisch lag ein roter Ordner, auf dem ebenfalls ein rosafarbener Zettel klebte. »Alles, was Sie brauchen!«

Still und leise

»Hast du ihm die Tabletten gegeben?« Bonsai war wieder zu Maurice und Emil zurückgekehrt.

Maurice schüttelte den Kopf. Er lehnte apathisch neben Emil an der Wand.

»Scheiße, Mann, wofür kaufe ich denn die Sachen, wenn du sie ihm nicht gibst?«

»Du bist ja einfach abgehauen!«

»Halt dein Maul! Halt einfach dein Maul, Maurice!« Bonsai schob Emil die Pillen durch die trockenen, aufgesprungenen Lippen, und als seine Finger Emils Wangen berührten, spürte er die Hitze. Emil glühte wie ein Ofen. Seine Augen lagen wie hinter einem Schleier. Bonsai hatte das schon einmal gesehen, als ein Kumpel von ihm auf der Straße gestorben war. Ein fast unsichtbarer Schleier, der Emil bereits jetzt von den Lebenden trennte.

Seine Haut war noch bleicher geworden, als hätte jemand feinen Puder über ihn gestreut. Er war bereits auf dem Weg in die ewige Finsternis. »Wir kriegen dich schon wieder hin«, sagte Bonsai und nahm Emils Hand. Doch es blieb ihnen nichts anderes übrig, als auf die unregelmäßigen Atemzüge ihres Freundes zu achten.

Irgendwann legten sich Bonsai und Maurice rechts und links

neben Emil und blieben liegen, bis der morgendliche Lärm sie aus dem Halbschlaf riss.

Emils letzter Atemzug war kaum mehr hörbar. Seine Lippen zitterten einen Moment, bevor sie sich schlossen. Dann war da nichts mehr. Emil war von ihnen gegangen, still und leise.

Bonsai richtete sich auf. Frierend betrachtete er Emils erstarrte Gesichtszüge. Dann schlang er seine Arme um Emil, als wolle er ihn warm halten.

Liebe und Hass

Keine Freude ohne Leid. Diese Erfahrung hatte Kees van Delden schon öfter gemacht. Er betrachtete sich im Spiegel. War die Veränderung zu sehen? Der Bruch zwischen Raserei und Begierde? Für niemanden hatte er je so starke Gefühle empfunden wie für Irene. War das Liebe? Vielleicht. Oder Hass? Möglich, vorausgesetzt die Informationen, die er von Eddie erhalten hatte, stimmten.

Keine Freude ohne Leid. Eddie hatte es geschafft, Zweifel in ihm zu säen. Andererseits stachelten ihn Eddies Behauptungen nur noch mehr an, Irene zu erobern. Und dann würde er ihre Spielchen schon durchschauen.

Er tupfte sich etwas Eau de Cologne auf die Wangen. So kraftvoll hatte er sich schon lange nicht mehr gefühlt. Er straffte den Schlipsknoten und glättete den schneeweißen Hemdkragen. Siegesgewiss ging er ins Wohnzimmer. Das Emblem der goldbesetzten Flasche im Champagnerkühler glänzte im Schein des Kaminfeuers. Ein ganz besonderer Tropfen, Armand de Brignac, Brut Gold.

Dann stand Irene Willum in der Tür. Schöner als je zuvor. Van Delden ging auf sie zu, nahm ihre beiden Hände und sah ihr tief in die Augen. »Irgendwelche Neuigkeiten von deinem Mann?«

Irene schüttelte den Kopf.

»Gemeinsames Schicksal, gemeinsamer Trost«, sagte er wenig mitfühlend.

»Wie meinst du das?«, fragte Irene und zog ihre Hände zurück. Sie trug ein Kostüm aus weißer Merinowolle mit kurzem Rock und eine dunkelblaue Strumpfhose. Das Halstuch passte zu den cremefarbenen, handgenähten Pumps. »Ist Corrine noch immer nicht aufgetaucht?«

Van Delden seufzte theatralisch, als er an den kleinen Tisch trat. »Die Ereignisse der letzten Tage lassen sich am besten mit einem guten Tropfen verdauen«, sagte er lächelnd und goss Champagner in zwei Gläser. »Setz dich, Irene, damit ich dich auf den neuesten Stand bringen kann. Es gibt gute und schlechte Neuigkeiten.«

Irene nahm Platz, und sie hoben die Gläser.

»Wie war das eigentlich zwischen Eddie und dir?«

»War?«, fragte Irene verwundert. Sie konnte sich nicht erinnern, Kees von ihrer Trennung erzählt zu haben. »Eddie und ich, tja, das war schon eine ganze Weile ein einziges Auf und Ab. Seine konstante Untreue war manchmal einfach schwer zu ertragen.«

»Dann weißt du von Corrine und ihm?«

Irene holte tief Luft und schwieg dann eine Weile.

»Ich weiß, was du denkst, Irene«, sagte van Delden schließlich. »Der eifersüchtige Ehemann hat sie beide umgebracht, aber das habe ich nicht. Hingegen habe ich Grund zur Annahme, dass die beiden gemeinsam durchgebrannt sind.«

Irene dachte an die SMS, die sie von Eddie bekommen hatte. Mit einemmal war ihr alles klar. Kees hatte recht. Die SMS bedeutete nicht, dass er sich das Leben nehmen wollte, sondern dass er mit Corrine abgehauen war.

»Ich habe Corrine eine Zeit lang von meinen Männern überwachen lassen. Wegen ein paar blöder Kommentare, die einer von ihnen in der Bar du Port aufgeschnappt hatte. Und ganz richtig. An dem Abend vor dem Fest im Grand hat Eddie Corrine in einem Café mitten in Beaulieu aufgelesen. Aber dann haben meine Leute die beiden aus den Augen verloren.« Kees van Delden zeigte Irene die Bilder, die seine Bodyguards geschossen hatten, als Corrine zu Eddie ins Auto stieg. »Danach ist Corrine nicht mehr gesehen worden.«

Er erhob sich und legte seine Hände auf Irenes Schultern. Sein Gesicht näherte sich ihrem. Sie drehte sich weg, wollte sich befreien, doch er hielt sie fest. Und plötzlich sah sie, von Panik ergriffen, die Bilder der Vergangenheit. Hände, die sie packten. Männer, die sich ihr aufzwangen. Sie verletzten. Sie bekam Atemnot.

Van Delden hielt sie wie in einer Schraubzwinge fest. Lächelnd. Seine Lippen formten ihren Namen.

Sie aber empfand nur Angst. Sein Gesicht kam noch näher. Sie hatte das Gefühl, zu ertrinken, in Treibsand zu versinken, und verlor die Kontrolle. Sie schlug wild um sich und trat ihn, so fest sie konnte. Sah ihn vor sich zu Boden sinken und sein Schienbein halten. »Tut mir leid«, hörte sie sich atemlos sagen. »Das wollte ich nicht.«

»Mach dir keine Gedanken«, antwortete van Delden, zog sich an einem Stuhl hoch und setzte sich, ohne sie anzusehen.

Beide schwiegen.

»Ist es wegen Tom Hartmann?«, fragte er nach einer Weile.

Irene spürte die Angst in sich hochsteigen. »Nein, das hat nichts mit Tom zu tun.«

Er hob seinen Blick und lächelte Irene an. »Das freut mich zu hören. Entschuldige bitte, Irene. Meine Gefühle haben mich wohl überrumpelt. Verzeih mir.«

»Schon okay«, sagte Irene, während sie sich insgeheim fragte, wozu van Delden wohl imstande wäre. Es brachte sie fast zur Verzweiflung, dass sie ihre inneren Dämonen noch immer nicht besiegt hatte. Wie sehr hatte sie gekämpft, sie auf Abstand zu halten. »Ich gehe jetzt«, sagte sie leise, nahm ihre Tasche und verließ das Haus.

Kees van Delden sah ihr nach, und als ihre Schritte verklungen waren, schleuderte er das kostbare Champagnerglas in den Kamin.

Brudermord?

Alm und Falch betraten mit einem Stapel Akten unter dem Arm Cathrines Büro.

»Ich höre, Jungs«, sagte sie aufgeräumt.

»Lars Gantelius hat sich vor zehn Jahren mit einem von Elmings Freunden angelegt, und zwar richtig, und er ist dafür verurteilt worden«, begann Alm.

»Ja«, ergänzte Falch. »Zuerst hat er Elming, der gemütlich mit ein paar Kumpels in einer Kneipe hockte, ein Bier über den Kopf geschüttet, weil er dachte, man hätte über ihn gelacht. Und als dann einer von Elmings Freunden aufstand und sagte, er würde Elmings Meinung über Gantelius' Bilder teilen, ist Gantelius völlig ausgerastet und hat ihm die Nase und eine Rippe gebrochen. Es ist also durchaus möglich, dass Gantelius noch am Leben ist.«

»Genau«, übernahm Alm wieder. »Was, wenn Lars Gantelius seinen eigenen Tod nur arrangiert hat, um sowohl Elming als auch Ruud aus dem Weg räumen zu können?«

»Was Elming angeht, kann ich euch ja folgen«, wandte Cathrine ein. »Aber warum Ruud?«

»Wir haben es hier mit einer klassischen Tragödie zu tun. Mit Brudermord. Ursprünglich standen Ruud und Gantelius auf derselben Seite.«

»Bis es Elming gelungen ist, sie gegeneinander auszuspielen. Ruud ist Gantelius irgendwann an die Kehle gegangen, um sich selbst zu retten.«

»Entzweie und herrsche. Und Elming hatte das letzte Wort.«

»Ruud war danach über Monate mehr oder minder besoffen, während Gantelius auf Elmings Freunde losging. Vier Monate hat er dafür gesessen.«

Falch legte einen Excel-Ausdruck vor Cathrine auf den Tisch. »Line hat eine Übersicht erstellt, wie die Preise für Ruuds und Gantelius' Werke nach diesem ganzen Terz in den Keller gegangen sind. Das ist wie ein Börsencrash. Dass der sauer war, kann man richtig gut verstehen.«

»Gute Arbeit, Jungs. Das heißt dann wohl, dass wir noch einmal ins Sørkedal fahren sollten. Was meinst du, Falch? Lust auf eine zweite Runde alternatives Denken und einen Schluck Granderwasser?«

TEIL 3

Ekstase

Guru Mahadevs Ashram, Indien 1985

Es hatte so stimmungsvoll begonnen. Die Jünger hatten die Schalen mit Weihrauch entzündet und leise dazu gesummt. Der würzige, süßliche Duft breitete sich in der sparsam eingerichteten, weiß gekalkten Versammlungshalle aus. Die Wände waren mit Illustrationen aus dem Kamasutra geschmückt.

Der Saal war die Herzkammer des Ashram. Von hier führten Korridore sternförmig zu verschiedenen Meditationsräumen und den von der Yogagemeinde zur Verfügung gestellten Zellen für die Jünger. Auf einem Podest vorne in der Halle stand ein glatt rasierter Mann mit nacktem Oberkörper. Die muskulösen Arme schlugen leicht auf zwei große Tabla-Trommeln. »Wie der Pulsschlag der Erde«, dachte Anita.

Guru Mahadev betrat die Bühne und gebot den Teilnehmern – auserwählte Chelas, die durch Ekstasemeditation den »kosmischen Orgasmus« erreichen lernen sollten –, sich zu erheben. Anita sah Dylan und Danish kommen. Cole und Garry ebenfalls. Sie lächelte sie an.

Die Trommeln wurden lauter, der Rhythmus klarer und eindringlicher.

»Hakh!«, begann der Guru zu singen. »Hakh, hakh, hakh!«

Die Worte klangen wie Peitschenhiebe. Das Mantra würde die Kundalinikraft wecken, jene Kraft, die, wenn sie sich entfaltete, den »kosmischen Orgasmus« erleben ließ.

Guru Mahadev begann, sich um seine eigene Achse zu drehen. Zuerst langsam, dann immer schneller, bis sich sein langes schwarzes Haar wie Flügel ausbreitete. Seine Chelas kopierten die Bewegungen, während sie mit vibrierenden Stimmen das Mantra wiederholten.

Die monotonen Worte und der Takt der Trommeln trieben die schweißnassen Körper gnadenlos an. Dylan, Danish, Garry und Cole hatten sich um Anita geschart und wirbelten mit ihr im Kreis. Dicht an ihr. Nah an Guru Mahadev.

Er sah sie an.

Ja, sie war sicher.

Dann gab er Danish ein Zeichen.

Ein Gefühl, immer weitermachen zu können, unsterblich zu sein, füllte Körper und Seele.

»Habt keine Angst vor dem Schmerz. Er erinnert euch daran, dass ihr am Leben seid.«

Von Guru Mahadevs rhythmischen Rufen und den wellenartigen Vibrationen in die Ekstase getrieben, verlor Anita jedes Gefühl für Zeit und Raum. Als ihr Körper schließlich ermattet zu Boden sank, war sie froh über die starken Hände, die sie stützten. Dylan, Danish, Garry und Cole. Sie trugen sie weg, und sie protestierte nicht, weil sie behutsam waren. Dann schwanden ihr die Sinne.

Korrespondenz

Tom nahm auf dem Aluminiumhocker an dem Schreibtisch Platz. Mit einem unangenehmen Ziehen im Magen schlug er den roten Ordner auf. Die Seiten waren nach Namen und Daten geordnet. Einige hatten Flecken oder waren beschädigt und deshalb schwer zu entziffern. Tom blätterte durch den Ordner und blieb bei einer E-Mail-Korrespondenz vom Herbst 2009 hängen, an deren Rand Bruder Ospizio einen Kommentar geschrieben hatte: »Unglaublich, was für Informationen die Leute in den Müll schmeißen.«

Es war die Korrespondenz zwischen Kees van Delden und Carl Heiberg, dem Mann, dessen Leiche mit einem Speicherstick im Magen im Meer gefunden worden war. Mit klopfendem Herzen las Tom, was sich die beiden geschrieben hatten.

Als Direktor von Kreissler & Co. auf den Jungferninseln sehe ich mich genötigt, Sie als Vorstandsvorsitzenden auf einige Missstände in der Bank aufmerksam zu machen.
Beim Durchsehen der Kundendaten hat sich gezeigt, dass die Bank mit Namen in Verbindung steht, die mit Drogenschmuggel, Trafficking und Waffenhandel mit totalitären Regimes zu tun haben.
Ich bitte in nächster Zukunft um eine Überprüfung der Situation durch den Vorstand.
Mit freundlichen Grüßen
Carl Heiberg

Die Antwort lautete:

Ich weiß Ihre Initiative zu schätzen, möchte Sie aber darüber in Kenntnis setzen, dass Kreissler & Co. noch nie eine ethische Wertung ihrer Kunden vorgenommen hat, und wir sehen auch keinen Anlass, dies zu ändern. Ich bitte Sie also freundlichst, die von Ihnen monierten Missstände nicht länger zu beachten.
MfG
Kees van Delden

Bedaure, aber ist es mir unmöglich, die Tatsache zu ignorieren, dass offensichtlich fast achtzig Prozent der Kunden von Kreissler & Co. mutmaßliche Kriminelle sind. Ich fordere den Vorstandsvorsitzenden daher noch einmal auf, diesen Punkt mit dem Rest des Vorstandes zu diskutieren.
FG
Carl Heiberg

Haben Sie Beweise für Ihre Behauptung? Ich finde es beunruhigend, wenn der Direktor einer Bank, die von absoluter Diskretion und einem umfassenden Bankgeheimnis lebt, einen solchen Standpunkt einnimmt. Es wird massive Konsequenzen haben, wenn Sie diese Angelegenheit weiter verfolgen.
Kees van Delden

Heute Morgen wurde ich bei meiner Ankunft in der Bank von zwei Wachleuten empfangen, die mich an der Rezeption der Bank einer eingehenden Durchsuchung unterziehen wollten. Falls ich mich weigerte, würden sie auf der Stelle meine Ausweiskarte konfiszieren. Ich verließ die Bank unter Protest. Ich würde gerne wissen, wer hinter diesem Auftritt steht. Waren Sie als Vorstandsvorsitzender davon unterrichtet?
Carl Heiberg

Es gehört zur Sicherheitsroutine der Bank, an zufällig ausgewählten Mitarbeitern Durchsuchungen durchzuführen. So weit ich das sehe, liegt der von Ihnen erwähnten Episode kein anderes Motiv zugrunde.
Kees van Delden

Heute wurde ich von denselben Wachleuten zu einer Art Verhör bestellt. In einem eigens in der Bank eingerichteten Raum. Ich bin übrigens nicht der Einzige, der befragt wurde. Ich muss schon sagen, dass mich diese Entwicklung sehr verwundert.
CH

Ich bin über die Durchführung von Verhören informiert worden. Sie dienen dem Zweck, faule Eier wie Sie ausfindig zu machen. Menschen, die nur auf Streit aus sind. Sehen Sie sich vor, Heiberg, Sie sitzen im selben Boot, und wenn Sie eine Dummheit begehen, gehen Sie mit dem Boot unter. Wenn jemand in diesem Zusammenhang kriminell ist, dann Sie.
KvD

Sie haben recht, ich habe Dinge getan, die ich nicht hätte tun sollen. Aber ich habe immer im Rahmen der Bankrichtlinien gehandelt. Kreissler & Co. ist ein Freihafen für Kriminelle. Es ist nicht möglich, in dieser Bank angestellt zu sein, ohne Verstöße gegen die Weltgemeinschaft zu begehen, indem man Mittel verwaltet, die Terror, Drogen- und Waffengeschäfte finanzieren, und indem man die Interessen von Diktatoren vertritt, die arme Länder ausbluten lassen. Ich riskiere eine Gefängnisstrafe, wenn das ans Licht kommt.
CH

Sie haben soeben Ihre Kündigung formuliert. Sie brauchen keinen Fuß mehr in die Bank zu setzen. Ihr Büro wird versiegelt und alles, was sich darin befindet, beschlagnahmt. Und sollten Sie irgendeine Dummheit begehen, werde ich dafür sorgen, Sie für den Rest Ihrer Tage zu ruinieren.
Kees van Delden

Das Back-up, du Schwein! Was hast du mit dem Back-up gemacht?
KvD

Tom blätterte weiter und hielt plötzlich inne. Auf einem Trennblatt stand: Irene Willum. Er wollte nicht weiterlesen, auch wenn ihn das Gefühl beschlich, dass seine Romanze mit Irene ohnehin vorbei war. Er legte den Ordner weg und stand auf, um sich etwas zu trinken zu holen.

Er stieg die Treppe hinauf ins Erdgeschoss und öffnete alle Schränke in der Küche, bis er ein Sixpack Bier fand. Damit kehrte er zurück in den Keller. Die ersten zwei Bier kippte er hinunter. Daraufhin war er gelassen genug, alles zu ignorieren, das gegen die Lektüre sprach, und schlug den Ordner auf.

Mehr Fragen als Antworten

Tom rannte, so schnell er konnte. In Trainingshose und Joggingschuhen lief er die Steigung zum großen Cap hinauf. Sein Gesicht war schweißbedeckt, sein Puls raste.

Er zweifelte keine Sekunde an all den sensiblen Informationen, die er in dem Ordner gelesen hatte. Wenn Kees van Delden imstande war, Eddie Jones grausam umzubringen, war er sicher auch zu Wirtschaftskriminalität im großen Stil bereit. Dass aber Irene mit ihm gemeinsame Sache machte, diesen Gedanken hatte er bis jetzt nicht zugelassen.

In größte Unruhe versetzt, hatte Tom nach Eddie geschaut, und als dieser einen stabilen Eindruck auf ihn gemacht hatte, war er zu seinem kleinen Häuschen geeilt, um die Unterlagen dort zu verstecken. Dann war er laufen gegangen.

Die Gedanken überstürzten sich in seinem Kopf, und er beschloss, Cathrine anzurufen. Er drosselte das Tempo, zog sein Handy aus der Tasche und wählte ihre Nummer. Aber es meldete sich lediglich Cathrines Anrufbeantworter.

Als ihn seine Füße in Richtung von Irenes Domizil trugen, bog er ab und lief hinunter zum Strand. Von dort führte der Pfad um die Halbinsel herum.

Nachdem er seinen Laufrhythmus gefunden hatte, gelang es ihm, wieder einigermaßen logisch zu denken. Mach dich rar, sagte er sich. Er begehrte Irene Willum. Vielleicht liebte er sie sogar. Aber wenn das, was er gelesen hatte, stimmte, gab es nur eins: Rückzug. Die Affäre war lebensgefährlich. Irene war van Deldens Kompagnon.

Der Mönch hatte gründliche Arbeit geleistet. Er hatte Reportagen, Fotos, Kommentare, Bankauszüge und Quittungen zusammengetragen. Investoren hatten Hunderte Millionen Dollar in van Deldens Imperium gesteckt. Geld, das inzwischen spurlos verschwunden war. Mysteriöse Todesfälle, Männer und Frauen, die vermisst wurden oder Selbstmord begangen hatten. Allesamt Leute, die auf van Deldens Investorenlisten standen.

Tom hatte zudem ein Foto von der letztjährigen Investorenparty entdeckt, auf dem Cato Ruud, Gerhard Elming, Lars Gantelius und Irene zu sehen waren, wie sie miteinander anstießen. Wie war das zu verstehen? Sie waren einander doch alle feind?

Und noch etwas anderes hatte ihn stutzen lassen. Im Hintergrund war das Gemälde »Sankt Jacob der Ältere« zu sehen, ein Rembrandt, den Irene 2007 für International Art Invest gekauft hatte. Er hatte aber gelesen, dass Irene das Bild 2008 weiterverkauft hatte. Wie konnte es da 2010 im Portfolio von IAI gelistet sein?

Tom hatte das Foto mit dem Handy abfotografiert, um es Cathrine zu schicken. Allerdings hatte ihn der Gedanke, Irene zu verraten, zögern lassen.

Irene Willum hatte sich mit großen Investorenpartys und erfolgreichem Kunstinvestment an die Spitze der Szene geboxt. International Art Invest war die ultimative Lösung für Männer und Frauen mit anrüchigem Ruf und geheimen Konten in irgendwelchen Steuerparadiesen. Milliardäre mit Gewissensbissen und Angst vor einer Gefängnisstrafe konnten nun in Kunst investieren und so ihr Geld in ein ehrenwertes Projekt fließen lassen. Eine steuerliche Freizone. Als Gratiszugabe wurde auch noch der Ruf aufpoliert.

Hatte Eddie darauf Bezug genommen, als er sagte, er hätte etwas gegen van Delden in der Hand?

Tom fand keine Antwort und konzentrierte sich wieder aufs Laufen. Der grobkörnige Sand knirschte unter seinen Schuhen, während er die Milliardärsinsel umrundete.

Katz und Maus

»Ich weiß, wer er ist, ich kümmere mich darum«, sagte van Delden nachdrücklich und resigniert zugleich.

Die raue Stimme am anderen Ende der Leitung klang in keiner Weise überzeugt. »Sie wiederholen sich. Ich will Resultate sehen.«

Kees van Deldens Ohr wurde heiß. Er hasste das Gefühl, nicht die Oberhand zu haben. Außerdem war er abgelenkt, weil Enzo und Cyril eingetreten waren und ungeduldig auf der Stelle traten. »Dieses verfluchte Unwetter hat alles zunichte gemacht. Jetzt haben wir zumindest den Mann aufgespürt, der das Rohr gefunden hat. Er heißt Tom Hartmann. Wir sind schon an ihm dran. Es kann sich nur noch um Stunden handeln. Meine Männer erledigen das.«

»Wie kommt es nur, dass ich Ihnen nicht glaube?«

Kees van Delden wollte gerade etwas entgegnen, als Enzo ihn am Ärmel zupfte. »Chef, wir haben rausgefunden, dass Hartmann noch einen zweiten Unterschlupf hat.«

Van Delden legte seine Hand auf das Handy. »Wo?«, flüsterte er.

»Avenue Denis Semeria.«

Van Delden lächelte. »Ihr wisst, was ihr zu tun habt.«

Enzo und Cyril verneigten sich und gingen rückwärts zur Tür hinaus.

»Signore Rizzini, jetzt haben wir ihn.«

»Das hoffe ich inständig.«

Nachdem Tommaso Rizzini das Telefongespräch beendet hatte, strich er über die Leinwand, die vor ihm auf dem Tisch lag. Dann sah er zu dem hoch aufgeschossenen älteren Mann auf, der neben ihm stand.

»Er lügt wie gedruckt. Wir müssen ihn im Auge behalten.«

Eddie Jones hörte die leisen Schritte nicht, die sich über den zugewucherten Kiesweg auf Bruder Ospizios Haus zubewegten. Er klammerte sich an sein Leben, obwohl sein Körper flehte, aufgeben zu dürfen, damit die Qualen endlich überstanden waren. Sein Atem ging so laut, dass er auch die Schritte auf der Treppe nicht hörte. Die Binden, die sein Gesicht bedeckten, schränkten sein Sichtfeld ein, weshalb er den Mann, der das Zimmer betreten hatte, erst bemerkte, als er direkt über ihm stand und ihm in die Augen sah.

Gemischte Gefühle

Toms Füße hatten ihn am Ende doch zu Irenes Haus getragen. Der Schweiß lag wie ein kühler Film auf seiner Haut. Nachdem er seine Entscheidung gefällt hatte, war er ruhiger geworden. Er wollte offen mit Irene reden und dann Cathrine anrufen.

Er gab den Code ein, und das Tor öffnete sich. Er zwang sich, den Vorplatz ruhigen Schrittes zu überqueren. Die Frau mit dem schwarzen Kostüm erwartete ihn bereits an der Tür.

»Madame Willum hat sich schon Sorgen um Sie gemacht«, sagte sie und forderte Tom auf, ihr zu folgen.

Wie in Trance ging Tom an den Gemälden vorbei, die an den Wänden hingen, an den Kommoden, Spiegeln und Skulpturen. All das kam bei Auktionen in London und New York für sechs- bis siebenstellige Beträge unter den Hammer.

Schließlich wurde er in die große Küche geführt. Irene saß auf einem Barhocker. Vor ihr stand eine große Porzellantasse mit Tee. Sie war ungeschminkt, aber deshalb nicht weniger attraktiv. Nur unverfälschter, dachte Tom. Sie sah ihn lange an, ohne etwas zu sagen, ohne die kleinste Gemütsregung. Wie sollte er anfangen? Ihr Anblick setzte ihn schachmatt, er bekam kein Wort heraus.

»Den ganzen Tag hab ich versucht, dich zu erreichen! Ich hab mir solche Sorgen gemacht!« Sie kam auf ihn zu und legte zitternd den Kopf an seine Schulter. »Ich glaube, ich liebe dich«, flüsterte sie.

Tom legte die Arme um sie. Alles, was er sich vorgenommen hatte, drohte sich in dieser Umarmung aufzulösen. Unter ihren Küssen und den zärtlichen Worten, die sie in sein Ohr hauchte, fing sein Verdacht an zu schmelzen. Zweifel und Sorgen schienen in dem Verlangen nach ihr zu verdampfen.

Dann aber riss er sich zusammen. »Es ist etwas geschehen«, begann er. »Aber ich weiß nicht, wo ich anfangen soll.«

Irene strich ihm lächelnd über das feuchte Haar. »Müssen wir ausgerechnet jetzt ernst werden?«

Tom suchte nach den richtigen Worten. »Ich weiß, wo Eddie ist«, sagte er schließlich.

»Ich auch«, antwortete Irene.

»Du weißt es?« Tom war verwirrt.

»Er ist mit Corrine durchgebrannt, van Deldens Frau. Du brauchst also kein schlechtes Gewissen wegen uns zu haben. Ich kenne van Delden ganz gut. Er hat es mir erzählt.«

»Kees van Delden hat dir erzählt, dass Eddie mit Corrine durchgebrannt ist?« Toms Magen krampfte sich zusammen.

Irene nickte.

»Corrine ist tot, Irene. Und Eddie schwebt in Lebensgefahr. Van Delden hat versucht, ihn umzubringen.«

Irene schwieg. Das war absurd. Sie legte eine Hand vor den Mund, als wolle sie sich daran hindern, zu sprechen. Sie sah Tom an. Die Nähe zwischen ihnen war verschwunden. Sie merkte, wie die Wut in ihr aufstieg und Verzweiflung sich breitmachte. Das konnte doch alles nicht wahr sein.

»Aber was ist mit der SMS von Eddie, in der er sich verabschiedet?«

»Die SMS hat van Delden vermutlich von Eddies Handy geschickt. Er hat versucht, ihn mit giftigen Feuerquallen zu töten, Irene! Ich habe selbst seine Binden gewechselt. Es ist ein Wunder, dass er überhaupt noch lebt. Zieh dir was über, dann bringe ich dich zu ihm. Falls Eddie dazu in der Lage ist, soll er dir erzählen, was passiert ist.«

Irene stand wortlos auf, um sich eine Jacke zu holen. Hatte Kees Eddie aus dem Weg räumen wollen, um sie zu gewinnen? Sie konnte es nicht sagen. Die Gegenwart vermischte sich mit den verschwommenen Bildern aus der Vergangenheit. Schließlich kam ihr ein Gedanke in den Sinn, der noch beängstigender war. Hatte Kees sie wiedererkannt? Wusste van Delden, wer sie wirklich war? Hatte er herausgefunden, was sie getan hatte? War das ein Warnschuss von seiner Seite? Wer wäre als Nächstes dran? Tom? Sie selbst?

Sie knöpfte die Jacke zu, fuhr sich mit einer Hand durch das rote Haar und atmete tief ein. Die zurückgewonnene Selbstbeherrschung legte sich wie ein Schutzpanzer um sie.

Zweifel

Sie hatten sich durch eine schmale Tür in einer Ecke des Gartens nach draußen auf eine wenig befahrene Straße geschlichen, die nach Saint Jean führte. Von dort war es möglich, zur Avenue Denis Semeria zu gelangen, ohne dass das ganze Dorf auf sie aufmerksam wurde.

Sie gingen schweigend nebeneinander her. Außer ihnen war niemand unterwegs.

Tom steckte die Hände in die Jackentaschen, ihn fröstelte. War Bruder Ospizio bereits zurück? Er hoffte es. Der Mönch würde Toms Geschichte bestätigen können. Immer wieder blickte er über die Schulter nach hinten, um sich zu vergewissern, dass niemand ihnen folgte.

Vom Hafen aus gingen sie am Ufer entlang, vorbei an den im Winter geschlossenen Restaurants und den kleinen Fischerbooten. Inzwischen war es tiefste Nacht. Das Wasser schwappte dunkel zwischen den Piers. Hinter der Bootsrampe kamen sie auf den öffentlichen Strand. Von dort waren es über eine steile

Treppe nur noch ein paar Schritte bis zu Bruder Ospizios verwildertem Garten.

Irgendetwas stimmte aber nicht, das bemerkte Tom sofort, als sie das Haus betraten. Es brannte kein Licht. Dabei war er sich vollkommen sicher, dass er es hatte brennen lassen. War Bruder Ospizio zurückgekommen und zu Bett gegangen? Tom verspürte den Drang, umzukehren und erst bei Tageslicht zurückzukommen, aber Irenes Gesichtsausdruck trieb ihn weiter. Sie war nervös, voller Erwartung, wollte eine Antwort auf ihre Fragen.

Das Gefühl des Unbehagens wurde stärker, als sie die Treppe hinaufstiegen. Der Geruch nach Ammoniak war verschwunden. Tom riss die Tür zu dem Raum auf, in dem Eddie lag, und blieb wie angewurzelt stehen. Das Bett war leer, das Bettzeug verschwunden. Nichts zeugte davon, dass dort vor kurzem noch ein von Kopf bis Fuß bandagierter Mensch gelegen hatte.

Tom drehte sich zu Irene um und sah den Zweifel in ihrem Gesicht. »Du musst mir glauben, er war wirklich hier.«

»Tom …«

»Bruder Ospizio ist mein Zeuge. Er hat Eddie gefunden. Eddie muss Informationen gehabt haben … Ich weiß nicht … Er war sich so sicher, van Delden dazu bewegen zu können, sein Fernsehprojekt zu finanzieren.«

»Eddie hat versucht, van Delden zu erpressen?«

Tom suchte nach den richtigen Worten. Bruder Ospizio hatte keinen Zweifel daran gelassen, wie gefährlich es war, zu viel zu wissen, für Tom, aber auch für Irene und Eddie.

»Ich glaube, es gibt einen Zusammenhang zwischen den Geschehnissen hier und den Morden an Elming und Ruud.« Tom bereute seine Worte, kaum dass er sie ausgesprochen hatte.

»Was?«, entfuhr es Irene.

»Warum sollte van Delden Eddie töten wollen?«, fragte Tom.

»Weil er eifersüchtig war.«

»War das der einzige Grund? Oder gab es noch andere Motive?«

»Du kennst van Delden nicht.«

»Kennst du ihn denn? Würde er wegen der Geschichte zwischen Eddie und seiner Frau wirklich alles aufs Spiel setzen – auch die Zusammenarbeit mit dir?«

»Willst du etwa sagen, dass van Delden Gerhard Elming und Cato Ruud getötet hat?«

»Neulich Abend habe ich ein Lederrohr im Wasser gefunden. Darin war ein Bild von Paul Cézanne, ›Der Knabe in der roten Weste‹.«

Ein Schatten huschte über Irenes Gesicht. Aber noch ehe Tom reagieren konnte, hatte sie sich wieder unter Kontrolle. »Das Bild wurde vor einigen Jahren in Zürich gestohlen.«

»Genau. Und warum taucht es dann in einem Rohr im Meer vor Cap Ferrat wieder auf? Ein Bild, das neunzig Millionen Dollar wert ist?«

»Es kursieren Gerüchte, dass sich entlang der Küste eine ganze Reihe gestohlener Bilder befinden. Bis jetzt konnte man aber noch keines davon aufspüren. Glaubst du, dass es echt ist?«

Tom antwortete nicht. Die Mauer aus eisiger Kälte, die Irene um sich gezogen hatte, war undurchdringlich. Die warnenden Worte des Mönches hingen wie ein Schatten über ihm.

»Eddie hat mir erzählt, dass er sich vor ein paar Monaten mit Cato Ruud zusammen besoffen hat. Er soll in den letzten Jahren sehr oft hier unten gewesen sein.« Irene lächelte, dann zog sie die Stirn in Falten und sagte, halb erleichtert, halb nachsichtig: »Eines der letzten Bilder, die er gemalt hat, war ein Porträt von van Deldens Frau. Wie du vielleicht weißt, hat Cato Ruud in der letzten Zeit kaum noch ein Bild verkauft. Das hatte er Elmings Rufmord zu verdanken. Ich habe ihm unter die Arme gegriffen, indem ich ihm ein paar Porträtaufträge vermittelt habe. Er war froh, diese Aufträge hier unten auszuführen. Auf diese Weise musste niemand davon erfahren.«

Tom fühlte sich etwas besser. Das erklärte immerhin Irenes Verbindung zu Ruud und warum sie nichts davon gesagt hatte. Vielleicht gab es ja auch eine Erklärung dafür, warum die Erzfeinde sich gut gelaunt mit Champagner zugeprostet hatten. Aber was hatte Cato Ruud Eddie erzählt, womit dieser van Delden unter Druck setzen konnte? Tom hatte das Gefühl, nicht weiterzukommen. Er beschloss, Irene den Keller zu zeigen. Vielleicht glaubte sie ihm dann. Gemeinsam stiegen sie die Treppen hinunter.

Aber auch hier war alles weg. Es gab keinerlei Beweise mehr, die seine Geschichte hätten bestätigen können.

Irene stand stumm hinter ihm. Sie wartete auf eine Erklärung.

»Van Deldens Männer müssen hier gewesen sein«, stammelte Tom. »Sie haben ihn mitgenommen und alle Spuren beseitigt.«

»Es gibt eine viel einfachere Erklärung, Tom. Corrine und Eddie sind zusammen durchgebrannt. Ich bin mir ganz sicher.« Irenes Gesicht wurde hart, und ihre Stimme klang verärgert. »Ich arbeite schon viele Jahre mit Kees zusammen. Warum sollte er mir so etwas antun?«

»Ich wünschte, du hättest recht, Irene, von ganzem Herzen. Aber wie erklärst du …« Tom hielt inne. Der Ordner, den er in seinem Haus versteckt hatte! »Warte hier auf mich! Ich kann es dir beweisen«, sagte er, rannte aus dem Haus und in die Avenue des Fleurs.

Die blau gestrichene Haustür stand sperrangelweit offen. Bei ihm waren sie also auch gewesen. Drinnen war die Kommode umgeworfen und waren die Schubladen ausgeräumt worden. Das Regal lag umgekippt auf dem Boden. Tom durchsuchte das Chaos. Wo war der Ordner? Das Bett im Schlafzimmer war durchwühlt, Kissen und Decke waren aufgeschlitzt worden. Überall lagen Federn herum. Auch hier kein Ordner.

Tom hatte es plötzlich eilig. Er zog sein Handy aus der Tasche und rief die nicht abgeschickte MMS an Cathrine auf. Wie in Trance nahm er das Geräusch von Schritten wahr. Er sah Irene ins Zimmer treten, sah, wie ihre Lippen sich zu einem Schrei verzogen. Dann bekam er einen harten Schlag in den Magen. Sein Atem stockte. Ihm wurde schwarz vor Augen, noch ehe er überhaupt die Chance hatte, sich zu verteidigen.

Das Handy fiel ihm aus der Hand. Jemand packte ihn und zerrte ihn aus dem Haus. Eine Autotür wurde geöffnet. Unsanft landete Tom auf dem Rücksitz, wo er zusammengekauert liegen blieb.

Die Fäden laufen zusammen

Ich brauche langsam eine Brille, dachte Cathrine, als sie aus dem Präsidium kam. Sie massierte sich die Nasenwurzel, um den Augen einen Moment der Entspannung zu gönnen, aber das half nur wenig. Die täglichen Reibereien mit Helene Adler-Nielsen halfen nicht gerade, ihre Stimmung zu heben. Sie hatte Kopfschmerzen und war müde.

Der Tag war nicht ergebnislos gewesen. Sie hatten Elmings Kontakte zu Kees van Delden untersucht. Line Bugge hatte zahlreiche Reisen nach Südfrankreich nachverfolgt. Auch Cato Ruud und Lars Gantelius waren häufiger in der Gegend gewesen. Interessanterweise hatten sie verschiedene Flughäfen genutzt: Nizza, Mailand, Montpellier, Lyon und Marseilles. Cathrine wollte die französische Polizei bitten, sowohl Willum als auch van Delden zu verhören, aber Adler-Nielsen hatte diesen Vorschlag abgelehnt. Ihrer Meinung nach war dafür nicht genug Fleisch am Knochen.

Cathrine ging zu ihrem Auto. Ihre Stiefel waren zu eng. Oder waren ihre Füße so angeschwollen? Plötzlich wurde ihr speiübel. Und dann ging alles so schnell, dass sie es gerade noch schaffte, sich über den Rinnstein zu beugen.

»Solltest du nicht lieber zu Hause die Beine hochlegen«, erklang in diesem Moment Peter Werrings sonore Stimme hinter ihr, »einen Schluck heißes Wasser trinken und einen Zwieback essen? Ich bringe dich heim.«

Cathrine lächelte ihn gequält an. In diesem Augenblick klingelte ihr Handy. Trotzig nahm sie das Gespräch entgegen. Wenigstens war ihr die Situation dann nicht mehr ganz so peinlich. Sie hörte eine Weile nur zu und beendete das Gespräch, nachdem sie sich knapp verabschiedet hatte.

»Sie haben Lars Gantelius gefunden«, sagte sie dann zu Werring. »Man hat ihn aus dem Meer gefischt, nicht weit von Heibergs abgebranntem Sommerhaus entfernt, mit schweren Verbrennungen an Gesicht und Händen. Er hatte zwar einen Ausweis im Portemonnaie, aber wir müssen ihn natürlich trotzdem noch identifizieren lassen. Alm und Falch fahren zu seiner Frau.«

Zeit, Lebewohl zu sagen

Kees van Delden schloss den Ordner, in dem er gelesen hatte, und legte ihn auf den Teetisch. Er sah sich in seinem eleganten Wohnzimmer um. Das Licht war gedämpft, und im Gegensatz zu sonst brannte der Kamin heute nicht. Seine Stimmung hatte sich im Laufe der letzten Woche radikal verschlechtert. Und das nur wegen dieses verfluchten Gemäldes, das nicht rechtzeitig geliefert worden war. Rizzini war zuzutrauen, dass er eine Schar schießwütiger Gorillas anheuerte, um sich zu rächen, und Kees van Delden wollte nicht in die Schusslinie geraten. Es war an der Zeit, Lebewohl zu sagen. Ein Bandenkrieg am Cap Ferrat würde der International Art Invest eine Publicity geben, die sie nun wirklich nicht gebrauchen konnte. Die Liquidität der Firma basierte zur Gänze auf dem Vertrauen der Investoren.

Bis jetzt hatte er darauf vertraut, dass das Portfolio an Bildern grundsolide war. Aber Eddies Worte gingen ihm nicht mehr aus dem Kopf. Wenn es stimmte, was er behauptete ... Aber das konnte nicht stimmen. Irene hätte so etwas niemals getan, niemals. Dazu wäre sie nicht in der Lage. Das hätte sie nicht gewagt, nicht ihm gegenüber.

Van Delden blickte noch einmal auf den geschlossenen Ordner. Auch der ein Grund zur Sorge. Sie hatten ihn in Hartmanns Haus gefunden. Aber wer hatte das Material zusammengetragen? Seltsam, dass es zeitgleich mit diesem Tom Hartmann auf der Bildfläche erschienen war. Er war Journalist und hatte überdies enge Verbindungen zu den Leuten, die in den Mordfällen in Oslo ermittelten. Schon möglich, dass Eddie ihm geholfen hatte. Hatten die beiden diese Informationen gesammelt, nur damit er in ihr lächerliches Fernsehprojekt investierte? Hatten sie ihn tatsächlich erpressen wollen und möglicherweise Informationen an Rizzini weitergegeben? Van Delden konnte es nicht ausschließen.

Das alles hätte er noch irgendwie regeln können, wäre nur dieses verdammte Cézanne-Bild nicht verschwunden. Und auch dafür war Tom Hartmann verantwortlich. Er hatte an dem Abend im Grand-Hôtel das Lederrohr über der Schulter getragen, dessen war Kees sich inzwischen ganz sicher.

Das Bremsgeräusch eines Autos riss van Delden aus den Gedanken. Er richtete sich auf, seine Gesichtszüge wurden hart, und sein Atem beschleunigte sich. Der Augenblick der Wahrheit stand bevor. Er freute sich darauf, Irene Willum den Spiegel vorzuhalten und Tom Hartmann jeder Glaubwürdigkeit zu berauben. Hartmann gefährdete alles, was sie sich aufgebaut hatten. Er hielt den Schlüssel zu ihrer Zukunft in der Hand. Glück oder Katastrophe. Van Delden stellte sich strategisch klug vor das große Panoramafenster.

Die Tür ging auf, und Irene Willum trat ein. Sie kam direkt auf ihn zu, stellte sich dicht vor ihn und schrie ihn an: »Ich will eine Erklärung von dir, und zwar sofort, und sie sollte verdammt gut sein!«

»Die sollst du haben, Irene. Und sollte ich mich irren, bin ich der Erste, der sich bei dir entschuldigt«, erwiderte van Delden mit ruhiger Stimme.

Hinter Irene betraten van Deldens Männer den Raum, zwischen sich Tom.

»Moment!«, protestierte van Delden. »Monsieur Hartmann ist kein Gefangener, lassen Sie ihn los. Geben Sie Irene und dem Monsieur etwas zu trinken.«

Die Männer ließen von Tom ab und brachten leicht verwirrt eine Flasche Rotwein und zwei Gläser.

Van Delden streckte seine Hand aus und sagte: »Monsieur Hartmann, ich muss mich für das Verhalten meiner Männer entschuldigen. Ich bin mir sicher, dass wir das entstandene Chaos … gemeinsam klären können.«

Tom ignorierte van Deldens ausgestreckte Hand. »Meinen Sie den Mordversuch an Eddie Jones, Monsieur van Delden?«

»Mordversuch? Monsieur Hartmann, was denken Sie von mir?«, erwiderte van Delden. »Eddie und meine Frau Corrine sind zusammen durchgebrannt.«

Van Delden rief die Webseite einer Mobilfunkgesellschaft auf und wählte sich in den Account seiner toten Frau ein. Dann ließ er Tom die Korrespondenz zwischen Eddie und Corrine lesen. Die letzten Nachrichten waren kurz vor Eddies Abschieds-SMS geschickt worden und betrafen die letzten Reisevorbereitungen. »Damit sollten doch wohl alle Zweifel aus dem Weg geräumt sein, nicht wahr? Es gibt keinen Grund, sich Sorgen zu machen.«

Irene schwieg. Sie sah verwirrt aus.

»Dieser Mann«, fuhr van Delden fort und zeigte auf Tom, »hat gemeinsam mit Eddie unsere Zusammenarbeit gefährdet, Irene. Sie hatten vor, dich und mich zu erpressen.«

»Das ist vollkommen absurd! Irene, du glaubst diesen Schwachsinn doch hoffentlich nicht!«

»Lassen Sie mich bitte ausreden. Irene, ich kann das beweisen.«

Tom ahnte, was van Delden nun aus dem Hut zaubern würde.

»Am Tag nach dem Fest im Grand-Hôtel hat Eddie mich wegen eines Projektes besucht, das er gemeinsam mit Monsieur Hartmann plante. Ich habe ihm zugehört, obwohl ich über ihn und Corrine Bescheid wusste. Hätte es sich um ein lukratives Geschäft gehandelt, wäre mir dieses Verhältnis sicher egal gewesen. Die Idee war gut, aber nicht wirklich lohnend, weshalb ich eine Finanzierung ablehnen musste. Da hat Eddie mir gedroht und behauptet, Informationen über mich zu haben, die er an die Öffentlichkeit bringen werde.«

»Aber dafür kannst du doch nicht Tom verantwortlich machen!«

»Liebste Irene, genau das dachte ich auch. Ich kann Tom Hartmann nichts vorwerfen, es sei denn, Eddie hätte recht. Seine Behauptungen waren wirklich besorgniserregend. Nicht dass ich etwas zu verbergen hätte, aber wir wissen beide, wie schädlich so eine Schmutzkampagne für unsere Geschäfte sein kann. Ich habe mir deshalb die Freiheit genommen, Eddies

Behauptungen zu überprüfen. Es war nicht schwer zu erraten, wo sich diese Informationen befinden mussten. Ich will offen eingestehen, dass ich meinen Männern erlaubt habe, bei Ihnen einzusteigen, Tom. Eine Entscheidung, die sich als richtig erwiesen hat.«

Van Delden legte den Ordner vor Irene auf den Tisch. »Das ist eine beeindruckende Lektüre. Und eines muss ich Ihnen lassen, Hartmann. Was Sie da alles an Informationen zusammengetragen haben, ist bemerkenswert. Schade, dass Sie sich für die falsche Seite entschieden haben.«

Van Delden goss sich einen Calvados ein. Er trank in großen Schlucken, während er beobachtete, wie Irene den Ordner durchblätterte. Sie las einen Abschnitt, blätterte weiter, las, hielt inne, wurde blass, blätterte zurück und las erneut. Irene würde sicher glauben, dass das Material von Tom stammte, und sie würde ihn von jetzt an hassen.

Fast lautlos klappte Irene den Ordner zu. Sie schüttelte den Kopf und trat an das große Panoramafenster. »Was machen wir jetzt?«

»Wenn wir nichts machen, riskieren wir, dass die Polizei uns holt. Am besten setzen wir uns für eine Weile ab. Bis wir wissen, wie groß der Schaden ist, und ohne Risiko zurückkehren können.«

»Und Tom?«

»Er hat dich hintergangen. Du kannst ihm nicht mehr vertrauen.«

Irene wirkte plötzlich ratlos und abgrundtief erschöpft.

»Sein Name ist Shankar.« Van Delden klopfte gegen das Glas, um die Aufmerksamkeit der Echse auf sich zu lenken. Er baute sich wie ein Zoodirektor auf, flankiert von seinen Leibwächtern, die ihm nicht von der Seite wichen.

»Ein Komodowaran oder Varanus komodoensis, wie dieses großartige Wesen auch heißt.« Van Delden legte einen Arm um Toms Schultern, während er zu einem Vortrag über die Riesenechse ansetzte.

Tom versuchte sich frei zu machen, aber van Delden verstärkte seinen Griff. Wie in Trance nahm Tom die Situation um sich herum wahr.

»Es geht ums Überleben. Alles auf dieser Welt dreht sich ums Überleben, und das gelingt nur denen, die es verdient haben. Wenn Sie also diesen Abend überleben, Tom, dann haben Sie es verdient, auch wenn das sehr unwahrscheinlich ist. Überleben Sie den Abend nicht, war das wohl auch besser so.« Van Delden sah Tom an. »Sie sind mit den Gedanken ganz woanders, Tom. Das enttäuscht mich. Auf die Gefahr hin, dass ich mich wiederhole: Es geht ums Überleben. Der Wille und die Fähigkeit dazu gehen Ihnen offensichtlich ab.«

Van Delden tippte einen Code für die elektronische Tür ein, ohne sich die Mühe zu geben, ihn vor Tom zu verbergen. »Entrez, monsieur!« Van Delden verbeugte sich nonchalant.

Die Leibwächter schubsten Tom durch die Tür, und van Delden schloss sie sorgfältig.

»Der Code, um die Tür von innen zu öffnen, ist übrigens ein anderer als der von draußen, tut mir leid.« Van Delden lächelte und zwinkerte Shankar zu. »Gesunden Appetit!«

Nach dieser Verabschiedung drehte van Delden eine letzte Runde durch das Haus, und die Leibwächter holten Irene. Gemeinsam liefen sie zu dem Helikopter, einem spezialgetunten Robinson 44, einem der besten Helikopter der Welt.

Irene saß vorne, Enzo und Cyril hinten. Als Letzter schob sich van Delden auf seinen Platz. Ungeduldig führte er den Sicherheitscheck durch, dann ließ er die Rotoren an. Ein erwartungsvolles Zucken ging durch den Helikopter. Als die Umdrehungszahl stieg, ging das Zucken in ein Beben über. Irene gab sich alle Mühe, sich zu beherrschen. Van Delden setzte das Headset auf und signalisierte ihr, es ihm nachzutun. Sie befolgte seine Anweisung mit ruhigen Bewegungen.

Der Helikopter hob ab. Mit beeindruckender Präzision zog van Delden ihn langsam nach oben und hielt ihn knapp über dem Boden in der Luft. Dieser anspruchsvollen Aufgabe war nur ein erfahrener Pilot gewachsen. Der Helikopter drehte die Nase nach rechts in Richtung Gehege. Etwa drei Meter über dem Boden blieb er in der Luft stehen. Durch die große Frontscheibe waren sowohl der Komodowaran als auch Tom zu sehen. Tom schaute zu ihnen hoch.

Irene wandte den Blick ab. Sie wusste nur allzu gut, was in seinen Augen geschrieben stand. Enttäuschung, eine unfassbare Einsamkeit und sicher auch Todesangst. Sie erkannte in diesem Moment, dass sie einen katastrophalen Fehler begangen hatte. Statt bei Tom zu sein, flog sie von ihm fort, und das auch noch in Begleitung des Mannes, der sie fürs Leben gezeichnet hatte. Berauscht von Rachegelüsten und dem Gefühl von Macht, die sie über andere erlangt hatte, war Irene überzeugt davon gewesen, auch van Delden besiegen zu können. Und um ein Haar wäre ihr das auch gelungen.

Van Delden nickte mit der Nase des Helikopters wie zu einem letzten Gruß. Dann stieg er nach oben und glitt in einem sanften Schwung über die Mauer des Anwesens aufs Meer hinaus. Er drehte den Kopf zur Seite und sah Irene mit seinen eisblauen Augen an. »Einen Helikopter zu fliegen ist menschlich, schweben hingegen göttlich!«

Ein Kämpfer

Cathrine Price lehnte sich an die Küchenbank und schloss die Augen. In den letzten Tagen hatte sie fast immer Kopfschmerzen gehabt. Am besten ging es ihr noch, wenn sie aufrecht stand. Sobald sie den Kopf senkte oder sich hinlegte, um ein bisschen zu entspannen, verstärkten sich der Druck und die Schmerzen.

Sie hatte gerade eine Horde von Cecilies Freundinnen mit frisch gebackenen Pfannkuchen, Schlagsahne und Marmelade versorgt. Jetzt waren die Mädchen zusammen shoppen gegangen.

Cathrine atmete tief ein und versuchte, die Nackenmuskulatur zu entspannen. Am Morgen hatte sie eine Blutung gehabt. Sie hatte Panik bekommen und wäre um ein Haar ins Krankenhaus gefahren, aber dann hatte sich alles wieder gelegt, und der Alltag hatte Besitz von ihr ergriffen. Wie wunderbar es doch wäre, einen Mann an der Seite zu haben. Peter Werring? Träum weiter. Er würde sich sehr schnell eines Besseren besinnen und seine jugendliche Schönheit nicht an die alleinerziehende Mutter und mäßig erfolgreiche Ermittlerin Cathrine Price vergeuden.

Das Handy klingelte. Falch war aus Sørkedalen zurück.

»Gantelius hatte vor seinem Verschwinden offenbar häufiger Kontakt mit Heiberg. Aufgeregte, laute Telefongespräche. Er soll kein angenehmer Genosse gewesen sein. Launisch, manchmal sogar aggressiv.«

»Wusste sie, ob er Heiberg auf seiner Insel aufgesucht hat?«

»Du kannst dir doch sicher denken, wie unser Gespräch verlaufen ist. Wir mussten ihr ja zunächst einmal die Nachricht überbringen, dass ihr Mann tot ist. Erst nach einer ganzen Weile hat sie zugegeben, dass er darüber gesprochen hat.«

»Wieso hat sie uns bei unserem ersten Besuch nichts davon gesagt?«

»Da war Heiberg noch nicht gefunden worden, außerdem haben wir da noch keinen Zusammenhang vermutet. Dafür hat sie erzählt, dass Irene Willum Lars Gantelius erpresst hat.«

»Ach? Hat sie das gesagt? Weshalb wurde er erpresst?«

»Sie behauptet, nicht zu wissen, worum es ging. Aber alle Reisen nach Südfrankreich hatten mit Irene Willum zu tun. Vielleicht könnte man ja die französische Polizei auf ein Gespräch mit Irene Willum ansetzen.«

»Tja, probier's. Vielleicht gelingt es dir ja, Adler-Nielsen umzustimmen.« Cathrine beendete das Gespräch und beschloss, rasch noch den Abwasch zu erledigen. Das heiße Wasser wirkte beruhigend. Eigentlich spülte sie gerne, wenn nur die Kopfschmerzen nicht gewesen wären.

Sie streckte sich, um die Pfanne auf das Regal über dem Herd zu stellen. Da schoss es plötzlich durch ihren Körper. Sie hatte das Gefühl, die Beine würden ihr weggezogen. Sie stürzte und merkte, dass sie stark blutete. Panik ergriff sie. Sie konnte keinen klaren Gedanken mehr fassen. Es gelang ihr gerade noch, ihr Handy aus der Tasche zu ziehen und Peter Werring anzurufen. Er war der Einzige, der ihr einfiel.

»Peter, ich glaube, ich muss sterben, das Kind kommt, und ich kann nicht aufstehen«, schluchzte sie.

»Ich bin sofort bei dir«, antwortete Peter mit ruhiger Stimme.

Fünf Minuten später saß sie in einem Zivilwagen der Polizei, der sie ins Krankenhaus fuhr.

Eine freundliche Hebamme nahm sie in Empfang, und kurz darauf war auch schon ein gut aussehender junger Arzt zur Stelle.

»Wir werden die Geburt einleiten müssen«, sagte er, kaum hatte er sie untersucht.

»Aber das ist doch viel zu früh!«

Der Arzt sah sie mit ernstem Blick an. »Ja, der siebte Monat ist früh, aber wir werden tun, was wir können. Sind Sie der Vater?«, fragte er Werring.

»Ich bin nur ein guter Freund«, sagte Peter. »Aber ich stelle mich gerne zur Verfügung, bei der Geburt dabei zu sein.«

Der Arzt sah Cathrine an, die zustimmend nickte, und ließ sie in den Kreißsaal schieben.

Werring blieb die ganze Zeit bei ihr, munterte sie auf, hielt ihre Hand, trocknete ihr die Stirn. Er benahm sich vorbildlich, und sie war unendlich froh, dass er da war.

Als das winzige Wesen schließlich geboren war und ihr auf den Bauch gelegt wurde, wusste sie nicht genau, was sie fühlte. Ihr Sohn war so unfassbar klein und zerbrechlich. Sie wusste noch nicht einmal, ob er überleben würde.

»Ich glaube, er ist ein Kämpfer. Er wird es schaffen«, sagte der Arzt. Dann brachten sie das Kind weg.

Cathrine ließ den Kopf ins Kissen sinken und schloss die Augen. Und in diesem Moment fiel ihr absurderweise wieder ein, wo sie den Code schon einmal gesehen hatte. Sie griff nach Peters Hand. »Kannst du Tom anrufen? Und Cecilie? Und organisieren, dass sie bei einer Freundin übernachtet? Und kannst du dann auch noch in Lugols Galerie vorbeischauen? In seinem Büro habe ich eine ausgedruckte E-Mail gesehen, auf der ein ganz ähnlicher Code stand wie der auf dem Speicherstick. An dem Abend, als Elmings Leiche dort abgegeben wurde.«

Den Tod vor Augen

Das knatternde Geräusch des Helikopters entfernte sich und hallte am Ende nur noch in seinem Kopf wider. Um ihn herum war es so still wie an einem Winterabend auf der norwegischen Hochebene. Tom starrte dem Tod in die Augen. In dem Augenblick, in dem Shankar sich in Bewegung setzte, würde das Finale beginnen.

Verzweifelt suchte sein Blick das Areal nach einem Versteck ab oder nach irgendetwas, womit er sich verteidigen konnte. Nach einem Weg aus diesem tödlichen Gefängnis. Das Handy war verloren gegangen, als van Deldens Männer ihn überwältigt hatten. Er hatte keine Chance, mit der Außenwelt in Kontakt zu treten. Natürlich war es ihm unbenommen, so laut zu schreien, wie seine Lungen es erlaubten. Aber bei den hohen Mauern um ihn herum war es wenig wahrscheinlich, dass ihn jemand hörte.

Der Komodowaran hob den Kopf, und Toms Nerven spannten sich wie Drahtseile. Sein Herz schien stillzustehen, er wusste nicht, ob er überhaupt noch in der Lage war, sich zu bewegen. Er versuchte, die Bilder in seinem Kopf, die sich wie Pop-ups öffneten, zu verdrängen. Bilder von den scharfen Zähnen, die sich in seine Haut und Muskeln bohrten. Bilder davon, wie er im Rachen des Monsters verschwand. Löschen!, ermahnte er sich selbst. Lösch die Bilder! Und es half. Plötzlich konnte er wieder klarer denken.

Die Echse lag in der entgegengesetzten Ecke des Geheges, dicht an die Mauer gedrückt. Es gab keine Möglichkeit zu fliehen. Ein paar niedrig geschnittene Büsche mochten als Schutzschild gegen die Echse dienen. Der einzige Weg nach draußen war die Tür, die sich von innen und außen mittels eines digitalen Schlüsselcodes öffnen ließ. Es blieb ihm wohl nichts anderes übrig, als verschiedene Codekombinationen auszuprobieren.

Langsam bewegte Tom sich auf die Tür zu und begann in Zeitlupe, auf die digitale Tastatur einzutippen.

Der Kopf des Komodowarans bewegte sich träge, als beobachte er sein Opfer genau.

Initiation

Indien, 1985

Anita wurde davon wach, dass sie sich nicht rühren konnte. Jemand leierte ein Mantra herunter. OM JAI MAHADEV, OM JAI MAHADEV. Sie schlug die Augen auf und sah direkt in Guru Mahadevs schwarze, weit geöffnete Pupillen. Die Angst sprengte ihr fast die Brust. Sie war nackt, und Guru Mahadev kniete vor ihr. Er hatte die weiße Kurta hochgehoben. Instinktiv versuchte sie, die Beine anzuziehen, aber das gelang ihr nicht. Ihre Freunde zwangen sie, still zu liegen. Sie schrie sie an, biss und spuckte. Danish, Dylan, Garry und Cole hielten sie an Händen und Füßen fest, während Guru Mahadev sich darauf vorbereitete, ihr die Unschuld zu nehmen.

Ohne Vorwarnung stieß er in sie hinein. Sie hatte das Gefühl, innerlich zu zerreißen. »Om Mahadev, Mahadev, Mahadev!«, riefen die Männer. Ihr Körper wurde kalt und stumpf, aber ihr Gehirn registrierte jede einzelne schmerzhafte Sekunde. Mit jedem Stoß wurde Anita bewusster, dass sie nicht entkommen konnte, und ihr war, als würde sich ihr Körper von ihrer Seele lösen. Jetzt sterbe ich, dachte sie.

»Habt keine Angst vor dem Schmerz. Er ist da, um euch daran zu erinnern, dass ihr am Leben seid.«

Guru Mahadev stieß ein letztes Mal zu und war fertig. Er erhob sich, zog die Kurta herunter und verließ den Raum.

Dann nahmen die Männer seinen Platz ein. Danish, Dylan, Cole und Garry ritten sie nacheinander, als gelte es, einen Sieg nach Hause zu bringen. Sie applaudierten und feuerten sich gegenseitig an. »Hakh, Hakh, Hakh!«

Kees und Irene

Die Rotorblätter bahnten sich einen Weg durch das Dunkel. Himmel und Meer waren zu einer schwarzen, undurchdringlichen Fläche verschmolzen. Aber van Delden war ein erfahrener Pilot und wusste eine solche Herausforderung anzunehmen. Außerdem hatten sie keine Alternative. Am Cap Ferrat konnten sie nicht bleiben.

Kees van Delden warf einen Blick auf seine Reisebegleiterin. Seit ihrem Start war nicht ein Wort über Irenes Lippen gekommen. Ihr Gesicht, eingerahmt von den roten Haaren, verriet keine Gefühlsregung. Ihr wohlproportionierter Körper wirkte entspannt und kontrolliert. Sie entfachte seine Begierde, obgleich er ihre Ablehnung deutlich spürte. Warum hasste sie ihn so? Wegen Tom Hartmann? Vermutlich.

Ironischerweise hatten Eddies Behauptungen ihn daran gehindert, Irene das gleiche Schicksal zuteil werden zu lassen wie Tom. Wenn es stimmte, was Eddie gesagt hatte, dass nämlich Cato Ruud und Lars Gantelius das gesamte Portfolio kopiert hatten, war es möglich, dass Irene die Originale verkauft und die Gelder beiseitegeschafft hatte. Er würde Irene so lange bei sich behalten, bis er herausgefunden hatte, wo dieses Geld abgeblieben war.

In südöstlicher Position wartete ein Schiff auf ihn, weit außerhalb der Territorialgrenzen. Dieses Schiff würde ihn und Irene durch den Suez-Kanal nach Bahrain bringen. Dort würden sich alle Spuren von Kees van Delden und Irene Willum verlieren. Dank seiner früheren Verbündeten im illegalen Ölgeschäft verfügte er über ein Netzwerk von Leuten, die ihnen ein Versteck bieten würden, bis die Wogen sich wieder geglättet hatten.

Aber entdeckte er nicht in diesem Moment ein Lächeln auf ihren Lippen? Ja, Irene lächelte ihn tatsächlich an. So schnell also hatte sie Tom Hartmann vergessen. Ihre bezaubernden meergrauen Augen funkelten in einer Intensität, wie er sie nie zuvor gesehen hatte. Sie legte ihre Hand auf seinen Schenkel und bewegte sie langsam auf und ab.

»Vorsichtig«, sagte er. »Das kann uns leicht vom Kurs abbringen.«

In der Galerie PL

Obgleich die Kriminaltechniker mit ihrer Arbeit fertig waren, hingen die Bilder von Johann Darre noch. Allerdings hatte Lugol es bislang nicht übers Herz gebracht, die Galerie wieder zu öffnen. Ein sympathischer Zug, dachte Peter Werring, aber katastrophal für Johann Darre, der nicht ein einziges Bild verkauft hatte.

Weder hatte er Lugol telefonisch erreicht, noch hatte er ihn zu Hause angetroffen. Schließlich hatte er Lugols Sekretärin dazu gebracht, ihm die Galerie zu öffnen.

»Monsieur Lugol legt sehr viel Wert darauf, dass alles ganz genau an seinem Platz liegt«, sagte sie streng.

»Ich werde sehr sorgsam vorgehen«, versprach Werring ihr mit seinem charmantesten Lächeln. »Wissen Sie eigentlich, wo er ist?«

Die Frau schüttelte den Kopf.

»Wir suchen nämlich nach einer ausgedruckten E-Mail«, erklärte Werring dann. »Einer E-Mail, die nur eine Buchstaben- und Zahlenreihe enthält. Meine Kollegin Cathrine Price hat diese Mail am Abend der Eröffnung gesehen.«

»Moment«, sagte sie, setzte ihre Brille auf und ließ ihren Blick über die Papierstapel gleiten. Werring schob die Hände in die Hosentaschen. Es war ihm nur recht, wenn sie die Suchaktion übernahm.

»Haben Sie etwas dagegen, wenn ich mir solange Darres Bilder ansehe?«

»Es wird nicht lange dauern, aber tun Sie das.«

Langsam ging Werring an den leeren Leinwänden vorbei und überprüfte Titel, Rahmen und die Kommentare. Plötzlich fiel ihm auf, dass die Bilder gar nicht aufsteigend nummeriert und dass neben Ziffern auch Buchstaben verwendet worden waren. Adrenalin schoss durch seinen Körper. Rasch nahm er seinen Block heraus und notierte die Buchstaben- und Ziffernreihen. 12n-03-a56-l6-7y-5d-8-9 stand an der einen Wand, 1-0g-a11-r5-9-4-3-10r-y5 an der anderen. Werring eilte zurück in Lugols Büro. Die Sekretärin hatte inzwischen wohl die meisten Stapel durchsucht. »Was hat es mit der Nummerierung der Bilder für eine Bewandtnis?«

»Lugol hat darauf bestanden, obwohl Darre wild protestiert hat. Er hat behauptet, die Nummerierung habe etwas mit der

Funktionsweise unseres Gehirns zu tun. Sie sollte es den Besuchern erleichtern, die spezielle Dramaturgie der Ausstellung zu erkennen.«

»Und Sie haben wirklich keine Ahnung, wo er stecken könnte? Ich müsste ihn dringend sprechen. Es ist wichtig.«

Sie schüttelte erneut den Kopf. »Ah, hier. Ich glaube, das ist die Mail«, sagte sie und reichte Werring das Blatt Papier. »Zumindest eine Kopie davon. Ich mache mir von allen wichtigen Nachrichten eine Kopie. Aber erwähnen Sie das bitte ihm gegenüber nicht. Er wäre mir sehr böse.«

Werring schluckte heftig, als er sah, von wem die E-Mail stammte.

Mann gegen Echse

Der Komodowaran riss das Maul weit auf und entblößte den roten, glänzenden Schlund. Der Regen, der eingesetzt hatte, gab seiner gepanzerten Haut einen fast metallischen Schimmer.

Tom ließ von der Tür ab und taxierte seinen Feind, der sich langsam auf ihn zu schob. In wenigen Sekunden würde er gezwungen sein, sich in die eine oder andere Richtung zu bewegen. Blieb er stehen, würde das Tier ihn schnell in eine Ecke drängen. Tom ging seitlich an der Glaswand entlang auf eine Gruppe von Büschen zu, doch dann stolperte er über eine Wurzel. Dabei schlug er mit dem Ellbogen gegen das Glas, das einen dumpf vibrierenden Ton von sich gab. Die Echse hielt inne, als wäre sie in Angst erstarrt. Tom schlug noch einmal gegen die Wand, und dann hämmerte er regelrecht dagegen.

Shankar richtete sich auf und wich mit erhobenem Schwanz

zurück. Tom wischte sich den Schweiß aus dem Gesicht. Dann schlüpfte er aus seinen Schuhen und zog die Hose aus. Mit den Schnürsenkeln band er die Hosenbeine am Saum zu, füllte die Schuhe mit Kieseln und schob sie in die Hosenbeine hinein. Immerhin besaß er jetzt eine Waffe.

Dann fing Tom wieder an, gegen das Glas zu schlagen und dazu laut zu schreien. Sein Kampfwille war geweckt. Plötzlich fühlte er sich so lebendig wie schon lange nicht mehr.

In diesem Moment aber senkte Shankar den Kopf, starrte seine Beute an und setzte sich in Bewegung.

Den Schalter umlegen

Mit Mühe schob Irene die Gedanken an Tom und sein grausames Schicksal beiseite und gab alles, um ruhig und gelassen zu wirken. Doch hinter der glatten Fassade tobten die Verzweiflung und das Entsetzen darüber, dass Toms letzte Gedanken womöglich ihrem Verrat galten. Aber was hätte es genützt, wenn sie sich zusammen hätten einsperren lassen. Sie wären nur beide getötet worden, früher oder später. Wenn sie umsetzte, was ihr durch den Kopf ging, blieb ihr wenigstens noch eine kleine Chance, ihn zu retten.

Beiß der Angst den Kopf ab!, tönte es in ihr. Beiß der Angst den Kopf ab!

Irene sah zu van Delden. Es gab eine Möglichkeit. Er hatte sie selbst darauf gebracht. Es war lange her, und vermutlich hatte er die Episode längst vergessen. Jetzt bestand darin die einzige Waffe, die sie gegen ihn in der Hand hatte. Der Höhenmesser zeigte ihr, dass sie tief flogen, 1300 Fuß über dem Wasser. Was sie vorhatte, war in dieser Höhe machbar. Es fehlte nur noch ein wichtiges Detail.

Der Helikopter schnitt sich weiter durch die Nacht. Einen Moment lang glaubte Irene, linker Hand Lichter zu erkennen. Sollte sie es wagen? Sie musste sich schnell entscheiden. Sie hatte nur diese eine Chance. Wenn sie sich irrte, würden sie alle sterben.

Beiß der Angst den Kopf ab! Beiß der Angst den Kopf ab!, raunte es wieder in ihrem Kopf.

Irene fuhr noch einmal mit der Hand über van Deldens Schenkel. Dann schob sie sie langsam in Richtung des roten Schalters zwischen den Sitzen. Und ohne dass er etwas bemerkte, legte sie den Fuel-Control-Hebel um.

Zuerst schien van Delden nicht zu begreifen, was geschehen war. Er checkte seine Instrumente und ließ die Finger mit routinierten Bewegungen über die Armaturen gleiten. Es gab nur eine Möglichkeit, auch wenn das vollkommen unwahrscheinlich war. Die Treibstoffzufuhr. Konnte Irene versehentlich an den Hebel gekommen sein?

Er sah sie an und begriff augenblicklich. Ihr Blick war trotzig und hasserfüllt.

Er musste die Autorotation einschalten, um den Rest des Benzins, das noch im System war, für die Landung zu nutzen. Ein Sicherheitsmechanismus, der einen Absturz verhindern sollte. Ihm wurde heiß bei dem Gedanken, dass er ihr einmal davon erzählt hatte.

Im Meer zu landen war schlichtweg wahnsinnig. Aber van Delden hatte keine Wahl. Wenige Augenblicke später kam die Wasseroberfläche in Sicht.

»Weißt du eigentlich, was du getan hast?«, fuhr van Delden Irene an.

Sie antwortete nicht.

In diesem Moment waren die Lichter auf den Decks einer Jacht zu sehen. Van Delden dirigierte den Helikopter mit winzigen Justierungen. Nichts an seinem Handeln verriet Furcht oder Schwäche. Sein Blick war ruhig und entschlossen, und sein Atem ging tief und gleichmäßig. Der Helikopter setzte weich auf und versank zu einem Teil im Wasser. Die kritischste Phase war damit aber noch nicht überstanden. Die Rotoren mussten gestoppt werden, ehe die Kabine mit Wasser gefüllt war. Eine delikate, lebensgefährliche Operation.

Van Delden warf einen Blick auf die Jacht, und augenblicklich schnürte es ihm die Kehle zu. Sie hieß »Regina del Mare«.

Ohne zu überlegen, startete van Delden den Motor, um den Helikopter wieder aus dem Wasser zu ziehen. Zunächst sah es tatsächlich so aus, als würde er es schaffen.

Aber er hatte nicht mit Irenes Entschlossenheit gerechnet.

Sie zerrte an den Hebeln, bis der Helikopter sich auf die Seite neigte.

Mit bebender Stimme erteilte van Delden Cyril den Befehl, Irene zu erschießen. Aber in dem Moment, als der Schuss fiel, kippte der Helikopter um. Der Schuss traf die Frontscheibe. Die Nase des Helikopters wurde ins Wasser gezogen, der Rumpf brach auseinander.

Cyril wurde in die Rotorenblätter gesogen und fiel tödlich verletzt ins Wasser. Enzo klammerte sich an den leblosen Cyril, als wäre er ein Rettungsring, bis beide in der Tiefe verschwanden. Der vordere Teil des Helikopters trieb noch einen Moment lang auf dem Wasser, bis auch er versank.

Auf Leben und Tod

Es waren die längsten Sekunden, die Tom jemals durchlebt hatte. Das fast vier Meter lange Tier näherte sich mit konstanter Trägheit. Es würde ein ungleicher Kampf werden. Tom wusste noch nicht, wann der richtige Zeitpunkt gekommen war, um anzugreifen. Er fing an, seine Steinschleuder in einem großen Kreis über seinem Kopf zu schwingen.

Shankar blieb stehen, und Tom zwang sich, ihm direkt in die Augen zu schauen. Die Anstrengung ließ seinen Kampfwillen schwinden. Er verlangsamte seine Bewegung und setzte die Schleuder schließlich auf dem Boden ab.

Den Augenblick nutzte Shankar. Mit einem riesigen Satz war er bei seinem Opfer. Verzweifelt und vollkommen panisch hob Tom die Schleuder wieder hoch und hieb mit aller Kraft auf den Komodowaran ein. Shankar wich zurück und wandte irritiert den Kopf.

Die erste Attacke hatte Tom abgewehrt. Er richtete sich auf. Die Frage war, wie lernfähig der Komodowaran war.

Shankar schob sich erneut nach vorn. Zielgenau platzierte Tom einen Schlag auf die Schnauze. Aber dieses Mal wich der Komodowaran nicht zurück. Ein gutturales Fauchen war seine einzige Reaktion. Er warf den Kopf zur Seite und schnappte nach Toms Schleuder, schüttelte sie wild hin und her. Tom klammerte sich mit aller Kraft daran.

Plötzlich rutschte er im Schlamm aus und fiel auf seine Schulter. Schmerz durchfuhr in, und er konnte den Arm nicht mehr bewegen. Shankar manövrierte seinen riesigen Körper rückwärts, er schrammte mit Brust und Bauch über den steinigen Boden und zerrte Tom hinter sich her.

Es würde nicht mehr lange dauern, und die Echse würde

nach seinen Händen schnappen. In einem letzten verzweifelten Versuch ruckte Tom an dem Stoff, aber er hatte keine Kraft mehr. Er gab seine Waffe frei, wohl wissend, dass damit sein Schicksal besiegelt war.

Während Shankar die Hose zerfetzte, rappelte sich Tom wieder auf. Er lief davon, aber Shankar reagierte augenblicklich und nahm die Verfolgung auf.

Und wieder rutschte Tom im Schlamm aus. Shankar schnappte nach ihm, aber Tom konnte sich zur Seite rollen und den Reißzähnen entkommen. Schwankend richtete der Komodowaran sich auf. Dann ging er erneut auf Tom los, der sich hinter ein paar niedrigen Sträuchern versteckt hatte. Während Shankar von rechts angriff, drehte Tom sich nach links und sprintete zu der nächsten Gruppe Sträucher. Wieder setzte das Tier ihm nach und griff erneut von rechts an, dann änderte es abrupt den Kurs und walzte quer durchs Gebüsch. Tom sprang zurück und stellte im gleichen Augenblick fest, dass er in die Falle gegangen war.

Er war abgeschnitten, in die Ecke gedrängt.

Tom schrie vor Schmerz und Wut und Angst. Es war ein letzter verzweifelter Versuch, das Monster zu verjagen, ein letzter Aufschrei.

Shankar war jetzt unmittelbar vor Tom. Seine Augen funkelten gierig. Er hob den Kopf und öffnete das Maul.

Alles, was Tom noch wahrnahm, war der warme Strom seines Blutes. Es war überall, unfassbare Mengen. Mein Blut, dachte er. Dann sah er einen Lichtblitz, und danach wurde es dunkel, undurchdringlich dunkel.

An Bord der Regina del Mare

Irene hatte das Bewusstsein verloren, als der Helikopter in zwei Teile zerbrach, doch das kalte Wasser riss sie aus ihrer Ohnmacht. Es dauerte einen Moment, bis sie wusste, wo sie war. Dann registrierte sie voller Panik, dass sie keine Luft bekam. Mit zitternden Fingern versuchte sie, den Sicherheitsgurt zu lösen. Ihre Lungen zogen sich schmerzhaft zusammen. Endlich gelang es ihr, sich zu befreien.

Auf dem Weg zur Wasseroberfläche schoss ihr ein stechender Schmerz in den Oberschenkel. Sie hatte sich an der scharfen Bruchkante des Rumpfes geschnitten. In diesem Moment entdeckte sie über sich einen Scheinwerferkegel. Mit aller Kraft stieß sie sich nach oben, rang nach Luft und bekam Wasser in die Luftröhre, bevor sie hustend und prustend die Oberfläche durchstieß.

Der Scheinwerfer fing sie ein. Sie hob einen Arm und winkte, wollte auch rufen, aber es kam nur eine Hustenattacke, die das Wasser aus ihren Lungen trieb. Da entdeckte sie van Delden. Er schwamm in hektischen Zügen von der Jacht weg. Das Rettungsboot, das zu Wasser gelassen worden war, setzte ihm nach.

An der Reling stand ein älterer Mann mit einem Megafon. Irene konnte seine Gesichtszüge nicht erkennen, an die Stimme aber, die sie dann hörte, würde sie sich bis ans Ende ihrer Tage erinnern.

»Ich will ihn lebend, habt ihr verstanden? Lebend!«

Starke Hände packten van Delden. Er schlug um sich, aber es half nichts. Wild um sich tretend, wurde er an Bord gezogen. Wenige Minuten später wurde auch Irene aus dem Wasser geborgen.

Van Delden spuckte ihr ins Gesicht. »Damit hast du für unseren langsamen, qualvollen Tod gesorgt.«

Das Rettungsboot legte an einer kleinen Plattform am Heck der Jacht an. Hände griffen zu und zogen die beiden Gefangenen an Bord.

Verfroren, tropfnass und in Badetücher gewickelt, standen sie schließlich im Salon, wo ein älterer Herr in burgunderrotem Smoking ungeduldig mit den Fingern auf eine blank polierte Tischplatte trommelte.

Er war mager, nahezu dürr und hatte trotz seines forgeschrittenen Alters rabenschwarzes Haar. Tommaso Rizzini, Mafiaboss auf der Flucht. Er betrieb seine Geschäfte in internationalen Gewässern und war zusammen mit Kees van Delden als Investor der IAI beigetreten. Selten hatte van Delden eine Zusammenarbeit mehr bereut als diese.

»Selbst hier draußen treibt noch Müll im Meer«, sagte Rizzini mit einem freundlichen Lächeln. Er saß entspannt auf einem Chesterfieldsofa. Es waren keine Wachen zu sehen, aber van Delden wusste, dass Rizzini nur mit den Fingern schnipsen musste, und seine Männer wären zur Stelle.

Van Delden öffnete den Mund, um etwas zu sagen, ließ es aber bleiben, denn in diesem Moment wurde das schwarze Lederrohr, das in der Sturmnacht verschwunden war, hereingetragen.

Rizzini nahm den Verschluss vom Rohr, zog vorsichtig die Leinwand heraus und rollte sie auf der Tischplatte auf. »Wie Sie sehen, ist das Bild doch noch in meine Hände gelangt.« Rizzini drehte den Siegelring an seinem rechten kleinen Finger hin und her, wobei sein Blick von van Delden zu Irene wanderte.

»Ich habe ja gesagt, dass ich alles daran setzen würde«, sagte van Delden geschäftsmäßig und verbarg seine Überraschung.

»Stimmt, ich hätte wissen sollen, dass auf van Delden Verlass ist. Ein fantastisches Bild.«

»Und mindestens hundert Millionen wert.« Rizzini pfiff beeindruckt, und van Delden schöpfte neuen Mut. »Auf dem Schwarzmarkt vielleicht sogar noch mehr. Das wäre mein großzügiges Angebot. Aber schließlich sind Sie auch ein Akteur, den wir von International Art Invest sehr zu schätzen wissen.«

»Danke«, sagte Rizzini mit einem Lächeln. »Ich habe das Bild schätzen lassen, in aller Diskretion, versteht sich.«

Van Deldens Kiefermuskeln verspannten sich. Er wusste, was jetzt kommen würde, sah es in Rizzinis Blick, ehe es ausgesprochen war.

»Das Bild ist nicht mehr wert als das Stück Leinwand und die Farbe.«

»Was?« Van Delden gab sich überrascht.

Irene schwieg.

»Ersparen Sie uns Ihre Betroffenheit«, sagte Rizzini trocken. »Sie haben allerdings nicht damit gerechnet, dass ich das Risiko eingehe, ein gestohlenes Bild schätzen zu lassen. Aber der Mann, der mir das Gemälde überbracht hat, hat es vorab ebenfalls schätzen lassen.«

In diesem Augenblick wusste van Delden, dass die Schlacht verloren war.

Rizzini suchte van Deldens Blick und nickte den eisblauen Augen zu. »Wollen wir?«

Wieder wurde er von starken Händen gepackt und unter Deck gebracht.

Der Mann, der an dem Operationstisch wartete, war etwa siebzig. Er trug einen grünen Chirurgenkittel und hielt einen blanken, zangenartigen Gegenstand in der Hand. Die Gestalt rief in van Delden eine vage Erinnerung wach. Er hatte diesen Mann schon einmal gesehen, wusste aber nicht, wo. Die schulterlangen grau melierten Haare und das Gesicht kamen ihm irgendwie bekannt vor. Während er darüber nachdachte, registrierte er beiläufig, wie er mit Riemen auf dem Tisch festgeschnallt wurde. Und plötzlich wusste er, woher er den Mann kannte. Aber wo war die Narbe, die quer über die Stirn bis zum Wangenknochen verlief? Und hätten die Haare nicht weiß sein müssen?

»Irene Willum«, flüsterte van Delden, als der Mann das Skalpell hob. »Ich bin unschuldig«, stammelte er. »Irene Willum ist dafür verantwortlich. Sie muss bestraft werden, nicht ich.«

Der Mann hielt einen Moment inne.

»Sie muss bestraft werden, nicht ich«, wiederholte van Delden.

Als hätte dies ihn in seinem Vorhaben bestätigt, tätigte der Mann den ersten Schnitt.

Van Deldens Körper spannte sich wie ein Bogen und ruckte an den Riemen. Für einen Moment verlor er die Besinnung und tauchte in linderndes Vergessen ein.

Als er wieder aufwachte, sah er nichts mehr außer Schatten und schmerzend hellen Flecken.

Doomsday file

Peter Werring hatte einen Umweg übers Polizeipräsidium gemacht, um Carl Heibergs Speicherstick zu holen und ein paar Suchdurchläufe zu tätigen. Seine Geduld wurde gehörig auf die Probe gestellt. Wie immer, wenn er eigentlich gar keine Zeit hatte, standen alle Ampeln auf Rot.

Als er das Krankenhaus endlich erreicht hatte, hastete er, ausgerüstet mit Laptop, Speicherstick und der E-Mail von Lugol, zu Cathrines Zimmer. Leise öffnete er die Tür. Cathrine lag mit blassem Gesicht auf dem Kopfkissen, eingerahmt von ihrem dunklen, zerzausten Haar.

Werring küsste sie auf die Stirn und erkundigte sich nach ihrem Ergehen. Nachdem sie eine Weile geplaudert hatten, hielt Werring es nicht mehr länger aus. »Darf ich?«, flüsterte er und fuhr seinen Laptop hoch. »Ich bin da auf was gestoßen. Wenn ich mich nicht irre, handelt es sich hierbei um ein sogenanntes ›Doomsday file‹.«

»Und?« fragte Cathrine, die gar nicht erst versuchte, so zu tun, als würde sie verstehen, wovon er sprach.

Werring legte die E-Mail aus Lugols Büro und die Nummerierung der Bilder aus der Ausstellung nebeneinander auf Cathrines Bettdecke. »Sieh dir das an«, sagte er. »Die sind identisch.«

Cathrine sah sich die E-Mail an, dann Peters Notizen, dann ihn. »Klär mich auf«, sagte sie.

»Die Bilder der Ausstellung sind auf die gleiche Weise nummeriert und mit exakt der gleichen Zahlen- und Buchstabenkombination versehen, wie sie in der E-Mail steht. Diese E-Mail hat Carl Heiberg unmittelbar vor seinem Verschwinden verschickt.«

Cathrines Neugier war geweckt. Die Situation in Lugols Büro am Abend der Vernissage tauchte wieder auf. Wie er sich das Blatt mit der E-Mail geschnappt und die Zahlenreihe überflogen hatte, dann den Kopf geschüttelt und sie wieder weggelegt hatte. »War Lugol da? Hat er was dazu gesagt?«

»Nein, es war nur seine Sekretärin da.«

»Und was hat sie gesagt?«

»Lugol hat die Auszeichnung der Bilder persönlich vorgenommen. Die Sekretärin konnte auch nicht sagen, was es damit auf sich hatte. Aber ich –«

»Warte«, sagte Cathrine und griff nach einem Bleistift, der auf dem Nachtschrank lag. Sie schrieb die Zeilen ab, strich die Buchstaben durch und kontrollierte, ob sie alles korrekt übernommen hatte. Sie spürte Werrings wachsende Ungeduld. »12 035 667 589 und 10 115 943 105. Oder 12.03.56 und 10.11.59 plus fünfstellige Personennummer. Kannst du die Zahlen bitte an Line schicken? Sie soll sie überprüfen.«

Werring sah sie an und tat, wie ihm geheißen. »Möchtest du jetzt meine Meinung dazu hören?«

Cathrine nickte.

»Die Zahlen und Buchstaben sind offensichtlich der Link zu dem Doomsday file. Für den Fall, dass ihm etwas zustoßen sollte, hat Heiberg möglicherweise dafür gesorgt, dass der Schlüssel für diese Datei automatisch verschickt und der Inhalt bekannt gemacht wird.«

»Und was ist mit dem Code auf dem Speicherstick?«

»Das könnte der Schlüssel sein. Vielleicht hat Heiberg es nicht mehr geschafft, ihn zu verschicken. Darauf werden wir sehr bald eine Antwort haben.«

Ein Piepsen verwies auf den Eingang einer Mail.

»Antwort von Bugge: ›Die Zahlenreihen sind Geburtsdatum und -nummer von Cato Ruud und Lars Gantelius.‹ Das war ja klar«, fuhr er fort. »Wenn du die Buchstaben des ersten Codes rückwärts liest und des zweiten vorwärts, ergeben sich die Namen Garry und Dylan. Genau wie auf dem Speicherstick. Ich geb nur schnell noch ein paar Befehle ein, dann wissen wir, ob es greift.« Er drückte auf »Enter« und schob den Laptop so hin, dass Cathrine den Bildschirm gut einsehen konnte. »Bis wir das Ergebnis haben, kannst du das hier lesen. Ich bin eher zufällig darauf gestoßen.«

Cathrine las den Artikel, der von vier jungen Männern handelte, die Mitte der Achtziger nach Indien gereist waren, um über Yoga und bewusstseinserweiternde Übungen die bildenden Künste zu revolutionieren. Sie kamen in einem indischen Ashram unter und wohnten dort unter den Namen Danish, Dylan, Garry und Cole. Zurück in Norwegen, nahmen sie ihre bürgerlichen Namen wieder an: Gerhard Elming, Cato Ruud, Lars Gantelius und Carl Heiberg.

Werring zwinkerte ihr zu und zuckte mit den Schultern. Der Laptop arbeitete. Das Downloadsymbol kreiste unermüdlich und unendlich langsam. Werring trommelte nervös mit den Fingern. »Entweder hat der Rechner sich aufgehängt, oder wir haben es mit einer gigantisch großen Datei zu tun.« Er wollte gerade abbrechen und den Rechner neu starten, als ein Feld für die Eingabe eines neuen Befehls auf dem Bildschirm erschien. »Jetzt wird's ernst«, sagte er.

Ausnahmsweise bewegten sich seine Finger langsam über die Tastatur. Nachdem er das letzte Zeichen eingegeben hatte, wartete er einen Moment, atmete tief ein und drückte »Enter«.

Harald Falch hatte Nachtschicht. Er döste vor sich hin, während er auf eine Rückmeldung vom Polizeichef aus Beaulieu wartete. Falch wollte möglichst noch an diesem Abend ein Verhör vornehmen. Gerade aber befand er sich in einem angenehm entspannten Dämmerzustand, als plötzlich sein Handy klingelte. Auf dem Display erschien Cathrines Name. »Wie geht es der frisch gebackenen Mutter?«, meldete er sich.

»Wir haben interne Dokumente von Kreissler & Co. bekommen. Daraus geht hervor, dass sowohl Ruud als auch Elming und Gantelius geheime Konten bei der Bank hatten, deren Chef Carl Heiberg war.«

»Wer ist wir?«

»Peter Werring und ich.«

»Jesses!«

»Lenk nicht ab, Falch. Peter hat den Code geknackt. Es handelt sich um ein Doomsday file mit jeder Menge PDFs. Wenn die Dokumente echt sind, ist das brisantes Material.«

Falch rieb sich die Stirn. Das würde ein langer Abend werden.

»Hat nicht die Gantelius was von Erpressung erzählt? Hier sagen eine Menge Leute nicht die Wahrheit.«

»Ich versuche, den Franzmännern ein wenig Feuer unterm Hintern zu machen.«

»Tu das. Und dann hol bitte Elisabeth Gantelius ab und komm mit ihr hierher.«

»In die Abteilung für Frühchen?«

»Ganz genau. Nenn es meinetwegen Besuch im Krankenhaus statt Verhör.«

Die Bekenntnisse des Gerhard Elming

Peter Werring war losgegangen, um etwas zu trinken zu holen.

Cathrine klickte erneut Heibergs Dateien an und öffnete ein von Gerhard Elming verfasstes Dokument, ein langes Schuldgeständnis mit der Bitte um Vergebung. Einige Seiten aus dem Bekenntnis las Cathrine noch einmal.

> Irene Willum war bereits ein bekannter Name auf dem Kunstmarkt, als sie Kontakt zu mir aufnahm, kurz nach der Jahrtausendwende. Ich gestehe, dass ich mich geschmeichelt fühlte. Ich hatte Irene Willum nie persönlich getroffen und war überrascht, dass sie mich plötzlich nach Nizza einlud.

Irene Willum. In Hochglanzmagazinen hatte ich Bilder von ihr gesehen und sie aus der Ferne bewundert. Sie war sexy, intelligent und hatte einen Riecher für Kunst. Und jetzt wollte sie, dass ich meine Ideen mit ihr teilte … Nur zu gerne war ich dazu bereit!

Wir hatten uns im La Chaumière in den Bergen über Villefranche verabredet und bestellten Rinderfilet, das über dem offenen Kamin gegrillt wurde. Ich ließ mich berauschen, nicht nur vom Wein, sondern auch von dem Ort, der Atmosphäre, von Irene und bekam deshalb gar nicht mit, wie sie ihr Netz um mich spann. Ich war ihr mit Haut und Haaren verfallen.

Wir hatten einen Tisch für uns in einer Ecke der überdachten Terrasse, und als wir mit dem Hauptgang fertig waren, schob sie ihren Teller beiseite und fixierte mich.

»Ich möchte, dass Sie für mich arbeiten«, sagte sie und legte eine Hand auf meine. Alles, was du willst, dachte ich. Ich tue alles für dich. »Sie schreiben wie gewohnt weiter als Kritiker, während ich Sie parallel dazu für einen Spezialauftrag entlohne.«

Ich sah ihr tief in die Augen. »Normalerweise bin ich skeptisch, wenn ich für andere Leute arbeiten soll. Aber ich weiß nicht, ob ich ein Angebot von Irene Willum ablehnen kann.« Sie lächelte und schob einen Umschlag über den Tisch. »Reicht das als Vorschuss für einen Artikel?«

Ich spähte in den Umschlag. »Zehntausend Euro?«, flüsterte ich. Was die Zahlenreihe bedeutete, die sich ebenfalls darin befand, wusste ich nicht.

»Ich habe bei Kreissler & Co. ein Konto auf Ihren Namen eingerichtet. Darauf liegen weitere fünfzigtausend Euro«, hörte ich Irene sagen. »Zusammen also sechzigtausend Euro für einen Artikel«, präzisierte sie.

Ich schob den Umschlag wieder zurück zu Irene. Das Nein schmeckte bitter.
»Das Konto ist nicht öffentlich nachweisbar«, sagte sie. »Es befindet sich auf den Jungferninseln, ein ziemlich sicherer Ort.«
»Mein Bauch sagt mir, dass es um etwas geht, das ein Journalist tunlichst ablehnen sollte.«
»Woher wollen Sie das wissen? Bis jetzt habe ich noch mit keiner Silbe erwähnt, was ich von Ihnen will«, sagte Irene.
Ich wich ihrem Blick aus.
»Sie sollen einen Verriss über Cato Ruud schreiben.«
»Wie bitte?« Wut und Abscheu stiegen in mir auf.
»Sie sollen einen Verriss über Cato Ruud schreiben. Und auch über Lars Gantelius. Ich wünsche mir einen Artikel, in dem Sie alles, was die beiden gemacht haben, in der Luft zerreißen und ihre künstlerische Glaubwürdigkeit demontieren.«
Ich stand auf. »Für wen halten Sie mich eigentlich? Dass ich mich auf diese Weise kaufen lasse? Was glauben Sie denn, wer Sie sind? Ich werde einen Artikel über dieses Treffen schreiben. Das ist verachtenswert, ja kriminell, damit würde ich alles untergraben, was ich in meinem langen Kritikerleben aufgebaut habe.«
Sie ließ meine Schimpftirade wortlos über sich ergehen. Es war, als würde ich gegen eine Wand reden. Sie lächelte, während ich sie mit Vorwürfen überschüttete, und wartete geduldig, bis ich mit meinem Vortrag über Unbestechlichkeit und Ethos der Presse fertig war. Als ich mein Pulver verschossen hatte, schob sie mir einen zweiten Umschlag zu.
»Es nützt nichts, das Honorar zu erhöhen!«, fauchte ich.
»Wollen Sie den Brief nicht wenigstens öffnen?«, fragte Irene sanft.
Ihre Gelassenheit nahm mir den Wind aus den Segeln, und

ich öffnete das Kuvert. Darin steckte eine Karte mit Bildern von erotischen Steinskulpturen.
»Lesen Sie, was auf der Rückseite steht«, sagte Irene.
Im ersten Moment verstand ich nicht, was sie wollte. Dann kam die Erinnerung. Verdrängte Bilder, Verzweiflung und Unglaube setzten sich zu einer schockierenden Erkenntnis zusammen. »Du? Wie …? Das ist doch nicht möglich«, flüsterte ich. Zu meinem Entsetzen sah ich die Antwort in Irenes Blick. Ihre Augen bestätigten das Unmögliche.
»Lies«, sagte sie kalt.
»Danish muss das für Anita tun.«
Ich setzte mich. Mein Kopf war blutleer. »Cato Ruud und ich haben …«, stammelte ich, »wir sind … Freunde. Worum du mich bittest, ist … Mord.«
»Sieh es als Rettungsaktion für deine Freunde«, sagte Irene. »Im Grunde rettest du sie mit einem Verriss.« Sie stand auf.
Ich konnte sie nicht ansehen und starrte nur auf das Tischtuch.
»Wer weiß sonst noch davon?«, fragte ich leise.
»Schreib den Artikel«, sagte Irene freundlich. Und verließ das Restaurant.
Ich ging gründlich zu Werke. Gantelius und Ruud waren anerkannte Künstler, und ich berief mich auf meine Glaubwürdigkeit durch meine persönliche Freundschaft mit ihnen. Mein Urteil lautete: »Stagnation! Gier! Zwei gescheiterte Künstler, die im dekadenten Überfluss zu lebenslanger Gefangenschaft in einer komfortablen Vortrefflichkeit verdammt sind.« Künstlerisch war das der Dolchstoß. Aber ich hatte keine andere Wahl.

Cathrine lehnte den Kopf zurück ins Kissen und rieb sich die Augen, während sie ihre Gedanken sortierte. Welches Ziel verfolgte Irene Willum? Je tiefer sie in Heibergs Dateien eintauchte, desto mehr Sorgen machte sie sich um Tom. Sie hätte ihn niemals bitten dürfen, Informationen über van Delden und Irene herauszukriegen.

Plötzlich fiel ihr die ungeöffnete MMS von Tom ein. Sie setzte sich im Bett auf und nahm ihr Handy. Neben der MMS gab es inzwischen noch eine Reihe unbeantworteter Anrufe von ihm. Sie öffnete den Anhang, starrte auf das Display und wurde panisch.

»Sieh dir das an«, sagte sie, als Werring mit Kaffee und Mineralwasser zurückkehrte. Sie wählte Toms Nummer, aber der Anruf wurde direkt auf die Mailbox umgeleitet.

Erkenntnis

Indien, 1985

Nachdem sie die vier Jungs kennengelernt hatte, war sie singend und trommelnd mit ihnen unterwegs gewesen. Sie hatten gemeinsam gemalt, musiziert, über Kunst und Literatur diskutiert, Yoga praktiziert und das Land bestellt. Die Gemeinschaft war ganz einzigartig gewesen, und sie hatte ihre Entscheidung nicht eine Sekunde bereut.

Wie hatte sie nur so naiv sein können?

Wie Hunde waren sie auf sie losgegangen. Krank und wie im Wahn. Waren gewaltsam in sie eingedrungen, hatten sich stöhnend in sie gebohrt und sie dann dem Nächsten überlassen. Als es endlich vorbei war, warfen sie die Kurta über sie und verließen den Raum.

Sie rollte sich wie ein Embryo zusammen, aber auch das konnte ihre Schmerzen nicht lindern. Als sie aufzustehen versuchte, lief das Blut an der Innenseite ihrer Schenkel herunter. Sie verlor das Gleichgewicht, fiel und kroch auf allen vieren zur Tür. Sie brauchte eine ganze Weile, bis sie benennen konnte, was ihr widerfahren war: Vergewaltigung.

Dann zog sie die Kurta über den Kopf und stürzte hinaus. Sollte sie die vier anzeigen? Ja, das musste sie.

Sie hörte Schritte hinter sich, Stimmen, die sie aufzuhalten versuchten.

Sie lief schneller. Die Schritte hinter ihr beschleunigten ebenfalls. Ihre Füße schmerzten, und zwischen ihren Schenkel brannte ein Feuer. »Vergewaltigung!«, schrie sie. Würde ihr jemand glauben? Sie rannte durch die belebte Straße.

Jemand packte sie. Bei dem Versuch, sich zu befreien, wurde ihr die Kurta vom Leib gerissen. Nackt stürmte sie über die Straße, unsicher, welche Richtung sie einschlagen sollte. Die Menschen starrten sie an. »Vergewaltigung!«, schrie sie wieder und lief in Richtung Hauptstraße. Sie stolperte und fiel.

Sofort waren die Jünger des Gurus bei ihr. Orange gekleidete Männer packten sie, hoben ihren geschundenen Körper hoch und trugen sie gegen ihren Willen zurück in den Ashram.

Sie wehrte sich, schlug um sich und strampelte mit den Beinen. »Lasst mich los!«

»Guru Mahadevs Assistentin will mit dir reden.«

Zwei Diebe auf einem Markt

»Ich will verhandeln, und ich denke, wir können eine Lösung finden.« Irene richtete ihre klaren meergrauen Augen auf Rizzini.

Der alte Mann lehnte sich zurück. Irenes Aussehen ließ ihn keineswegs kalt, und er hätte nichts dagegen gehabt, mit ihr zu schlafen. Vermutlich war das der einzige Grund, weshalb er sie nicht gleich umbrachte. »Was haben Sie anzubieten?«

»Nicht das, woran Sie denken.«

Rizzini legte den Kopf in den Nacken. Sein Lachen klang wie das Pfeifen eines Wasserkessels. »Woran denke ich denn?«

Irene wog mögliche Antworten ab und versuchte, sich nicht davon beeinflussen zu lassen, dass ihr so wenig Zeit blieb. Die Schiffsuhr an der Wand hinter Rizzini schlug acht Mal, ehe sie damit fortfuhr, die Zeit in kleine Einheiten zu zerhacken. »Ich glaube, Ihnen und mir ist mehr an einem guten Geschäft gelegen als an schlechtem Sex«, sagte Irene, verzog ihre Mundwinkel zu einem Lächeln und setzte darauf, dass ein Mann wie Rizzini Schwäche verabscheute.

»Ein konstruktiver Vorschlag. Warum um alles in der Welt sind Sie im Meer gelandet?« Sein Lächeln deutete an, dass sie den richtigen Weg eingeschlagen hatte.

»Ich habe die Benzinzufuhr unterbrochen und van Delden zur Landung gezwungen. Wir waren nicht die besten Freunde. Nachdem ich Ihre Jacht gesehen hatte, hielt ich das für ein kalkulierbares Risiko.«

Rizzini zog die Brauen hoch. In seinem Blick lag jetzt so etwas wie Respekt. »Van Delden ist erledigt, das ist Ihnen klar, oder?«

Irene ging nicht weiter auf das Thema ein. Sie wartete, bis sie sicher war, dass sie ihre Stimme unter Kontrolle hatte. Dann spielte sie ihre Trumpfkarte aus. »Ich kann Ihnen das echte Bild anbieten.«

Für einen winzigen Augenblick verlor Rizzini die Fassung. »Und warum zum Henker habt ihr versucht, mich zu betrügen?«

Irene konzentrierte sich voll und ganz darauf, ruhig zu sprechen und schnelle Bewegungen zu vermeiden. »*Uns*!«, sagte sie und fing seinen Blick ein. »Warum zum Henker hat van Delden versucht, *uns* zu betrügen? Er hat mich mit Gewalt in den Helikopter gezwungen. Ich wusste von all dem nichts.«

Rizzini neigte den Kopf zur Seite und musterte sie mit zusammengekniffenen Augen. »Und woher wissen Sie, wo sich das echte Bild befindet?«

Genau auf diese Frage hatte Irene gehofft. »Weil …«, antwortete Irene und zögerte bewusst einen kleinen Moment, »… ich die Kopie in Auftrag gegeben habe.«

Rizzinis Augen verengten sich zu schmalen Schlitzen. Irene konnte förmlich sehen, wie sich die Gedanken hinter seiner faltigen Stirn überschlugen. »Warum?«

Sie stand auf und ging langsam auf Rizzini zu, wissend, dass sie ihren Kopf damit tief in den Rachen des Löwen steckte.

»Ich habe diese Kopie anfertigen lassen, um van Delden damit zu erledigen«, sagte sie, als sie vor ihm stand.

»Wie schnell können Sie mir das Original beschaffen?« Rizzini fragte sich, wie es wohl wäre, seine Zunge zwischen ihre Schenkel zu schieben.

Irene kam noch näher. »Sobald Sie mich an Land geflogen haben.«

Rizzini wich wachsam ein Stück zurück und hielt sie mit seinem Blick fest. »Und warum sollte ich Sie an Land fliegen, wenn ich Sie doch hier *überreden* kann, mir zu sagen, wo es sich befindet?«

»Weil die Polizei das Bild beschlagnahmt hätte, noch ehe Sie Land betreten hätten.«

Reinigung

Indien, 1985

Sie brachten sie in ein Bad, wo sie eingeseift und abgespült wurde.

Das warme, reinigende Wasser schuf einen Abstand zu den grausamen Geschehnissen. Es milderte die Furcht und die absurde Scham, die sie verspürte. Die Hände, die sie berührten, waren freundlich, aber auf seltsame Weise auch distanziert. Kein tröstendes Wort, niemand sagte etwas. Sie trockneten sie mit warmen Tüchern ab und rieben sie mit duftenden Ölen ein. Doch alle schwiegen.

Anita weinte und lachte abwechselnd, als wolle sie die Stille kompensieren. Sie war am Leben. Sie hatte geglaubt, sterben zu müssen, doch sie war am Leben und spürte, dass ein Teil ihrer Stärke zu ihr zurückfand.

Guru Mahadevs Assistentin wartete in einer Art Kirche. Ein Teil des Raumes war erhöht und sah wie ein Altarraum aus. Zwei Kerzen brannten in hohen Messingleuchtern, zwischen denen ein großes Tigerfell lag. Im Zentrum stand ein lebensgroßes Bild des meditierenden Gurus in der Lotusstellung. Intensiver Duft erfüllte den Raum.

Die Frau war Ende fünfzig und hatte ihr graues Haar zu einem strengen Knoten im Nacken zusammengefasst. Sie strahlte Kälte aus. »Was um alles in der Welt haben Sie getan?«

Anita traute ihren Ohren nicht. »Wie bitte?« Es dauerte, bis die Worte der Frau wirklich zu ihr vordrangen. »Ich bin vergewaltigt worden«, gelang es ihr schließlich zu sagen.

»Sie lügen!«

»Ich wurde vergewaltigt, von Guru Mahadev!«

»Sie haben an einem tantrischen Ritual teilgenommen, bei dem die körperliche Liebe ihr Karma freisetzt.«

»Ich wurde vergewaltigt. Ich bin ohnmächtig geworden, und als ich wieder aufwachte … Guru Mahadev … und vier andere …«

Die Assistentin fiel ihr ins Wort. »Sie wurden von Guru Mahadev gesegnet.«

»Ich wurde –«

»Wir sind hier ein geistiges Zentrum, kein Bordell. In Guru Mahadevs Ashram wird niemand vergewaltigt.«

»Ich kann Ihnen die Namen der anderen nennen …«

»Sie laufen nackt durch die Straßen und verbreiten Lügen über uns.«

Blanke Verzweiflung packte Anita.

»Sie haben außerdem behauptet«, fuhr die Frau fort, und ihre Augen wichen keinen Millimeter von Anita, »Sie wären gezwungen worden, einer Schlange den Kopf abzubeißen?«

»Wir haben an dem Platz meditiert, an dem die Leichen verbrannt werden, ich habe Panik bekommen …«

»Sie waren in Panik und hatten einen Albtraum. Sie haben Ihre Gefühle nicht unter Kontrolle.«

»Ich … wurde … es waren vier und … und der Guru …«

»Niemand wird in Guru Mahadevs Ashram vergewaltigt.« Die Frau wiederholte den Satz wie ein Mantra.

Anita fühlte sich, als würde sie langsam sterben. Mit jeder Minute wuchsen ihre Zweifel: Wusste sie wirklich noch, was eigentlich geschehen war? Die Frau machte allen Widerstand in ihr zunichte. Ihr Sichtfeld verengte sich, als versänke sie allmählich im Boden.

Land in Sicht

Eine Stunde nach ihrem Vieraugengespräch hob Rizzinis Helikopter vom hinteren Deck der Regina del Mare ab. Mit an Bord waren zwei von Rizzinis Vertrauten. Auf dem hinteren Passagiersitz saß Irene in graublauen Goretexhosen, blauem Marinepulli mit verstärkten Ellenbogen und kräftigen Combatstiefeln, der Besatzungsuniform der Regina del Mare. Die roten Haare hatte sie zu einem Pferdeschwanz zusammengebunden. Neben ihr saß ein Mann in einer schwarzen Jacke, deren Kragen er hochgeschlagen hatte. Er sah blass aus. Sein Gesicht kam Irene irgendwie bekannt vor, er erinnerte sie an den alten Flaschensammler am Cap Ferrat.

Der Helikopter flog eine Kurve und nahm Kurs auf das Festland. Rizzinis Männer waren wortkarg, und der Mann neben Irene schien ganz in Gedanken versunken zu sein.

Irene starrte in die schwarze Wand vor sich. Sie hatte nicht vor, das Original des »Knaben mit der roten Weste« herauszurücken. Sie hatte keine Ahnung, wie das Gemälde in van Deldens Besitz gekommen war. Es war nicht ausgeschlossen, dass er etwas mit dem Raub in Zürich zu tun gehabt hatte.

Irene hatte Ruud und Gantelius mit der Aufgabe betraut, Bilder zu kopieren. Van Delden hatte davon nichts gewusst. Für Irene war das die süßeste aller Rachen gewesen. Viele der Bilder im Portfolio von International Art Invest waren Kopien, angefertigt von Ruud und Gantelius, während sie offiziell damit beschäftigt waren, Porträts zu malen, zum Beispiel von van Deldens Frau. Die Gier, die Elming ihnen vorgeworfen hatte, hatte nun wirklich Besitz von ihnen ergriffen und sie zu Irenes Sklaven gemacht.

Die Originale hatte Irene eines nach dem anderen verkauft und das Geld auf Konten abgezweigt, von denen niemand wusste. Nun war sie der vollkommenen Rache so nah wie nur eben denkbar.

Irene musterte die Männer auf den vorderen Sitzen. Harte, schwer bewaffnete Kerle. Ihre einzige Waffe war der Code zu dem Gewölbe unter dem Komodowarangehege. Noch wussten Rizzinis Männer nicht, dass sie gezwungen sein würden, van Deldens Echse zu töten. Irenes Hoffnung war, dass sie noch rechtzeitig kamen, um Tom zu retten.

»Sie fragen sich vielleicht, wie wir Sie gefunden haben«, sagte der Mann neben ihr und brach damit das Schweigen.

Irene sah ihn an, ohne etwas zu erwidern. Das akzentfreie Englisch des Mannes überraschte sie.

»Ein nicht ganz so treuer Diener van Deldens hat einen Sender am Helikopterrumpf befestigt. Rizzini wollte van Delden abschießen. Ihr halsbrecherisches Manöver hat Ihnen sozusagen in letzter Sekunde das Leben gerettet.«

Irene schwieg noch immer.

»Hat Tom Hartmann Ihnen gesagt, was van Delden mit Ihrem Mann gemacht hat?«, fuhr er fort.

»Ja«, flüsterte sie. Dann hatte Tom also recht gehabt. Sie starrte auf die Lichter von Cap Ferrat, die vor ihnen auftauchten, und spürte, wie ihr ganzer Körper taub wurde.

Mission completed

»Du hast dem Vieh zu wenig gegeben, deshalb hat das Gift nicht gewirkt.« Maurice nahm einen Monsterzug von seiner Selbstgedrehten und blies dicke Rauchringe in die Luft. Im Cadillac herrschte bereits dichter Nebel.

»Die heutige Dosis ist garantiert tödlich. Das Biest muss jetzt dran glauben«, antwortete Bonsai. Diesmal wollte er an nichts sparen. Emil sollte seine Rache bekommen.

Wieder einmal waren sie in Metals Leichenwagen auf dem Weg zum Cap Ferrat und zu van Deldens Grundstück.

Sie parkten dicht an der Mauer, so weit entfernt von der nächsten Straßenlaterne wie nur möglich. Bonsai und Maurice luden die Säcke mit dem rattengiftgespickten Hackfleisch aus. Metal, der dieses Mal mitgekommen war, blieb hinter dem Steuer sitzen.

Bonsai stellte die Leiter an und kletterte eilig die Sprossen hinauf. »Licht! Verdammt noch mal, ich brauche Licht!«, rief er und drehte sich um. Sein Gesicht war grau wie Mörtel. Die Augen ängstlich aufgerissen. So schnell, wie er die Leiter hoch geklettert war, war er auch wieder unten. »Da ist jemand. Unten bei dem Biest. Ein Mann, nur mit einer Unterhose bekleidet. Sie kämpfen. Oh, Scheiße! Der arme Kerl.« Bonsai stürzte zum Wagen und öffnete die hintere Klappe.

»Was hast du vor?«, fragte Maurice entsetzt.

»Ich weiß es nicht. Aber irgendwas müssen wir doch tun!«

»Und was, bitte schön? Ins Gehege springen, damit das Biest zwischen drei Gerichten wählen kann?«

Bonsai blieb die Antwort schuldig, schnappte sich die Lampe, die hinten im Wagen lag, und kletterte die Leiter wieder hinauf. Er setzte sich rittlings auf die Mauerkrone und gab Maurice ein Zeichen, zu ihm heraufzukommen.

»Ich riskier doch nicht mein Leben, Bonsai, verdammt! Kommt gar nicht infrage. Wenn du einen Abgang machen willst, bitte.« Maurice klang geradewegs empört.

Metal war ausgestiegen. Jetzt kletterte er auf wackeligen Beinen die Sprossen hinauf und lugte über die Mauer. »Oh, Scheiße«, flüsterte er, als er den Mann entdeckt hatte und die Echse, nur einen knappen Meter von ihm entfernt.

»Setz dich auf die Mauer, damit wir die Leiter auf die andere Seite hieven können«, drängte Bonsai. »Das ist seine einzige Chance.«

»Im Leben nicht. Ich hab Höhenangst. Wenn ich mich da oben hinsetze, werd ich ohnmächtig! Außerdem ist es eh zu spät«, sagte Metal mit bebender Stimme und deutete mit einem blassen Zeigefinger ins Gehege.

Der Mann lag auf der Erde. Die Echse war über ihm. Blut floss, unfassbare Mengen Blut.

»Merde, ich glaube, das Vieh ist tot«, flüsterte Metal nach einer Minute Stille, die ihnen wie eine Ewigkeit vorkam.

Seine Worte holten Bonsai in die Wirklichkeit zurück.

»Dieses teuflische Vieh ist tot!«, wiederholte Metal leise.

»Hat es den Mann gefressen?« Bonsai lag auf der Mauer, das Gesicht abgewandt.

»Keine Ahnung. Aber das Vieh ist tot. Emil ist gerächt«, brummte Metal.

»Du glaubst, der Typ da unten hat den Waran gekillt?« Bonsai hob den Kopf und sah Metal an.

»Nein, es sieht eher so aus, als hätte das Rattengift doch noch gewirkt.«

Bonsai wandte den Blick ungläubig auf das Schlachtfeld. Der Komodowaran lag reglos in einer Lache aus Blut und Schlamm, unter ihm der Mann oder das, was noch von ihm übrig war. Von der Mauer aus war unmöglich zu erkennen, in welcher Verfassung er war.

»Komm zu mir auf die Mauer und hilf mir.«

»Was hast du vor? Du willst doch nicht etwa da runter?« Metals Gesichtsfarbe wechselte von blass zu blauweiß.

»Verdammt, Metal, wir müssen doch nachschauen, ob der Mann noch am Leben ist.«

»Wenn der Kerl da unten noch lebt, müssen wir uns eine gute

Erklärung einfallen lassen, was wir hier machen, und dann sind wir womöglich alle dran. Tu jetzt bitte nichts Unüberlegtes, Bonsai.«

»Was macht ihr denn da oben?« Maurice wurde langsam ungeduldig.

»Nichts«, entgegnete Metal. »Unser guter Bonsai will nur Mutter Teresa spielen. Wir kommen jetzt runter.« Er machte sich an den Abstieg.

Bonsai begann, die Leiter zu sich hochzuziehen.

»Was hast du denn vor? Du willst doch wohl nicht da runter? Lass das, verdammt noch mal, und komm jetzt endlich!«

»Du klingst wie eine besorgte Mutter.« Bonsai kippte die Leiter über die Mauer und stellte sie auf der Gehegeseite ab. Er warf einen letzten Blick auf den Mann und das Tier, die immer noch unbewegt da lagen, dann schwang er sich elegant von der Mauer und landete weich auf der Erde neben Metal und Maurice.

»Bonsai, du verdammter Zwergenfurz!« Maurice hatte wieder eine brennende Fluppe im Mundwinkel und blies die Worte mit dem Rauch aus. »Du hast gute Arbeit geleistet, Mann. Möge Emil in Frieden ruhen.«

Am Ziel

Der Helikopter senkte die Nase, flog einen großen Bogen und näherte sich seinem Ziel. Ein leichter Ruck kurz darauf verkündete, dass sie gelandet waren.

»Kommen Sie«, sagte der Mann neben Irene und ergriff energisch ihre Hand. Begleitet von Rizzinis Männern, führte er sie zu der Panzerglaswand.

Der Komodowaran lag regungslos auf der Erde. Sie richteten die Lichter ihrer starken Taschenlampen ins Gehege und suchten es ab, aber es war niemand sonst zu sehen.

»Tom«, sagte Irene tonlos, und der Boden unter ihren Füßen begann zu wanken. Sie sackte zusammen, aber der Mann hielt sie fest. Der Anhänger, den er um den Hals trug, schwang wie ein Pendel über ihr.

»Bruder Ospizio?«, fragte Irene ungläubig und sah, wie seine Lippen sich bewegten, nahm aber nur das Pendeln des Gegenstandes vor ihren Augen wahr.

Bruder Ospizio verpasste ihr ein paar kräftige Ohrfeigen, und langsam, ganz langsam begriff sie, was er sagte. »Wo? Wo sind die Bilder?«

Sie lächelte ihn an.

»Den Code, verdammt noch mal!«

Sie antwortete träge.

Bruder Ospizio gab die Ziffern ein, und die Tür glitt auf.

Rizzinis Männer feuerten vorsichtshalber eine Salve Schüsse auf den Komodowaran ab, bevor sie in das Gehege stürmten. An der Stelle im Boden, die Irene genannt hatte, gingen sie auf die Knie und legten eine Metalltür frei.

Bruder Ospizio gab einen weiteren Code ein, griff nach einem schweren Metallring und öffnete den Eingang zu einem unterirdischen Gewölbe. Er kletterte durch die Öffnung. Rizzinis Männer folgten ihm.

Irene versuchte aufzustehen, aber die Beine versagten ihr den Dienst.

Philippe und Anita

Philippe Lugol lag komplett angezogen und mit Mantel und Stiefeletten bekleidet auf dem großen Doppelbett der Minisuite, die er im Hotel Negresco bezogen hatte. Die rosafarbene Tapete flimmerte vor seinen Augen. Er hatte sich hingelegt, um seine Gedanken zu sortieren, ehe er sich auf den Weg zum Cap Ferrat und zu Irene Willum machte. Er war in Paris zwischengelandet, um seiner alten Mutter einen Besuch abzustatten und einen Gegenstand zu holen, den zu gebrauchen er niemals gedacht hätte: die alte Offizierspistole seines Vaters, ein Colt 1911.

Sie hatten Carl Heiberg gefunden, im Netz eines Krabbenkutters. Das alles war so unwirklich. Carl und er hatten eine Zeit lang zusammengearbeitet, aber ein anderes Band hatte sie noch viel enger aneinandergekettet: Indien.

Lugol wollte ursprünglich Fotograf werden. Aber dann lernte er Lars Gantelius kennen und begann sich für dessen Malerei zu begeistern. Und verliebte sich in ihn. Er hatte nie richtig zu der Clique um Lars gehört, war nur immer in dessen Nähe geblieben, in der Hoffnung, ein wenig Aufmerksamkeit von ihm zu erhaschen.

Es war die Eifersucht, die ihn damals dazu getrieben hatte, den Männern zu folgen, als sie mit Anita abzogen. Aus einem Versteck machte er Fotos, wie sie sie nacheinander vergewaltigten. Verletzt und zornig wollte er Lars damit konfrontieren. Aber die Clique war aus dem Ashram verschwunden, noch ehe es dazu kam.

Alleine zurückgelassen, beruhigte er sein schlechtes Gewissen, indem er sich um Anita kümmerte. Als sie den Ashram verließ, übergab er ihr den Film und überließ es ihr, die Vergewaltiger anzuzeigen. Insgeheim hoffte er darauf.

Anita Holm war als Irene Willum wieder aufgetaucht. Die Verwandlung, die sie vollzogen hatte, war so extrem, dass er sie kaum wiedererkannte. Mit den Fotos hatte sie ein paar unschlagbare Trümpfe gegen die vier in der Hand.

Lugol legte eine Hand auf die rechte Manteltasche. Der alte Colt seines Vaters war seine einzig verbliebene Lebensversicherung. Vor ein paar Stunden hatte er eine Nachricht erhalten, die nicht gerade zu seiner Beruhigung beigetragen hatte. Das Angebot für Elmings Leiche war von einer Gesellschaft gekommen, die Irene Willum gehörte.

Das Telefon klingelte. Der Rezeptionist teilte ihm mit, dass das Taxi unten warte. Es war an der Zeit, seine Investitionen zurückzuholen. Lugol stand auf, strich den Mantel glatt und fuhr sich mit den Fingern durchs Haar. Dann steckte er eine Hand in die Tasche und legte sie um die Pistole.

Das Lebenswerk

Er hatte jahrelang nach den Männern gesucht, die seine Tochter auf dem Gewissen hatten. Diese Suche war nur unterbrochen von Phasen, in denen er sich verzweifelt in seine Arbeit als Chirurg in Kriegsgebieten stürzte mit der vagen Hoffnung, dass die Konfrontation mit all dem Bösen in der Welt den Übergriff an seiner Tochter relativierte. Aber das geschah nicht. Mitzuerleben, wie Gewalt und Krieg unschuldige Menschen traf, hatte seinen Hass nur noch gesteigert.

Seine Hand glitt mechanisch unter sein Hemd und umfasste den Gegenstand, der um seinen Hals hing. Ein blaues Medaillon, das er von seiner Tochter bekommen hatte.

Sie war von England nach Varanasi gekommen, um ihn zu treffen, doch zu dieser Zeit war er in einer Krisenzone in Kashmir stationiert gewesen. Sie hatte ihm unzählige Briefe an seine postlagernde Adresse geschrieben, die er erst Monate später bekommen hatte. Die ersten Briefe erzählten von dem Leben im Ashram, dass sie Freunde gefunden habe und beabsichtige, eine Weile zu bleiben.

Im letzten Brief war ihre Handschrift so radikal verändert, dass er auf den ersten Blick sogar dachte, der Brief stamme von jemand anderem. Die Sätze waren unzusammenhängend, aber die grausame Geschichte, die sie erzählten, war nur allzu deutlich. Überstürzt brach er nach Varanasi auf.

Fast gewaltsam verschaffte er sich Zutritt zu Guru Mahadevs Ashram, aber er kam an dessen Assistentin nicht vorbei.

»Ihre Tochter war extrem labil«, teilte sie ihm mit. »Sie hatte einen Nervenzusammenbruch.« Man habe sie gepflegt bis zu dem Tag, an dem sie völlig unerwartet den Ashram verlassen habe. Das liege inzwischen mehrere Wochen zurück. Wo sie sich jetzt aufhalte, wisse niemand.

Sein Blick blieb an dem Porträt von Guru Mahadev an der Wand hängen. Das markante Gesicht mit den eisblauen Augen brannte sich in sein Gedächtnis ein.

Der Polizei lag keine Anzeige wegen Vergewaltigung vor, und auch in Bezug auf Anitas aktuellen Aufenthaltsort konnte man ihm nicht weiterhelfen. Einige Tage später bekam er jedoch einen Anruf. Die Polizei hatte die verkohlte Leiche einer jungen weißen Frau gefunden, die nicht identifiziert werden konnte.

Noch einmal suchte er den Ashram auf und bat vergeblich um ein Gespräch mit Guru Mahadev. Da nahm ihn ein junger Mann beiseite und bestätigte die Geschichte von der Vergewaltigung. Aber als er ihn bat, mit ihm zur Polizei zu gehen, war er plötzlich verschwunden.

Mit einem alten Foto seiner Tochter begann er daraufhin seine akribische Suche. Wo immer er hinkam, zeigte er das Foto und fragte, ob irgendjemand seine Tochter gesehen habe. Endlich erkannte der Besitzer eines Fotoladens in einer staubigen Gasse am Rand von Varanasi Anita wieder.

Sie sei bei ihm gewesen, um einen Film entwickeln zu lassen, erklärte er. Dann verschwand er in einem Hinterzimmer und kam gleich darauf mit drei Fotos zurück, die vier junge Männer und Anita zeigten. Drei, die sie festhielten, und der vierte zwischen ihren Schenkeln. Der Ladenbesitzer hatte extra Abzüge gemacht und zurückbehalten.

Die Polizei versprach, sich darum zu kümmern. Danach passierte nichts. Irgendwann bekam er die Nachricht, dass der Fall jetzt eingestellt werde. So versuchte er widerstrebend zu akzeptieren, dass die unidentifizierte verkohlte Leiche die seiner Tochter war.

Vor einigen Jahren hatte er Guru Mahadev auf einem Zeitungsbild wiedererkannt. Inzwischen hieß er Kees van Delden und war Kunstinvestor mit Wohnsitz am mondänen Cap Ferrat. Das war der Moment, in dem er beschloss, Bruder Ospizio zu werden.

Die Bucht zwischen Saint Jean und Èze bord de Mer war nach einem Bruder Ospizio benannt. Die Ortsansässigen kannten alle die Geschichte des mittelalterlichen Mönchs und Heiligen, der in einem Turm im östlichen Teil von Saint Jean gelebt hatte, und sie gewöhnten sich schnell an den neuen Bruder Ospizio in ihrer Mitte. Ein moderner Mönch, dessen Buße im täglichen Sammeln von Flaschen und Abfall bestand. Niemand fand es verdächtig, dass er die Mülleimer der Gegend durchwühlte. Jeder Ort hat schließlich sein Original.

Beharrlichkeit war Bruder Ospizios stärkste Waffe. Allein anhand der Dinge, die er im Müll des Mannes fand, rekonstruierte er das gesamte Leben und Wirken von Kees van Delden. Wie sich bald erwies, war sein Müll sehr beredt. Und so fand er in van Deldens Abfall schließlich auch die Spuren, die ihn zu Danish, Dylan, Garry und Cole und ihren bürgerlichen Namen führten.

In diesem Zusammenhang kam er auch in Kontakt mit Tommaso Rizzini, einem Großinvestor bei IAI. Bruder Ospizio ließ diverse Informationen über van Deldens Vergangenheit zu ihm durchsickern. Und plötzlich hatte Bruder Ospizio die nötigen Mittel, um mit den Männern abzurechnen, die seine Tochter auf dem Gewissen hatten. Heiberg und Gantelius waren ohne sein Zutun gestorben, Elming und Ruud hingegen ... Mithilfe von Rizzinis Männern hatte er ihnen gegeben, was sie verdienten. Bevor er zuletzt mit van Delden abrechnen konnte, musste er noch Rizzinis Investitionen retten. »Der Knabe mit der roten Weste« war seine Gegengabe.

Sein Handy blinkte in der nächtlichen Dunkelheit. Auf dem Display erschien Rizzinis Nummer.

»Räumen Sie sie aus dem Weg, ganz egal, wie!«

Bruder Ospizio sah zu Irene hinüber. Sie saß auf einer Steinbank, die Arme um die Knie geschlungen. Sie war nie Teil seines Plans gewesen. Er hatte die Vergewaltiger seiner Tochter getötet, jetzt empfand er eine tiefe Leere – in der jedoch van Deldens Worte nachhallten: »Irene Willum ist dafür verantwortlich. Sie ist es, die Sie bestrafen müssen.«

Van Delden, Ruud, Elming, Gantelius, Heiberg. Sie hatte mit diesen Teufeln zusammengearbeitet. Sich eine goldene Nase an ihnen verdient. Sie war schuldig, egal, ob van Delden nun die Wahrheit sagte oder nicht.

Sobald der letzte Auftrag ausgeführt war, würde Bruder Ospizio für immer verschwinden. Aus ihm würde wieder der aufopfernde Arzt Ira Williams werden.

Besuch im Krankenhaus

»Mein Beileid, Frau Gantelius. Bitte haben Sie Verständnis dafür, dass wir Sie bitten mussten, heute Abend hierherzukommen. Aber wir sind auf Material gestoßen, das mit dem Fall in Verbindung steht. Sie müssten uns ein paar Dinge bestätigen.«

Falch stand an der Tür des Krankenzimmers, und Elisabeth Gantelius saß aufrecht auf einem Stuhl. Sie hatte den Mantel nicht abgelegt. Werring war bereit, das Computerfile zu starten.

»Wir haben bei Carl Heiberg eine Sprachaufnahme gefunden«, fuhr Cathrine fort. »Ich möchte Sie bitten, uns zu sagen, ob das Ihr Mann ist, den wir da hören.« Sie gab Werring ein Zeichen, die Aufnahme zu starten.

Einige Sekunden vergingen, dann begann eine hohe Männerstimme zu erzählen:

> »Das ist jetzt neun Jahre her. Ich hatte eine Anfrage von Irene Willum und ein Flugticket bekommen. Natürlich war mir die Einladung willkommen, schließlich war ich gerade erst aus dem Gefängnis entlassen worden …« Man konnte hören, dass Gläser gefüllt wurden und dass jemand, vermutlich Gantelius, einen kräftigen Schluck nahm.

Cathrine gab Werring das Zeichen, die Aufnahme anzuhalten.

»Das ist Lars, ja«, sagte Elisabeth Gantelius nickend.

Werring ließ die Aufnahme weiterlaufen.

> »Ich war aufgedreht. Ich kannte die Frau ja nicht, hoffte aber auf einen Neustart und – natürlich – auf eine Ausstellung. Ich meine, Irene Willum, die war doch wer! Nach all dem Mist mit Ruud und Elming war das endlich ein Lichtblick.

Wahrscheinlich bin ich eben deshalb geradewegs in die Falle gegangen. Hinterher habe ich mich gefragt, warum ich nicht eher Lunte gerochen habe. ›Es ist mir eine Ehre, Sie kennenzulernen‹, sagte ich, als wir uns das erste Mal begegneten. Ich war echt ein Arschkriecher.
Sie wollte, dass ich ein Porträt von ihr male. Gott, war ich enttäuscht. Um etwas Schlimmeres hätte sie mich kaum bitten können. Aber ich konnte nicht ablehnen, pleite, wie ich war. Es muss ihr Spaß gemacht haben, mich in so einer Zwangslage zu sehen.
Das Schlimmste aber war, dass sie mich nicht in Ruhe malen ließ. Dauernd redete sie mir drein und kam immer wieder mit irgendwelchen blöden Einwänden. Irgendwann einmal sagte sie: ›Wir müssen noch mal von vorn anfangen. Ich möchte, dass das Gesicht Schmerz ausdrückt.‹
›Ich lasse mir von einer Fotze wie Ihnen doch nicht vorschreiben, wie ich zu malen habe!‹, schrie ich. Wirklich, genau dieses Wort habe ich benutzt.
Sie lief quer durch das Zimmer, zog die obere Schublade einer Kommode auf und nahm etwas heraus. ›Garry muss das für Anita machen‹, sagte sie, ohne sich umzudrehen. Das war der erste Schock. Mein Ashram-Name – wie zum Henker konnte sie davon wissen?
Sie stellte ein Foto auf die Staffelei. Mit einem Mal sahen meine Augen, was mein Gehirn seit Jahren ins Dunkel verbannt hatte. Und ich erkannte, wie der Chirurg vorgegangen war, um das Gesicht zu verändern. Der größte Schock aber war mein eigenes Gesicht auf diesem Bild, schwitzend, wie in Trance. Ein Gesicht, entrückt vor Wonne.«
Es klang, als ob Gantelius weinte.
»›Ich hatte keine Ahnung …‹, stotterte ich. ›Das ist so lange her. Woher haben Sie das Foto überhaupt?‹

›Dieser Vorfall muss nicht an die Öffentlichkeit kommen‹, sagte Irene.

›Nein?‹

›Was allerdings einen gewissen Einsatz Ihrerseits voraussetzt.‹

›Und der wäre?‹

›Dass Sie für die Fotze malen.‹«

Cathrine hielt die Aufnahme an und musterte Elisabeth Gantelius. Mit einem Mal sah man ihr ihr Alter an.

»Kurz bevor Lars verschwunden ist, hat er mir von dieser Aufnahme erzählt«, sagte die Frau leise. »Er wollte der ganzen Sache ein Ende bereiten. Heiberg wollte ihn erst dabei unterstützen, hat dann aber eine Wendung um hundertachtzig Grad gemacht und gedroht, an die Öffentlichkeit zu gehen und alles preiszugeben. Er war ja todkrank.«

»Und welcher Sache wollten sie ein Ende bereiten? Was wollten sie gestehen?«

»Ich weiß es nicht. Irgendetwas, das in Indien passiert ist.«

»Was ist mit diesem Foto, von dem er gesprochen hat?«

»Keine Ahnung. Lars hat gesagt, es wäre dabei um irgendwelche tantrischen Rituale gegangen.«

»Wir haben eine ähnliche Erklärung von Gerhard Elming.«

»Davon weiß ich nichts.«

»Der Artikel, den er über Cato Ruud und Ihren Mann geschrieben hat, war ein Auftragswerk von Irene Willum.«

»Was?«

»Sie hat sehr gut für diesen Artikel bezahlt.« Cathrine schwieg einen Moment. »Ich möchte, dass Sie sich dieses Foto hier anschauen.«

Werring hatte die MMS von Tom aufgerufen und hielt Elisabeth Gantelius den Laptop hin.

Sie presste die Lippen aufeinander und begann zu weinen.

»Das Bild stammt aus dem vergangenen Jahr. Wie Sie sehen, fließt der Champagner in Strömen. Haben Sie eine Erklärung dafür, warum Elming, Ruud, Willum und Ihr Mann plötzlich die besten Freunde sind?«

Peter zoomte das Bild heran, das an der Wand hinter den vieren hing. »Wir haben Grund zu der Annahme, dass das Gemälde im Hintergrund eine Fälschung ist.«

Elisabeth Gantelius schloss die Augen und knetete ihre Hände.

»Seine Reisen nach Nizza sind alle von Irene Willum bezahlt worden. Wissen Sie etwas darüber?«

Der Anflug eines Lächelns huschte über Elisabeth Gantelius' Gesicht. »Wenn das mit der Vergewaltigung stimmen würde, würde sie doch wohl nichts mit ihm zu tun haben wollen, oder?« Sie sah zu Cathrine, als erwarte sie eine Bestätigung von ihr.

»Was hat er dort unten gemacht?«

»Er hat gesagt, dass er zum Malen dorthin fährt. Ich fand es allerdings merkwürdig, dass ich nie ein Bild zu Gesicht bekommen habe. Ich habe ihm das auch mal gesagt, aber da ist er unheimlich wütend geworden …«

»Wussten Sie, dass Ihr Mann ein geheimes Konto bei Kreissler & Co. auf den Jungferninseln hatte?«

»Nein.«

»Sie haben einmal gesagt, Gerhard Elming habe den Charakter Ihres Mannes getötet. Kann es sein, dass dieser ›Mord‹ eher auf Irene Willums Konto geht?«

Elisabeth Gantelius schlug die Hände vors Gesicht. »Er wollte aussteigen«, sagte sie schließlich. »Aber sie hatte ihn fest im Griff. Wir haben uns deswegen schrecklich gestritten. Er hat mich geschlagen und dann das Haus verlassen. Das war das letzte Mal, dass ich ihn gesehen habe.«

Dieses ganz besondere Blau

Irene wusste nicht, ob sie überhaupt noch am Leben war. Der kalte Regen hämmerte unablässig auf ihre Schädeldecke und erinnerte sie daran, wo sie war.

Irene hatte den Komodowaran regungslos in einer schwarzen Blutlache liegen sehen. Das war das Einzige, was von Tom noch übrig war. Sie hätte bei ihm bleiben sollen. Vielleicht hätten sie es zu zweit schaffen können, das Biest zu besiegen. In jedem Fall hätte sie lieber Toms Schicksal geteilt, als auf solche Weise mit dem Abgrund ihres Verrats konfrontiert zu werden. Sie war schuld an Toms Tod. Sie würde zur Polizei gehen und alle Karten auf den Tisch legen. Damit würde sie zwar alles zerstören, was sie aufgebaut hatte, aber das spielte jetzt keine Rolle mehr. Wenn sie nur die Kraft hätte aufzustehen.

Da legten sich Bruder Ospizios starke Arme um sie. Er war nicht gerade der Typ, von dem sie Trost erwartet hatte, aber sie ließ es dennoch dankbar zu. Ihr Atem kam langsam wieder zur Ruhe.

»Ich muss Ihnen etwas zeigen«, sagte er, half ihr auf und führte sie zu der Tür in das Gewölbe.

Von unten schimmerte ihnen schwaches Licht entgegen. Jeder ihrer Schritte hallte an den Wänden wider. Der Raum, in den sie kamen, war groß und gut isoliert. Überall standen Kisten und Kästen und in Packpapier eingeschlagene Gemälde. Bruder Ospizio führte sie zu einer Gestalt, die zusammengekauert in der hintersten Ecke des Raumes lag.

»Nein«, flüsterte Irene und setzte sich zur Wehr, aber Bruder Ospizio zwang sie dazu, sich den Mann anzusehen.

»Van Deldens Männer haben Eddie gefunden und ihn hier fast verrotten lassen.«

»Ich dachte«, hauchte Irene, »ich dachte, er und van Deldens Frau … wären abgehauen.«

Bruder Ospizio öffnete die Ledertasche, die er bei sich hatte. Spritzen, Skalpelle und diverse andere medizinische Instrumente kamen zum Vorschein. »Ich werde Ihnen etwas zur Beruhigung geben«, sagte er und zog eine Spritze auf.

Ein kleiner Stich, und alles wurde besser. Sie sank langsam zu Boden, der Raum um sie herum löste sich auf, alles verlor seine Bedeutung. Aber ihr Hirn funktionierte auf einmal glasklar.

»Ich habe sie getötet. Gerhard Elming und Cato Ruud. Danish und Dylan«, sagte Bruder Ospizio.

Irene sah ihn an. Ein verstörender Gedanke stieg aus der Tiefe an die Oberfläche ihres Bewusstseins. Das Medaillon, das um seinen Hals hing. Es hatte dieses ganz besondere Blau. Das Blau, auf das ihr Großvater das Patent hatte. Die Farbe der Knöpfe aus seiner Fabrik. Irene merkte, wie sie allmählich in die Dunkelheit eintauchte.

»Und van Delden. Das habe ich besonders genossen.« Bruder Ospizio zog eine weitere Spritze auf. »Oder Guru Mahadev, wie er sich auch nannte. Seine Augen waren gefährlich und haben unzählige Tragödien heraufbeschworen. Darum habe ich ihn geblendet, ehe ich ihm den Gnadenstoß versetzt habe …« Bruder Ospizio hob die Spritze an und drückte den Kolben hinein, bis ein wenig Flüssigkeit aus der Kanüle spritzte.

»Hieß Ihre Tochter Anita?«

Die Farbe verschwand aus dem Gesicht des Mannes, während seine Augen Feuer fingen.

»Das Medaillon«, sagte Irene, »woher haben Sie es?«

Der Mann erstarrte. »Von meiner Tochter.« Seine Stimme war gedämpft, und seine bleichen Lippen bewegten sich kaum.

Die Spritze in seiner Hand näherte sich ihr. Dann war die Dunkelheit da, ein schmerzloser Schutz vor der Wirklichkeit.

Bruder Ospizio beugte sich über Irene. Van Delden hatte also die Wahrheit gesagt. Eine andere Erklärung gab es nicht. Woher sonst kannte diese Frau den Namen seiner Tochter und wusste von dem Medaillon, dem blauen Knopf, der ihm so unendlich wertvoll war? Wut schoss durch seinen Körper.

Er ertastete die große Vene in Irenes Armbeuge, um ihr die tödliche Dosis Kaliumchlorid zu spritzen. Es würde nur Sekunden dauern, und der Tod wäre später nicht nachzuweisen. Er musterte Irenes Gesicht. Nase, Wangenknochen, Lippen, das ganze Gesicht war vollkommen ebenmäßig. Er hatte als Arzt viele bewusstlose Menschen gesehen. In der Regel fiel ein Gesicht in sich zusammen, wenn die Muskelspannung nachließ, und bekam einen ganz anderen Charakter. Irenes Gesicht aber war unverändert.

Und es wirkte unnatürlich. Es war modelliert, zweifelsohne. Er strich mit dem Finger über ihr Gesicht. Schloss die Augen, um die Sensibilität seiner Fingerkuppe zu maximieren. Kein Zweifel. Jetzt spürte er die winzigen Verdickungen von Narben unter der Haut, die mit bloßem Auge nicht zu sehen waren. Welches Geheimnis barg dieses Gesicht?

Verwirrt richtete Bruder Ospizio sich auf. Er hatte es plötzlich nicht mehr eilig, sie umzubringen. Er konnte warten, bis sie aufwachte, um ihr eine Antwort zu entlocken. Vielleicht konnte sie ihm etwas über das Schicksal seiner Tochter erzählen oder etwas, das ihm Gewissheit gab, das Richtige getan zu haben.

Wandlung

Indien, 1985

Als Anita das Büro der Assistentin verließ und die Tür hinter sich schloss, fühlte sie sich tot und leer. Sie hatte den Glauben an sich selbst verloren, war verwirrt, wusste nicht mehr, ob sie wirklich vergewaltigt worden war.

Anita ging zurück in ihr Zimmer, schloss die Tür und legte sich aufs Bett. Tagelang blieb sie wie betäubt dort liegen, ohne Hunger oder Kälte zu empfinden. Sie konnte sich kaum bewegen. Ihr Herz schlug schwach, und sie spürte ihren Atem kaum. Ab und zu kam ein junger Mann mit dunklen Locken und brachte ihr etwas Warmes zu trinken.

Als sie endlich wieder zu Bewusstsein kam, war jegliche Erinnerung an das Geschehene gelöscht. Dafür meldete sich die Angst. Eine tiefe, an nichts festzumachende Urangst, die sie kaum ertragen konnte. Anita spürte, dass in ihrem Unterbewusstsein schreckliche Dinge verborgen lagen.

Es war der junge Mann mit den dunklen Locken, der schließlich die erlösenden Worte sprach. »Du musst hier weg! Das alles hinter dir lassen, sonst wird es dir nie wieder gut gehen. Verschwinde aus dem Ashram, geh weg von dem Guru, von all dem hier. Was immer dir widerfahren wird, es kann nur besser sein als dein Leben hier.«

Zum Abschied hatte er ihr einen Umschlag zugesteckt. »Falls du jemals die Kraft haben solltest«, hatte er geflüstert. Dann hatte Anita den Ashram verlassen.

Anita ging zu einer der Badestellen am Ganges, dem heiligen Fluss, dessen Quelle im Himmel liegt und dessen Wasser auf dem Weg zur Erde durch die Haare des Gottes Shiva strömt. Sie stieg die steile Treppe hinab zum Wasser und wusch sich so lange, bis sie sich frei von allen Bindungen fühlte.

Als sie dem Fluss wieder entstieg, hatte sie ihre Vergangenheit geopfert und sich selbst einen neuen Namen gegeben.

Irene schlug die Augen auf und starrte in das Gesicht von Bruder Ospizio. »Bleib still liegen«, warnte er sie, »schon die kleinste Bewegung kann tödlich sein.«

Lugol fasst einen Entschluss

Obwohl er verdreckt war, in Unterwäsche herumlief und sich höchst befremdlich benahm, erkannte Lugol ihn sofort wieder: Tom Hartmann, Kulturjournalist und Hauptperson im Geiseldrama an der Wiener Staatsoper. Lugol stieg aus dem Taxi. »Sind Sie verletzt?«, fragte er mit seinem charmantesten französischen Akzent.

»Alarmieren Sie die Polizei!«, rief Hartmann stattdessen, der seinerseits Philippe zu erkennen schien. Schließlich war er in Kunstkreisen keine unbekannte Größe.

»Die Polizei?«, fragte Lugol.

Ohne darauf zu antworten, setzte sich Tom in das Taxi.

Lugol wollte schon protestieren, besann sich dann aber eines Besseren und kletterte ebenfalls ins Taxi. »Ich bin auf dem Weg zu Irene Willum.«

»Boulevard Général de Gaulle«, sagte Tom zum Fahrer. »Villa van Delden. Irene Willum ist dort.«

»Ist Irene …?«

»Rufen Sie die Polizei!«, wiederholte Tom.

»Und was soll ich sagen?«

»Versuchen Sie es mit Kidnapping oder, falls das keinen Eindruck macht, mit versuchtem Mord.«

Lugol wählte die Notrufnummer und forderte einen Einsatzwagen an.

Während das Taxi auf van Deldens Villa zufuhr, sah Tom den Helikopter abheben. Er sprang aus dem Wagen und rüttelte am Tor. Wie zu erwarten, war es geschlossen.

»Wäre es … in Ordnung, wenn ich … weiterfahre zu Irene Willum?«, rief Lugol ihm nach

»Wie Sie wollen«, erwiderte Tom. »Aber ich kann Ihnen versichern, dass Irene entweder mit dem Helikopter davongeflogen oder noch in der Villa ist.«

Lugol schien einen Entschluss zu fassen, was ihm sichtlich schwerfiel. Aber dann bezahlte er den Fahrer, der heilfroh wirkte.

Tom nickte Lugol anerkennend zu, ehe er die Leiter an die Mauer stellte. So schnell er konnte, kletterte er die Sprossen hinauf und forderte Lugol auf, es ihm nachzutun. Lugol erklomm die Leiter zögerlich.

Als beide oben angekommen waren, zog Tom die Leiter nach oben, kippte sie und ließ sie auf der anderen Mauerseite wieder nach unten.

Lugol schnappte nach Luft, als er den Komodowaran sah.

»Der ist tot«, sagte Tom und kletterte rasch ins Gehege.

»Sind Sie sicher?« Lugol schluckte ängstlich, bevor er Tom hinunterfolgte.

»Todsicher.« Dann legte Tom warnend einen Finger an die Lippen und stieg vor Lugol hinunter in das Gewölbe.

Ira

Irenes Blick bewegte sich in Richtung der Spritze, dann wieder zu Bruder Ospizio. Ihre Augen füllten sich mit Tränen. »Ira«, flüsterte sie. »Ira Williams. Eline Holm. Anita.«

»Woher kennen Sie diese Namen? Was wissen Sie über Anita?«

Irene kniff die Augen zu, um den Tränenfluss zu stoppen. Es wäre so einfach gewesen, das Wort »Vater« auszusprechen, und zugleich war es so schwer. Sie hatte sich immer wieder vorgestellt, wie es sein würde, ihm eines Tages zu begegnen. Schön sollte diese Begegnung sein, stimmig, aber das einzige Wort, das ihr jetzt einfiel, war »verabscheuungswürdig«. Sie empfand nichts als Verachtung und Abscheu für diesen Menschen. Und gönnte ihm nicht den Triumph, sie gefunden zu haben.

Sie hatte sich auf ihre Weise an ihren Vergewaltigern gerächt. Mit welchem Recht hatte er sich da eingemischt? Er hatte ihr Leben zerstört und alles ruiniert. Lieber wollte sie sterben als ihn aufzuklären. Ein kleiner Stich, und alles wäre vorbei.

»Ich habe Anita verschwinden lassen«, sagte Irene. »Es ging ums nackte Überleben – Anita oder ich.«

»Ist sie tot?«

In diesem Moment ertönte ein schriller Klingelton. Bruder Ospizio sah sich um, erhob sich und schlich lautlos zum Treppenaufgang.

Lugol kramte hektisch in seiner Manteltasche, bis er endlich das Handy fand. Er drückte auf irgendeine Taste, in der Hoffnung, dass es die richtige war. Das Telefon verstummte tatsächlich, aber dafür waren jetzt andere Geräusche zu hören, Schläge und die hysterischen Schreie einer Frau. Zögernd stand Lugol am oberen Treppenabsatz, im Schutz der Dunkelheit. In der linken Hand hielt er das Handy. Die rechte Hand umklammerte den Colt. Von unten waren erregte Stimmen zu hören.

Und dann tat Lugol etwas, das er sich niemals zugetraut hätte. Er entsicherte die Pistole und spannte den Hahn. Sieben Kugeln lagen im Magazin bereit. Erstaunlich ruhig ging er die Treppe nach unten.

Irene Willum kniete in der Mitte des Raumes. In einer Ecke stand ein älterer Mann, der Tom Hartmann fest umklammert hielt und eine Spritze auf seinen Hals richtete.

»Zum letzten Mal, was ist mit Anita geschehen? Was habt ihr mit meiner Tochter gemacht?«

Lugol betrat die Szene mit erhobenem Colt.

Bruder Ospizio warf ihm einen beunruhigten Blick zu. »Legen Sie die Pistole weg«, sagte er.

Lugol umfasste den Colt fester und zielte auf den Kopf des Mannes. Er spannte die Muskeln an, um das Zittern seiner Hand zu unterdrücken. Trotz der vielen Jahre, die vergangen waren, erkannte er den Mann wieder.

»Sag es ihm, Irene«, sagte Lugol.

Irene sah ihn fragend an. Sie bekam nur bruchstückhaft mit, was um sie herum passierte. Tom, ihr Vater und jetzt Philippe Lugol mit einer Pistole in der Hand.

»Carl Heiberg hat mir alles erzählt«, fuhr Lugol fort.

»Sie ist gestorben! Es ging um sie oder mich!«, schrie Irene.

»Ich will die Wahrheit wissen!«

»Sie ist gestorben!«

Bruder Ospizio drückte die Nadelspitze an Toms Hals und legte den Daumen auf den Stempel.

»Sag ihm die Wahrheit, Anita!«, brüllte Lugol so verzweifelt laut, dass es durch das Gewölbe hallte.

Es wurde still.

Irenes Blick wandte sich nach innen, nervös flackernd. »Nach Mamas Tod bin ich nach Indien gefahren …« Sie verstummte und schien nicht weiterreden zu wollen. Dann wurde ihr Blick plötzlich kälter, nüchterner. »Nach der Vergewaltigung wollte ich eine andere sein. Von dem Geld, das ich von Mama geerbt hatte, habe ich mir ein neues Gesicht gekauft. Anita Holm verschwand, und Irene Willum hat ihren Platz eingenommen.«

Schweigen. In der Ferne waren Sirenen zu hören.

Bruder Ospizio ließ Tom los und wich einen Schritt zurück.

Lugol hielt die Pistole noch immer vor sich erhoben.

»Anita …«, setzte Bruder Ospizio an. Tränen liefen ihm über das Gesicht.

»Ich habe meine Rache bekommen! Ich habe sie gedemütigt, wie sie mich gedemütigt haben. Ich habe ihnen das Leben zur Hölle gemacht. Meine Rache war perfekt. Bis du aufgetaucht bist und alles zunichte gemacht hast. Warum musstest du dich da einmischen? Du hast mein Leben zerstört, alles, was ich mir aufgebaut habe.«

Der große, kräftige Mann sank in sich zusammen und wirkte mit einemmal schwach und hilflos. Er sah Irene an, Tom, Lugol und dann wieder Irene, als wolle er sich ihr Gesicht genau einprägen. Er streckte einen Arm in ihre Richtung, ließ ihn aber wieder sinken.

»Leg ein gutes Wort für mich ein«, sagte Bruder Ospizio heiser, dann stieß er die Nadel in seinen eigenen Hals und drückte den Stempel bis zum Anschlag durch. Ein Zucken durchlief seinen Körper, als er zu Boden fiel.

Irene lief zu ihm und strich ihm das Haar aus dem Gesicht. Ihre Blicke begegneten sich.

»Vater«, flüsterte sie, aber er konnte nicht mehr antworten.

In diesem Moment verstummten die Sirenen. Die Polizei hatte die Villa erreicht.

Gute Arbeit

Cathrine Price saß in einen blauen Krankenhausbademantel gewickelt auf ihrem Bett. Die Tür ging auf, Alm und Falch kamen herein, dicht gefolgt von Line Bugge. Falch zauberte eine Champagnerflasche und Plastikbecher aus einer Tasche.

»Hier ist der vorläufige Bericht von Toms Aussage und den Verhören, die die französische Polizei mit Irene Willum und Philippe Lugol durchgeführt hat«, sagte Bugge.

Falch köpfte den Champagner und schenkte ein.

In diesem Moment ging die Tür erneut auf, und Peter Werring trat ein.

»Krieg ich die Kurzversion?«, fragte Cathrine, und ein Lächeln huschte über ihr Gesicht.

»Irene Willum behauptet, sie hätte ihre damaligen Vergewaltiger an sich gebunden, um sie zu demütigen«, sagte Falch. »Die französische Polizei hingegen geht in Anlehnung an Elisabeth Gantelius' Zeugenaussage und unsere Funde davon aus, dass sie mithilfe der Männer das Bildportfolio gefälscht hat. Sie hat das allerdings so geschickt eingefädelt, dass es verflixt schwierig werden wird, ihr das nachzuweisen. Bis auf Weiteres liegt also nichts gegen Irene Willum vor, was für eine Anzeige ausreichen würde. Außerdem hat sich herausgestellt, dass sie große Summen für Frauen in Not gespendet hat.«

»Wie ich Irene Willum einschätze, wird sie das Ergebnis der Ermittlungen nicht abwarten. Sie versteht sich ja hervorragend darauf, zu verschwinden.«

»Ich schlage vor, wir stoßen auf Tom Hartmann an. Warum fängt der Kerl eigentlich nicht bei der Polizei an?«

»Nachdem er fast von van Deldens Komodowaran verschlungen wurde?«

»Das ist doch die perfekte Arbeitsteilung. Er riskiert seinen Arsch, und wir trinken Champagner mit seiner charmanten Ex.«

»Ohne Tom hätte Ira Williams seine eigene Tochter umgebracht und wäre für immer untergetaucht.«

»Und wir wären wahrscheinlich zu dem Ergebnis gekommen, dass Kees van Delden hinter allem steckt.«

»Vielleicht sollten wir das nicht unbedingt an die große Glocke hängen.«

Es klopfte an der Tür. Diesmal war es Helene Adler-Nielsen. Die Spaßbremse, mimte Falch in Cathrines Richtung.

Es wurde still.

Dann räusperte sich Adler-Nielsen. »Ich wollte nur sagen: gute Arbeit. Sowohl die Ermittlungen als auch … Also, ich hab einen … Body gekauft, heißt das so? Ich hoffe, die Größe stimmt.«

Wegende oder Neuanfang?

Irene ging langsam auf den cremefarbenen Mini zu. Sie öffnete die Tür und drehte sich dann noch einmal zu Tom um. »Danke, dass du dich um Eddie gekümmert hast. Ich weiß nicht, ob er ohne dich überlebt hätte.«

Tom schüttelte den Kopf und lächelte. »Dein Vater hat ihn gerettet.«

Als die Polizisten endlich gekommen waren, hatten sie festgestellt, dass Eddie noch atmete. Neben ihm kauerte ein leise winselndes, pelziges Etwas, das sich bei näherem Hinsehen als Schoßhündchen entpuppte. Eddie hatte wider Erwarten überlebt. Die Ärzte meinten sogar, er könne weitgehend wiederhergestellt werden.

»Und was jetzt?«, fragte Irene.

War da ein Hauch von Hoffnung in ihrer Stimme? Tom bohrte wie ein Schuljunge die Fußspitze in den Kies. »Ich werde wohl noch eine Weile hier bleiben«, sagte er tonlos.

Irenes meergraue Augen passten perfekt zu den türkisfarbenen Nuancen der Côte d'Azur. Sie war schön wie nie. Sie hatte sich mit Tom ausgesprochen, ihm alles erzählt, was passiert war. Er hatte ihr verziehen, auch wenn er nicht alles verstand.

Irenes Blick verweilte eine weitere Sekunde auf ihm. Sie wartete auf seine Entscheidung. Warum zögerte er? Sie bot ihm genau das Leben, das er sich immer gewünscht hatte. Weit weg von all dem spießigen Glück. Irene Willum war dabei, unterzutauchen. Sie hatte ihm aber angeboten, mit ihr zu kommen, sein altes Leben hinter sich zu lassen und sich in das Abenteuer eines Lebens mit ihr zu stürzen.

Tom zog die Schultern linkisch nach oben und seufzte. »Meine Tochter, Cecilie ... Sie kommt gerade in ein schwieriges Alter.«

Irene sah ihn undurchdringlich an. »Ist es in Ordnung«, fragte sie schließlich, »wenn ich ab und zu ein Lebenszeichen von mir gebe? Falls du deine Meinung ändern solltest?«

Tom sah sie an, blieb ihr aber die Antwort schuldig.

Irene setzte sich ins Auto und ließ den Motor an. Dann rollte sie durch das Tor, hob eine Hand und winkte, ohne sich noch einmal umzusehen.

Tom sah dem kleinen cremefarbenen Auto hinterher, das sich rasch entfernte. Sein Handy klingelte. Verdammt, dachte er.